Universale Economica

EDUARDO MENDOZA
IL TEMPIO
DELLE SIGNORE

Traduzione di Michela Finassi Parolo

Feltrinelli

Titolo dell'opera originale
LA AVENTURA DEL TOCADOR DE SEÑORAS
© 2001, Eduardo Mendoza

Traduzione dallo spagnolo di
MICHELA FINASSI PAROLO

© Giangiacomo Feltrinelli Editore Milano
Prima edizione ne "I Narratori" marzo 2002
Prima edizione nell'"Universale Economica" maggio 2004

ISBN 88-07-81813-2

1.

Quando le sue gambe (ben tornite eccetera eccetera) entrarono nel locale dove lavoravo, era ormai qualche anno che stavo lì a fare il cretino. Tale improvvisa apparizione aveva dato inizio all'avventura che intendo raccontare, ma il lettore non disporrebbe dei dati necessari per comprenderne le tortuosità se non li collegassi (lettore e racconto) a un momento precedente, addirittura a fatti anteriori: per cui espongo, nel modo più succinto, una sorta di prologo.

Il momento precedente cui alludevo si riferisce a quando mi comunicarono che il nostro beneamato direttore, il dottor Sugrañes, il compassionevole, il misericordioso, mi invitava a presentarmi senza indugi nel suo ufficio. Dove mi recai in preda allo stupore più che alla paura, perché a quel tempo il dottor Sugrañes non si faceva vedere da nessuno, e tanto meno da me: infatti non mi aveva rivolto la parola né un gesto né uno sguardo negli ultimi tre o quattro anni, vale a dire da quando il mio caso venne archiviato, o almeno da quando venne prima smarrita e poi definitivamente perduta la cartellina che conteneva la mia documentazione. In seguito a tale incidente, ricadde sulla mia persona fisica e giuridica un pesante silenzio amministrativo nel quale né la mia voce né i miei scritti né le mie azioni erano riusciti ad aprire una breccia. La causa del mio internamento era stata dimenticata da tempo; inoltre non c'erano motivi per rimetterlo in discussione, tranne quelli che adducevo io. Purtroppo il mio passato remoto, il mio aspetto fisico e alcuni episodi isolati della mia vita recente (dentro e fuori dall'istituto) non favorivano la mia credibilità (anzi), per cui niente lasciava presagire che i miei giorni in quel dignitoso ricovero avrebbero mai avuto fine, se non in modo alquanto macabro.

"Entri, entri egregio signore, e si accomodi pure. A che devo l'onore della sua visita?" furono le parole che accolsero la mia persona sulla soglia.

Il dottor Sugrañes, al quale l'altissimo ha elargito i propri doni alla grande, aveva superato ampiamente l'età della pensione e da tempo scendeva lungo la china della vita facendo lo slalom. Smemorato, sordo, cieco, ebete e molle come un fico, ma senza rinunciare a un briciolo della sua autorità e senza perdere una virgola della sua fierezza, continuava a vivere aggrappato al suo posto (sommando così alla pensione l'intero stipendio, gli straordinari, il punteggio, l'anzianità e altre gabelle), senza che i suoi superiori, sempre impegnati con problemi più importanti, se ne accorgessero minimamente.

Era trascorso più di un lustro dall'ultima volta che le allora autorità, oggi divenute istituzioni, si erano occupate di noi. Mi sembra di ricordare che fosse una torrida mattina d'estate quando l'eccellentissimo e illustrissimo municipio, la celeberrima e doppiamente insigne giunta provinciale, gli integerrimi e valorosissimi assessorati alla sanità e al benessere sociale, il prudentissimo e garbatissimo arcivescovado, lo spigliatissimo e gentilissimo tribunale, il magnifico e gagliardo commissariato di polizia, la bellissima e divertentissima direzione generale delle carceri, il prestigiosissimo e importantissimo dipartimento di riabilitazione dei delinquenti e degli emarginati e la ditta di prodotti dietetici Il Miserere, finanziatrice dell'intervento, ci mandarono in visita i loro rappresentanti. Poi ci dissero che avevamo fatto un'ottima impressione. È vero che la sera prima i pazienti per così dire più volubili erano stati rinchiusi nelle nuove celle insonorizzate, mentre noi che eravamo rimasti fuori non avevamo potuto fare uso dei cartelli, manifesti, opuscoli e volantini che avevamo nascosto sotto i camici: infatti, durante il tragitto i membri della commissione esaminatrice avevano ricevuto in omaggio dalla ditta patrocinante certi biscotti ricchi di fibre e germe di grano, stimolanti del tratto intestinale, per cui, non appena l'autobus si fermò nel cortile centrale e le porte automatiche si furono aperte, i suoi occupanti balzarono giù chiedendo all'unanimità, concitatissimi, dov'erano i gabinetti. Al che noi, allineati da due ore sotto un sole cocente sulle scale dell'edificio principale (vale a dire il vecchio edificio), rispondemmo come ci era stato detto di fare, intonando a squarciagola una canzone che diceva:

Tira la pietra,
dove andrà?

Una settimana dopo ci lessero nel refettorio, durante il dessert e con la dovuta solennità, la lettera che la commissione esaminatrice aveva fatto pervenire al nostro beneamato direttore, il dottor Sugrañes. Nella lettera si elogiava il nostro comportamento, si tessevano le lodi della direzione e del personale del centro e si plaudiva alla perfezione delle strutture; inoltre, si suggeriva di trasformare il terreno incolto che usavamo come campo da calcio in un centro polisportivo al passo coi tempi, per il quale, concludeva la lettera, in breve tempo avremmo ricevuto le attrezzature necessarie. Come primo provvedimento, quel pomeriggio ci venne tolta la palla. Trattandosi di una palla fatta di stracci, fil di ferro e terracotta ci astenemmo dal protestare, perché credevamo che al suo posto ci avrebbero dato un pallone regolamentare. Ma, dopo qualche giorno, ci consegnarono un pacco che conteneva due palline da golf e sei mazze dalle fogge più svariate. Di queste ultime si fece buon uso, perché in meno di ventiquattr'ore – il tempo che ci misero a togliercele dalle mani – non era rimasto nessuno, né fra i ricoverati né fra gli infermieri, che non avesse un labbro spaccato o un osso fratturato o un dente rotto. Quanto alle palline, cercavamo comunque di usarle, ma lo facevamo di malavoglia e soltanto perché non avevamo niente di meglio: erano dure, piccole e come butterate, e spesso e volentieri si perdevano nelle buche del terreno o sotto le foglie cadute, e poi non c'era verso di riuscire a fare un dribbling, o di calciarle o di usarle per i colpi di testa, per quanto uno ci mettesse originalità e maestria.

Racconto questo aneddoto perché fu l'ultima volta che i rappresentanti dell'erario pubblico si degnarono di occuparsi di noi. In seguito, a causa del vertiginoso aumento dei prezzi, ci ridussero il budget e il centro, con nostro grande stupore in quanto non credevamo potesse cadere più in basso, iniziò un accelerato processo di deterioramento. Il cibo peggiorò a tal punto che si potevano vedere gli streptococchi scappare via dai piatti scorrazzando per i tavoli; i mobili si spaccarono, i vestiti divennero stracci, le tubature si otturarono, le lampadine si fulminarono e perfino il televisore, un tempo vanto del centro, iniziò a perdere colori, nitidezza e suono, e finì per trasmettere soltanto programmi che risalivano a prima del 1966. I ricoverati con difficoltà motorie era facile trovarli avvolti dalle ragnatele,

7

come crisalidi. La polvere e l'immondizia ostruivano porte e finestre. E sopra questa dinamica involuzione risplendeva, come un astro fulgente, l'idiozia onnisciente del dottor Sugrañes, alla cui porta stavo bussando nel momento in cui questo ricordo ha interrotto il mio racconto.

"Sempre ai suoi ordini, signore" fu la mia risposta.

"Abbia la cortesia di accomodarsi, faccia come se fosse a casa sua" rispose lui indicandomi una poltrona dal cuscino cencioso, dalla quale dovetti rimuovere un gatto morto.

Dalla sua gentilezza dedussi che non sapeva chi fossi, né il motivo della mia presenza lì. Ma mi sbagliavo, come mi succede abitualmente. Il dottor Sugrañes aprì un fascicolo che occupava buona parte della scrivania, con solennità ne estrasse e finse di leggere un documento che consisteva (da quel che vedevo) in un solo foglio completamente bianco.

"È la sua pratica" mi chiarì in tono mellifluo. "Da essa si evince, e non poteva essere altrimenti, che il comportamento che ha tenuto dal suo recente ingresso nel centro fino alla data di oggi è stato esemplare. Obbediente agli ordini, gentile con i compagni, affabile con i visitatori, rigoroso nel compimento dei doveri quotidiani, un modello di osservanza nelle pratiche religiose. Eccellente, eccellente. Di che cosa stavamo parlando? Ah già, di lei, mio caro amico. La considererei quasi un figlio se non la considerassi quasi un padre per me. E 'sta cartaccia che roba è? Ah già, la sua pratica, dunque..." si schiarì la voce, tossicchiò, fece variazioni di tono con il catarro e continuò: "In considerazione di quanto detto in precedenza e in virtù delle facoltà che mi competono, ho deciso di dimetterla con effetto immediato da questo preciso istante, e anche con effetti retroattivi. Può andarsene. Non mi ringrazi. E se qualche giornalista le facesse domande sulla nuova destinazione del terreno, dica che non ne sa niente, ma che secondo lei, se tutti i pazienti sono guariti nello stesso giorno e hanno evacuato il locale, non c'è alcun motivo per cui l'agenzia immobiliare Sugrañes s.p.a. non possa costruire un centro commerciale e sei condomini laddove prima c'era un manicomio. Mi ha capito, pezzente?".

"Credo di sì."

Il dottor Sugrañes ritornò di un umore gradevole, aprì di nuovo il fascicolo, ne estrasse un foglio stampato e me lo porse insieme a una biro: "È il documento che certifica la sua guarigione. Compili lei gli spazi in bianco: nome, età, causa della malattia, cure ricevute. Le solite cose. Potrei farlo io, ma lo sa quel che si dice della grafia dei medici... E in calce, firmi anche a nome mio. Uno scarabocchio andrà benissimo. Quando c'è la fiducia... E ora che abbiamo terminato le pratiche burocratiche, se vuole seguirmi le mostro l'uscita. Non perda tempo a raccogliere i suoi effetti personali, glieli manderò io per corriere".

Spintonandoci l'un l'altro percorremmo i corridoi e il giardino. Il cancello era aperto. Il dottor Sugrañes mi aiutò a varcarlo e quando mi rialzai da terra vidi che si richiudeva con grande fracasso.

"Non cerchi di ritornare dentro: per il suo bene abbiamo elettrificato la cancellata" mi disse dall'interno. "Tenga, qualche soldo per le prime spese. Me li restituirà quando avrà fatto fortuna. Ha tutta la vita davanti a sé. E anche dietro. Ah, se soltanto potessi ritornare giovane!"

Cercai d'improvvisare una frase con cui rispondere al suo commiato, ma il frastuono dei rulli compressori, delle scavatrici e della dinamite resero vani i miei sforzi. Del resto il dottor Sugrañes aveva già sputato verso di me e si era voltato per imboccare la via del ritorno. Un po' stordito, rimasi a guardare il luogo dove avevo buttato via gli anni migliori della mia vita. Difficilmente avrei potuto considerarlo la mia seconda casa, non avendone mai avuta una prima, e durante i molti anni che avevo trascorso là dentro non avevo mai smesso di digrignare i denti per la rabbia. Per niente al mondo avrei varcato di nuovo motuproprio quell'infausto cancello. Non fu certo l'acre odore di passerotti carbonizzati – a dimostrazione che l'avvertimento del dottor Sugrañes era fondato – che mi fece allontanare di buon passo. Se avvertii qualcosa di simile a un groppo alla gola, un tremolio alle ginocchia e il contrarsi di alcuni organi interni (e uno esterno), non fu per sentimentalismo. Avevo sempre sognato di essere libero. Ma adesso che finalmente c'ero riuscito, anche se in quel modo brusco e inatteso, mi sentivo pervadere dall'angoscia: sapevo che il mondo che avrei dovuto affrontare era cambiato parecchio durante la mia lunga assenza, e anch'io ero cambiato.

*

Si conclusero così le mie riflessioni. Non avendo nient'altro da fare né da pensare, m'incamminai nella direzione in cui il mio scarso senso dell'orientamento mi suggeriva trovarsi la città di Barcellona. In preda all'incertezza, stavo tentando di individuare i quattro punti cardinali – o per lo meno tre – in base all'ombra che il mio corpo proiettava sull'asfalto, quando mi ritrovai ai bordi di un'autostrada senza dubbio inaugurata di recente: sul bordo sedeva Cañuto. Avvicinandomi per scoprire che cosa ci facesse lì, lo vidi muovere gli occhi, le labbra e le dita con grande agitazione.

"Seimilacentonove in questa direzione, ottomilaseicentoquattordici in quella. Vince quella."

Cañuto era un uomo di mezza età, tendente al vecchio. Negli anni settanta (della nostra era) aveva rapinato diverse banchine. Non le banchine del molo, ma piccoli uffici bancari. Agiva da solo, con una calza infilata sulla testa e un'altra in tasca (non si sa mai), una pistola giocattolo e una bomba vera. Sosteneva fosse una bomba atomica. Esagerava, ma comunque gli davano i soldi senza fiatare. Dopo aver commesso la rapina, Cañuto si toglieva la calza, pronunciava alcune parole di circostanza e se ne andava via a piedi, camminando lungo il marciapiede. Stranamente ci misero parecchio tempo a prenderlo. Nella sua modesta abitazione trovarono l'intero ammontare del denaro rubato. Non aveva speso neanche una peseta e viveva della carità pubblica. Quando finalmente gli venne fatto il processo, l'inflazione galoppante di quegli anni convulsi aveva ridotto il ricavato dei suoi misfatti a una cifra irrisoria. L'avvocato difensore di Cañuto esibì in tribunale un biglietto del cinema il cui prezzo superava quella che ai tempi delle rapine di Cañuto veniva considerata una fortuna. Lo avrebbero assolto e rispedito di nuovo in strada se Cañuto non si fosse ostinato a dire che le sue rapine facevano parte di un progetto mondiale per seminare il caos, e del quale lui – Cañuto – era soltanto la punta dell'iceberg che, tra l'altro, si ostinava a chiamare punta della fava. Non sapendo quale pena infliggergli, lo spedirono in manicomio, dove godette della giusta fama di essere un uomo metodico, rigoroso, esperto negli affari di Borsa, e dove lo conobbi e frequentai.

"Senti, Cañuto, sai mica da che parte è Barcellona?"

"Be'," rispose Cañuto, "dipende dalla direzione del vento. Aspetta che controllo."

Si piazzò in mezzo all'autostrada e s'infilò in bocca il dito indice, con l'intenzione d'inumidirlo per usarlo da banderuola. Elevai al cielo una preghiera per l'eterno riposo di Cañuto e presi a camminare lungo il ciglio dell'autostrada badando a tenere entrambi i piedi nella parte esterna del cordolo. Quanto alla direzione, la scelsi a caso: infatti, sebbene fosse nelle mie intenzioni arrivare a Barcellona, in fondo per me sarebbe stato lo stesso arrivare da un'altra parte (per esempio a Copenaghen) visto che comunque non sapevo dove andare a sbattere, se mi si permette l'espressione.

Il cammino era agevole, il tempo non mancava ma l'energia sì, perché, tra una cosa e l'altra, quel giorno avevo ingurgitato soltanto l'acqua sporca e il mezzo mattoncino che ci avevano dato a colazione; inoltre, il peculiare tracciato dell'autostrada mi obbligava a fare lunghe deviazioni per seguire il suo tortuoso percorso. E così, a mezzanotte suonata e distrutto dalla fatica, la città olimpica mi accoglieva con olimpico sdegno.

*

Trovandomi privo di una meta e avendo quale unico peculio la moneta da cento pesetas che mi aveva dato il dottor Sugrañes, mi recai nel quartiere dove ai bei tempi e fin dalla più tenera infanzia mia sorella Cándida batteva il marciapiede. Era una zona alquanto appartata dei bassifondi: i suoi labirinti, l'illuminazione pubblica fievole per non dire inesistente, l'aria viziata e maleodorante per la presenza di creature come la stessa Cándida attiravano un pubblico limitato per numero e anche per qualità personali, giovinezza, salute, educazione, eleganza, denaro e cura dell'igiene, ma estremamente omogeneo nelle cattive abitudini, diretto nel modo di fare e facilmente adattabile, e con il quale Cándida aveva relazioni poco espressive, ma in un certo senso quasi affettuose. Se è vero che la natura non le aveva regalato fascino né talento né buonsenso, neanche la vita era stata misericordiosa con lei. Era d'indole schiva e collerica, e talmente propensa a soffrire che le venivano i geloni nel mese di luglio, eppure, quando si trattava di scopare, in tutta Barcellona non c'era persona più buona e accomodante della povera Cándida. Giungendo nel quartiere, mi accorsi che era cambiato, e con esso erano cambiate genti e usanze. Le vie erano illuminate, i marciapiedi puliti. Gente ben vestita passeggiava ammirando il folclore locale. Mi avvicinai a diversi passanti per chiedere loro se conoscessero Cándida, ma non appena mi vedevano scappavano tutti. Uno mi fece una foto (e scappò via), un altro mi minacciò con la guida Michelin e un terzo che si degnò di ascoltarmi risultò essere straniero, membro di una setta e, a prima vista, deficiente. Non potendo fare altro che aspettare, e constatando

11

che le mie forze si erano ormai esaurite ma il clima era benigno, mi rannicchiai in mezzo alle macerie di un cantiere pubblico; prima ancora che la mia testa toccasse il terreno, dormivo profondamente.

Mi risvegliò la frescura dell'alba e mi ritrovai nello stesso posto, ma spogliato dei soldi e di ogni indumento a eccezione delle mutande, che sarebbe stato impossibile scollare dalla mia pelle senza un'apposita attrezzatura. Mi raggomitolai di nuovo e continuai a dormire fino a che il rumore della città laboriosa mi svegliò irrimediabilmente. A quell'ora i negozi erano già aperti e così proseguii nelle mie ricerche pensando che, anche se le modifiche urbanistiche o il naturale ciclo biologico avessero costretto Cándida a ritirarsi dal mestiere, lei non sarebbe andata a vivere lontano di lì, ammesso fosse ancora viva. Per fortuna era iniziata la stagione turistica, e il mio abbigliamento si confondeva con quello dei numerosi stranieri che contemplano le nostre curiosità architettoniche offrendoci in cambio la possibilità di contemplare le loro villose pinguedini: potevo così passeggiare pressoché indisturbato, se non fosse stato per qualche invito a salire sul calesse, o a comprare un appartamento nella Villa Olímpica o a degustare un *suquet* di astice, quando non tutte e tre le cose insieme, e a venire riverito da ogni parte con servili manifestazioni di cordialità. Che si tramutavano in insulti, beffe e minacce nel momento in cui formulavo la domanda nella nostra lingua. A mezzogiorno, le mie speranze di scovare Cándida erano svanite. Mi sedetti su una panchina per meditare sul da farsi e, mentre svolgevo tale attività improduttiva, venni abbordato da un ragazzino scuro di carnagione che, con più faccia tosta che sintassi, mi disse che mi aveva seguito per tutta la mattina, sapeva che cosa cercavo ed era in possesso di un'informazione che secondo lui valeva almeno due *talegos*.*

"Ragazzo," gli risposi, "non ho un centesimo. Ma ti propongo un affare. Quanti anni hai e come ti chiami?"

Mi rispose che fra poco avrebbe compiuto ventun anni, ma per il momento ne aveva soltanto otto, e che potevo chiamarlo Jamín, versione di Jaime in catalano arabizzato.

"Va bene, Jamín" gli dissi. "Ora stammi a sentire. Se sai dove abita Cándida, dimmelo e magari un giorno ti potrò ripagare di questo favore. Se invece non me lo dici, andrò dalla polizia e

---

* *Talego*: nel linguaggio colloquiale, banconota da mille pesetas, corrispondente più o meno ai nostri "venti sacchi". [*N.d.T.*]

dirò loro che ti ho violentato. Io verrò rimesso in libertà e tu finirai in riformatorio."

Era furbo sebbene gli mancassero esperienza e savoir-vivre. Si mise a camminare di buon passo e io lo seguii senza nascondere l'ammirazione per quel prodotto genuino della riforma scolastica. Poco dopo si fermò di fronte a un edificio che era sfuggito al progetto di risanamento e ristrutturazione che pareva interessare l'intero quartiere: la facciata trasudava ancora fuliggine e dal portone usciva un fetore di sardine fritte, escrementi e gas. Jamín puntò il dito verso quel nerume e borbottò prima di allontanarsi:

"Terzo piano scala B".

Con il cuore gonfio di speranza e stretto per l'incertezza, salii gli scivolosi scalini e arrivai fino a quella che doveva essere la presunta dimora di mia sorella, a giudicare dal chiarore che filtrava dalle crepe del muro. Suonai il campanello e aspettai a lungo. Finalmente le mie orecchie avvertirono il sensuale ciabattare di vecchie pantofole sulle piastrelle scollate di un appartamento fatiscente. Si aprì uno spioncino ma, poiché la persona che l'aveva aperto non arrivava al foro, lo spioncino si richiuse e una voce afona disse:

"Qui non c'è nessuno, chi è?".

"Cerco una signorina di nome Cándida" risposi. "Le porto buone notizie. E un mazzo di fiori. E una confezione di prodotti alimentari. E la possibilità di vincere molti altri premi."

"Non vada avanti, giovanotto" disse la voce afona. "Cándida non può venire. È occupata."

"Signora," la minacciai, "se non mi apre subito, butto giù la porta."

Schioccarono i chiavistelli, cigolarono i cardini e una vecchiaccia fece capolino dallo spiraglio della porta mentre io ci infilavo in mezzo il piede, più per dare un'impressione di risolutezza che per qualche finalità pratica, in quanto ero scalzo e, se la gallinaccia avesse deciso di chiudere l'uscio, avrei dovuto battere in ritirata lasciando dentro l'appartamento tutte e cinque le dita. Per fortuna la gallinaccia sembrava troppo stordita per accorgersi del proprio vantaggio tattico.

"Chi è lei?"

Avevamo formulato la domanda tutti e due contemporaneamente, ma fui io a rispondere, in parte per cortesia e in parte perché è inutile discutere con le persone di una certa età.

"Sono il fratello della signorina Cándida."

"Cándida non mi aveva mai detto di avere un fratello" rispose la gallinaccia.

"Non ama pavoneggiarsi. È in casa?"

"Chi? Io?"

"No, Cándida."

"Ah. E lei perché va in giro in mutande, giovanotto?"

"Per una visita di famiglia ho preferito optare per un abbigliamento informale" dissi a mo' di scusa. "Non sono uno schiavo della moda. E neanche lei, signora, a giudicare dalla vestaglia cenciosa che indossa."

"Sì, ma io sono a casa mia."

"Casa sua?" dissi. "Lei abita con Cándida?"

"Nossignore" rispose la gallinaccia. "È Cándida che vive con me."

"Posso domandarle in quale veste?" chiesi.

"Cándida," rispose la gallinaccia, "è mia nuora. Mio figlio e sua moglie, sì, insomma, mia nuora e suo marito, vivono a casa mia grazie alla mia modesta pensione. Ma non sono due parassiti: mio figlio ha un esercizio bene avviato e Cándida fa quello che può, anche se non è molto."

"E quindi," esclamai rivolto più a me che alle orecchie otturate della gallinaccia, "quindi alla fine la povera Cándida si è sposata. Non l'avrei mai immaginato."

"È strano che essendo lei il fratello non lo sappia" disse la gallinaccia. "Se non l'ha avvertita del matrimonio quando era ora, avrà avuto le sue buone ragioni. E adesso, se mi permette, chiuderò la porta, con o senza frattura delle ossa del suo piede, a lei la scelta."

"La prego signora," la supplicai, "ho bisogno di parlare con Cándida. Non ho cattive intenzioni, ma sarò irremovibile. Se non mi lascia entrare, mi siederò sullo zerbino e aspetterò che lei esca se sta dentro, o che entri se sta fuori, e quanto più tempo dovrà trascorrere prima che tale evento si verifichi, tanto maggiori saranno le probabilità che i suoi vicini mi vedano qui mentre pratico una parodia del buddhismo."

La vecchia, vedendo che mi accingevo a mettere in pratica tale minaccia e che mentre adottavo la posizione del loto mi si squarciavano le mutande sul didietro, spalancò la porta e m'invitò a entrare in un'anticamera minuscola arredata però con semplice cattivo gusto, dove poco dopo, richiamata dalle grida della gallinaccia, si materializzò mia sorella, scaturita dai recessi di quel porcile.

Vi sono donne sul cui aspetto fisico il fortuito cambiamento dello stato civile produce un effetto prodigioso, un'autentica trasfigurazione. Non era il caso di Cándida, che trovai visibilmente peggiorata, per usare un eufemismo, come se gli anni trascorsi dal nostro ultimo incontro l'avessero presa a calci.

"Ciao, Cándida," sussurrai, "sei bellissima."

Contro ogni previsione, Cándida fece una smorfia che in un primate avrebbe potuto essere interpretata come un sorriso, e rispose:

"Anche tu hai un ottimo aspetto. Ma non stare lì in anticamera. Entra e mettiti a tuo agio. Fa' come se fossi a casa tua".

A una prima occhiata, e avendo visto in televisione film e anche documentari sull'argomento, pensai che la povera Cándida fosse stata vittima di un rapimento da parte di qualche alieno e che il suo corpo mortale fosse stato sostituito con quello di quest'ultimo. Poi mi dissi che nessun alieno sano di mente si sarebbe impossessato di un simile rudere come prima mossa per conquistare o distruggere il nostro pianeta; e se, nonostante tutto, a una qualche strana creatura di un'altra galassia fosse venuto quel ghiribizzo, tale scambio doveva essere stato a mio vantaggio. E così mi profusi in mille complimenti e la seguii all'interno dell'appartamento, composto da due camere da letto, cucina, bagno e soggiorno, come potei dedurre dai mobili, dagli accessori e da altre porcherie del genere.

"Come vedi," disse Cándida quando la visita fu terminata, "qui viviamo divinamente io, Viriato e la mamma."

"La mamma sarebbe quella meraviglia novantenne pazza furiosa?" chiesi.

"È la mamma di Viriato," chiarì Cándida, "e mia suocera. Viriato è la mia altra metà del cielo. Ti piacerà Viriato; entro i limiti del possibile è più giovane di me, attraente, sveglio e intelligente, e di indole molto tranquilla e liberale."

"E tu credi che anch'io gli piacerò?"

"Ne sono convinta. Vero mamma?"

Per fortuna la gallinaccia nel frattempo era crollata addormentata, o morta, riversa sul portaombrelli, e non poté rispondere a quella domanda capziosa.

"Senti Cándida," dissi, "secondo me dovresti raccontarmi tutta la storia dal principio. Prima tuttavia, e prevedendo che sia una lunga storia, ti sarei grato se mi dessi qualcosa da mangiare. Debbo avvertirti, per essere sincero e nel caso non l'avessi notato, che la mia condizione è lungi dall'essere prospera. Ma non temere: una volta saziati l'appetito e la curiosità, o anche solo il primo, me ne andrò da dove sono venuto. La mia presenza non turberà in modo alcuno la tua felicità coniugale."

"Non dire sciocchezze" rispose mia sorella. "La ditta di famiglia va a gonfie vele, godiamo di una posizione privilegiata e stiamo proprio cercando gente giovane, ambiziosa e intraprendente per incrementare la nostra capacità di espansione imprenditoriale. Non siamo più negli anni settanta, che tu hai conosciuti, e neanche negli anni ottanta, che hai trascorso in manicomio. Siamo a metà degli anni novanta. Alle soglie di non so quale secolo. Resta qui con noi e avrai lavoro, un buon stipendio e un futuro brillante."

E così dicendo aprì un cassetto del secrétaire e ne tirò fuori un pezzo di formaggio, poi da un altro cassetto prese un tozzo di pane non troppo secco e finirono tutti e due subito vittime della mia ingordigia. Mentre mangiavo Cándida continuava a parlare, per cui mi persi buona parte del suo resoconto sebbene non la sostanza, che diceva così:

"Poco più di un anno fa, Viriato aveva appiccicato ai muri e ai lampioni un cartello che diceva: 'Cercasi moglie in questo quartiere, non importa l'età, la presenza, l'intelligenza né la posizione sociale, razza, religione o ideologia'. Io risposi dicendo che, se davvero non dava importanza all'aspetto, al cervello e al denaro, io ero la persona che stava cercando perché non avevo nessuna delle tre cose e, se voleva vedermi, poteva venirmi a prendere all'alba, alla fine del lavoro, nella spianata che c'è dietro al cimitero vecchio, reparto saldi. Il giorno dopo venne a trovarmi e ci sposammo".

Interruppi l'ingestione di cibo e mi misi a guardare Cándida fisso negli occhi nell'attesa che proseguisse, ma lei si limitò a chiudere gli occhi, sorridere ed esclamare:

"E questo è tutto".

Capivo che formulare la domanda che in quel momento mi attraversava la mente sarebbe stato crudele, per cui decisi di stare zitto e attendere che gli eventi mi fornissero una risposta chiarificatrice.

"E adesso dov'è Viriato?" mi limitai a chiedere.

"Sta lavorando, naturalmente" disse Cándida. "Ma non tarderà a rientrare. Mangia sempre a casa, insieme alla sua famiglia. Così risparmia e segue una dieta equilibrata. Lui si occupa della spesa, cucina e lava i piatti. E a cena, lo stesso."

"E dopo cena non esce un momentino a sgranchirsi le gambe?"

"Le sue gambe? No. Viriato è un pantofolaio. Dopo cena guardiamo la televisione se c'è qualche programma culturale. Altrimenti giochiamo a Monopoli. Ma ecco che suona il campanello, la mamma apre la porta e i passi virili del mio Viriato riecheggiano nell'anticamera. Fra pochi secondi avrete l'occasione di conoscervi."

*

Viriato era sulla cinquantina, basso, tracagnotto, scarso di capelli, corto di braccia, leggermente ingobbito, e doveva essere stato strabico quando disponeva ancora dei due occhi. Quanto al resto, era un uomo dall'aspetto sano, neanche troppo malmesso, in apparenza bonaccione e propenso a ridere delle proprie battute. Accettò la mia presenza e condizione senza sorpresa né crisi di rabbia, reiterò l'offerta che mi aveva fatto Cándida, e non eluse la domanda che con grande sagacia aveva letto nei miei occhi.

"Accompagnami in cucina, così parliamo mentre preparo il rancio" disse. E quando ci ritrovammo da soli aggiunse: "Senza dubbio ti domandi come mai uno come me, che assomiglia così tanto a Kevin Costner, abbia sposato uno scherzo della natura come Cándida. C'è una spiegazione per tutto. Fin da piccolo desideravo condurre una vita ritirata dedicandomi alla meditazione e alla filosofia, ma il fatto che mio padre avesse tagliato la corda pochi minuti dopo avermi concepito portandosi via gli esigui risparmi di mia madre, le ristrettezze economiche che seguirono tale evento e altri incidenti che non sto qui a raccontare buttarono all'aria i miei progetti. Per qualche tempo pensai di entrare in convento, ma me lo impedì non tanto il fatto che sono un finocchio di tutto rispetto, quanto la certezza di non poter abbandonare alla propria sorte l'anziana madre, che è afflitta dalla disgrazia, peraltro molto comune, di essere stata anziana fin dalla più tenera età. Stando così le cose, mi dedicai agli affari che attualmente costituiscono il nostro sostentamento e, nel tempo libero, alla mia vera vocazione. In questo modo adempio al mio dovere e ho già scritto nove tomi di un trattato che un giorno, se vuoi, ti leggerò con le relative postille".

"Nulla mi renderebbe più felice," risposi, "ma stavi raccontandomi di Cándida."

"Ah sì, Cándida" esclamò come se quel nome gli ricordasse qualcosa. "Bene, sta di fatto che mia madre, prevedendo di venire afflitta dai disturbi tipici della sua età, insisteva nel farmi sposare. E lo sai quanto possono essere insistenti le madri, e quante risorse emozionali siano capaci di scatenare in questi casi. Per due volte diede fuoco all'appartamento, una volta si buttò giù nella tromba delle scale e alla fine, visto il fallimento di ogni tentativo, andò allo zoo e si buttò nella fossa dei leoni dove starebbe ancora adesso se loro non avessero richiamato l'attenzione del guardiano con spaventosi ruggiti. Stando così le cose, preferii far piacere a mia madre. Dopo aver preso in considerazione svariate offerte interessanti, mi imbattei in Cándida e mi convinsi subito di aver trovato quello che cercavo. Non mi sbagliavo: a mia madre Cándida sta simpatica e Cándida sembra andare d'accordo con lei. E io, da buon filosofo, mi sono adattato presto e senza problemi alla nuova situazione. Cándida è servizievole e accondiscendente, non s'immischia nei miei affari, quando fa bello porta mia madre in terrazza, non incorre in spese voluttuarie e pulisce quasi quanto sporca. So che un giorno le ammazzerò tutt'e due a colpi d'ascia, ma nel frattempo viviamo bene."

Non avevo nulla da aggiungere a quelle parole piene di buonsenso; inoltre Viriato, mentre parlava, aveva preparato dei maccheroni al ragù che non avrebbero sfigurato al desco di un pascià, pertanto sigillai la nostra nuova amicizia con un energico abbraccio, e in qualità di membro virile della famiglia diedi la mia benedizione a quell'unione fortuita.

Alla fine del pranzo, innaffiato con uno squisito Cabernet Sauvignon di fabbricazione casalinga e rallegrato dalla mamma di Viriato (il cui nome non riuscii a evincere dalla conversazione perché tutti le si rivolgevano chiamandola con soprannomi affettuosi quali "strega" e "rospo"), la quale signora, grazie alla virtù naturale di molte persone anziane a cogliere il lato interessante e spiritoso della vita, ci mise al corrente di una selezione delle sue migliori diarree; alla fine del pranzo, dicevo, Viriato mi propose di accompagnarlo al lavoro, visto che mia sorella gli aveva detto che ero alla ricerca di un impiego rimunerativo e lui, dal canto suo, aveva bisogno di qualcuno con cui condividere le proprie responsabilità. Nell'attesa che i miei guadagni mi consentissero di acquistare un guardaroba adeguato, mi prestarono una vecchia tuta da ginnastica gialla grazie alla quale, e tranne quando l'incompatibilità fra la sua taglia e la mia culminava in fugaci rivelazioni, potei passare quasi inosservato presso i miei concittadini.

*

Il negozio di mio cognato si trovava a breve distanza dal suo domicilio, in una strada non troppo larga né troppo lunga né troppo pulita, ma ricca di esercizi aperti al pubblico (una via commerciale) e consisteva in un salone da parrucchiere fornito di tutti gli strumenti necessari – anche se non i più moderni e sofisticati – oltre a uno stock limitato di prodotti cosmetici in diverse fasi di decomposizione. Sopra la porta, all'esterno, campeggiava un'insegna sulla quale si poteva leggere, sebbene mancasse un'elevata percentuale di lettere:

IL TEMPIO DELLE SIGNORE
Casa fondata nel 1985 o '86
Rapidità e buongusto a prezzi di saldo

"Abbiamo...," disse Viriato mentre mi faceva vedere con orgoglio tutte le attrezzature approfittando di un vuoto di clientela a parer suo inspiegabile, "...abbiamo un pubblico numeroso e, cosa importantissima, molto fedele. Il negozio è rigorosamente unisex, come dice il nome, ma accettiamo ugualmente uomini e donne. Fra i nostri più assidui visitatori vi sono anche alcuni cappellani. Superfluo dire che la nostra clientela è a dir poco selezionata."

Sebbene parlasse al plurale accompagnando le parole a gesti che suggerivano la presenza di un nutrito staff, ben presto dedussi che il personale del negozio si limitava a Viriato, circostanza che lui giustificò in questo modo:

"In effetti potrei benissimo impiegare diversi dipendenti, vista la domanda, ma con i tempi che corrono è molto difficile trovare persone laboriose e responsabili. Un anno fa ho assunto un apprendista, ma ho dovuto licenziarlo subito perché, oltre a non lasciarsi inculare, non aveva la finezza, la naturale eleganza e l'affabilità fondamentali in questo tipo di lavoro. Mi capisci? Vedo che mi capisci, perché muovi la testa in su e in giù e da destra a sinistra alternativamente, il che mi rallegra alquanto. Com'è ovvio, non posso offrirti un buon stipendio. Non posso nemmeno offrirti un cattivo stipendio. All'inizio dovrai accontentarti delle mance e di quello che riesci a carpire dalle borset-

19

te delle signore. Più avanti, se la fortuna ci arride, magari ti permetterò di acquistare azioni privilegiate della società. Ti faccio questa proposta in virtù dei vincoli famigliari che ci uniscono. Non ringraziarmi. Dietro quel paravento troverai un camice, uno straccio e un secchio".

*

In questo modo ottenni il primo lavoro onesto della mia vita. Va detto che ci misi tutta l'energia accumulata in tanti anni di ozio, e tutte le illusioni che mi venivano dalla prospettiva di vedermi finalmente integrato nella società degli uomini e, a che pro negarlo, tutto l'impeto che generava in me una sana ambizione. E vi assicuro che i miei sforzi non furono delusi.

I primi giorni, approfittando del casuale protrarsi dell'assenza di clienti in negozio, mi impegnai a ripulire e a mettere in ordine il locale. Con il manico della scopa misi in fuga i topi che si erano sistemati lì, e a calci misi in fuga i gatti che avevano stipulato con i primi uno scandaloso patto di non belligeranza. A forza di scarpate costrinsi pulci, cimici, pidocchi, scarafaggi e scolopendre a cambiare indirizzo. Eliminai le sanguisughe che avevano trovato casa nei bigodini. Lavai asciugamani e pezzuole in una fontana pubblica, affilai le forbici contro il gradino del marciapiede, incollai i denti dei pettini... rendo l'idea? Lavoravo dall'alba al tramonto e mio cognato, per dimostrarmi che riponeva in me la più completa fiducia, mi lasciava solo per tutta la giornata. All'ora stabilita chiudevo a chiave la porta e andavo a prenderlo in uno dei nove sex-shop che rallegravano l'isolato: nei loro oscuri e quieti labirinti, Viriato approfondiva i suoi studi filosofici con tale dedizione che sovente dovevo trascinarlo a casa di peso, perché lo trovavo emaciato, in un autentico stato di spossatezza. Poi ritornavo in negozio, preparavo tutto per il giorno dopo e andavo a cena in un ristorante lì vicino, elegante nella sua semplicità, sulla cui porta a vetri una vistosa insegna annunciava:

PIZZE SUCCULENTE

Al forno di legna	400 pesetas
Crude	200 pesetas
Da scongelare	50 pesetas
IVA	6%

Nei giorni festivi completavo tale squisita colazione con una Pepsi-Cola (formato famiglia), per poi ritornare subito in negozio. Avevo ancora il tempo di togliere qualche granello di polvere dallo specchio. Infine mi coricavo, stanco ma felice, sul materasso che avevo confezionato con le mie mani utilizzando i fiocchetti di polvere che si erano accumulati sul pavimento, sui muri e sul soffitto. Di buon mattino alzavo la saracinesca e mi mettevo sulla soglia per reclamizzare il prodotto:

"Il Tempio delle signore! Tinte, posticci, permanenti! Trecce, creste, pettinature afro! Mèche, boccoli, frangette, chignon! Informatevi sui nostri prezzi!".

Quando la mia foga e le mie grida attiravano un o una cliente, il lui o la lei venivano accompagnati dal sottoscritto alla poltrona, dove facevo loro indossare la vestaglia, mantellina o peignoir (lo straccio lo si può chiamare in tutti e tre i modi), inumidivo loro i capelli con uno spruzzatore cercando di centrarli negli occhi perché non notassero i particolari ambientali, e correvo a chiamare Viriato che, bene o male, portava a termine l'opera.

Essendo un imprenditore nato, ben presto scovai il modo di ampliare l'offerta e ricavarmi qualche piccolo extra. Iniziai a lucidare le scarpe con un vecchio strofinaccio estremamente versatile ed efficace e usando dei lucidi che avevo confezionato con le mie mani diluendo catrame in acquaragia o, in mancanza di quest'ultima, in abbondante grappa. Più tardi, venuto a conoscenza della storia esemplare di un illustre personaggio barcellonese che aveva iniziato a fare fortuna vendendo lozioni per capelli all'Esposizione universale del 1888, cercai di seguire le sue orme, ma dopo molteplici abrasioni al cuoio capelluto abbandonai l'idea. Offrivo alla clientela tisane, bibite o spuntini che correvo a prendere di persona nel bar di fronte, percependo per tale servizio mance da una parte e provvigioni dall'altra. Ogni prestazione veniva accompagnata dalle più squisite manifestazioni di affabilità e servilismo. Ascoltando le chiacchiere dei clienti fingevo di entrare in trance e ridevo per le loro battute, fino a sbattere la testa contro il pavimento. Queste piccole e innocenti lusinghe al loro amor proprio incrementavano di molto la loro munificenza.

Consapevole dell'importanza di fare una buona impressione, mi tinsi i primi capelli bianchi e, già che c'ero, l'intera chioma di una delicata nuance zafferano. Con i primi risparmi e approfittando dei saldi di gennaio, mi rivestii da capo a piedi conformemente alla mia nuova condizione sociale, cercando nello stesso tempo di sottolineare il portamento garbato e la snellezza, alquanto pregiudicata dal consumo di tanta mozzarella, prosciutto e peperoni. Così, in modo graduale e non senza qualche spesa, mi trasformai in un gentiluomo di Barcellona.

Mio cognato si comportò benissimo con me. A poco a poco mi insegnò i rudimenti del mestiere e dopo qualche mese, molta fatica e un modesto spargimento di sangue, ero in grado di svolgerlo da solo e con relativo successo, il che gli permise di dedicarsi ai propri interessi e farsi vedere soltanto a fine giornata per svuotare la cassa. In virtù di questo cambiamento poté aggiungere un nuovo volume al suo trattato, dove dimostrava in modo inconfutabile che l'acqua di un fiume non passa mai due volte nello stesso punto, tranne nel caso del Llobregat. Tale apporto al mondo delle idee, le cure all'anziana madre e un giovane funzionario della Caixa che ogni tanto glielo succhiava lo tenevano perennemente occupato.

La clientela del negozio non apparteneva al fior fiore della nostra aristocrazia, ma non mancava di buona posizione né di accessori kitsch. Come ho detto qualche pagina addietro, il quartiere, un tempo bassifondi, era stato sottoposto nel corso di questo (felice) decennio a un processo di risanamento e ristrutturazione. Vorrei ora aggiungere che tale processo non si fermava alle apparenze esterne, come sarebbe successo se le nostre istituzioni fossero state negligenti o venali: anche le apparenze interne ne erano state interessate mediante una scuola elementare, un ambulatorio e una palestra, dai quali e in modo totalmente gratuito ognuno usciva istruito, curato e con i funghi. Si costruirono strade pedonali a uso esclusivo dei veicoli a motore, vennero pavimentati ex novo marciapiedi e carreggiate, e a tratti erano stati piantati allegri alberelli che a metà degli anni novanta, quando ha inizio questa storia, avevano già perduto le foglie, i rami e i tronchi, integrandosi perfettamente nel paesaggio urbano. L'aria era più limpida, il cielo più azzurro e il clima più benigno. Eravamo orgogliosi di vivere lì.

Va detto che, con la mia diligenza e rettitudine, l'abbigliamento e il bel garbo, mi inserii senza problemi in quel sano ambiente. Ero conosciuto, rispettato e molto apprezzato nel quartiere. I genitori mi chiedevano consiglio sul futuro dei loro figli, i commercianti sull'andamento delle loro ditte, i pensionati sul modo di investire i loro risparmi. Approfittando di una buona occasione, presi in affitto un appartamento un tantino piccolo e mal ventilato, ma vicino al negozio. Più tardi acquistai un frigorifero di seconda mano e un televisore. Per recuperare gli anni perduti, mi iscrissi ad alcuni corsi di cultura generale per corrispondenza. Ogni mese mi mandavano degli appunti fotocopiati, un elenco di domande e, con un modico supplemento, anche le risposte. Trovandomi sprovvisto dell'abitudine allo studio, sovente mi scoraggiavo visto lo scarso rendimento dei miei sforzi. In questi casi, una volta di più, mio cognato Viriato mi offriva il sostegno della sua sapienza.

"Dai, non ti scoraggiare," mi diceva, "e studia senza badare troppo a quello che leggi. Pensa che ti tornerà utile soltanto quello che non capisci."

Mi iscrissi a diverse associazioni di quartiere e, se qualche volta c'era da portare il viatico a un moribondo, io lo precedevo agitando incessantemente il campanello e il parapioggia. In tal modo mi ripulii di dentro e di fuori e saziai i miei bisogni materiali, le ambizioni sociali e le aspirazioni intellettuali. Quanto alle donne, verso le quali in altri tempi avevo manifestato una propensione che sconfinava nella licantropia, avevano smesso di interessarmi. Le trattavo con speciale rispetto, e m'impegnavo ostinatamente a eliminare dai nostri reciproci contatti ogni ombra di spudoratezza. Con tale condotta riuscii ad averne tante quante volevo, vale a dire nessuna.

Così tiravo avanti – e stavo per ricevere la Creu de Sant Jordi – quando lei fece il suo ingresso in negozio.

2.

Mi trovavo da solo e come al solito raggomitolato nell'angolino più discreto del negozio, immerso nei miei studi. Forse per questa ragione non feci caso al suo aspetto fisico. Notai soltanto che non aveva il cane. Indossai con bel garbo il camice bianco per dare un'impressione di zelante professionalità, e intanto dissimulare l'erezione repentinamente sopraggiunta, poi le indicai la poltrona che lei occupò senza smettere di guardarmi fisso negli occhi.

"Mi dispiace di avere interrotto la sua lettura" disse con voce indolente e carezzevole.

"No, no, s'immagini. Sono qui per servire il cliente comunque e dovunque. Soltanto, approfitto dei rari momenti di quiete che mi concede questo prospero negozio per ampliare gli orizzonti delle mie conoscenze" risposi. E subito dopo, vedendo nella sua espressione un'ombra d'incoraggiamento, aggiunsi: "Ogni corpo immerso nell'acqua riceve una spinta dal basso verso l'alto uguale al volume del liquido da esso spostato".

"Lei è un saggio" disse lei.

"No, per carità, l'esatto contrario" risposi con rispettosa modestia. "Shampoo?"

"Mi lucidi le scarpe" rispose; ma dopo aver lanciato un'occhiata all'attrezzatura, aggiunse frettolosamente: "Basterà passare un fazzoletto di carta".

Mi misi in ginocchio e lei sollevò una gamba per appoggiare la scarpa sullo sgabellino che le avevo messo davanti. Il risultato della mia genuflessione e del suo movimento fu per me la visione oscura e furtiva, nei lontani recessi delle sue cosce, di un pezzetto di nastro o bordino di organza.

"Lei è nuovo di qui?" sentii che mi chiedeva.

Deglutii per disintasare la strozza e risposi:

"Nossignora. È da qualche anno che faccio questo mestiere. Lei sì che è nuova. Voglio dire, nuova cliente di questo esercizio".

"Sarei venuta prima se avessi saputo che c'era una persona con tante belle qualità come lei, signor..."

"Sugrañes. Onan Sugrañes, per servirla" dissi.

Immediatamente mi resi conto di essere incappato – per la prima volta dopo tanto tempo – in una bugia inoffensiva, e di averlo fatto spinto da un'improvvisa sensazione di pericolo, non perché diffidi delle belle donne, ma perché diffido di me stesso quando sono in presenza di belle donne. Del resto, se con la mia risposta non avevo detto la verità vera, non l'avevo neppure rinnegata, perché nel caos degli ultimi anni non avevo avuto il tempo di richiedere la carta d'identità né di regolarizzare la mia situazione anagrafica. Infatti, quando venni al mondo mio padre o mia madre o chiunque mi ci avesse portato non si era preso la briga di registrarmi in comune, per cui l'unica conferma della mia esistenza era quella che davo io di volta in volta, con maggiore costanza che successo, mediante le mie azioni. E siccome in tempi recenti, grazie a una serie di amnistie promosse da gente perbene e appoggiate con entusiasmo sospetto da alcuni politici, erano stati ritirati dalla circolazione i casellari giudiziali e le foto segnaletiche della polizia, la mia situazione era paragonabile a quella di certi animali estinti, sebbene priva di qualsiasi interesse scientifico.

Mentre mi trovavo assorto in queste riflessioni e in altre che non ritengo opportuno riportare, trascorse un breve lasso di tempo fino a che lei tornò a domandare:

"Le piace il suo lavoro?".

Si sarebbe detto che mi stava saggiando (in senso figurato), se tale idea fosse rientrata nel campo dell'immaginabile. In ogni caso risposi:

"Oh, sì, mi piace molto".

"E prima di fare il parrucchiere che cosa faceva?" continuò a chiedere lei, e subito dopo, notando forse un'ombra di sospetto nel mio sguardo, aggiunse: "Mi scusi per la mia curiosità. Sono fatta così".

E mentre parlava tornò ad accavallare le gambe nell'altro senso e mi parve di udire una voce armoniosa proveniente dall'etere che mi diceva: "Signore e signori, lo spettacolo sta per iniziare".

"La prego," riuscii a dire, "lei può chiedermi tutto quello che vuole. Sono qui per servirla. Prima di fare il parrucchiere ho lavorato diversi anni in un centro di accoglienza per portatori di handicap. Fuori Barcellona. E prima ancora sono stato chierichetto."

Nell'udire tale suggestivo curriculum sorrise e disse, alzandosi dalla poltrona:

"Quanto le devo?".

"Niente" dissi per non complicare le cose.

Mi diede duecento pesetas, se ne andò e io, dopo aver contabilizzato il ricavato, spolverato la poltrona e messo in ordine gli strumenti di lavoro, tornai a immergermi nella lettura ben deciso a dimenticare quell'incontro.

C'ero quasi riuscito quando, dopo aver cenato in pizzeria, me ne stavo tornando a casa facendo una passeggiata tanto gradevole quanto digestiva. Dato che in negozio non entravano nemmeno i fenomeni naturali, non mi ero accorto dell'arrivo dei primi tepori estivi. L'aria era tiepida e sensuale, e lontane fragranze si mescolavano alle esalazioni dei tubi di scappamento e dell'immondizia. Era venerdì, e nei dehors dei bar si sparpagliavano gruppetti di giovani intenti a commettere giocosi atti di violenza fra di loro o con i passanti; il frastuono assordante della musica e del traffico automobilistico soffocava le grida dei beoni e degli indemoniati e i gemiti degli anziani e dei malati abbandonati dai parenti, i quali approfittavano del riposo settimanale e dei primi caldi per trasferire il baccano della città alle loro seconde e ancora peggiori abitazioni. Crogiolandomi in tali manifestazioni di vitalità e nell'incessante ululare delle sirene della polizia e delle ambulanze che scorrazzavano su e giù per soccorrere le vittime degli incidenti, delle risse e delle overdose, arrivai nel mio simpatico appartamentino. Infilai il pigiama estivo (un paio di pantaloni da ginnastica squarciati) e accesi il televisore. Un calciatore scandinavo o forse nigeriano cercava di spiegare nella nostra lingua il risultato di una partita giocata due mesi prima:

"Erecniv id omavatirem am osrep omaibba".

Spensi il televisore, mi lavai i denti, andai a letto, m'infilai un pollice dentro a ciascun orecchio per non sentire il rumore della strada e cercai di dormire, ma nel cuore della notte non ero ancora riuscito a chiudere occhio.

Con l'arrivo del bel tempo, il sabato mattina gli affari languivano ma verso sera la situazione si animava perché la gente che era andata al mare veniva da me a farsi togliere il petrolio e le meduse dai capelli. Poiché tutti avevano qualcosa da fare la sera, si dimostravano esigenti con il personale (il sottoscritto), protestavano per i prezzi e non lasciavano mance. Quando l'ultimo cliente se ne andava, ed era quasi mezzanotte, mi fermavo a fare il riscontro di cassa ma non finivo mai prima delle due, perché ogni volta mi facevo degli sconti. A quell'ora la pizzeria aveva già chiuso e, per non cambiare regime nutrizionale, andavo a dormire senza cena. La domenica il negozio restava chiuso – tenevo aperto solo su prenotazione o alla vigilia di qualche festività importante o nel mese di maggio quando ci sono matrimoni a tutto spiano, anche se nessuna sposa veniva da me a farsi pettinare (l'avrei fatto benissimo), nemmeno una damigella o uno straccio d'invitato. Ma se non altro c'era la suspense. Le domeniche con il negozio chiuso erano meno stimolanti. La mattina visitavo due o tre musei (l'ingresso è gratuito) e poi, per scacciare la noia, mi piazzavo davanti a un parcheggio e guardavo le automobili che entravano e uscivano. Intorno alle due compravo un sacchetto di ossi di morto e andavo a casa di Cándida, dove mi attendeva un piacevole pranzetto famigliare le cui chiacchiere si protraevano fino a tardi con nostro grande sollazzo, soprattutto nei pomeriggi invernali umidi, freddi e bui. Allora, dopo che le esalazioni della stufa a cherosene avevano messo a tacere la madre di Viriato, ci sedevamo in salotto e lì Cándida cercava invano d'infilare un ago mentre Viriato leggeva e commentava con meticolosità didattica le sue opere. Alle sette e trenta mi congedavo profondendomi in mille manifestazioni di gratitudine e ritornavo a casa, guardavo un po' di televisione e andavo a letto presto per iniziare la settimana carico di energie.

Lei ritornò dopo nove giorni, con le stesse gambe. Senza dire una parola si sedette sulla poltrona, rifiutò il peignoir con un cenno della mano e disse guardandomi fisso negli occhi:

"Non sono venuta qui per i capelli, ma per parlare con te di una faccenda personale. Ti dispiace se ti do del tu? Sarebbe più logico, visto il carattere personale della faccenda cui ti accennavo. Prima, tuttavia, devo sapere se posso contare su di te per questa faccenda personale e per le conseguenze che potranno derivarne".

"Farò tutto quanto è in mio potere," risposi, "sempre che sia compatibile con la deontologia della coiffure."

"Era la risposta che mi aspettavo da te" disse lei. "Ma è meglio non parlare qui. Potrebbe entrare qualcuno e interromperci. A che ora finisci il lavoro?"

"Il lavoro di un bravo parrucchiere non finisce mai," dissi, "ma Il Tempio delle signore chiude alle otto."

"Ti aspetto a quell'ora nel bar di fronte" disse. "E non farmi il bidone."

All'ora convenuta mi recai all'appuntamento. Lei era già lì, seduta a un tavolino sul fondo, assorta nella suzione di una bibita in bottiglia (imbottigliata dal cameriere del bar), e indifferente a quanto la circondava. Mi indicò la sedia senza dire una parola. Mi sedetti. Restammo un attimo in silenzio, lei pensando alle sue cose e anch'io pensando alle sue cose. Il che mi permise di osservarla con maggiore attenzione e, di conseguenza, offrire al lettore una descrizione integrativa, avendo accennato già altrove alle sue parti basse. Era giovane di età, corporatura snella, statura alta (quando eravamo in piedi tutti e due, io dovevo alzarmi sulle punte per guardarla diritto negli occhi) e molto bella, anche se su questo punto devo ammettere di essere di manica larga; ed era anche pulita, giacché dal suo organismo si sprigionava un aroma salutare, dove trovavano spazio la saponetta, il deodorante e il body milk, ed era chiaro come il sole che trattava i capelli con un prodotto che dava loro lucentezza, volume ed elasticità. La mia attenzione venne attirata dalla sua palese indolenza: mangiava poco – pensai – e la sua bellezza le consentiva di andarsene in giro senza prestare alla realtà la dovuta attenzione. Pensai che fosse tormentata da qualche pena occulta. Sebbene rivolgesse a tutti in generale – e a me in particolare – sguardi sdegnosi, questi a volte e senza motivo apparente si velavano di un'inquietudine prossima alla paura, come se per qualche strana virtù fosse in grado, a tratti, di entrare in sintonia con gli istinti peggiori del proprio interlocutore. In tali occasioni le sue labbra subivano una leggera contrazione e doveva afferrare forte con le mani il primo oggetto (inanimato) che fosse alla sua portata per frenare il tremore che la invadeva.

"È incredibile," dissi tutt'a un tratto per spezzare il silenzio con un po' di conversazione mondana e istruita, "come sia primaverile questo tempo. Certo, è la sua stagione. Nell'emisfero occidentale."

"Non mi piace la primavera" rispose seccamente, neanche fossi in qualche modo responsabile del ciclico alternarsi delle stagioni. "Mi sento invadere da un languore insopportabile e orribilmente sdolcinato. Ma l'estate è ancora peggio, perché mi porta tristi ricordi. Da bambina ogni estate mi spedivano in Svizzera, in un collegio pieno di signorine raffinate. E lì mi scocciavo. Quando ritornavo a Barcellona, mi mandavano in un altro collegio, sempre per signorine ma non altrettanto raffinate. Catalane. Per questo non mi piace neanche l'autunno."

Si rabbuiò. Mi parve prossima alle lacrime, per cui mi astenni dal farle domande sull'inverno. Dopo qualche secondo si riprese, mi guardò con occhi supplichevoli e disse:

"Prima di raccontarti tutto, devo avvertirti che il favore che ti chiedo comporta una leggerissima percentuale di rischio. E sfiora anche i limiti della legalità. Se una di queste cose ti spaventa, dimmelo subito. Allora me ne andrò e non ci rivedremo mai più".

Tale commento non mi sorprese. Una donna così a uno come me al massimo può proporre qualcosa d'illegale.

"Raccontami di che cosa si tratta" le dissi.

*

Accavallò le gambe più volte come aveva preso l'abitudine di fare in mia presenza e cercai di guardare da un'altra parte per capire bene quello che voleva dirmi e per non perdermi in divagazioni.

"In realtà," iniziò a dire, "non sono io ad avere bisogno del tuo aiuto, bensì mio padre. Sarebbe venuto a chiedertelo lui di persona, ma aveva un'agenda piena d'impegni. E poi abbiamo pensato che io sarei stata più convincente. Mio padre si chiama Pardalot, Manuel Pardalot. Forse il suo cognome ti dice qualcosa: è un importante uomo d'affari. Importante non nel senso dell'uomo, ma nel senso degli affari. Per ragioni che ora non ci interessano, gli affari di papà ultimamente hanno attirato l'attenzione della magistratura. È ovvio che si tratta di un errore di valutazione, ma per chiarire questo errore dovrebbero sparire certi documenti. Attualmente i documenti in questione si trovano in un ufficio. Il resto va da sé: si tratta di entrare nell'ufficio, sottrarre i documenti, uscire e consegnarli a me. In cambio, un milione di pesetas in banconote di piccolo taglio, usate, numerazione non consecutiva."

"È un'offerta interessante per chiunque viva ai margini della legge," dissi, "ma non è il mio caso. Mi dia una ragione, oltre al denaro, per cui debba trovare interessante una proposta di questa natura."

"Cercala tu da solo," rispose, "e quando l'avrai trovata, me la dici. So essere riconoscente."

E così dicendo mi rivolse un sorriso talmente artificiale da poter essere interpretato nei modi più suggestivi. Riflettei per qualche istante, o forse un istante solo, badando a evitare qualsiasi fugace occhiata alla sua provocante configurazione, quindi dissi:

"Mi dispiace. Sono un uomo onesto, un cittadino esemplare e nemmeno le argomentazioni convincenti di cui lei si avvale e che espone e insinua potranno distogliermi dalla retta via. Non conti su di me, se non per quanto concerne la riservatezza su quello che ci siamo detti. Per me è come se il nostro incontro non fosse mai avvenuto. Buonasera".

Ritornai in negozio e mi misi a riempire con ammoniaca due boccette per lo shampoo delicato (capelli secchi e fragili), ma dovetti lasciar perdere perché, mentre navigavo in congetture che non mi portavano da nessuna parte, il liquido continuava a traboccare dall'imbuto con conseguente spreco. Ciononostante la mia decisione continuava a sembrarmi la più giusta, e quando, poco dopo, entrai nella pizzeria, occupai il solito sgabello, mi annodai il tovagliolo attorno al collo e ordinai cinque pizze al tonno, acciughe, prosciutto, uova, peperoni, funghi, pomodoro, parmigiano e maionese, la signora Margherita mi guardò sorpresa.

"È che oggi," le spiegai, "non ho fame."

"Mal d'amore?" mi chiese la signora Margherita credendo di fare una battuta.

Mi limitai a sospirare e a guardare da un'altra parte. La famiglia che gestiva la pizzeria, composta dalla signora Margherita, il signor Calzone e il loro figlioletto Quattrostagioni, erano per me il paradigma della felicità, un ideale cui io non credevo di poter aspirare, ma la cui visione mi riempiva di gioia e malinconia insieme. Nel corso degli ultimi anni ero diventato il loro miglior cliente e loro ricambiavano la mia assiduità con la simpatia e l'affetto. In pizzeria sentivo, sebbene in modo indiretto, il calore del focolare che non ho mai conosciuto. Lo spettacolo della signora Margherita che lavava i calzini del marito nel lavandino del ristorante, o dei pannolini sporchi del bambino fra gli impasti della pizza, mi faceva sognare un'esistenza tranquilla, senza scossoni, l'esistenza alla quale in fondo avevo sempre aspirato, e che la vita, la sorte o i miei stessi errori mi avevano negato.

Sulla strada che portava al mio schifoso bugigattolo dovetti fare una sosta a causa dei crampi che mi attanagliavano lo stomaco (forse dovuti all'origano che è un potente carminativo), e mi sedetti sul gradino del marciapiede. Un cane rognoso mi si piazzò alle spalle e sollevò la zampa contro la mia giacca. Scacciarlo a sassate non mi aiutò a stare meglio. Mi trovavo in quel frangente quando un'automobile si fermò davanti a me, la portiera si aprì e udii una voce nota che mi diceva:

"Ehi tu, sali".

Senza pensarci su due volte balzai all'interno della vettura. La portiera si richiuse e l'auto ripartì per una destinazione ignota. Soltanto allora mi accorsi che nell'abitacolo non eravamo soli, della qual cosa, tra l'altro, avrei dovuto accorgermi prima, dato che mi aveva chiamato dal sedile posteriore di una mega automobile che non esiterei a definire gran turismo se tale vocabolo obsoleto non rivelasse la mia età avanzata. È vero che lei era stata l'unica occupante della vettura a rendersi visibile dall'esterno abbassando il vetro fumé, mentre i restanti finestrini erano rimasti chiusi conferendo ai passeggeri un anonimato che, almeno per me, costituiva un peccato di esibizionismo al contrario. Se mai un giorno potessi disporre di un'automobile come quella non mi nasconderei, anzi, cercherei in tutti i modi di farmi vedere, magari lanciando baci ai passanti, come fanno il Santo Padre e tutte quelle persone che non hanno niente di cui vergognarsi. Ma ciò non toglie che in quel momento mi trovavo in mezzo a sconosciuti di cui ignoravo le intenzioni, tranne il fatto che stavano per metterle in pratica con le pistole in pugno, in quanto ne stavano puntando una contro di me.

"Si tiri su dal tappetino e si sieda" disse una strana voce.

Lei si spostò dal sedile posteriore, dov'era seduta, allo strapuntino, offrendomi il suo posto insieme alla solita visione che aveva dato origine alle mie avventure, dall'analisi della quale venni distolto poco dopo dal resto della compagnia, composta dall'autista e da un individuo che sedeva al mio fianco tenendo in mano una pistola Heckler & Koch P7. L'autista era un tizio alto e ben piantato, con fattezze da negro e colore da negro, dal che dedussi che doveva essere un negro, a meno che non si fosse pitturato la faccia e le sue fattezze non dipendessero da altre cause, in quanto portava occhiali dalle lenti spessissime – evento alquanto inusuale presso i negri, soprattutto quando devono guidare. L'individuo che mi sedeva a fianco, di media statura e leggermente obeso, aveva l'aria di essere il capo della banda, almeno in quel momento, e senza dubbio era una persona importante e conosciuta perché celava il volto sotto un passamontagna e portava un cappello a larghe tese calcato fin sul naso e una barba finta legata alla nuca mediante un cordino. Parlava anche con una voce falsa o alterata, forse perché non potessi riconoscerla per averla sentita in qualche programma radiofonico. E dico voce perché fu tale individuo, in qualità di capo della banda, a prendere la parola quando alla fine di un lungo silenzio lasciammo il traffico intenso della città per andarci a cacciare definitivamente in un ingorgo.

"Mi scusi," iniziò a dire: le sue maniere erano infatti estremamente raffinate, "se siamo ricorsi a metodi poco ortodossi, sebbene non infrequenti, per avvalerci della sua preziosa collaborazione. Non mi riferisco ai contatti verbali che ha avuto in due occasioni con la signorina qui presente, di carattere squisitamente volontario, bensì a quelli che ora sta avendo con me. Naturalmente non la tratteniamo contro la sua volontà. Può scendere quando vuole, anche se al suo posto non lo farei. Al contrario, al suo posto starei a sentire quello che ha da dirmi la persona che siede al mio fianco, che sarei io."

Nel proferire queste gentili parole appoggiava la canna della pistola Heckler & Koch P7 contro la mia tempia, per cui feci capire a gesti che mi ero fatto un'idea della situazione, quindi lui continuò:

"In realtà non le chiediamo di commettere un furto. Io sono il proprietario di questa impresa e mia figlia, qui presente, colei che la ereditarà. Il furto è soltanto apparente. Com'è ovvio, se succedesse qualcosa, noi risponderemmo per lei. Ma l'operazione è soltanto una falsa operazione. Non del tutto corretta, ma nemmeno illegale. Viviamo nell'era dell'immagine, e io voglio dare una buona immagine di me, faccio male?".

Risposi di no, e aggiunsi che anch'io, nella mia qualità di parrucchiere, mi sforzavo quotidianamente di migliorare l'immagine della mia stimata clientela. Purtroppo tale argomento non parve destare il suo interesse, perché non mi lasciò proseguire.

"Avremmo preferito," disse, "arrivare con lei a un accordo basato sulla reciproca comprensione. Questo, purtroppo, non è stato possibile, nonostante la generosa offerta che poco fa le è stata fatta dalla presente signorina, offerta che lei ha rifiutato adducendo stupide motivazioni di ordine etico. A giudicare dal suo atteggiamento, dalle sue maniere e soprattutto dal modo di vestire, lei dev'essere uno di quelli che si ostinano invano a distinguere fra il bene e il male. A meno che, ovviamente, non stia cercando di aumentare l'importo della sua retribuzione, il che sarebbe improponibile visto il nostro budget limitato. Un milione sono tanti soldi, e noi siamo soltanto ricchi. A lei e a quelli come lei queste cose fanno ridere. Con sarcasmo perfino. È naturale: un proletario, qualunque cosa faccia, non corre mai il rischio di non esserlo più. Invece un ricco alla minima disattenzione si ritrova allo sbaraglio. Ma veniamo al sodo: il mio nome, come lei sa, è Pardalot, Manuel Pardalot. Sono proprietario e amministratore di una ditta denominata Il Ladro Spagnolo s.r.l. È a questa ditta che appartengono i documenti che lei deve rubare. Come le ho già detto, il furto è soltanto apparente. Questo dovrebbe bastarle per rimuovere dalla sua coscienza qualsiasi scrupolo di ordine morale o altro. In effetti si tratta di un'operazione di contabilità, non del tutto corretta ma nemmeno illegale. In sintesi, un milione di pesetas e la possibilità di prendere l'aperitivo a bordo del nostro yacht. È la mia ultima parola."

"No" risposi con fermezza.

"Navigheremo lungo la costa fino all'Estartit."

"Lascialo perdere" disse lei. "È scemo e ha la testa dura."

Mi fece male sentirla pronunciare quelle opinioni vessatorie nei miei confronti, perché dentro di me ero sicuro di averle fatto una buona impressione. Però non dissi nulla.

"Bene," disse il tizio mascherato, "e ora che si fa, pupa?"

Nell'udire tali parole, l'autista si voltò verso di noi ed esclamò:

"Ehi, non si permetta mai più di chiamarmi pupa, capito?".

"Ma non ce l'avevo mica con lei! Pensi a guidare e risponda solo se interpellato" rispose il tizio mascherato, poi rivolgendosi a me aggiunse sottovoce: "'Sti negri puzzolenti sono troppo suscettibili; credono sempre che stiamo parlando di loro in termini spregiativi".

Quindi, alzando di nuovo la voce, aggiunse:

"Ritornando a noi, che altro posso dirle per farle cambiare idea? La nostra delusione è immensa. Avevamo riposto in lei tante speranze! Non creda che sia stato facile trovarla. È da tanto tempo che facciamo indagini. Abbiamo smosso mari e monti per trovare uno come lei, in possesso delle caratteristiche più idonee a questo genere di lavoro per la fama di cui gode nel quartiere, per il modo esemplare di forgiarsi un futuro con il suo magnifico salone di coiffeur e, naturalmente, per il suo peculiare passato...".

"Il mio passato?" esclamai.

"È stata lei," rispose il tizio mascherato indicando la ragazza con la canna della pistola, "è stata lei a pensare che un uomo con i suoi precedenti non avrebbe disdegnato una proposta... Lei mi capisce."

La guardai e lei mi fece l'occhiolino. Non avevo preso in considerazione quel particolare: ero nelle loro mani. Infatti, per i lettori che non sanno ancora quale fosse o sia stato il percorso della mia esistenza, renderò noto che nella mia infanzia, adolescenza e giovinezza sono stato quello che potremmo chiamare, e di fatto si chiama, un facinoroso (e forse è davvero questa la mia reale natura). Il destino mi fece nascere e crescere in un ambiente dove non si attribuiva il giusto valore al lavoro onesto, alla castità, alla temperanza, all'integrità morale, alle buone maniere e ad altre qualità encomiabili che non seppi vedere da solo, e quando imparai a fingere era ormai troppo tardi. In buona fede, convinto che questo fosse l'abituale modo di agire della gente, commisi innumerevoli misfatti. In seguito, quando le persone incaricate di vigilare per la salvaguardia della virtù, la quiete della vita, la difesa dei buoni costumi e l'armonia fra gli uomini (la pula) concentrarono l'attenzione su di me mettendo in pratica i loro metodi sul sottoscritto, essendo io la parte più debole dovetti prestare qualche servizio alla comunità (come informatore), il che non mi procurò le simpatie di alcuno ma in compenso l'avversione di molti. Alla fine, quando giunse per me l'ora di comparire davanti alla giustizia per rendere conto delle mie azioni, le prove che si potevano addurre a mio favore erano talmente deboli e la loro incidenza sul verdetto talmente scarsa, che il mio avvocato si limitò a spedire al tribunale una cartolina da Minorca. Ciononostante, la mia deposizione, la fondatezza delle mie dichiarazioni, il pentimento sincero da me manifestato, il trattamento rispettoso, cordiale perfino, che riservai al giudice, all'accusa e ai testimoni, e in termini più generali il comportamento estremamente ragionevole che mantenni durante le due settimane che durò il processo dovettero fare breccia nel cuore della magistratura: infatti non venni condannato, come temevo, a una pena carceraria, ma soltanto a seguire un trattamento psicologico che mi avrebbe condotto a un veloce reinserimento in seno alla società, all'interno di uno di quegli istituti correzionali che vengono volgarmente chiamati manicomi. Laggiù, tuttavia, le cose non andarono nel modo migliore: piccoli scontri con il personale specializzato (sgherri) e qualche malinteso con il dottor Sugrañes, che in qualità di direttore del centro doveva decidere alla luce delle proprie esperienze (e con la relativa bustarella) l'esatto momento della mia guarigione nonché la restituzione al sottoscritto della libertà, fecero sì che il mio soggiorno si protraesse di settimana in settimana e poi di mese in mese e alla fine di anno in anno, finché un bel giorno, quando ormai avevo perso ogni speranza di rivedere il mondo esterno con i suoi onesti e saggi abitanti, si verificarono i fatti narrati all'inizio del presente libro. Per il lettore che ancora li ricordi (i suddetti fatti), e abbia tenuto conto del lungo e fruttuoso cammino verso la rigenerazione da me seguito fino ad adesso, sarà facile comprendere quanto piccolo fosse il mio desiderio (e quanto grande il timore) di mettere in gioco una condizione sociale sulla cui stabilità in fondo non avevo mai nutrito una reale certezza. Chissà, mi domandavo, se i miei segreti venissero alla luce non perderei forse il rispetto dei miei concittadini e costoro, con tutte le ragioni e la logica diffidenza, non si rifiuterebbero (forse) di affidare la loro chioma alle mani di un criminale? D'altra parte, che cosa avevo da perdere accettando la moderata richiesta di quelle persone bisognose di un aiuto che, a dirla in confidenza, erano disposte a retribuire in contanti e, chissà, appetitosamente anche in natura?

"Quando?"

"Prima si fa meglio è" rispose il tizio mascherato. "Se è d'accordo, anche stanotte."

"Sono d'accordo" dissi. "Non perdiamo altro tempo e ditemi che cosa devo fare."

Nell'udire le mie risolute parole la pupa sorrise, il tizio mascherato sospirò sotto il cappuccio e perfino l'autista borbottò: "Lalleluja!" confermando la mia supposizione che si trattasse in effetti di un immigrato. Dopo il gradevole interludio, il tizio mascherato proseguì:

"La faccenda non è complicata. Come deve averle già detto la pupa, si tratta di rubare alcuni documenti. Tali documenti si trovano dentro una cartellina di colore azzurro che sta nel cassetto di destra della scrivania nell'ufficio del capo, altresì definito Executive Director nell'organigramma della ditta. Ovviamente, per accedere alla suddetta scrivania occorre entrare nell'edificio. Anche questo non è complicato. Nello stabile di notte non c'è nessuno, soprattutto di sabato quando fa caldo, a eccezione dell'agente di sicurezza che si trova in una guardiola dell'atrio. L'agente di sicurezza si avvale di un impianto televisivo a circuito chiuso per controllare dalla sua postazione tutti gli uffici dello stabile. Un programma prestabilito fa sì che gli uffici compaiano sul monitor dell'agente con una frequenza e un ordine invariabili. Una lucina rossa che si accende quando la telecamera inizia a funzionare le consentirà di eludere questo rozzo sistema di sicurezza. C'è anche un allarme che viene scollegato mediante una combinazione di cinque numeri. Su questo foglietto troverà la suddetta combinazione. Impari a memoria la combinazione ma non perda il foglietto, nel caso dovesse dimenticarsela. Su quest'altro foglietto c'è una piantina dello stabile che l'aiuterà a orientarsi. Le porte degli uffici rimangono aperte perché le donne delle pulizie possano passare lo straccio per terra. La porta dell'ufficio del capo, dove ci sono la scrivania e la cartellina azzurra, è l'unica che dovrebbe restare chiusa per ragioni di sicurezza, ma ho già predisposto che stasera non sia così. Il resto va da sé. Qualche domanda?".

"Come farò a entrare se c'è un guardiano nell'atrio?"

"Passerà dalla porta del garage" rispose il tizio mascherato. "Viene azionata mediante un dispositivo a ultrasuoni. Dal garage parte una scala secondaria che permette l'accesso diretto a tutti i piani dello stabile."

"Ci sono cani?" chiesi ancora.

"No" borbottò seccato. "E adesso la pianti di fare domande, accidenti. Dai lavoro a un *charnego** e la prima cosa che fa è cercare d'incastrarti."

"E la grana?"

"Alla consegna dei documenti" disse il tizio mascherato.

*

L'autista fermò l'automobile in una strada appartata, alberata e solitaria della Bonanova, sotto un lampione che, come

* *Charnego*: epiteto spregiativo con cui i catalani definiscono gli immigrati del resto della Spagna che cercano lavoro nella loro regione e che, ovviamente, non parlano catalano. [*N.d.T.*]

tutti quelli di questo lussuoso e distinto quartiere, era caratterizzato dall'avere la lampadina fulminata. Spense il motore dell'auto e tutti e quattro restammo nell'ombra e in silenzio, anche se per breve tempo.

"È qui" disse il tizio mascherato indicando un edificio moderno costruito in vetri fumé e qualche altro materiale. "Ricorda le istruzioni?"

Risposi con un cenno affermativo, e intanto cercavo di esaminare il posto. Distratto dalle istruzioni che mi venivano fornite lungo il tragitto, non avevo prestato attenzione alla strada che avevamo percorso, ma mi accorsi che ci trovavamo in calle Proctólogo Zambomba di fronte al numero 10. La quiete della strada contrastava con il fragore proveniente dalla Vía Augusta, la cui presenza si palesava svoltato l'angolo. Memorizzai questi dati nel caso più avanti dovessi ritornare sul luogo del delitto.

"È mezzanotte e ventitré" proseguì il tizio mascherato. "Ha a sua disposizione venticinque minuti per portare a termine il lavoretto. Impiegare più tempo sarebbe rischioso, per non dire un lusso. Ventitré più venticinque fa quarantotto. A quest'ora precisa, vale a dire a mezzanotte e quarantotto minuti in punto, l'aspetteremo qui, nello stesso posto. Sincronizziamo gli orologi."

Tale operazione ci portò via parecchio tempo perché bisognava adattare tutti gli orologi, compreso quello dell'automobile, ai capricci del mio, che un nero con la barba lunga mi aveva venduto per cinquanta pesetas su una banchina della metropolitana e che non possedeva la virtù della regolarità. Alla fine la ragazza sospirò e disse:

"Gli uomini temerari mi fanno impazzire, ma adesso vattene".

Incoraggiato dalla sua dichiarazione, scesi dall'automobile che si mise in moto e sparì dietro il primo angolo. Tante belle parole, ma nel momento della verità mi lasciano sempre da solo.

Con passo tranquillo feci il giro dell'edificio. L'ingresso principale si trovava sull'angolo fra la strada dove avevamo parcheggiato e la Vía Augusta, ed era costituito da una porta a vetri su cui figurava inciso il nome della ragione sociale: Il Ladro Spagnolo s.r.l.: attraverso la scritta s'intravedeva l'atrio spazioso, la guardiola dell'agente di sicurezza e anche l'agente di sicurezza, un tizio in uniforme, per lo meno dalla cintola in su giacché il resto rimaneva nascosto dal bancone. Era impegnato nella lettura di un libro voluminoso, con la copertina gialla. Ogni tanto sollevava gli occhi dal libro per fissarli sopra un monitor. Finii di fare il giro dell'edificio e arrivai davanti all'ingresso del garage, in una stradina secondaria, protetto prima da una cancellata e poi da un portone basculante. Questo fatto non doveva essere – e non fu – di ostacolo per chi disponesse (come nel mio caso) del relativo telecomando. Azionai dunque il telecomando e la cancellata scivolò orizzontalmente lungo la rotaia, mentre il portone faceva altrettanto ma verticalmente. Quando fui all'interno, premetti di nuovo il telecomando e le porte riacquistarono la loro (falsa apparenza di) normalità. Il luogo in cui mi trovavo era completamente buio e puzzava di quel misto di umidità, carburante e ascella di gorilla che caratterizza i garage chiusi e a volte anche quelli aperti. Il pavimento era ricoperto da uno spesso strato di olio lubrificante su cui i miei eleganti mocassini scivolarono. Caddi per terra e mi trascinai, ora sul fianco, ora supino, ora prono, fino a sbattere contro la parete sul fondo. Non volevo pensare a come avevo conciato il vestito verde cangiante, misto cotone e viscosa, che casualmente e in mancanza d'altro indossavo quel giorno. Era incredibile che un edificio di rappresentanza così lussuoso avesse un garage con un pavimento tanto zozzo, pensai mentre mi spostavo badando a non scivolare di nuovo; e intanto cercavo a tentoni la porta d'accesso alle scale che erano segnate sulla piantina, dove però tutto sembrava più semplice e a portata di mano di quanto non fosse nella realtà. La trovai e l'aprii facendo ruotare il pomolo. Là dentro era sempre buio come in gola al lupo, ma con la punta dei mocassini riuscii a tastare l'inizio di una rampa di scale, il che mi confermò che ero sulla buona strada. Iniziai a salire. Gli scalini erano, o sembravano, di metallo e a ogni mio passo risuonavano come se pesassi sei tonnellate (non supero i sessantaquattro chili), e come se camminando facessi di tutto per far rumore. Tra il buio e il baccano feci una gran confusione e poco dopo mi accorsi che non sapevo a quale piano mi trovassi. Avrei acceso un fiammifero, ma il mio vestito era talmente impregnato di porcherie che correvo il rischio di trasformarmi in una torcia umana. Scesi di nuovo fino a terra e ricominciai a salire badando a tenere il conto dei piani e dei pianerottoli. Quando secondo i miei calcoli ritenni di essere arrivato al quarto piano ed ebbi trovato la relativa porta, la aprii ed entrai. Fino a quel momento non mi ero imbattuto in alcun ostacolo perché, trattandosi di una scala antincendio, era tutto predisposto per consentire una veloce evacuazione dell'edificio. Era un piacere lavorare così.

Per fortuna il corridoio dove sbucai veniva illuminato fiocamente dalla fredda luce dei lampioni della Vía Augusta che filtrava dalle vetrate fumé della facciata, il che mi permise di leggere sul foglietto delle istruzioni (da non confondere con quello della piantina dell'edificio) i numeri corrispondenti alla combinazione esatta (1-1-1-1-1) e premere i pulsanti della tastiera situata sopra la porta prima che scattasse l'allarme. Ciò fatto, e avendo cura di celare la mia presenza alla telecamera appesa a un perno lì vicino e che, a giudicare dall'assenza di luce rossa, in quel momento doveva registrare quello che succedeva da un'altra parte, percorsi in rapida successione corridoi, anticamere e uffici fino a giungere in una sala riunioni. Sopra il tavolo si allineavano cartelline di pelle, biro, sottobicchieri e diverse targhette su cui si poteva leggere: Assistant Manager, Area di espansione e Risorse umane, Divisione sinergetica e altri titoli altisonanti. In fondo c'era la porta dell'ufficio del direttore. In quella direzione rivolsi i miei passi circospetti.

La porta era chiusa. Per fortuna la serratura era di massima sicurezza, la più facile da aprire. Tengo sempre in tasca due forcine, un pettine e un paio di forbici, nel caso debba esercitare la professione di parrucchiere in un'emergenza. Con questa attrezzatura e la mia abilità in pochi secondi ero dentro.

L'ufficio era buio, con le tapparelle abbassate. Il rumore proveniente dall'esterno mi confermò che la finestra doveva aprirsi sulla facciata principale, e di conseguenza sulla Vía Augusta. La penombra non m'impediva di notare l'arredamento lussuoso. In una fotografia pregevolmente incorniciata si vedeva un signore distinto, in frac, mentre stringeva con effusione la mano a un'altra persona che gli stava conferendo una medaglia. Avevano l'aria contenta. C'erano sicuramente altre cose su cui mi sarebbe piaciuto soffermarmi, ma non potevo perdere tempo. Guardai l'orologio, che con il pasticcio della sincronizzazione si era fermato in modo irreversibile, e procedetti alla messa in atto dell'ultima parte della mia missione. Aprii il cassetto sulla destra. Lì c'era la cartellina azzurra, gonfia di documenti. Sotto la cartellina azzurra c'erano altre cartelline, ma dopo che le ebbi portate una per una vicino alla finestra, nessuna di loro si rivelò di colore azzurro, per cui le rimisi a posto. Così facendo, la cartellina azzurra rimase in fondo al cassetto e dovetti riportarle tutte nella zona illuminata per poterla distinguere dalle altre cartelline. I minuti passavano con la fluidità che li caratterizza. Dopo avere individuato con certezza la cartellina azzurra, la misi da parte, chiusi il cassetto, tirai fuori dalla tasca posteriore dei pantaloni una specie di crostaceo che un tempo era stato un fazzoletto e con esso cancellai le impronte digitali che avevo lasciato in giro e che l'immondo grasso del garage rendeva ancora più evidenti, presi la cartellina azzurra e uscii da quel posto.

La cartellina aveva gli elastici rotti e fui costretto a stringerla fra le braccia per evitare che i documenti volassero per il corridoio, per cui mi era difficile camminare e ancora di più orientarmi. Ci misi del tempo a ritrovare la porta della scala antincendio e mentre scendevo, pur facendo attenzione, non potei evitare che la maledetta cartellina mi rotolasse per terra un paio di volte. Dovetti raccogliere i documenti al buio e ricacciarli dentro alla rinfusa. Per colpa di questi incidenti, quando guadagnai l'esterno ero in uno stato di totale confusione e dovetti fare un paio di volte il giro dell'isolato prima di trovare il luogo dell'appuntamento, dove arrivai fradicio di sudore.

L'automobile non c'era, e non c'era niente che le somigliasse. Attesi a lungo con la cartellina fra le braccia, cercando di mettere in ordine i documenti che per colpa della mia goffaggine saltavano fuori da ogni parte, e intanto eliminavo le macchie di grasso con la saliva e strofinandoci vigorosamente la manica sopra, quando si fermò accanto a me un taxi, il finestrino dalla parte del passeggero si abbassò e vidi sporgere il volto, il collo e le estremità superiori della solita ragazza.

"Mi scusi," dissi avvicinandomi a lei, "per la mancanza di precisione nell'orario e, nella misura in cui possa interessarle, per la sudata, ma sono scivolato nel garage e 'sto mattone pesa come un dannato. Forse troverà i documenti un po' in disordine, ma al buio..."

"Bah, non fa niente, non fa niente," lei troncò le mie scuse, "l'importante è che tu sia uscito indenne dalla prova e abbia trovato la cartellina. Più la seconda circostanza che non la prima. Su, dammela, che cosa aspetti? Non è il luogo né il momento per amoreggiare."

"E il tizio mascherato?" chiesi.

"Ha preferito non venire, per semplici ragioni di prudenza. Ti prega di scusarlo."

Le consegnai la cartellina, lei l'afferrò con forza, se l'appoggiò in grembo e iniziò a tirare su il vetro del finestrino.

"Ehi!" riuscii a gridare. "E la mia retribuzione?"

"Domani, domani" rispose una voce incerta che rimase sospesa nell'aria nel punto dove qualche secondo prima c'era stato il taxi.

Inseguirla sarebbe stato inutile per cui rimasi fermo lì dov'ero, da solo, e intanto mi sentivo invadere dalla sgradevole sensazione di essere stato vittima di una fregatura colossale e, ancora peggio, ben meritata. Per farmi bello davanti a quella ragazza che ora non avrei esitato a definire perfida, avevo commesso il più imperdonabile degli errori morali: non farmi pagare in anticipo. Grazie a questo sistema ero rimasto senza soldi e senza ragazza. Con aria contrita sollevai gli occhi al cielo ma, non trovando lassù niente che valesse la pena guardare, li abbassai di nuovo a terra e mi misi a camminare lungo la Vía Augusta fino a che trovai una fermata d'autobus e potei unirmi alla coda dei paria che aspettavano la vettura del servizio notturno.

3.

Arrivai a casa appena prima del chiarore dell'aurora, sano, salvo e stanco. Infilai il pigiama già descritto e prima di andare a letto cercai di restituire al vestito, con l'aiuto di uno smacchiatore, l'aspetto che aveva prima della caduta nel garage. In seguito, vinto dalla fatica e intontito per gli effluvi tossici dello smacchiatore, mi addormentai.

Dopo un'ora mi svegliai senza aver bisogno di una sveglia (è un'abilità che posseggo e grazie alla quale ho risparmiato una fortuna in pile), mi lavai la faccia, mi pettinai, indossai il vestito dal quale le macchie erano sparite quasi del tutto in cambio di un netto restringimento e di qualche orifizio in più, e mi recai in negozio con puntualità esemplare.

Per fortuna la mattinata trascorse senza incidenti, almeno per me, e la passai dormendo come un ghiro. Poco prima di mezzogiorno venni svegliato da una donna che mi chiedeva se potevo tingerle di biondo l'husky. Le dissi di sì, ma quando scoprii che l'husky era un cane andai su tutte le furie e la sbattei fuori dal negozio in malo modo. Quando se ne fu andata, mi accorsi che aveva dimenticato sul ripiano (dove tengo un'impeccabile collezione di spruzzatori) il giornale che entrando portava sotto il braccio, forse con l'intenzione di leggerlo, o forse con quella più civica di rimediare alle malefatte del cane. Infatti è risaputo che l'istinto spinge molti animali a segnare il territorio per mezzo di stronzi, e i cani sono soliti praticare tale inopportuna forma di cartografia non appena escono di casa.

Debbo confessare, non senza vergogna, che non sono un assiduo lettore di quotidiani che, con me, sprecano la qualità migliore che possiedono, vale a dire la quotidianità. E non perché li disprezzi. Anzi, sono convinto che i quotidiani possano essere un'ottima fonte d'informazione, ma soltanto se vengono letti con la dovuta attenzione e in un luogo adeguato. Purtroppo questa è un'abitudine che non mi appartiene, perché in manicomio arrivavano soltanto i supplementi di alcuni giornali, immancabilmente arretrati, che ciononostante divenivano oggetto di saccheggio, casino e risse, perché nulla destava tanto interesse, entusiasmo e aggressività fra i ricoverati come le notizie e i commenti sul Tour de France: tutti si ostinavano a credere che fosse permanente e non, come succede nella realtà, limitato a qualche settimana del mese di luglio. Di conseguenza, l'intero contenuto del giornale veniva interpretato come se facesse riferimento al Tour de France, il che originava – com'è d'obbligo quando la cecità prende il sopravvento sul buonsenso – vivaci discussioni ermeneutiche, aggressioni a parole e a fatti, e alla fine il deciso intervento dei nostri infermieri con i loro flessibili bastoni. E allora si scatenava un fuggifuggi di ricoverati, tutti a pedalare senza bicicletta, chi al modo di Alex Zulle, chi al modo di Indurain, chi, più modestamente, al modo di Blijevens o Bertoletti, e chi, per ragioni di età, al modo di Martín Bahamontes o Louison Bobet. E questo non è un buon modo per leggere il giornale.

Comunque, ritrovandomi in possesso del giornale dimenticato nel mio negozio e non avendo in quel momento nessuna premura, tali precedenti non m'impedirono di dargli un'occhiata; il mio sguardo cadde su una notizia delle pagine interne che trascrivo integralmente qui di seguito:

OMICIDIO DI UN POVER'UOMO D'AFFARI

Nella notte di ieri, vale a dire ieri notte, è stato assassinato il noto uomo d'affari M.P. (Manuel Pardalot), all'età di 56 anni, azionista e dirigente della ditta Il Ladro Spagnolo, mentre si trovava nel suo ufficio dove si era recato fuori dall'orario di lavoro – secondo le dichiarazioni rilasciate al presente giornale dall'agente di sicurezza dello stabile – con la scusa di aver dimenticato, il suddetto Pardalot, certi documenti molto importanti di cui avrebbe avuto bisogno, secondo le parole di questi, ha detto quell'altro, la mattina dopo o quella dopo ancora. Una volta in ufficio, il noto imprenditore (Pardalot) è stato trovato morto a causa di svariati colpi di arma da fuoco che, in numero di sette, hanno danneggiato diversi organi vitali per la vita di Pardalot. Secondo fonti vicine al defunto, questi venne portato in ospedale dove arrivò cadavere e venne dimesso. Il sopracitato guardiano notturno dello stabile, un certo Santi, dipendente di un'agenzia privata di sicurezza ed ex professore associato

43

dell'Università Pompeu Fabra, dichiarò di non avere udito niente e di non avere notato la presenza di estranei nello stabile; e comunque, affermò chiaramente il guardiano, non avrebbe permesso in alcun modo il verificarsi della suddetta evenienza, in quanto stava ottemperando alle funzioni di agente di sicurezza che consistono proprio nella suddetta attività, sebbene ricordi di avere visto entrare il tante volte citato, noto e ora defunto uomo d'affari M.P. (ossia Pardalot) poco dopo mezzanotte, ora locale, e di avere scambiato con lui alcune parole dalle quali non si deduceva che costui venisse assassinato nel giro di così poco tempo, e non vide uscire nessuno. Sebbene non vi siano ancora indizi sull'autore del delitto, la polizia ha smentito che l'omicidio di Pardalot abbia un qualche rapporto con il Tour de France.

Tale inquietante notizia era accompagnata da una fotografia del morto scattata palesemente quando era ancora vivo, proprio nel suo ufficio dove secondo la cronaca era stato assassinato. Va detto che tale ufficio non era altro che l'ufficio da me visitato la notte del delitto con lo scopo di rubare la cartellina azzurra. Un'analisi meticolosa della fotografia, realizzata con l'aiuto degli occhiali che mi feci prestare dalla signora Eulalia della merceria, confermò i miei sospetti.

Il signor Mariano, l'edicolante, chiuse un occhio mentre io sfogliavo il resto dei quotidiani locali. Tutti riportavano la notizia dell'omicidio del defunto signor Pardalot, ma nessuno forniva informazioni supplementari né parlava di me collegandomi con il tragico episodio. Il che mi fece sentire un po' sollevato, ma soltanto un poco.

A mezzogiorno chiusi il negozio e, dopo avere debitamente consultato lo stradario che mi prestarono i concessionari della cartolibreria La Civetta (il signor Mahmud Salivar e la signora Piñol), feci ritorno in autobus sul luogo del delitto. Di fronte allo stabile non si raggruppava la solita folla di curiosi, né si vedevano in giro poliziotti. La porta principale, quella a vetri, pareva chiusa, forse perché la ditta aveva dichiarato una giornata di lutto, o forse perché all'interno le autorità competenti stavano effettuando le indagini nel più stretto riserbo. Nella parte posteriore dello stabile, vicino alla porta del garage, vidi un uomo che esaminava il muro con grande attenzione. Mi avvicinai e gli chiesi se sapesse qual era il movente del delitto. Si voltò sorpreso e capii che non si trattava di un detective ma di un passante che stava pisciando. Per un pelo non mi schizzava.

Mi appostai di nuovo davanti alla porta d'ingresso. Attraverso il vetro vidi due individui che discutevano animatamente. In uno di costoro mi parve di riconoscere l'agente di sicurezza, la cui vigilanza era stata elusa la notte prima da colui che scrive e poi dall'assassino o assassini del defunto Pardalot, e al quale i giornali attribuivano il nome generico di Santi. Non c'era da stupirsi che gli stessero facendo una bella lavata di capo. L'altro individuo, un signore maturo e brizzolato, elegantemente vestito con un completo grigio, non lo avevo mai visto prima, ma dal suo portamento dedussi che non doveva essere un poliziotto bensì un alto dirigente dell'azienda. Mi sarebbe piaciuto attirare la loro attenzione per fargli qualche domanda, ma la prudenza lo sconsigliava e il buon andamento del negozio non mi permetteva lunghe assenze. Ripresi lo stesso autobus ma nella direzione opposta e riuscii ad aprire il negozio con soltanto dieci minuti di ritardo sull'orario stabilito, sforzo questo tanto meritevole quanto inutile perché non c'era nessuno ad aspettare davanti alla porta, e non venne nessuno in negozio prima delle otto meno un quarto di sera, quando entrò la signora Pascuala per farsi spuntare i capelli. Lei, notando poco dopo il mio scontroso silenzio e il modo orribile con cui le scalavo i capelli, disse:

"Ti vedo taciturno".

Al che risposi con un grugnito, perché nel corso del pomeriggio mi si erano addensati nel cervello neri nuvoloni di sospetto. Stando così le cose, la signora Pascuala si alzò dalla poltrona senza aspettare che io avessi finito di rasarla a zero, e strappandosi di dosso il peignoir uscì dal negozio esclamando:

"Sei diventato superbo, fissato e fai un sacco di versi. Ma va' a quel paese! E pensare che quando eri arrivato eri così simpatico!".

La signora Pascuala era la proprietaria della pescheria La Toñina, dove non compravo più niente da quella volta che, qualche anno prima, mi aveva venduto per la cifra esorbitante di 150 pesetas al chilo un magnifico branzino: quando più tardi l'avevo messo in padella con ogni cura, aveva perso il colore, il sapore, le pinne, le squame, la forma e la consistenza del pesce, conservando degli attributi originari soltanto un persistente e insopportabile fetore abissale di cui mi liberai dopo innumerevoli suffumicamenti. Eppure non era stato questo incidente (acqua passata) a motivare il mio atteggiamento scontroso nei riguardi della signora Pascuala, ma la sua fuga improvvisa m'impedì di fornirle qualsiasi giustificazione. All'ora di cena raccontai l'accaduto alla signora Margherita, amica della signora Pascuala (si rifornisce nel suo negozio di acciughe in salamoia che poi, in numero di tre e camuffate dal pomodoro, aggrediscono la lingua provocando lesioni anche al palato e alle gengive di chi commette l'errore di ordinare una pizza napoletana); lei sospirò e mi disse che al mio arrivo nel quartiere la signora Pascuala si era fatta nei confronti della mia persona certe illusioni che in seguito, per la mia indifferenza, si erano tramutate in risentimento.

"Ma questo non è un buon motivo per insultarmi," risposi, "e soprattutto per rifilarmi un branzino solubile. Io non mi ero mai accorto del suo affetto, e se anche lo avessi fatto non avrei cambiato atteggiamento: la signora Pascuala non mi piace né per il suo aspetto fisico, né per il suo carattere, né per nessun altro motivo."

"E questo che cosa c'entra?" rispose la signora Margherita con il buonsenso che contraddistingue le donne insensate. Il che aggravò ulteriormente il mio stato confusionale.

*

Prima di entrare in casa mi accertai che nessuno gironzolasse nei dintorni. Ciò fatto, m'intrufolai nell'androne, salii le scale senza accendere la luce e, dopo essere arrivato al mio umile ma non per questo meno amato appartamento, entrai, vidi che tutto quanto era così come lo avevo lasciato, uscii di nuovo sul pianerottolo e bussai delicatamente alla porta dell'appartamento di fronte. Si aprì subito uno spiraglio e un fulgore vermiglio inondò il pianerottolo mentre nel vano della porta si stagliava una figura di donna inguainata in una mise di latex, con una frusta in una mano e un clistere nell'altra.

"Ciao Purines" sussurrai. "Disturbo?"

"No, figurati" rispose la mia vicina. "Stavo aspettando un cliente, ma temo che non verrà, l'appuntamento era per le sei e all'orologio della chiesa sono appena suonate le dieci. Posso esserti utile?"

Nel corso degli anni in cui abbiamo condiviso il pianerottolo, tra me e Purines c'è sempre stato un ottimo rapporto di vicinato. Io avevo una vita regolare ed estremamente silenziosa. Lei, invece, riceveva a qualunque ora una selezionata clientela di signori circospetti che riempiva di botte tremende: e loro le sopportavano con gemiti rassegnati che culminavano in ruggiti di piacere e grida di viva il Barça. Poiché il tramezzo che ci divideva non era quel che si dice insonorizzato, non mi perdevo nessun particolare di tali violente sedute, ma non mi sono mai lamentato: in effetti, abituato alla baraonda perenne che c'era nel manicomio dove avevo trascorso la maggior parte della mia vita, quel baccano non m'impediva di leggere, né di guardare la televisione e neanche di dormire come un angioletto. Sovente ci eravamo scambiati piccoli favori, come succede di solito fra buoni vicini: ritirare un pacchetto quando il destinatario è assente, facilitare la riparazione di una perdita, dar da mangiare al gatto (di lei), prestarci qualche spezia e altre cosette del genere. E una volta che a Purines morì un cliente all'apice dell'orgasmo, con piacere l'aiutai a trasportarlo fino in strada per metterlo seduto su una panchina con in mano il supplemento culturale di "ABC".

"Purines," dissi, "avrei un favore da chiederti, perché credo di essermi cacciato in un guaio. Un paio di notti fa ho commesso un furto con scasso. Credevo si trattasse di un lavoretto pulito, ma alcuni piccoli dettagli sopraggiunti in seguito mi preoccupano un po'."

"Ah, meno male!" rispose Purines. "Avevi un'aria talmente seria che mi hai fatto paura. In che cosa posso aiutarti?"

"Tu stai sempre in casa" dissi. "Controlla il mio appartamento e avvertimi se qualcuno viene qui in mia assenza."

"D'accordo" disse lei. "Qualcos'altro?"

"Sì," dissi, "hai del borotalco?"

"Certo che ce l'ho," rispose, "altrimenti come credi che faccia a entrare e uscire da 'sta mascherata?"

Ringraziai Purines per la sua gentilezza, mi congedai, sparsi sul pianerottolo il borotalco, mi chiusi in casa, andai a letto e mi addormentai con la rapidità di chi ha la coscienza sporca ma è stanco morto.

La mattina dopo, sullo strato di borotalco del pianerottolo erano rimaste chiaramente impresse le orme di un paio di scarpe maschili piuttosto grandi, che si confacevano a un uomo alto e robusto, oppure disgraziato. Le orme andavano dalle scale alla mia porta e dalla mia porta alle scale. Chiunque le avesse lasciate si era accorto che io ero nell'appartamento e non aveva voluto entrare. Spazzai il borotalco dal pavimento per non incorrere nelle ire dei condomini e uscii di nuovo lasciando la porta socchiusa: così, chiunque fosse ritornato a perquisire il mio alloggio non avrebbe rovinato la serratura.

In negozio il lucchetto della saracinesca era stato forzato ma non spaccato, grazie a Dio, perché costava un occhio della testa. All'interno tutto era apparentemente in ordine. In realtà,

ogni cosa era stata toccata e poi rimessa a posto. Soltanto la conoscenza minuziosa delle scorte mi permise di notare il furto di
una boccetta di olio di Makasar. Era chiaro che la perquisizione
era opera di un professionista mediocre con una spiccata predi-
lezione per l'unto. Quanto al resto, la giornata trascorse senza
incidenti degni di nota. O meglio: senza nessun incidente.

Ma al tramonto, sulla via di casa, ebbi la sensazione che
qualcuno mi seguisse. Immaginai che si trattasse di un uomo alto, perché i suoi passi riecheggiavano nel silenzio delle strade
vuote al ritmo di uno dei suoi per due dei miei. Camminai a zigzag e lui fece altrettanto; mi fermai davanti a una vetrina fingendo di osservare con grande interesse la merce esposta (bende,
plantari, scarpe ortopediche e articoli per l'incontinenza) e il
mio inseguitore si fermò qualche passo indietro. Il cristallo della
vetrina mi rimandò il riflesso della sua figura, i lineamenti del
suo volto e l'abbigliamento, e potei riconoscere l'autista negro
della limousine. Continuai a camminare e, dopo aver svoltato
dietro un angolo, mi nascosi nell'androne buio di un palazzo.
Quando il mio inseguitore passò davanti al portone, uscii di
scatto dal mio nascondiglio e gli domandai:

"Che cosa vuole da me?".

Per un pelo non svenne. Lanciò un grido, sobbalzò e si
portò le mani al petto:

"Non si fa così, bannaggia!" esclamò dopo essersi ripreso
dallo spavento. "Ancora un po' e mi fa venire un infarto."

"E se lo meriterebbe, perché non sta bene seguire la gente a
quest'ora" risposi. "O crede che mi faccia piacere camminare
per queste strade insicure, nella solitudine della notte, con un
orco alle calcagna?"

"Io non la stavo seguendo" protestò l'autista. "Cercavo soltanto di raggiungerla. Ma lei si è messo a camminare a zigzag e,
dato che non ci vedo tanto bene e non conosco il quartiere, se
lei non si fosse fermato avrei finito per andare a sbattere contro
un lampione. E poi non credevo che mi riconoscesse."

"Be', un negro alto due metri vestito da autista non passa
inosservato" risposi.

Mi guardò fisso negli occhi come se non sapesse se abbrac-
ciarmi o spaccarmi la testa. Io sostenni il suo sguardo cercando
di nascondere la strizza, perché guardandolo da vicino tutto in
lui era terribile. Era molto più grande di me, tanto in lunghezza
quanto in larghezza, e fuori dall'auto si capiva chiaramente che
era negro. Aveva una faccia poco rassicurante e, come se non

bastasse, lungo i riccioli bisunti gli colavano dei rivoletti di grasso che gli entravano nel colletto della camicia e ormai dovevano essergli arrivati ai calzini; da ciò compresi che era stato lui a entrare in negozio, aveva urtato la boccetta di olio di Makasar e se l'era rovesciato sulla testa senza pensarci su due volte. A giudicare dalle dimensioni delle scarpe, doveva essere stato lui a lasciare le tracce sul borotalco del mio pianerottolo. Eppure il suo atteggiamento, il tono di voce e il modo di fare non tradivano alcuna ferocia, anzi, rivelavano una sorta di affabilità.

"Roba da matti, io credevo che noi negri fossimo tutti uguali" commentò. "Almeno, nel mio villaggio succede così. Certo, lì non è che si vada tutti in giro vestiti da autisti. Ha visto? Non ci avevo pensato. Ma non saltiamo di palo in baobab. Sono venuto qui per portarle un messaggio. Non da parte mia, s'intende, ma da parte di un'altra persona che lei conosce."

"Il suo capo incappucciato?" chiesi.

"No, la signorina Ivet" rispose. "E lei sa chi intendo."

"Non conoscevo il suo nome. Perché non è venuta lei di persona?"

"La signorina Ivet non me l'ha detto. Ma quando sentirà il messaggio della signorina Ivet, farà le dovute deduzioni. Il messaggio dice così: 'Fa' quello che ti ordino o l'individuo che ti porta il messaggio ti torcerà il collo'. Ha capito?"

"Sì," dissi, "ma preferirei parlare direttamente con la signorina Ivet."

"E invece dovrà accontentarsi di me."

"Se rifiuto, mi torcerà davvero il collo?"

"Le sarei grato se non mi mettesse alla prova" rispose l'autista. "Io non sono un selvaggio. Penso soltanto al bene comune."

"Il suo atteggiamento la onora e mi rallegra" dissi. "Ho sempre pensato che lei fosse una persona onesta. Ascolterò con piacere il suo messaggio e, a mia volta, se lei non ha niente in contrario, le farò qualche domanda di carattere generale e anche particolare."

"Bene" rispose l'autista dopo una breve esitazione. "Ma ho parcheggiato male l'automobile e lo sa come sono quelli della rimozione forzata: non hanno riguardi e rovinano tutto. Se vuole ascoltare il messaggio e intanto fare un po' di conversazione, mi accompagni in un posto dove possa posteggiare la macchina. Le offro da bere."

Non avevo niente da perdere accettando il suo invito, per

cui lo seguii fino alla strada dove aveva lasciato l'automobile in doppia fila. La quale auto non era la limousine della volta prima, bensì una Seat dei tempi gloriosi in cui ogni veicolo riceveva la benedizione del vescovo e veniva filmato dal cinegiornale quando usciva dalla fabbrica. Notando la mia delusione, mi confessò che la limousine era stata noleggiata.

"Invece 'sto catorcio è mio" disse alla fine. "Non lo uso mai, sa? In realtà, oggigiorno l'automobile è soltanto uno status symbol, come le lenti graduate o la biancheria intima da uomo, articoli cui aspiro e che spero di acquistare non appena i risparmi me lo consentiranno. 'Sta menata dell'integrazione sociale è una rottura."

"A chi lo dice" concordai.

Salimmo in macchina, mise in moto, partì e poco dopo si fermò davanti all'ingresso di un locale notturno che sembrava – ed era – una ex fabbrica, in seguito adattata a bar senza che tale trasformazione avesse significato il suo abbellimento, la pulizia e nemmeno aver cambiato l'aria. Prima di entrare gli domandai se conoscesse quel bar e mi rispose di no, non ci aveva mai messo piede prima, ma lo aveva scelto perché passandoci davanti aveva visto uno spazio comodo per parcheggiare l'auto. Del resto, aggiunse, il bar gli sembrava tranquillo e accogliente, nonostante il tubo al neon a forma di svastica lampeggiante sulla porta e la scritta che diceva FOTTUTI NEGRI AL MURO; forse attribuiva a questi dettagli una funzione puramente decorativa, o forse era scemo e non vedeva niente. Per fortuna a quell'ora nel bar non c'era nessuno tranne il proprietario, un gigante muscoloso che sfoggiava sul petto l'effigie del cardinale Gomá: vedendoci entrare, smise di travasare un fusto di birra e ci venne incontro rivolgendoci queste gentili parole:

"Qui dentro non voglio checche né scimmioni".

"Non parli così forte," gli sussurrai all'orecchio, "sua altezza il sultano del Brunei non apprezza questo genere di battute. Le piacerebbe possedere una Rolls decappottabile? Allora ci dia un buon tavolo, ci porti qualcosa da bere, abbassi il volume della musica e faccia in modo che nessuno ci disturbi. Sua altezza il sultano detesta la popolarità. Per questo va in giro vestito da autista."

Il gigante ci accompagnò a un tavolo sul fondo e fece ritorno portando il cocktail della casa (mezzo litro di gin e mezzo litro di vodka) e un piattino di olive farcite che preferii non assaggiare vedendo che il ripieno si muoveva. Poiché il mio sistema digestivo non tollera bene le bevande alcoliche e la mia testa le tollera ancora meno, lasciai che il mio compagno si scolasse entrambe le consumazioni. Al gigante chiesi di riempirci di nuovo i bicchieri e al mio compagno di comunicarmi il messaggio affidatogli dalla signorina Ivet.

"È semplicissimo" disse l'autista. "Lei deve tenere la bocca chiusa riguardo a quello che è successo l'altra notte. Mi riferisco alla notte del furto. Lei non ha mai visto la signorina Ivet e la signorina Ivet non ha mai visto lei. Neanche dipinto. Non sono io a dirlo, ma lei, e proprio con queste parole: neanche dipinto. Per me non hanno senso. Al mio paese non usiamo la pittura per tali scopi. Ha capito che cosa voglio dire?"

"Più o meno."

"Perché sono negro?"

"No. Perché le cose sono più complicate di quello che sembra" risposi. "Che cosa c'entra il furto della cartellina azzurra con l'omicidio del signor Pardalot? È una semplice coincidenza o si tratta di un piano studiato meticolosamente? Che cosa contiene la cartellina azzurra? Perché è venuta a prenderla la signorina Ivet in taxi e non il tizio mascherato con la limousine che guidava lei? Il tizio mascherato era il signor Pardalot e la signorina Ivet la figlia del tizio mascherato e quindi la figlia del signor Pardalot?"

"A queste domande non posso rispondere," disse il mio interlocutore, "perché, come lei, sono all'oscuro di tutto. Vede, dopo averla lasciata di fronte agli uffici, siamo andati a fare un giro per ingannare il tempo. La signorina Ivet era molto nervosa, disse che non si sentiva bene e che doveva scendere subito. Il tizio mascherato mi ordinò di fermarmi e la signorina Ivet scese dall'auto. Noi continuammo ad andare in giro e all'ora stabilita ci piazzammo davanti agli uffici, come avevamo concordato. Ma lei non c'era. Aspettammo un po' ma lei non arrivava. Allora il tizio mascherato mi ordinò di abbandonare il campo. Dove la porto? domandai. Per tutta risposta mi disse di guidare, mi avrebbe detto lui dove dovevo fermarmi. E così fece in una piazzetta buia di Sarrià o di Pedralbes. Si fermi, disse. Mi fermai, mi pagò, scese e io me ne andai. Se fosse o no il signor Pardalot, non glielo posso dire. Non si è mai tolto la maschera e non mi ha mai detto: sono Pardalot. Il che, tra l'altro, non mi sarebbe servito a niente: infatti poteva benissimo mentire perché io non ho mai visto il signor Pardalot. Posso soltanto dirle una cosa: quando l'ho lasciato, era vivo. Dallo specchietto retrovisore lo vidi imboccare una traversa, sempre mascherato, e svoltare l'angolo. Poi lo persi di vista. Se dopo gli è capitato qualcosa, io non ho visto niente. Non so nient'altro, né voglio saperlo."

Parlando si era scolato i due cocktail ed era diventato ancora più loquace, se possibile. Mi raccontò che si chiamava Magnolio. Non era il suo vero nome, ma quello che gli era stato imposto dal missionario davanti al fonte battesimale. In realtà si chiamava Luigi Gonzaga, perché era nato il 21 giugno. Magnolio, mi raccontò, era emigrato (o immigrato, secondo il punto di vista) dodici o tredici anni prima. Arrivato a Barcellona, non sapendo parlare nessuna lingua tranne la sua, era stato assunto come autista. Non sapeva guidare ma, dato che a chiunque glielo chiedesse lui rispondeva con la parola sì, che nella sua lingua materna significa no, nessuno se n'era accorto. Sebbene già allora godesse di un'eccezionale miopia, al suo paese aveva sviluppato un fiuto finissimo con cui sopperiva ampiamente alla carenza visiva: anche di notte e senza luci poteva capire se si trovava in città o in campagna, e se i gabinetti di una stazione di servizio erano utilizzabili.

Alla fine di tale succinta autobiografia, e dopo essersi scolato altri due cocktail, i suoi lineamenti assunsero una nobile mollezza.

"Lei è un brav'uomo" mi disse porgendomi la manona. "L'ho capito dal primo momento che l'ho vista. Vuole essere mio amico? Io voglio essere suo amico."

Gli assicurai che eravamo già amici intimi e gli chiesi se era da tanto tempo che conosceva Ivet.

"Ma certo, almeno da tre o quattro anni, il che ai tropici equivale a un decennio" rispose.

Eppure, incalzato dal sottoscritto, ammise di sapere pochissimo di lei: quel poco che lei stessa gli aveva raccontato o fatto capire e qualche vaga diceria raccolta qua e là. Da quello che aveva dedotto, Ivet aveva vissuto per qualche tempo all'estero. Laggiù (all'estero) aveva lavorato come modella di alta moda, guadagnando un bel po' di soldi. Poi, per chissà quale ragione, era ritornata. Se suo padre era davvero il signor Pardalot, come tutto lasciava intendere, avrebbe potuto vivere nell'agiatezza senza alzare un dito, ma la signorina Ivet aveva un carattere indipendente, per cui si era sistemata per conto suo. Anche se forse, aggiunse Magnolio, la signorina Ivet in realtà non era la figlia del signor Pardalot, il che avrebbe mandato all'aria l'ipotesi precedente. Comunque stessero le cose, la signorina Ivet possedeva un'agenzia di servizi.

Fra i servizi prestati dall'agenzia della signorina Ivet era compreso Magnolio, mi spiegò lui. Quando qualcuno aveva bisogno di un autista, la signorina Ivet gli faceva un contratto settimanale, giornaliero e anche orario. Per altre prestazioni (ad esempio portare un pacco o cambiare una gomma), riceveva un extra. Fino a quel momento, se la memoria di Magnolio non tradiva Magnolio, non gli avevano mai fatto un contratto per commettere un reato come quello dell'altra notte. Così come non aveva mai visto prima del giorno sopracitato il signor Pardalot, né mascherato, né a volto scoperto.

Mi sarebbe piaciuto rivolgergli ancora qualche domanda sulla signorina Ivet, però Magnolio, dopo avere terminato il racconto e dopo avermi manifestato di nuovo la sincerità della sua amicizia, sbatté la fronte contro il ripiano del tavolo e si mise a russare. Chiamai il proprietario del bar e gli dissi che me ne andavo.

"Sua altezza il sultano del Brunei," aggiunsi indicando la figura accasciata di Magnolio, "soffre il jet-lag. Faccia in modo che non gli manchi nulla. Sua altezza pagherà il conto non appena si sarà svegliato."

E così dicendo uscii dal locale proprio quando, provvisti di spranghe, pugnali e catene, iniziavano ad animarlo con la loro presenza i nipoti delle signore che un tempo animavano con la loro – di presenza – la Parrilla del Ritz e il Salón Rosa.

*

Di buon mattino ero già davanti all'edicola del signor Mariano per sfogliare la stampa cittadina, dove trovai facilmente quello che stavo cercando. Che sarebbe:

†

Manuel Pardalot i Penilot
originario di Olot
Presidente della società Il Ladro Spagnolo

è mancato ieri all'età di 56 anni avendo
ricevuto sette colpi di arma da fuoco e la benedizione papale.
Addolorate le ex mogli Monserrat, Jennifer,

Donatella, Tatiana Gregorovna, Liu Chao Fei
e Monserrat bis, la figlia Ivet e i famigliari tutti,
soci, collaboratori, impiegati e amici pregano
per l'eterno riposo della sua anima.
Le esequie avranno luogo alle ore 10 nella chiesa
parrocchiale La Concepción. Il presente è insieme
invito e ringraziamento.

In negozio mi attendeva una spiacevole sorpresa. La sera prima, a causa della mia turbolenta relazione – se così si può definire – con la signora Pascuala, avevo dimenticato di lasciare aperta la serranda esterna e adesso il lucchetto della saracinesca era spaccato a metà e in negozio regnava un caos spaventoso. Grazie a Dio non avevano portato via niente e la clientela non era numerosa la mattina di buonora. Misi tutto a posto, spazzai il pavimento, tolsi la polvere, lavai i vetri e alle nove e un quarto in punto Il Tempio delle signore apriva i battenti al pubblico come se niente fosse. Ma ero preoccupato, perché voleva dire che Magnolio non era l'unico a seguirmi e a fare perquisizioni.

Alle nove e trenta sempre di quel mattino, non essendo arrivato ancora nessun cliente, andai nella videoteca del signor Boldo che si trovava proprio di fronte al negozio, e dissi al signor Boldo:

"Signor Boldo, sono costretto ad assentarmi per un'oretta. Per favore, dia un'occhiata al mio negozio e se vede entrare qualcuno gli dica che torno subito. Se c'è bisogno, gli metta su una videocassetta, poi pagherò io il noleggio".

Presi l'autobus e arrivai alla chiesa parrocchiale La Concepción alle dieci e dieci. Non dovetti fare domande, perché un signore vestito di grigio appostato sulla soglia della chiesa mi tese un ricordino in cui si attestava che Pardalot era passato a miglior vita. Gli diedi venticinque pesetas ed entrai. Immaginai che la famiglia del defunto occupasse il posto migliore, vale a dire il primo banco davanti all'altare, così mi aprii un varco tra la folla che si assiepava nella navata centrale, alternando gomitate e spintoni a frasi di conforto e condoglianze, fino a percorrerla da un capo all'altro. E lì, in effetti, in prima fila si allineavano diverse donne in lutto che mormoravano a testa bassa, e diversi uomini ben vestiti che lasciavano vagare lo sguardo nell'alto dei cieli, mentre un sacerdote sciorinava concetti sensati, opportuni e utili. Badando a non turbare il raccoglimento dei presenti, mi avvicinai a una giovane donna, seduta sul bordo del banco, e le sussurrai all'orecchio:

"Le porgo le mie condoglianze. Io e il defunto eravamo amiconi. Si conosce il movente?".

"Chi è lei?" chiese la donna guardandomi di traverso.

"Sugrañes, assicuratore" risposi. "Se mi dice il suo nome e il grado di parentela, le dirò se figura tra i beneficiari della polizza."

"Ma quali sciocchezze sta dicendo?" rispose lei. "Sono Ivet Pardalot, la figlia del defunto Pardalot, e ho ereditato tutta la baracca."

"Impossibile" risposi. "La figlia di Pardalot è bella da svenire mentre lei, senza offesa, non vale niente."

Stava per rispondermi quando il prete interruppe la predica e, puntando il dito verso di noi, disse:

"Voi due della prima fila, state un po' zitti".

Lei assunse di nuovo l'espressione afflitta, io feci una genuflessione e battei in ritirata.

Nell'atrio si era formato un gruppetto di cinque signori che discutevano animatamente sulla decisione di non far giocare Romario contro il Celta di Vigo.

"Posso farvi una domanda?" li interruppi.

"Faccia pure tutte le domande che vuole, buon uomo," rispose uno di loro a nome di tutti, "ma prima voglio dirle una cosa che lei non sospetta minimamente: oggi come oggi il calcio non è più uno sport, ormai è diventato un mestiere come un altro."

"Caspita!" esclamai, e subito dopo chiesi: "Voi conoscevate il defunto, che il Signore l'abbia in gloria?".

"Certo" rispose un altro astante, in quanto il precedente pareva assorto a considerare la gravità del proprio verdetto. "Lei no?"

"Amiconi" affermai. "E sono molto legato alle quattro figlie del defunto."

"Credo che abbia sbagliato funerale" mi corresse un terzo. "Qui la salma appartiene a Manuel Pardalot, e lui aveva soltanto una figlia di nome Ivet, dal primo matrimonio."

"Ivet?" dissi. "Una ragazza bionda, alta, bellissima e con un paio di gambe fantastiche?"

"Nossignore: una ragazza bruna, bassa, bruttina e con un paio di gambe che sembrano carote."

"Allora," ammisi, "devo avere sbagliato giorno, ora, chiesa e morto. Statemi bene."

Alle undici e un quarto ero già di ritorno in negozio. Il signor Boldo mi comunicò che durante la mia assenza al Tempio delle signore non era venuta anima viva. Gli dissi che ero andato al funerale di un conoscente, lo ringraziai per la sua gentilezza e ritornammo entrambi alle nostre occupazioni.

*

Dedicai il resto della giornata a mettere in ordine i dati che avevo accumulato fino a quel momento, e ogni tanto guardavo verso la porta del negozio nel caso entrasse qualche cliente, evento che non si verificò.

Quanto alle conclusioni che potevo trarre da ciò che era avvenuto fino a quel momento, esse si riducevano alle seguenti: a) la ragazza che aveva detto di essere Ivet Pardalot non era, in realtà, Ivet Pardalot, se colei che diceva di essere Ivet Pardalot era davvero Ivet Pardalot; b) il tizio mascherato che aveva detto di essere Pardalot poteva essere, in effetti, Pardalot, sebbene più probabilmente non fosse lui e fosse, anzi, c) l'assassino del vero Pardalot o, se non proprio l'esecutore materiale del delitto, il cervello dell'operazione e, sotto ogni punto di vista, l'autore morale e, quel che è peggio, d) forse era ancora vivo e Dio solo sa se stesse tramando nuovi omicidi (il mio per esempio) sotto il suo cappuccio; e) o f) da quanto detto non si poteva evincere se il perfido incappucciato fosse il padre della ragazza che si era fatta passare per Ivet Pardalot (senza esserlo), con il consenso e la complicità di costei, a meno che si fosse davvero trattato del suo vero padre, il che la assolveva da tale bugia, ma non da peggiori bugie, g) e perfidie.

Con questa riflessione considerai terminato l'esercizio, anche se per essere sinceri non ero soddisfatto delle mie elecubrazioni. Ma non avevo dati sufficienti per architettarne di migliori.

Verso metà pomeriggio mio cognato Viriato venne in negozio per fare un'ispezione. Io temevo e odiavo queste visite sporadiche perché Viriato, che nelle relazioni famigliari era un figlio sollecito, un marito compiacente (e sollecito), un cognato gentile, un uomo attento e discreto con il prossimo, insomma un autentico gattone, nel campo professionale era esigente e inflessibile, per non dire dispotico, soprattutto se il conteggio delle entrate dava gli squallidi risultati che ero solito presentargli. Allora metteva da parte i suoi modi gentili e mi ricopriva di insulti, accuse e minacce, dandomi dell'incapace, del corrotto e dello svergognato, quando non se la prendeva con me addirittura a calci e cinghiate. A nulla servivano le mie ragionevoli spiegazioni, che andavano dalle conseguenze (indirette) del Trattato di Maastricht, fino alle pessime condizioni dell'asciugacapelli elettrico. Per Maastricht, cercavo di fargli capire, potevamo fare ben poco, ma per l'asciugacapelli la situazione richiedeva misure drastiche, perché negli ultimi due mesi cinque clienti (ora ex clienti) erano state trasportate d'urgenza al pronto soccorso per lesioni con prognosi riservata causate da altrettante disfunzioni del suddetto apparecchio.

"Lo sai invece qual è il problema?" disse Viriato mentre ispezionava il locale alla ricerca di una scusa per non soddisfare la mia richiesta. "Il problema è che passi le giornate a fare lo sciocchino con le clienti."

Mi accingevo a difendere la mia integrità, laboriosità e lealtà all'azienda, quando una faccenda più urgente attirò la mia attenzione.

"Ehi, Viriato," dissi, "lo so che la domanda è un po' indiscreta, ma tu hai il pace-maker?"

"No."

"E allora usciamo di qui di corsa," dissi, "perché è da un pezzo che sento un tic tac che non mi piace."

Avevamo appena raggiunto la porta, quando udimmo un boato, un fumo densissimo ci avvolse e sentimmo un tepore davvero energetico alle nostre spalle; spiccammo un breve volo durante il quale cercai invano di afferrare, mentre mi passavano vicino, i diversi oggetti che caratterizzavano il negozio (l'asciugacapelli, la poltrona, la bacinella). Purtroppo, a causa del loro minor peso si spostavano a una velocità maggiore della mia.

L'onda d'urto vagava ancora per il quartiere mandando in frantumi le vetrine dei negozi, quando atterrai sul marciapiede di fronte, davanti alla videoteca del signor Boldo e in mezzo al nutrito pubblico che sempre, e immediatamente, si accalca dovunque qualcuno si faccia male. Prima di controllare se ero in possesso di tutte le membra, gattonai su e giù per radunare l'attrezzatura sparpagliata e metterla in salvo dalla cupidigia di qualche profittatore; poi mi occupai di me stesso e infine mi interessai della sorte di mio cognato. Lui, mi comunicò un sollecito abitante del quartiere, aveva avuto la fortuna di ricadere sopra il tendone del negozio di frutta e verdura della signora Consuelo, e quindi era rimasto illeso, anche se afflitto da momentanea cecità, sordità, amnesia e da una decomposizione incalzante.

Ormai tranquillizzato, affidai mio cognato Viriato alle cure di coloro che tentavano di rianimarlo estraendo dai suoi orifizi un piccolo casco di banane, quindi corsi a rimettere gli utensili al loro posto, vale a dire in mezzo alle macerie del Tempio delle signore sulla cui facciata, con il manico di una spazzola carbonizzata, scrissi:

OFFERTA SPECIALE
10% di sconto durante
i lavori di ampliamento e ristrutturazione

Dopodiché cercai e trovai la scopa e la paletta, con cui tentai di ammucchiare calcinacci, frantumi, cocci, cenere, brandelli e coriandoli (provenienti da "Semana" e "Diez minutos"), e intanto facevo un primo bilancio di quel disastro.

In tale attività mi trovarono impegnato i vigili che, avvertiti da qualche passante ficcanaso, erano accorsi con l'abituale tempestività sul luogo dell'incidente.

"Grazie per la vostra visita, signore guardie, in che cosa posso esservi utile?" dissi loro fingendomi allegro. Avrei preferito che fossero rimasti a dirigere il traffico, invece di venire a farmi domande su quello che era successo.

Comunque i miei timori si rivelarono infondati, perché i rappresentanti dell'ordine (pubblico) si limitarono a dare un'occhiata al locale, un'altra occhiata a me e a chiedermi se la causa fosse stata il gas.

"Sissignore," risposi, "avevo la stufa accesa, nonostante il magnifico clima che il municipio ci offre gratuitamente, ma non ho osservato le dovute precauzioni. Le conseguenze sono minime, perché la compagnia di assicurazione rimborserà di buon grado questi piccoli danni."

Viriato, che nel frattempo si era ripreso, stava entrando in negozio alla ricerca della giacca, delle scarpe e della gamba destra dei pantaloni, quando mi sentì parlare in quel modo. Non appena i vigili se ne furono andati mi apostrofò dicendo:

"Perché gli hai raccontato tutte quelle bugie? Sai benissimo che è dal 1987 che non pago l'assicurazione".

"Viriato," gli dissi, "ho paura che siamo finiti in un bel pasticcio, e sarà meglio che cerchiamo di risolverlo con i nostri mezzi. Stavolta ce la siamo cavata per miracolo. La prossima potrebbe andare peggio. Tu ritorna alle tue occupazioni, non dire a nessuno che cosa è successo e sta' lontano da me."

*

Al tramonto ero già riuscito a portar fuori le macerie, ad attaccare tutti i pezzi di una tubatura in cui adesso passavano, provvisoriamente, le forniture di acqua, gas ed elettricità, e a ricomporre lo specchio unendone i frammenti con dei cerotti. L'asciugacapelli elettrico era inutilizzabile e la poltrona aveva perduto i braccioli e lo schienale. Mentre mi scervellavo su come rimediare a queste carenze, entrò in negozio un individuo dall'andatura incerta e la carnagione pallidissima, il che mi fece subito pensare si trattasse di un cadavere. Mi era già capitato di rasare, pettinare e agghindare qualche defunto, nessuno però era mai venuto da me con le proprie gambe. Non potendomi permettere di andare tanto per il sottile, gli indicai quello che restava della poltrona. Il neoarrivato si mise a ridere ed esclamò:

"Lalleluja! A quanto pare non mi ha riconosciuto".

Esaminai i suoi lineamenti con maggiore attenzione e scoprii che si trattava di Magnolio.

"Come facevo a riconoscerla?" dissi. "Lei prima era negro."

"E lei era bianco" rispose l'autista.

"Perché sono sporco di fuliggine" dissi.

"E io mi sono impiastricciato di farina" disse lui. Poi si guardò intorno e aggiunse: "Anche senza occhiali capisco che le hanno messo una bomba. E ben le sta, per lo scherzetto che mi ha fatto ieri sera. Comunque non mi sono sbiancato e non sono venuto qui con l'intenzione di rimproverarla, ma per passare inosservato e portarle un altro messaggio della signorina Ivet. Stavolta vuole vederla. Di persona. Dice che la sua vita è in pericolo. La sua vita di lei e anche la sua vita di *lei*. Tutte e due. E forse anche la mia. Questo non l'ha detto la signorina Ivet, l'ho aggiunto io. La signorina Ivet dice che ora vuole giocare a carte scoperte con lei, non come ha fatto le altre volte. E la signorina Ivet aggiunge che solo unendo i vostri sforzi potrete uscire dai pasticci in cui per sventura siete finiti. Prevedendo una risposta negativa da parte sua, la signorina Ivet ha insistito affinché insistessi, e mi manda a dire che non ha niente da perdere a incontrarsi con lei, perché ormai ha perduto tutto".

"Dove vuole che ci incontriamo?" domandai.

"In un posto sicuro" rispose l'autista. "L'accompagno io. Abbia fiducia in me. Ho avuto mille occasioni per liquidarla e non l'ho mai fatto. Potrei liquidarla adesso, qui, se mi girasse. E la voglia non mi manca. Non si vergogna di aver approfittato della mia amicizia per farmi ubriacare e piantarmi in asso in quello schifo di posto? E per di più con la storia di non so quale Rolls-Royce. Le spaccherei la testa e qualche altro osso se la signorina Ivet non me lo avesse tassativamente proibito."

"Ne sono felice; ci mancava solo quello" esclamai. "Guardi in che stato mi trovo. Che cosa farò senza l'asciugacapelli elettrico?"

Si strinse nelle spalle e non disse nulla. Controllai l'ora. In seguito all'esplosione, l'orologio a muro era rimasto soltanto con la lancetta dei secondi, il che rendeva difficoltoso dedurre l'ora con esattezza, ma stando ai miei calcoli doveva essere tempo di chiudere. Quindi decisi di sospendere fino all'indomani i lavori di ristrutturazione per dedicare un po' di tempo alle mie attività collaterali.

"Ha portato la macchina?" domandai a Magnolio.

"Sissignore" rispose l'autista. "Ce l'ho qui davanti. Sapesse com'è facile trovare parcheggio andando in giro senza occhiali!"

"Va bene" dissi. "Mi aiuti a rimettere la porta nei cardini e la seguirò dove vuole."

*

Magnolio fermò l'automobile a un incrocio con la calle Bailén, m'indicò un palazzo e disse:

"È qui. Quarto piano, interno C. Lei la sta aspettando. Io vi raggiungerò quando avrò trovato parcheggio".

Seguii le sue istruzioni, e una volta davanti alla porta indicatami suonai il campanello. Subito una voce tremante chiese chi era. Nell'udirla, l'irritazione e il rancore svanirono nel nulla.

"Non avere paura, tesoro," risposi cercando di non far notare il fiatone per aver fatto quattro piani di scale a piedi, "sono io: il tuo cavaliere errante, il tuo eroe spaziale, il tuo superman."

"Chi?" ripeté la voce tremante.

"Il parrucchiere" risposi.

La falsa (e fasulla) Ivet socchiuse la porta, vide che ero io e mi fece entrare. Aveva l'aria spaventata e nervosa. Non appena fui dentro, chiuse a chiave la porta. Soltanto allora accese la luce dell'ingresso, una stanza quadrata sobriamente arredata con un contatore della luce, da cui partiva un corridoio breve e oscuro. L'aria era pesante e tutt'altro che profumata, l'aria di un alloggio rimasto chiuso per parecchi giorni. Dal corridoio arrivammo in una stanza ampia, con al centro un tavolino pieghevole e quattro sedie. Dal soffitto pendeva una lampadina schermata con carta da pacchi. Mi fece sedere e disse:

"Questa è la mia casa e il mio ufficio o, come preferisco chiamarlo, la mia agenzia. È un palazzo vecchio, diviso in vari appartamenti; questo, a sua volta, è stato suddiviso da me. Nella parte verso la facciata ci sono le mie stanze private. Lì entriamo soltanto io e chi decido io. L'altra parte dell'alloggio, dove ci troviamo adesso, è adibita a ufficio. L'arredamento ti sembrerà squallido. In realtà, affitto i mobili a seconda dell'operazione commerciale che sto effettuando. Così mi adeguo meglio alle caratteristiche di ogni cliente. Se sono stranieri, modernismo catalano; se sono catalani, design italiano. Certe volte mi basta un tatami. Ma questo ora non c'entra. Posso offrirti qualcosa? Ho le solite bevande".

"Pepsi-Cola?"

"No."

"Allora niente, grazie."

"Ti porto dell'acqua. Magari hai sete" disse lei.

Imboccò il corridoio e s'infilò dietro una porta laterale. I minuti passavano e lei non ritornava, per cui mi affacciai alla stanza attigua. Anche lì le tapparelle erano abbassate – o le controfinestre chiuse – così non si vedeva quasi niente. Mi parve d'intravedere un armadio e un letto singolo disfatto. Nell'aria aleggiava l'odore tiepido che emanano le persone giovani e pulite quando dormono da sole. Ritornai nella stanza vuota mentre Ivet faceva ritorno con un bicchiere d'acqua che bevvi tutto d'un fiato, perché la vista della camera da letto mi aveva lasciato la bocca secca. Lei sembrava aver riacquistato la serenità: non dava più segni di timore, anzi era allegra e chiacchierona.

"Andiamo con ordine" iniziò. "Io non sono la figlia di Pardalot, come già sai, perché stamattina, al funerale di Pardalot, hai conosciuto la vera Ivet. Il mio vero nome è Lilì... no, Lalà... no, Lulù... Bah, che importa? Supponiamo che anch'io mi chiami Ivet: la vita è piena di coincidenze. Possiedo un'agenzia di servizi, dove ora ci troviamo. Non i servizi che qualche malizioso potrebbe immaginare vedendo le mie curve, ma altri ancora peggiori. Tanto vale che ti dica tutto."

La storia di Ivet coincideva sostanzialmente con quella che mi aveva raccontato Magnolio la sera prima al bar. Ivet aveva fatto la modella a New York, ma poi era ritornata a Barcellona e qui (a Barcellona) aveva aperto un'agenzia di catering per truffatori. Sulla base di una tariffa prestabilita, l'agenzia di Ivet forniva tutto il necessario per commettere qualunque genere di truffa, tanto le attrezzature quanto il personale. Magnolio ne era un esempio e, nel nostro caso specifico, io ne ero un altro. Lei sceglieva la o le persone più adatte a portare a termine l'operazione, parlava con loro, le convinceva con i dovuti mezzi e alla fine, se il loro lavoro era stato soddisfacente, le pagava subito. Purtroppo quella volta le cose non erano andate come dovevano, concluse Ivet.

Fece una pausa e subito dopo, vedendo che non dicevo niente, aggiunse:

"Un paio di settimane fa si è messo in contatto con me un tizio che diceva di essere e di chiamarsi Pardalot. Non era Pardalot bensì qualcuno che aveva preso il suo posto, ma allora io non lo sapevo. L'ho saputo soltanto quando ho visto sul giornale la fotografia del vero Pardalot. Il presunto Pardalot mi ha dato le tue coordinate e mi ha detto di farmi passare per sua figlia, vale a dire la figlia di Pardalot, e di sedurti per convincerti a fare un lavoretto facile facile e senza pericoli. Io ti ho detto quello che mi ha detto lui: voleva rubare dei documenti dal proprio ufficio per evadere le tasse o per nascondere un'evasione fiscale o qualcosa del genere, e secondo lui eri la persona più indicata per farlo. All'inizio non capivo il suo piano. Se si trattava di far sparire dei documenti dal suo ufficio, sarebbe stato più semplice simulare il furto, sì insomma, dire che qualcuno aveva portato via i documenti e disfarsene in un modo qualunque. Invece il piano del presunto Pardalot comportava molti rischi, compreso quello che ti prendessero con le mani nel sacco. Ma il presunto Pardalot mi rispose che niente poteva andare storto. Mi spiegò che era tutto predisposto affinché il furto avvenisse senza contrattempi. Perfino la serratura della porta dell'ufficio era stata manipolata in modo che qualunque imbranato potesse aprirla al primo colpo. La cosa più importante, disse il presunto Pardalot, era che il ladro lasciasse qualche traccia del suo passaggio: impronte digitali, capelli o liquido seminale, per la prova del DNA. Come se ciò non bastasse, il sistema a circuito chiuso funzionava diversamente da come te lo hanno spiegato. Un conto è che l'agente di sicurezza non ti vedesse entrare, un altro che la tua immagine non venisse registrata. Così ti hanno raccontato una frottola: dopo aver ottenuto i documenti, il presunto Pardalot poteva mostrare un nastro registrato in cui ti si vedeva entrare nello stabile e commettere il furto".

A questo punto la falsa Ivet si alzò in piedi, si avvicinò alla finestra, la spalancò e sollevò leggermente la tapparella per lasciare entrare l'aria dall'esterno, visto che quella all'interno si era praticamente esaurita. Ma badò bene a non farsi vedere da un eventuale osservatore esterno.

"Anche così," dissi quando lei fece ritorno al tavolo, "il piano era ed è scombinato. Con le mie impronte e la registrazione, presto o tardi la polizia mi scoverà e io dirò loro che è stato proprio Pardalot ad assumermi per rubare negli uffici de Il Ladro Spagnolo, di proprietà di Pardalot, vale a dire i suoi uffici."

"Anch'io ho mosso la stessa obiezione" ammise Ivet. "Ma il presunto Pardalot quando l'aveva sentita si era messo a ridere. In questo senso, aveva detto, non c'era nessun problema. Infatti, aveva aggiunto continuando a ridere, aveva trovato la persona adatta, vale a dire l'uomo dal curriculum più onesto, il più a modo e il più imbecille fra coloro che vivono nell'area metropolitana."

Si riferiva a me. Il lettore vorrà perdonarmi se a questo punto del racconto rivelo qualcosa che lui (il mio immeritato lettore) avrà certamente dedotto da tempo: finché non mi venne fornita la suddetta spiegazione, io ero scioccamente convinto di essere stato scelto da quella strafiga e dal suo presunto padre rompiscatole (R.I.P.) grazie alla reputazione, un tempo tutt'altro che insignificante, di cui godevo presso le corporazioni del ladrocinio, della truffa, dell'impudenza e della gherminella, e anche – perché negarlo – a cagione di un suo debole per il mio aspetto fisico, la mia eleganza nel vestire, la simpatia, il modo di fare, insomma, il mio sexappeal. Troppo tardi mi ricordai della povera signora Pascuala, la pescivendola, la cui insolenza nei miei confronti acquisiva ora, alla luce del mio doloroso disinganno, un profondo e irrimediabile significato.

"Pardalot," aggiunse Ivet insensibile all'amarezza che doveva trasparire dal mio volto, "era sicurissimo che la polizia non ti avrebbe mai scovato. Avrebbero scartabellato per qualche giorno negli archivi e poi avrebbero considerato il caso chiuso. E se anche ti avessero scovato, lui avrebbe negato tutto, ed essendo

Pardalot un personaggio illustre e tu un ridicolo parrucchiere, avrebbero creduto a lui. Quanto a te, non ti sarebbe successo niente. Vedendo il tuo comportamento irreprensibile e la tua faccia da minchione, il tribunale avrebbe ritenuto che avevi commesso il furto in un momento di follia e ti avrebbe spedito per qualche tempo in un ospedale psichiatrico. Dicono che sia come andare alle terme. Certo che adesso l'omicidio complica tutto."

"A quale omicidio ti riferisci?" dissi.

"Non hai ancora capito?" disse. "Il presunto Pardalot non era Pardalot. E non si trattava di rubare dei documenti di proprietà di Pardalot, ma di ammazzare il vero Pardalot e gettare la colpa del delitto su di un innocente che, guarda caso, ha le tue impronte digitali e la tua faccia."

"È assurdo" risposi. "Io non ho ammazzato Pardalot, né il presunto né quello vero, non ho ammazzato nessuno."

"E come pensi di dimostrarlo?" chiese. "Certo, puoi andare dalla polizia e raccontare quello che è successo, ma chi ti crederebbe? L'aver lasciato le impronte digitali intorno a un cadavere e il comparire in una videocassetta registrata la notte stessa del delitto non è una bazzecola. Ma se nonostante tutto decidi di andare alla pula, devo avvertirti che giurerò di non averti mai visto, e Magnolio farà altrettanto. Non te la prendere. A nessuno piace vedersi immischiato nei guai di un altro, soprattutto se la posizione di quest'altro non è chiara. Del resto, per quel che ne so, potresti benissimo avere ucciso il vero Pardalot. Non ti conosco. Magari sei uno psicopatico."

"E invece non lo sono," risposi, "ecco qual è il problema. Perché, se io non sono un assassino e qualcuno ha ammazzato Pardalot, devi convenire con me che in questo momento c'è in giro un assassino che ti conosce e ha mille buoni motivi per metterti a tacere per sempre. Per questo hai spedito Magnolio a perquisire il mio appartamento e il negozio, e gli hai ordinato di seguirmi e di farmi parlare. Per vedere se ero stato io a uccidere Pardalot. Adesso, convinta della mia innocenza e avendo visto che Magnolio è un novellino, mi hai fatto venire qui. Perché?"

"Per aiutarti. Non hai fiducia in me?"

"No," risposi con fermezza, "anzi, credo che tu sia una bugiarda, ambiziosa ed egoista, come Dalila, Salomè e tante altre donne malvagie che sono passate alla storia per la loro crudeltà, doppiezza e i mille raggiri. Ma se mi fai una proposta ragionevole, ti starò a sentire."

"E faresti bene" disse lei senza mostrarsi offesa per le mie parole. "In realtà la situazione è più grave di quel che credi. Mossa da un istinto nefasto, la notte del delitto ho rubato la cartellina azzurra. Pensavo di rivenderla a Pardalot. Quando ho scoperto che la persona con cui avevo trattato non era Pardalot e che il vero Pardalot era stato ammazzato, avrei voluto restituire la cartellina senza farmi pagare, ma non sapevo a chi darla. Loro, chiunque essi siano, non sanno ancora che ce l'ho io. Sicuramente credono che ce l'abbia tu. Ecco perché ho voluto avvertirti. Presto o tardi verranno a cercarti."

"L'hanno già fatto" borbottai. "Qualche ora fa hanno messo una bomba in negozio. Io sono rimasto illeso, come vedi, ma i danni materiali sono ingenti."

"Mi dispiace" mormorò.

"Non è dispiacendosi che si compra un asciugacapelli elettrico" risposi seccamente. "Dov'è la cartellina azzurra?"

"Nella cassetta di sicurezza di una banca."

Non ci credevo, ma era inutile discutere per un dettaglio così trascurabile. L'importante era salvare la pelle, di tutti e due.

"Hai un'idea di chi possa esserci dietro a tutto questo?" chiesi. "Chi poteva avere interesse a eliminare Pardalot? E se non lo sai, hai almeno un'idea di chi fosse Pardalot?"

"No. So soltanto quello che dicono i giornali."

"Bene, questa è la prima cosa che dobbiamo scoprire" dissi.

"E come?" domandò.

"Semplicissimo: entrando di nuovo negli uffici de Il Ladro Spagnolo."

"È pericoloso" disse lei.

"È pericoloso anche starsene seduti ad aspettare un'altra bomba" dissi io. "Se invece siamo noi a prendere l'iniziativa, giocheremo in vantaggio almeno per un po' di tempo: quelli sono convinti che noi siamo i deboli e loro i forti, per cui non avranno preso nessuna precauzione. In questi casi, la mossa più difficile è sempre la più facile, proprio perché sembra difficile. Magnolio è un uomo di fiducia?"

"Sì" affermò Ivet. "Pur essendo stato battezzato, possiede ancora la rettitudine degli idolatri e, a differenza di tanti gentiluomini che con me si comportano come dei selvaggi, lui – che è davvero un selvaggio – con me si è sempre comportato da perfetto gentiluomo. L'unico in cui non so se avere fiducia sei tu."

"Dovrai correre questo rischio. Resta qui dentro e non

aprire a nessuno. Io mi metterò in contatto con te. E per adesso, arrivederci."

Mi accompagnò fino alla porta. Prima di aprire, mossa da un inspiegabile impulso (o da una formula di etichetta della sua azienda), mi abbracciò e facendo chiaramente riferimento ai pericoli esterni mi sussurrò all'orecchio:

"Fa' attenzione, tesoruccio".

Sentii contro il mio petto il trepidante calore delle sue forme delicate (sode): ormai erano anni che non avevo nessun contatto fisico con un altro essere umano (quelli sull'autobus non contano), e non so come avrei reagito se quel momento fosse stato più propizio alle romanticherie. Ma visto come stavano le cose, il suo abbraccio ebbe su di me un effetto depressivo. Così le dissi di nuovo arrivederci e scesi le scale in fretta e furia. In strada trovai Magnolio: stava osservando compiaciuto la sua automobile, la cui parte anteriore era entrata a far parte dell'auto parcheggiata davanti.

"La signorina Ivet mi ha incaricato di dirle che per oggi non ha più bisogno dei suoi servizi" gli dissi. "Per quello che mi riguarda, non ci sarà più bisogno che mi segua per strada e ficchi il naso nelle mie proprietà. Sarebbe invece opportuno che si fermasse ancora un po' qui davanti a fare la guardia. Si assicuri che la signorina Ivet non esca dal palazzo. Se lo fa, la segua senza farsi vedere. Lo so che la circospezione non è il suo forte, ma non si scoraggi: migliorerà con un po' di pratica. E domani mattina venga a riferirmi che cosa è successo."

*

Intorno alle undici, senza aver cenato, arrivai di fronte allo stabile de Il Ladro Spagnolo e lo esaminai a distanza di sicurezza. Le luci dell'edificio erano spente a eccezione di quelle dell'atrio, dove un guardiano faceva la guardia nella guardiola. Non era l'agente di sicurezza della volta precedente, ma un signore di mezza età, calvo, con la pancia e due bei baffoni. Sono i migliori.

Svoltai dietro l'angolo e mi fermai vicino al portone del garage. In quella strada (laterale) non passava nessuno. Tirai fuori dalla tasca il telecomando che l'incappucciato mi aveva dato qualche sera prima per consentirmi di entrare nel suddetto stabile (da quella parte): in un primo tempo era rimasto in una tasca del vestito che indossavo quella sera e poi a casa mia, dove ero andato a recuperarlo prima del verificarsi degli eventi che sto narrando. Lo azionai. La cancellata scivolò di nuovo orizzontalmente lungo la rotaia mentre il portone faceva altrettanto ma verticalmente, come ho già descritto con queste stesse parole a suo tempo. Sarebbe stato facilissimo per me intrufolarmi nello stabile passando dal garage, ma evitai di farlo perché ero sicuro che avessero cambiato la combinazione numerica che disattivava l'allarme, visto che la precedente aveva creato tanti problemi, soprattutto a Pardalot.

Lasciai aperta la porta del garage, ritornai sui miei passi, mi piazzai davanti alla porta a vetri dello stabile e mi misi a fare dei segni all'indirizzo dell'agente di sicurezza: finalmente questi si accorse della mia presenza, mi fece capire che gli uffici non erano aperti al pubblico, e poi, indicando con una mimica molto espressiva ora il manganello ora una delle sue parti anatomiche, mi fece intuire dove mi avrebbe messo il primo se non lo lasciavo in pace. Al che risposi con gesti esageratamente concitati e smorfie spaventose, fino a che il guardiano si alzò in piedi, si allacciò i pantaloni che per comodità si era slacciato, e brandendo il manganello venne fino alla porta e la socchiuse.

"Mi scusi se la disturbo," mi affrettai a dire, "ma c'è un buon motivo. Vede, io abito nel quartiere e un attimo fa, mentre mi recavo a casa, sono passato dalla stradina qui a fianco e ho notato che la porta del garage del suo stabile, cioè di *questo* stabile, era aperta. Anzi, spalancata direi. Con grande senso civico ho lanciato un'occhiata all'interno e dentro il garage mi è parso d'intravedere la sagoma sospetta di un estraneo. Certo, magari è stato solo frutto della mia immaginazione. Sono timoroso di natura. E artritico. Non come lei che è coraggioso, responsabile e anche un bel ragazzo."

L'agente si grattò il fondo dei calzoni col manganello per poter pensare meglio, poi disse:

"Andrò a esaminare le premesse. Lei non si muova di qui e non tocchi niente".

"Non si preoccupi. Sarà un onore per me sorvegliare la guardiola" dissi scivolando all'interno dell'atrio. "Ah, e non si dimentichi di scollegare l'allarme mentre fa il giro di ronda, altrimenti lo farà scattare con il conseguente pandemonio. La gente del quartiere è un po' sofistica e non vorrei che la sgridasse se alla fine si scopre che è stata solo una mia fantasia."

L'agente chiuse la porta a vetri, impugnò il manganello, diede un colpetto alla fondina per assicurarsi di avere la pistola, disattivò l'allarme con una chiavetta e scomparve all'interno dell'edificio attraverso una porta situata in fondo all'atrio.

Non appena mi ritrovai da solo, m'infilai in un ascensore, salii al quarto piano, cercai e trovai l'ufficio di Pardalot, forzai di nuovo la serratura ed entrai. Era tutto come nella notte del delitto. Sembrava impossibile che in una stanza così bene arredata ci fosse stato un morto. Mi precipitai ad aprire cassetti, schedari e armadi ma non trovai niente: senza dubbio la documentazione del defunto era stata requisita dal giudice istruttore in virtù delle disposizioni di legge. Visto che lì dentro non c'era niente d'interessante, passai alla sala riunioni. Non pensavo di trovarci qualcosa, ma se non altro potevo riempirmi le tasche di penne.

Niente da fare. Sul vetro smerigliato della porta si disegnò la figura lardosa del guardiano con il manganello in pugno. Mentre lui armeggiava con il passe-partout nella serratura della porta della sala (riunioni), indietreggiai fino all'ufficio di Pardalot e chiusi la porta proprio nel momento in cui l'agente di sicurezza e il suo manganello facevano il loro ingresso nella sala. Doveva avere notato qualcosa, perché puntò diritto all'ufficio e aprì la porta. Non essendoci alcun paravento, tramezzo o controporta dietro cui nascondermi, mi rannicchiai nell'ombra. Inciampai contro un mobile e feci rumore. Il guardiano si fermò sulla porta dell'ufficio, nascondendola quasi interamente con la sua sagoma da barilotto. Senza mollare il manganello, portò la mano alla pistola e chiese:

"Chi è là? Esca con le mani in alto o sparo".

Stavo per consegnarmi quando una voce profonda, chiara, arrogante e per giunta da oltretomba, rispose al mio posto:

"Salve, sono Pardalot".

L'agente lasciò cadere il manganello, girò sui tacchi e scappò via. Avrei fatto lo stesso se le gambe molli non me lo avessero impedito.

*

Ripensando adesso all'accaduto, viene da chiedersi se il mio sbalordimento all'inaspettata apparizione fosse dovuto alla paura o alla sorpresa: non sono così ignorante da non sapere che sovente le vittime di orribili delitti di sangue si manifestano nel luogo giustamente definito "il luogo del delitto" trascinando catene, facendo scricchiolare le ossa ed emettendo ululati, gemiti e altre flatulenze volte a incutere il terrore, ma avevo sempre pensato che tali fenomeni si verificassero in località esotiche, quali l'Ungheria o il Giappone, e tra defunti di alto lignaggio; non avrei mai creduto che potesse farvi ricorso un dignitoso imprenditore catalano dentro il sancta sanctorum del suo ufficio. Anche se in passato avevo avuto fugaci incontri con gli spettri, un po' comici e inspiegabili dal punto di vista scientifico, non mi ero mai imbattuto in un fantasma così presuntuoso e sicuro di sé: infatti gli spettri sono piuttosto timidi per natura, come è logico per quelle creature (o non creature) abituate a essere male accolte dovunque vadano. Tali riflessioni, del resto, non hanno alcuna importanza perché in quell'occasione fu proprio la voce di Pardalot – causa dello spavento – a dissipare ogni mistero, in quanto aggiunse con immutata giovialità dopo una breve pausa:

"In questo momento non posso rispondere. Lasciate il nome e il numero di telefono dopo il segnale acustico e sarete richiamati al più presto".

Mi resi conto che, indietreggiando, ero andato a sbattere contro un mobile e avevo azionato involontariamente la segreteria telefonica, da cui fuoriuscì subito dopo un'altra voce, esitante e femminile, che diceva:

"Sono la fiorista. Si tratta dei fiori che ci ha ordinato per la cena di martedì a casa di Reinona. Per favore, ci telefoni per dirci che cosa dobbiamo farne".

Udii questo messaggio incomprensibile e insignificante (per me) mentre attraversavo la sala riunioni come un furetto (dicesi di mammifero carnivoro che si muove velocissimo) e balzavo nell'ascensore che mi portò al pianterreno. Lì pattinai fino alla guardiola sul pavimento perfettamente incerato e mi sedetti proprio nel momento in cui il guardiano si materializzava davanti alla porta situata in fondo all'atrio, dalla quale era uscito qualche minuto prima.

"Ha visto qualcosa di anomalo, intrepido guardiano?" gli domandai cercando di nascondere i movimenti convulsi della cassa toracica.

"Niente" rispose lui cercando di nascondere il tremolio delle mandibole.

"Eppure la vedo pallido e sudato," dissi, "e se non fosse un agente di sicurezza direi perfino che si è pisciato addosso. E il manganello?"

"Mi dispiace" tagliò corto lui. "Non sono autorizzato a

commentare gli incidenti di servizio con i civili. Se ne vada e consideri top secret quello che è accaduto."

Tirò fuori da un sacchetto di carta una bottiglia di acquavite, ne trangugiò una bella sorsata e subito dopo mi fece capire con la mano, lo sguardo e l'alito che dovevo andarmene.

*

Ritornato a casa, trovai ad attendermi una sgradevole sorpresa. Avevo considerato l'eventualità che, durante la mia assenza, qualcuno venisse a perquisirmi l'appartamento, ma non pensavo che lo avrebbero fatto in un modo così inconsulto. I mobili erano stati rovesciati e il contenuto di armadi e cassetti era sparpagliato ovunque, come se i trasgressori della legge, non contenti di rovistare dappertutto, avessero giocato a pallavolo con i miei adorati oggetti personali. A un primo rapido bilancio vidi che non mancava niente, tranne uno yogurt dal frigorifero. Chiamai Purines, le chiesi se avesse notato qualcosa e lei disse di sì, intorno alle otto aveva sentito provenire dal mio alloggio un baccano tremendo, ma non aveva ritenuto opportuno fare indagini né avvertire la polizia. La ringraziai e le assicurai che aveva fatto la cosa migliore per tutti, cioè per lei e per me.

"Amico, non so in quale casino ti sia cacciato, ma tra quello che facevi prima e quello che ti succede adesso dovresti trovare una via di mezzo" disse lei. E di punto in bianco aggiunse: "Sai cosa? Dovresti trovarti una ragazza perbene e del tuo ceto sociale e mettere su famiglia".

A quanto pare, tutte si ostinavano a vedermi sposato.

"Su, non fare quella faccia" rise Purines leggendo sul mio volto uno sconcerto misto a contrarietà. "Hai già cenato? Ho appena comprato una mezza dozzina di würstel che dicono mangiami. Dai, ti invito a cena."

Avrei accettato volentieri la sua proposta perché non avevo ancora cenato e a mezzogiorno non avevo pranzato per via della bomba, ma non volevo rimandare la sistemazione del mio malconcio appartamento né causarle altro disturbo, per cui declinai l'invito esprimendole di nuovo la più profonda gratitudine e la speranza di poterci ritrovare attorno a una tavola imbandita in un prossimo futuro. E avrei aggiunto altre raffinatezze se un orribile sbadiglio non mi avesse interrotto.

"Fa' come vuoi" disse Purines. "Io volevo solo aiutarti."

E dopo una pausa, quando avevo già la mano sulla porta, aggiunse sottovoce, esitando:

"Non sono la persona più giusta per darti dei consigli, ma sta' attento. Quella ragazza non mi convince. Non dico che sia una cattiva persona. Ormai non esistono più le persone cattive. Prima c'erano le donne fatali, le vecchie volpi e le vipere. Adesso siamo tutte brave. Ma non si sa mai...".

"Purines," la interruppi, "sei un tesoro."

Ritornai nel mio malconcio appartamento e mi misi al lavoro. Mi ci vollero due ore buone per rimettere tutto in ordine, comprese le tende di percalle e i fiori (di plastica) che conferivano all'ambiente un tocco di calore non privo di sobrietà. Poi mi addormentai di schianto.

*

Alle nove meno venti del mattino seguente entrai nel bar all'angolo e chiesi al cameriere mezzo panino con calamari e cipolla e il permesso di consultare l'elenco del telefono – quest'ultimo mi venne dato in malo modo. Cercai sull'elenco il cognome Reinona cui si faceva allusione nel messaggio registrato sulla segreteria telefonica di Pardalot (la polizia non l'aveva confiscata insieme al resto del materiale). Mi pareva di ricordare – ma non ne ero sicuro perché in quel momento non vi avevo prestato la dovuta attenzione –, insomma mi pareva che alludesse anche a una cena per martedì, a certi fiori e al nome proprio sopracitato, che nonostante le mie ricerche non riuscii a trovare sull'elenco. Stando così le cose e con in bocca il mezzo panino con calamari e cipolla, andai ad aprire il negozio.

Puntuale e insonnolito, Magnolio si presentò all'appuntamento che avevamo concordato la sera precedente e sintetizzò quello che era successo davanti al portone della casa di Ivet con laconica precisione: niente. Per lo meno, si affrettò a dire, non era successo niente prima che risuonassero i dodici rintocchi della mezzanotte dal campanile di una chiesa vicina: infatti a quell'ora, non tanto per paura degli spiriti o per problemi analoghi ma perché aveva bisogno di riposare, se n'era andato a casa.

"E lei," chiese, "che cosa ha fatto?"

"Poca roba" risposi. "Ha mai sentito parlare di qualcuno di nome Reinona? Soprattutto negli ultimi giorni."

"No."

"Non mi risponda alla leggera" lo rimproverai. "Come fa a esserne così sicuro?"

"Non dimentico mai i nomi dei bianchi," disse, "perché mi fanno ridere. Di notte, nel letto, li ripasso mentalmente e mi sganascio dalle risate. Ieri sera ho conosciuto un certo Capdepera, che ne pensa? Ah, ah, ah. Ah, ah."

Stava ancora ridendo a crepapelle quando se ne andò lasciandomi da solo con la clientela del Tempio delle signore, vale a dire da solo. Attesi a lungo e poi feci un salto nella cartolibreria La Civetta e chiesi in prestito alla signora Piñol uno stradario di Barcellona. Con questa documentazione, un pezzo di carta e una biro (anch'essa prestata) entrai di nuovo nel bar.

A quell'ora la clientela del bar era numerosa come quella del Tempio delle signore, per cui pregai il cameriere di andare nel mio negozio nel caso venisse qualcuno: infatti dovevo fare qualche telefonata che mi avrebbe portato via un po' di tempo; e comunque l'avrei avvertito se per caso si presentava qualcuno al bar. La proposta non gli piacque per niente, ma poiché ero un cliente abituale del bar (a mezzogiorno) finì per acconsentire. Quando mi ritrovai da solo, aprii su un tavolino l'elenco telefonico (pagine gialle) insieme allo stradario, distesi il foglio di carta, impugnai la biro e in meno di un'ora avevo confezionato un elenco dei dieci fioristi più vicini allo stabile con gli uffici de Il Ladro Spagnolo. Ciò fatto, chiamai il primo negozio dell'elenco e dissi:

"Buongiorno. Sono il signor Pardalot e ho ordinato nel suo negozio un mazzo di fiori da consegnare a casa di Reinona, vero?".

"Nossignore. Non so di che cosa stia parlando" rispose all'altro capo del filo un tizio, di professione fiorista.

"Non lo so nemmeno io. Arrivederci."

Lo stesso dialogo si ripeté per altre quattro volte. Alla quinta, una donna dalla cui voce mi parve di riconoscere quella registrata sulla segreteria telefonica di Pardalot esclamò:

"Lei è il signor Pardalot?".

"Sì, signora."

"Allora spero che le sia piaciuta la corona di fiori che abbiamo mandato al suo funerale."

"Ah, signora," mi affrettai a dire, "non sono il compianto signor Pardalot, bensì il suo esecutore testamentario. Ecco perché uso il nome del defunto, in quanto sono il suo rappresentante, per così dire, su questa Terra. E proprio mentre controllavo le sue carte ho visto il nome del negozio e l'ordine di un mazzo di fiori da consegnare a casa di Reinona. Se non mi sbaglio."

"No, non si sbaglia" disse la fiorista. "Ho telefonato proprio ieri in ufficio per chiedere istruzioni al riguardo, e dato che non rispondeva nessuno ho lasciato un messaggio sulla segreteria telefonica. Il signor Pardalot aveva telefonato venerdì per ordinare due dozzine di rose rosse. Ma ora, viste le tragiche circostanze, immagino di dover annullare l'ordine."

"Assolutamente no, signora" dissi. "È mio dovere far rispettare fedelmente le ultime volontà del defunto. Lei mandi i fiori senza indugi. Telefonavo soltanto per verificare l'indirizzo del legatario."

"Di chi?"

"Di Reinona."

"È il solito."

"Le spiacerebbe ricordarmelo? Soltanto ai fini dell'inventario."

"Ci mancherebbe, prenda nota" disse la fiorista: "Scopallegro 27".

"Grazie mille, signora" dissi e riattaccai.

Restituii lo stradario e la biro in cartolibreria, dopodiché io e il cameriere del bar ritornammo alle nostre rispettive postazioni. A mezzogiorno chiusi, andai un'altra volta al bar, mi sedetti a un tavolo e mi feci servire l'altra metà del panino con calamari e cipolla. Stavo per dare il primo morso quando entrò Magnolio. Vedendolo, il cameriere agguantò il fucile a pallettoni ma lo tranquillizzai dicendo che Magnolio era mio amico e mi facevo garante per la sua buona condotta. Nel frattempo, indifferente alla trattativa in corso fra me e il cameriere, Magnolio osservava con attenzione le tapas che fermentavano sul bancone.

"Mi dia una porzione d'insalata russa con del pane integrale, caro cameriere" disse sedendosi al mio tavolo.

Gli domandai la ragione della sua inaspettata presenza in quel luogo e gli si illuminarono gli occhietti dietro i fondi di bottiglia che aveva al posto delle lenti.

"Non sono uno scemo," disse, "ci ho pensato su e mi sono reso conto di quello che lei ha intenzione di fare."

"Io ho intenzione soltanto di mangiare 'sto mezzo panino in santa pace" dissi.

"Ah ah," rispose Magnolio, "non creda di gettarmi la sabbia del deserto negli occhi. Lei ha intenzione di scoprire il vero assassino di Pardalot. Non lo neghi. Al suo posto anch'io farei lo stesso. L'alternativa è la gattabuia, ah ah. Ma mi lasci dire una cosa: da solo, se è fortunato, non otterrà niente; e se non è fortunato, riuscirà a beccarsi una pallottola in corpo. Ah ah."

"E a lei che cosa importa?"

"M'importa, m'importa. Siamo tutti fratelli."

"Anche l'assassino di Pardalot. Allora vada a pranzo con lui."

"Non è la stessa cosa" disse Magnolio. "Io sono un uomo onesto, come lei. Io e lei combattiamo dalla stessa parte, anche se sotto bandiere diverse. Quella del mio paese è come la catalana, ma con un mandrillo al centro. Se noi uomini onesti non ci uniamo, i farabutti diventeranno i padroni del mondo. Ed è possibile che lo siano già."

"Non vedo nessun motivo per cui debba fidarmi di lei" risposi.

"Guardi," disse Magnolio senza perdere la calma, "anche se ho agito in buona fede, ho collaborato a creare il pasticcio in cui siamo finiti tutti quanti. Non vorrei avere la sua morte sulla coscienza. E temo anche per la signorina Ivet, che conosco e stimo. È una signorina buona e tenera, nel senso figurato del termine, e molto fragile e indifesa. Certe volte, quando viaggio in macchina insieme a lei per fare delle commissioni, la vedo piangere nello specchietto retrovisore. Voglio dire *guardando* nello specchietto retrovisore. Altre volte manifesta sintomi di confusione, fatica, depressione e ansia. Io non m'intendo di psicologia, ma oserei dire che la signorina Ivet subisce l'influsso di uno spirito negativo o papus. Ha bisogno di protezione e per adesso noi siamo gli unici in grado di fornirgliela. Ma non è finita qui. Sono anche spinto da motivi personali che ora non voglio raccontarle, perché sarebbe troppo lungo e fuori luogo."

Tacque e si mise a mangiare l'insalata russa assaporandola con gusto e maniere squisite. Intanto lo osservavo con attenzione e un pizzico d'invidia: infatti, anche se conservo ancora – grazie a Dio – tutti i miei denti e cerco di non parlare mentre mastico, non riesco a finire un pranzo senza lasciare l'intero campionario del menù sopra il tavolo, sul pavimento e sui muri, per non parlare dei vestiti e delle scarpe. Per questo e altri motivi di carattere generale, quel tizio non mi stava antipatico. E un po' di aiuto mi avrebbe fatto comodo, soprattutto se arrivava da un simile mastodonte. E poi aveva la macchina. Decisi di accettare la sua offerta e glielo comunicai.

"Ha preso una saggia decisione" disse lui con un breve cenno del capo. "Come si dice nella mia terra, fra tutti facciamo tutto. Tradotto suona meno bene. Adesso mi dica chi è Reinona."

Mentre lui finiva l'insalata russa e il pane e ordinava come dessert un'arancia – che sbucciò e mangiò con forchetta e coltello destando il divertito stupore degli habitué, i quali erano soliti mangiare la minestra con le mani – gli raccontai del messaggio sulla segreteria telefonica e quello che avevo scoperto telefonando alla fiorista. Alla fine del pasto si pulì meticolosamente le labbra con il tovagliolo, lo ripiegò, lo posò sul tavolo e disse:

"Tutto ciò è molto interessante, ma a questo punto possiamo dedurre soltanto una cosa: Pardalot non sarà presente alla cena che avrà luogo stasera, essendo oggi martedì".

"Pardalot," risposi, "non ci sarà, ma io sì. E sicuramente ci sarà anche la persona che lo ha ucciso, o l'ha fatto uccidere. E ormai è tempo di confrontarci a viso scoperto. Superfluo dire che è un'impresa rischiosa. Posso contare sul suo aiuto?"

"Nossignore" rispose.

"Allora paghi il conto" dissi.

Feci segno al cameriere del bar di portare il conto (comprese le telefonate) e di metterlo discretamente sotto il naso di Magnolio. Pagò lui, uscimmo entrambi e ci salutammo sul marciapiede con una profusione di cerimoniose riverenze.

4.

Mancava ancora qualche minuto all'apertura del negozio, per cui feci il giro dell'isolato e mi fermai di fronte a un negozio con un'insegna che diceva:

RAMACHANDRA SAPASTRA
Tintoria

SI: ramendano calsini
     fanno riparasioni
     cuciono strapi

La tintoria era chiusa, battei contro i vetri e dal retrobottega emerse il signor Ramachandra in mutandoni e babbucce, con un piatto pieno di sbobba in una mano e un cucchiaio in bocca. Gli spiegai che quella sera mi avevano invitato a una festa importante e volevo andarci vestito come un figurino; mi fece entrare e scegliemmo tra i vestiti che i clienti gli avevano affidato un abito che si adattasse alla mia corporatura, al mio budget e alle convenienze sociali, oltre a un paio di guanti di capretto e un cache-col. Gli anticipai mille pesetas e ritornai in negozio.

Alle otto meno cinque, quando se ne fu andato l'ultimo cliente (che quel giorno era stato anche il primo), mi tinsi i capelli di un intrepido nero corvino. Poi mi confezionai una barba con uno chignon posticcio, ma dopo varie prove vi rinunciai perché mi dava un'aria selvaggia e poco rassicurante. Mi sarebbe piaciuto passare da casa per darmi una rinfrescata, perché sia io sia la mia camicia lasciavamo a desiderare quanto a igiene, freschezza e profumo, ma mentre mi accingevo a uscire apparve inaspettatamente Ivet. Era bellissima e sembrava agitata. Mentre mi soffermavo su questi dettagli, lei mi diede un'occhiata veloce e chiese:

"Ma dove hai preso 'sta mascherata? E quelle macchie d'unto?".

Cercai di spiegarle che l'affitto dei vestiti *dopo* il lavaggio a secco costava il doppio dell'affitto dei vestiti *prima* del lavaggio a secco, nel caso bisognasse smacchiarli un'altra volta. Quanto alla scelta del modello (un sobrio smoking argentato) ero convinto che fosse una buona idea. Non diede retta alle mie parole, adducendo come scusa che quel posto ripugnante e puzzolente (Il Tempio delle signore) le aveva sempre dato fastidio e adesso, dopo la bomba, la faceva sentire profondamente depressa. Colsi l'allusione e le proposi di andare al bar.

Chiusi (si fa per dire) la porta del negozio, andammo al bar e ci sedemmo allo stesso tavolino dove ci eravamo dati il primo appuntamento. Tale coincidenza mi parve significativa e le chiesi se potevamo chiamare quel bar "il nostro bar", al che lei rispose che il suo nome corrente (Fratelli Zampa) le sembrava già perfetto. Con le donne come Ivet è meglio non essere precipitosi, per cui decisi di dare un nuovo taglio alla conversazione e le chiesi il motivo della sua visita inaspettata.

Rispose che voleva conoscere da me personalmente le avventure della sera precedente, e dunque le raccontai in breve che cosa era successo nello stabile de Il Ladro Spagnolo, compreso l'episodio della segreteria telefonica, e come questo mi aveva aiutato a proseguire nelle indagini; conclusi tale sintesi – che il lettore già conosce – raccontandole il progetto d'introdurmi a casa di Reinona.

"Ma è un'imprudenza colossale" esclamò. "Tu non sai chi è Reinona né che tipo di gente ci sarà a casa sua."

"Non temere," risposi, "sarà gente ricca e catalana, quindi inoffensiva. Del resto non corro nessun rischio: come vedi, ho adattato il mio look alle circostanze e sarà facile per me inserirmi nell'alta società senza venire notato. Del resto, sono abituato a muovermi in situazioni come questa" aggiunsi in tono altezzoso. "Contrariamente a quello che credi, sono un uomo pieno di risorse, cara mia!"

"Be', a giudicare dai risultati, al tuo posto cambierei tattica" disse Ivet.

"Non agisco così perché mi piace farlo, ma per mancanza

di alternative" borbottai. "Comunque non devi temere per me. Sei tu che mi preoccupi."

I suoi occhi si velarono di lacrime, forse per le mie parole o forse per il tanfo che si respirava là dentro, e appoggiando una mano (sua) sulla mia sussurrò:

"Non voglio che tu corra dei rischi per colpa mia".

Mi sentii un nodo alla gola e non so che cosa sarebbe successo (sicuramente nulla) se in quel momento Magnolio non avesse fatto di nuovo la sua comparsa nel bar: vedendo che eravamo tutti e due seduti allo stesso tavolo e in atteggiamento teneramente affettuoso, non esitò a venirci incontro spezzando l'incantesimo di quell'attimo per raccontarci le sue avventure. Infatti, disse a mo' d'introduzione, dopo avere riflettuto sulla mia intenzione di recarmi quella sera a casa di Reinona, e in considerazione dell'esagerata temerarietà del progetto e del fatto che il suo atteggiamento nei miei confronti era stato tutt'altro che solidale, aveva deciso di esplorare il terreno. Per cui si era presentato all'indirizzo fornito dalla fiorista, aveva bussato alla porta del palazzo, perché tale era l'appellativo che si meritava la casa ivi ubicata, e aveva chiesto al maggiordomo che gli aveva aperto se quello era un centro di accoglienza per senegalesi privi di documenti. La sua grande astuzia era stata ricompensata, perché il maggiordomo gli aveva risposto di no, ma se cercava un lavoro temporaneo e mal retribuito poteva offrirgliene uno. Naturalmente Magnolio non si era lasciato sfuggire l'occasione e aveva risposto di sì. Allora il maggiordomo gli aveva detto di presentarsi a palazzo entro e non oltre le otto e mezzo, perché quella sera si sarebbe tenuto un ricevimento cui partecipavano parecchi invitati, ed erano scarsi di personale. Dell'inaspettato corso degli eventi Magnolio si riteneva più che soddisfatto.

"E fa benissimo," disse il cameriere del bar, che aveva ascoltato la conversazione, "ma dovrà sbrigarsi, perché sono già le otto. Quanto a voi due, o consumate qualcosa oppure andate ad amoreggiare in un meublé."

Era vero che bisognava sbrigarsi, e dato che Ivet non aveva fame e io non avevo soldi, ce ne andammo tutti e tre. Io e Magnolio restammo d'accordo di ritrovarci a casa di Reinona, e lui se ne andò. Ignorando il grezzo suggerimento del cameriere del bar che per il momento Ivet non sembrava propensa a seguire, mi offrii di accompagnarla fino alla fermata dell'autobus. Lei adduce il pretesto di soffrire di claustrofobia mista ad agorafobia, il che le impediva di servirsi della nostra magnifica rete di trasporti urbani, ma non si oppose a che l'accompagnassi a cercare un taxi. Camminammo in silenzio fino a un'arteria (o via) principale: io sono un tipo loquace per natura, e grazie al mestiere che faccio e alle mie letture non mi mancano gli argomenti (l'osteoporosi e altri) per suscitare l'interesse delle donne, eppure in quello strano momento d'intimità mi sentivo impacciato, per non dire intimorito. Inoltre, ero così a disagio nella mia nuova identità personale che non riconoscevo (per fortuna) la mia immagine quando con la coda dell'occhio mi vedevo riflesso in una vetrina in compagnia di quella ragazza sublime e con la quale, forse perché ero davvero vestito bene, credevo di formare una bella coppia. L'indimenticabile passeggiata durò un tempo che mi parve insieme breve ed eterno, ma in realtà fu breve, perché a quell'ora e viste le condizioni economiche del quartiere c'erano valanghe di taxi liberi. Sopra uno di essi salì Ivet, e se ne andò.

La sua partenza mi aveva lasciato triste ma non inappetente, per cui decisi d'ingannare il tempo in pizzeria. Poi pensai che a casa di Reinona, se le descrizioni di Magnolio erano esatte, avrebbero servito una cena abbondante (fu un errore) e decisi che, se proprio dovevo correre dei rischi, il meno che potessi fare era trarne un qualche vantaggio per me. Entrai in pizzeria per avvertire che non mi sarei fermato a cena e scusarmi, poi mi piazzai davanti alla fermata dell'autobus: anche se era ancora presto per andare al ricevimento, il luogo verso cui ero diretto si trovava dall'altra parte della città e, se tutto andava bene, mi aspettava un lungo viaggio.

*

Intorno alle dieci e mezzo, dopo aver fatto a piedi l'ultima e più ripida parte del tragitto, giunsi in prossimità del mio prestigioso obiettivo. La serata era calda, ma a Pedralbes spirava una brezza fresca, satura di profumo di gelsomino. Eppure tale sensazione inebriante non raddolciva il torvo aspetto di certi uomini che, appostati accanto a lucidissime automobili, facevano la guardia lungo la ripida e tranquilla stradina che percorsi fingendo indifferenza, fino a raggiungerne la cima. La loro presenza lassù in numero sempre crescente mi fece capire che gli invitati al ricevimento a casa di Reinona dovevano già essere lì (ai loro posti). Arrivato davanti a un cancello mi fermai, controllai l'indirizzo, aprii il cancello, entrai in giardino, percorsi il viottolo di ghiaia che snodandosi in mezzo a cespugli di mirto conduceva alla porta principale della casa e suonai il campanello. Mentre aspettavo, studiai il posto. La casa era costruita con materiali molto resistenti, disposti in uno stile architettonico che coniugava antico e moderno in un equilibrio perfetto, e corrispondeva senza dubbio alla definizione di palazzo che Magnolio le aveva attribuito nel descriverla. Era composta da un pianterreno e da un primo piano. Il primo piano era dotato di una terrazza o balconata dalla quale si poteva saltare giù e pregare perché il prato attutisse la caduta. A giudicare dalla sua estensione, il giardino che circondava la casa doveva arrivare fino alla strada che passava dietro, da cui lo separava un muro di pietra non più alto di due metri nel segmento più basso, probabilmente scalabile. Alcuni pini e un cedro magnifico offrivano un rifugio temporaneo fra i loro rami in caso di cani e bestie feroci. Un bel cipresso affusolato non serviva a niente. Nelle aiuole fiorite abbondavano rose e altre piante spinose.

Avrei continuato a esplorare il terreno con proficuo piacere se non si fosse aperta la porta: sul vano si stagliava la figura di un uomo giovane di cui non potei distinguere i lineamenti in quanto si trovava in controluce, e per di più la luce inondava completamente i miei (di lineamenti), il che mi fece rimpiangere di non essermi portato un ventaglio con cui proteggermi dalla sua curiosità.

"Buonasera," disse il giovane cameriere addetto al ricevimento degli ospiti, "posso vedere l'invito?"

Finsi di cercarlo nelle tasche del vestito e alla fine esclamai tra gioviali (e stupide) risate:

"Che peccato! Devo averlo lasciato nella tasca di qualcuno dei molti vestiti puliti che possiedo".

"Mi dispiace," disse, "ma senza invito non posso lasciarla entrare. Ordine tassativo di Reinona."

Così dicendo, come se volesse manifestare il proprio rammarico, piegò la testa da una parte e io potei riconoscere nel giovane cameriere l'agente di sicurezza che la notte del delitto sorvegliava o avrebbe dovuto sorvegliare gli uffici de Il Ladro Spagnolo. Questa coincidenza, che a me non sembrava tale, mi fece pensare che l'intuizione mi aveva condotto nel posto giusto per i nostri scopi ma pericoloso per la mia pelle. Di buon grado avrei battuto in ritirata con la scusa dell'invito, se in quel momento una voce alle spalle del giovane cameriere non avesse domandato che cosa stava succedendo.

"Niente," rispose quest'ultimo, "c'è un furbastro che cerca di fare il portoghese."

Così dicendo il giovane cameriere si fece da parte consentendomi di vedere, all'interno, un signore maturo e brizzolato in cui riconobbi, come se una coincidenza non bastasse, il signore maturo e brizzolato che avevo visto la sera prima nell'atrio degli uffici de Il Ladro Spagnolo, mentre parlava con l'allora agente di sicurezza e adesso giovane cameriere, con cui proprio in quel momento, sebbene in un luogo diverso, parlava di nuovo il signore maturo e brizzolato. Il quale si mise a guardarmi.

Prima che il signore maturo e brizzolato – il quale mi studiava sollevando un sopracciglio e aggrottando l'altro con un'espressione di sconcerto mista a sospetto – potesse giungere a una qualsiasi conclusione sfavorevole per me, lanciai un'altra risatona stentorea, spalancai le braccia ed esclamai:

"Ciao socio, come sono contento di vederti!".

Il signore maturo e brizzolato rispose con freddezza alle mie effusioni.

"Non credo di aver mai avuto il piacere di conoscerla" disse.

"È possibile che sia io a confondermi" ammisi. "Per tutto l'anno ho a che fare con migliaia di signori maturi e brizzolati. Permetta che mi presenti. Sono l'avvocato del signor Pardalot, oggi defunto signor Pardalot, con lo studio sulla Diagonal."

"Ma guarda che coincidenza" disse il signore maturo e brizzolato. "Anch'io sono l'avvocato di Pardalot e anch'io ho lo studio sulla Diagonal."

"Non vorrei darle un dispiacere," risposi, "ma il signor Pardalot aveva diversi avvocati, e quasi tutti con lo studio sulla Diagonal. Magari lei era il suo preferito, però a me affidava... come dire?... problemi un po' speciali..."

"Che genere di problemi?"

"Multe automobilistiche... e un altro tipo di transazioni... d'oltremare... ci siamo capiti. Per quanto riguarda l'invito," aggiunsi subito dopo per accantonare un argomento che non sapevo dove mi avrebbe portato, "l'ho ricevuto qualche giorno fa, con un messaggio di Reinona scritto di suo pugno in cui mi pregava di venire."

"Lei conosce Reinona?" domandò il signore maturo e brizzolato.

"Siamo amiconi" dissi.

81

Il signore maturo e brizzolato ci pensò su talmente a lungo che ebbi modo di vederlo maturare ancora un po'. Alla fine chiese:

"Ha portato il donativo?".

"Sì, naturalmente," dissi infilandomi una mano nella tasca dei pantaloni, "quanto devo?"

"Duecentocinquantamila a cranio."

"Caspita. E 'sta sciocchezzuola a che cosa dà diritto?"

"A una coppa di spumante di pessima qualità."

"Mi sembra giusto" dissi. "Ma preferisco fare l'offerta in presenza dell'interessato."

"Va bene" disse il signore maturo e brizzolato. "Mi segua."

*

Preceduto dall'avvocato (sicuramente vero) di Pardalot e seguito dal (sicuramente falso) cameriere, attraversai l'atrio ed entrai in un sontuoso salone affollato di uomini e donne visibilmente altolocati e di un'età compresa fra la maturità e la liquefazione.

"Non si muova di lì" disse il signore maturo e brizzolato non appena varcammo la soglia del sontuoso salone, indicandomi una mattonella. "Vado a cercare Reinona."

Mi lasciò in compagnia del giovane cameriere, e i suoi capelli brizzolati si mescolarono al mare di capelli brizzolati da cui ogni tanto emergevano, in mezzo alla nebbia fetida e azzurrina dei sigari, rutilanti pelate insulari. Approfittando di quell'attimo di pausa cercai Magnolio con lo sguardo. All'inizio non lo vidi, perché non c'era, ma subito dopo entrò nel salone da una porta laterale. Gli avevano fatto indossare una livrea da cameriere (o frac) che sicuramente era appartenuta a un altro o altri camerieri e, date le dimensioni di Magnolio, gli andava stretta e corta di maniche, di gamba e di cavallo. Con una mano reggeva in alto – per quanto glielo consentiva il giromanica – un vassoio carico di coppe di champagne. Vedendomi accennò un saluto amichevole e gli caddero per terra due o tre bicchieri. Io feci finta di niente perché nessuno notasse che ci conoscevamo; precauzione inutile, perché la folla era impegnata in tante conversazioni quante erano le persone che la componevano. In quel mentre fece ritorno il signore maturo, brizzolato e avvocato di Pardalot, congedò con un gesto il giovane cameriere e mi pregò con un altro gesto di seguirlo. Schivando la gente e le colonne, attraversammo l'affollato e sontuoso salone e arrivammo all'estremità opposta, dove appartati dalla mandria c'erano due uomini e una donna. I due uomini, anch'essi maturi e brizzolati, erano impegnati in una animatissima discussione che considerarono conclusa o rimandata a un'occasione migliore non appena notarono la nostra presenza. L'avvocato di Pardalot richiamò la loro attenzione su di me e disse:

"Ecco quello che dice di essere l'avvocato di Pardalot e di aver ricevuto un invito personale da parte di Reinona".

Pensai che mi sarebbero saltati addosso, invece non solo non fu così, ma uno dei due uomini mi sorrise e mi tese la mano. Incoraggiato da quel segno di cordialità, lo abbracciai dandogli energiche pacche sulla schiena e intanto gli gridavo:

"Porco giuda, Reinona, sei in gran forma!".

"Credo che lei si sia confuso," rispose il destinatario delle mie effusioni liberandosi dall'abbraccio, "perché io non sono Reinona e non credo di averla mai vista."

"Io invece ti avrò visto mille volte, cocco."

"Perché sono il sindaco di Barcellona" disse lui.

Non so come sarei uscito da quel pasticcio se la donna, che fino a quel momento si era limitata a osservare la scena con l'aria di superiorità che hanno le persone belle, ricche ed educate quando vedono il prossimo fare una gaffe, se la donna, dicevo, non fosse intervenuta per dire:

"Sono io Reinona. Ma non c'è bisogno che mi saluti con tanta effusione".

La guardai allora con l'attenzione che le sue parole meritavano e vidi che si trattava di una donna di grande bellezza ed eleganza. Pur non essendo matura, come sembrava d'obbligo in quella dimora, non la si poteva neppure considerare giovane, almeno secondo i miei parametri piuttosto rigidi. Quanto ai capelli bianchi non si poteva dire niente di definitivo, dato che aveva i capelli tinti con una nuance di ottima qualità, ben diversa, ahimè, da quella che mi ero applicato io un paio d'ore prima e che ormai, a causa del calore, mi stava conciando la faccia come quella di un tifoso del Chelsea. La sua mise (un vestito lungo di raso con le bretelline e i bordini di tulle) proveniva certamente dalle migliori passerelle di Parigi o di Milano, portava un girocollo di rubini e al dito un anello con enormi brillanti che scintillavano alla luce dei lampadari. Impacciato mormorai:

"Signora...".

Attribuendo la mia confusione a ben altri motivi, m'interruppe dicendo:

"Può parlare apertamente davanti a questi signori. Uno di loro lo conosce già, perché si è presentato da solo e lo si vede ogni giorno sui giornali. L'altro è mio marito, Arderiu. Le spiace se uso il nome Pedro?".

"No. Per me lei può chiamare suo marito come vuole."

"Mi riferivo a lei. È meglio mantenere l'anonimato. Qui c'è tutta gente di fiducia, ma potrebbe esserci un infiltrato o una spia o un pentito. Magari più di uno. Magari tutti quanti prendono parte in misura maggiore o minore a un qualche tradimento. Potrebbero anche esserci dei microfoni nascosti. Perfino lei potrebbe avere un microfono nascosto sotto i vestiti. O nell'ano. Del resto non abbiamo bisogno di chiamarci per nome. Magari più avanti, se avremo l'occasione di conoscerci meglio, ma non adesso."

Espressi la mia approvazione e suo marito disse:

"Che novità ci sono?".

"Be'...," dissi io, "dipende dai punti di vista..."

Il vero avvocato di Pardalot intervenne a questo punto per dire:

"A quanto pare, a quell'imbecille di parrucchiere ieri hanno messo una bomba del cazzo e lui non si è fatto un graffio".

"In effetti," esclamai incapace di trattenermi, "qualcuno ha messo una bomba al Tempio delle signore, un prestigioso centro di boté, causando nel locale ingenti danni materiali. E visto che siamo in argomento, mi piacerebbe sapere se il comune ha previsto qualche tipo di sovvenzione per casi come questo e se il signor sindaco potrebbe intercedere nel caso presente."

"La prego," sussurrò il sindaco, "queste non sono cose che io debba sentire. E meno ancora risolvere durante una festicciola."

"È vero, non possiamo smarrirci per delle bazzecole. Il tempo stringe" disse il marito di Reinona. E voltandosi verso sua moglie aggiunse: "Che cosa ho detto, tesoro?".

"Non ti sforzare, topolino, che ti fai male" rispose lei.

In quel momento un signore si avvicinò al gruppetto e, rivolgendosi al sindaco, disse:

"Signor sindaco, le vendo un lotto di diecimila lampioni al prezzo di quattordicimila lampioni. Un affarone".

"La prego," rispose il sindaco a denti stretti, "questo non è il momento né il luogo adatto."

"Ci sarà una bustarella per lei e una anche per questi signori" aggiunse lo zelante fornitore abbracciando metaforicamente tutti i presenti con un gesto magnanimo.

"Di quanto?" domandai.

"Queste non sono cose che io debba sentire" disse il sindaco.

L'avvocato di Pardalot fece dei segni al giovane cameriere e quando questi accorse al suo appello gli disse:

"Accompagni il signore in cucina e gli faccia dare una banana".

Il giovane cameriere trascinò via di peso l'inopportuno fornitore. Questo fatto creò un attimo di confusione durante il quale Reinona ne approfittò per sussurrarmi all'orecchio:

"Devo parlare con te da sola. Se non qui stanotte, domani in un altro posto. Non fidarti di nessuno e non dire niente".

Stavo per chiederle dei chiarimenti quando venimmo interrotti da un altro personaggio. Proveniva, come il precedente, dal gruppo degli invitati, ma si distingueva da loro per essere l'uomo con le orecchie più grandi che avessi mai visto. Il quale, prendendo il sindaco per un braccio come se lo volesse tutto per sé, gli disse:

"Signor sindaco, dovrebbe rivolgere qualche parola a questi illustri concittadini, che da un pezzo gliene stanno dicendo di tutti i colori come rappresentante delle istituzioni e come essere umano".

"Lo vede come passa il tempo?" disse il marito di Reinona.

"Va bene" acconsentì il sindaco. "Parlerò a questa brava gente. Di che si parla?"

"Di niente, signor sindaco, come al solito" rispose grandiorecchie.

"Va bene" disse il sindaco. "Faccia l'annuncio, Enric" e rivolgendosi a noi aggiunse: "Abbiate la bontà di scusarmi. Fra pochissimo sarò di nuovo da voi".

Grandiorecchie salì su un tavolino e da lassù si mise a sbattere quelle che io fino a quel momento avevo scambiato per le sue orecchie, e che in realtà erano due piatti che l'Orquesta Ciutat de Barcelona i Nacional de Catalunya gli aveva prestato per l'occasione. Dopo avere attirato con grande strepito l'attenzione dei presenti, disse:

"Signore e signori, ora l'eccellentissimo signor sindaco rivolgerà loro alcune parole brevi come la mia permanenza su questo tavolino".

Ciò detto perse l'equilibrio e rovinò a terra. Subito le voci si smorzarono, gli sguardi puntarono su di noi e io, pur essendo consapevole dell'esasperante banalità della mia faccia, cercai di nascondermi dietro Reinona che mi superava in altezza, in modo da vedere, ascoltare e prendere nota.

Nel frattempo il sindaco si fregava le mani, tossicchiava e si concentrava. Quindi iniziò il suo discorso:

"Concittadine e concittadini, amici miei, permettetemi d'interrompere le vostre vane chiacchiere per spiegarvi il motivo di questa inattesa convocazione e del relativo esborso. Un momento fa il nostro gentile anfitrione, l'amico Arderiu cui dobbiamo tanto, soprattutto in denaro, mi diceva che il tempo vola. All'amico Arderiu, il Padreterno non ha concesso grandi capacità intellettuali; siamo tutti d'accordo che è un imbecille. Ma a volte, povero Arderiu, dice cose sensate. È vero: il tempo vola. Abbiamo appena ritirato gli sci ed è ora di preparare lo yacht. Meno male che mentre ci grattiamo le palle la Borsa continua a salire. Vi chiederete, che cosa c'entra adesso questa dichiarazione di principi? Ve lo dico io. Si avvicinano le elezioni comunali. Un'altra volta? Sì, cari miei, un'altra volta".

Il signor sindaco fece una pausa, guardò la folla e poi, incoraggiato dal rispettoso silenzio con cui essa faceva capire che lo stava ascoltando, proseguì:

"Superfluo dire che mi ripresenterò alle elezioni. Grazie per gli applausi con cui accogliereste certamente questo annuncio se non aveste le mani occupate. Il vostro silenzio eloquente m'incoraggia a proseguire. Sì, amici, mi presento di nuovo e vincerò di nuovo. Vincerò di nuovo perché ho alle spalle un curriculum che è una garanzia e perché me lo merito. Ma soprattutto perché posso contare sul vostro appoggio morale. E materiale.

"Non sarà facile. Affronteremo un nemico forte, deciso, che ha pochi scrupoli come noi ed è addirittura più giovane. Arderiu aveva ragione: il tempo vola, e c'è chi pretende di approfittare di questa deplorevole circostanza. Coloro che pretendono di subentrare a noi sostengono che abbiamo esaurito il nostro ciclo, e che adesso tocca a loro prendere il comando e mettere le mani sui forzieri. Magari hanno ragione, ma da quando la ragione è un motivo valido? E comunque non è con la ragione che mi rimuoveranno dalla mia poltrona".

Fece una pausa nel caso qualcuno volesse applaudire o gridare urrà, e vedendo che non era così continuò:

"No, amici, non ci rimuoveranno. Dopotutto, stiamo dove stiamo perché ce lo siamo guadagnato da soli. C'è stato un tempo in cui il potere ci sembrava un sogno irraggiungibile. Eravamo giovani, avevamo la barba, i baffi, le basette e i capelli lunghi, suonavamo la chitarra, fumavamo marijuana, eravamo sempre infoiati e puzzavamo come bestie. Alcuni di noi erano stati in prigione per le loro idee, altri in esilio. Quando alla fine abbiamo vinto il potere alla lotteria, si sono levate voci che dicevano che non sapevamo esercitarlo. Si sbagliavano. Abbiamo saputo esercitarlo, a modo nostro. E siamo ancora qui. E quelli che ci criticavano e dubitavano di noi sono qui anche loro. La strada non è stata facile. Abbiamo subìto una serie di rovesci e manrovesci. Alcuni dei nostri sono ritornati in carcere, anche se per motivi diversi. Però sostanzialmente non siamo cambiati. Abbiamo cambiato macchina, sì; e casa; e partito; e moglie, più volte grazie al cielo. Ma abbiamo sempre le stesse convinzioni. E più faccia tosta.

"Eppure le parole, per quanto siano ispirate – come lo sono sempre le mie – servono a poco. Abbiamo bisogno di azioni. E di qualcosa di più: abbiamo bisogno di uomini capaci di realizzarle. Perché le azioni non si fanno da sole, tranne le polluzioni notturne e alcuni progetti urbanistici. Ed è questa la ragione, concittadine e concittadini del mio cuore, per cui vi ho convocati qui in questa notte di vaghe stelle. Le fronde verdeggianti stillavano gocce di rugiada ambrata. Scusatemi se in momenti come questo mi lascio prendere la mano dalla poesia. Dicono che sono pazzo, ma non è vero. Certe volte mi dimentico delle cose, niente di più. È per colpa di 'sto ronzio incessante e di queste fottute allucinazioni. Enric, le spiacerebbe suonare di nuovo i piatti? Ah, grazie, sto già meglio.

"Come stavo dicendo, miei cari concittadine e concittadini, abbiamo bisogno di un uomo per una missione. Penserete a una missione spaziale. No. Non chiedo di andare su Marte, né su Venere né su Saturno. La mia è una missione terrestre, ma altrettanto difficile e importante.

"E mentre lo dico mi viene in mente un ricordo infantile. Vedo me stesso, con lo sdoppiamento di personalità tipico degli schizofrenici, nell'aula della scuola dove ho frequentato il liceo. Tengo aperto sul banco il libro di storia universale e sulla pagina di sinistra, in alto, in un riquadro, c'è un'illustrazione. E l'illustrazione rappresenta un soldato romano, con quella minigonna che tanto eccitava la mia incipiente lascivia e la spada in pugno, il quale difendeva un ponte dalle orde di barbari che tentavano di attraversarlo. Chissà dov'erano tutti gli altri. Un uomo solo, un semplice soldato, un legionario, forse un figlio di puttana, per difendere l'Impero romano. Non dimenticherò mai quella figura. Invece ho completamente dimenticato quello che vi stavo dicendo. E il mio nome. Ah, sì. Quel soldato coraggioso non diventò mai sindaco di Roma. Lo sapete come vanno queste cose in Italia. Ma il suo gesto sarà servito a qualcosa, credo".

*

Ascoltavo affascinato il discorso del nostro primo cittadino, e intanto meditavo con grande emozione sul fatto che, grazie a un sistema sociale aperto e democratico come il nostro (ben diverso da quello indiano per esempio), una persona della mia infima estrazione sociale e dall'infame condotta poteva frequentare quegli spregevoli palloni gonfiati. Ma in quel momento la visione di Magnolio che saltellava per attirare la mia attenzione sbracciandosi come un forsennato mi ricordò il vero motivo della nostra presenza in quel posto e il cumulo di bugie che l'aveva resa possibile. Abbandonai il mio nascondiglio e, approfittando della distrazione generale, lo raggiunsi nell'atrio antistante al salone.

"Ha scoperto qualcosa?" mi chiese.

"Diverse cose" dissi. "Il signore che sta dissertando è il sindaco. Questo lo pone al di sopra di ogni sospetto. Gli altri, invece, non mi convincono. Il giovane cameriere addetto al ricevimento degli ospiti era l'agente di sicurezza della ditta di Pardalot, e magari lo è ancora, nel tempo libero. E la padrona di casa mi ha fatto delle proposte."

"Non si stupisca" disse Magnolio. "Ho sentito dire dal personale di servizio che la signora aveva un affare di cuore (a quanto pare il suo) niente meno che con il defunto Pardalot. Eppure negli ultimi mesi i rapporti fra i due si erano raffreddati. Il personale di servizio non sa con esattezza chi avesse lasciato chi, o se la rottura fosse avvenuta di comune accordo. Comunque tutti concordano nel dire che in seguito alla rottura la signora era molto triste, il che parrebbe indicare, sempre secondo il personale di cucina, che sia stato Pardalot a lasciarla. Questa potrebbe essere la causa dell'omicidio, se propendiamo per l'ipotesi del delitto passionale. Un bel pasticcio, non crede?"

"Sì, amico mio," convenni con lui, "la vita dei ricchi è davvero interessante. Ma lasciamo perdere la sociologia. Ha perquisito le stanze?"

"Soltanto una."

"E che cosa ha trovato?"

"Poca roba: era il gabinetto."

"Va bene" dissi. "Ci proverò io, magari sarò più fortunato. Lei rimanga qui e mi avverta quando finisce il discorso o prima, se succede qualcosa."

"E come faccio ad avvertirla?"

"Lanci un grido."

"Come il signor Tarzan?"

"Sì."

Dall'atrio si snodava una scala con i gradini di mogano o di altro legno nobile, che portava al piano superiore. Salii sulla suddetta scala, arrivai di sopra – dove tutto sembrava pensato per il comfort a differenza del piano inferiore dove tutto sembrava pensato per lo sfarzo – e m'infilai nella prima stanza che vidi. Era buia, cercai a tentoni l'interruttore ma non lo trovai, per cui uscii. Lo scricchiolio dei nobili gradini di mogano mi rivelò che qualcuno stava salendo o scendendo. Temendo che fosse il primo caso, m'infilai di nuovo nella stanza buia (o sgabuzzino) e dallo spiraglio della porta vidi passare il giovane cameriere. In una mano teneva una bottiglia di spumante che doveva essersi procurato approfittando di un attimo di disattenzione del maître, e che si scolava a grandi sorsate. Nell'altra mano reggeva una Beretta 89 Gold Standard calibro 22. L'arma e l'acidità di stomaco lo rendevano doppiamente pericoloso. Quando fu sparito dietro una svolta del corridoio, ricominciai a respirare – avevo trattenuto il fiato fino a quel momento –, uscii di nuovo e m'intrufolai nella stanza attigua. Un letto con la coperta di raso, un'eterea camicia da notte di pizzo e un paio di pantofole fiorate mi fecero supporre che mi trovavo, salvo prova contraria, nella camera da letto di una donna e in particolare nella camera da letto della padrona di casa, chiamata Reinona dagli altri e da se medesima. Sul comodino c'erano un libro di Saramago e un paio di occhiali. Nel cassetto del comodino due tubetti uguali di farmaci diversi, un fazzoletto di pizzo, una confezione di pile, un fermacapelli e quattro caramelle. Me le misi in bocca, ma le sputai immediatamente perché erano all'anice. Non sopporto l'anice. Dovevo sbrigarmi, per cui evitai di esplorare il resto ed entrai nella camera comunicante con la stanza da letto. Era una camera più piccola, anche se ci sarebbe stato tutto il mio appartamento più metà di quello di Purines, ed era adibita a cabina armadio, spogliatoio o buduar (vuduar?) vista la quantità di vestiti delle marche più prestigiose che c'era lì dentro. Cassettiere scorrevoli offrirono al mio sguardo un'imbarazzante e conturbante collezione di biancheria intima. Per fortuna lo spogliatoio si apriva su una stanza da bagno dove trovai sollievo tuffando i piedi – scarpe comprese – nell'acqua fredda. Ritornai nello spogliatoio. Sopra un mobile da toilette, in mezzo a boccette di profumo e a vasetti di crema, c'era una fotografia con una semplice cornice di legno chiaro. Nella foto si vedeva Reinona in groppa a un cavallo, vale a dire a cavallo. Nel cassetto del mobile c'era un'altra foto senza cornice, una bambina di pochi anni vicino a un albero. La foto era stata scattata all'estero a giudicare dalle case che si vedevano sullo sfondo, ben diverse dalle nostre. L'ombra dell'albero non consentiva di vedere i lineamenti della bambina. Forse era Reinona da piccola, o forse no. La rimisi nel cassetto. In quello a fianco c'erano pastiglie di valeriana per i momenti di nervosismo e, nel caso le pastiglie di valeriana non sortissero l'effetto desiderato, c'era un intero campionario di barbiturici e oppiacei. C'erano anche anfetamine (in capsule e in fiale), anticonvulsivi, rifampicina, ampicina, una crema antietà a base di alghe marine che contengono amminoacidi naturali e una pistola Walter PPK calibro 7.65, piccola e leggera, ideale per la borsetta e facile da portare ovunque.

Passando dalla stanza da bagno ripetei l'operazione di rinfresco per evitare una ricaduta e mi addentrai nella stanza successiva. Era uno studio o gabinetto provvisto di libreria (con altre opere di Saramago) che occupava tutta una parete, una scrivania o mobile scrittoio, due poltrone e un divanetto, diverse lampade e altri mobili inutili. Sulla scrivania c'era un bottino variegato: lettere, estratti conto di banche diverse, ciascuno nella propria lingua incomprensibile, una rubrica telefonica, un'agenda. Avrei portato via tutto quanto ma non volevo lasciare tracce della mia visita per cui mi limitai a sfogliare l'agenda:

Lunedì: tennis.

Martedì: telefonare a Nicolasete.

Mercoledì: riposo.

Non era un granché e non provava niente, ma non potevo aspettarmi qualcosa di più. Nemmeno il criminale più ottuso annoterebbe sull'agenda i delitti che intende commettere. Il saldo che appariva sui conti correnti era piuttosto esiguo. Sulla scrivania c'era un'altra fotografia, stavolta con una cornice di pelle chiara. La foto mostrava di nuovo una Reinona più giovane, vestita da sposa, al braccio del marito di Reinona, il buon Arderiu, vestito da sposo, con una faccia da cretino. Tutti gli sposi hanno una faccia da cretini, ma quella lì era da concorso.

*

Dalle bocchette dell'aria condizionata giunsero applausi e acclamazioni. Il sindaco probabilmente stava terminando il suo discorso. Se fossi rimasto lì avrebbero notato la mia assenza. Abbandonai la camera, uscii in corridoio e mi diressi di nuovo verso la scala da cui ero salito. Mi sarebbe piaciuto dare un'occhiata alle stanze del marito di Reinona, ma non c'era tempo. Prima di iniziare a scendere guardai giù nella tromba delle scale per vedere se la via era libera. Non lo era. Ai piedi della scala, il giovane cameriere si ostinava a fare la guardia. Ripercorsi il corridoio nell'altro senso finché trovai un'altra scala e rividi lo stesso giovane cameriere nella stessa posizione, il che mi fece dedurre che avevo fatto il giro della casa: ero ritornato alla stessa scala di prima. Per non perdere tempo, avevo tratto questa conclusione mentre aprivo una dopo l'altra tutte le porte, alla ricerca di una via d'uscita. Finalmente, dietro una porta identica alle altre quanto a simmetria, trovai una scala più stretta, di muratura e piena di crepe, riservata al discreto andirivieni della servitù. Scesi di lì e sbucai in una specie di dispensa con dentro un filippino, seduto su uno sgabello. Gli passai accanto, varcai un'altra porta e mi ritrovai nel salone proprio mentre il sindaco concludeva per la quarta volta il suo discorso ricevendo una salva di applausi. Riguadagnai la posizione alle spalle di Reinona e i miei applausi si unirono a quelli del pubblico. Reinona si voltò e mi disse qualcosa all'orecchio; ma sentii a malapena le sue parole a causa del baccano e non le capii perché il ricordo della sua biancheria intima interferiva nel processo cognitivo e mi arrossava le guance.

"Un autentico capolavoro di oratoria!" esclamai per mascherare l'imbarazzo.

"Ti sto dicendo che devi andartene se ci tieni alla pelle" disse Reinona. "Dietro quella tenda c'è una porta a vetri che dà sul giardino. È chiusa, ma soltanto con un saliscendi. In fondo al giardino troverai il muro e lì, nascosto dietro i cespugli, un cancelletto. Non viene mai usato. Se ce la fai ad aprirlo, forse riesci a scappare."

Pronunciando l'ultima parola mi diede un abbraccio che assomigliava a uno spintone e mi sussurrò ancora all'orecchio:

"Non cercare di metterti in contatto con me. Mi metterò io in contatto con te. E qualunque cosa accada, non raccontare a nessuno il nostro segreto. Va', corri".

L'ultimo ammonimento era superfluo. Con la coda dell'occhio vidi venire diritto verso di me il giovane cameriere: aveva un'espressione che lasciava pochi dubbi circa le sue intenzioni. Per fortuna si era creato un grande scompiglio intorno al sindaco. Tutti volevano far sentire le proprie richieste: uno reclamava la rescissione di un contratto del comune con una ditta concorrente, un altro voleva essere nominato direttore del Louvre, un terzo chiedeva il permesso di viaggiare sulla sinistra perché si era comprato un'automobile inglese, e così via. Approfittai della confusione per superare la distanza che mi separava dalla tenda. Dietro c'era la porta a vetri di cui mi aveva parlato Reinona. L'aprii e uscii in giardino. Una volta fuori mi misi a correre come un razzo cercando di non calpestare i fiori, fino a che andai a sbattere contro il muro. La luce era poca, per cui cercai a tentoni il cancelletto. Era chiuso a chiave e purtroppo non mi era venuto in mente di trasferire i miei attrezzi nel vestito preso a nolo. Per fortuna la serratura era arrugginita e quando la colpii con un sasso si spaccò. Mi domandavo come mai in tutto quel tempo il giovane cameriere non mi avesse raggiunto. Più tardi venni a sapere che, uscendo in giardino, era finito con il piede in una buca e si era lussato una caviglia. Mi domandavo inoltre a chi potesse interessare il racconto di questi eventi inverosimili. Per la strada non c'era nessuno, essendo diversa da quella – già descritta – dove aspettavano le vetture degli invitati con le relative guardie del corpo. Superai una cunetta e finii in un viale molto trafficato. Per il momento ero relativamente in salvo.

*

Era tardi quando scesi dall'autobus. Tutti gli esercizi pubblici del quartiere erano chiusi, tranne qualche bar per bevitori notturni e puttanieri e una farmacia di turno. Non avendo cenato mi venne in mente di comprare in farmacia un vasetto di omogeneizzati, ma non ero molto rifornito di soldi per cui optai per uno spuntino più frugale (niente) e andai a casa. C'era un'ombra rannicchiata sul pianerottolo.

"Non avere paura," dissi, "sono io."

"Com'è andata?" chiese Ivet.

Le tremava la voce, come se fosse sul punto di mettersi a piangere. Si tirò su e prese a camminare con difficoltà. Salimmo le scale fino alla porta del mio appartamento e le dissi:

"Entriamo".

Aprii la porta dell'appartamento ed entrai. Mi seguì con la schiena curva. Doveva essere rimasta per un bel po' nella stessa posizione e aveva le articolazioni anchilosate. Quando fummo dentro, chiusi la porta senza accendere la luce. Mi avvicinai alla finestra, abbassai la tapparella e tirai le tende di percalle. Ritornai alla porta e accesi la lampada. Anche se non sono un genio dell'illuminotecnica e non mi piace sprecare l'energia elettrica, la luce abbagliò Ivet. Si coprì gli occhi con la mano. Era pallida. Si era messa un abito estivo stampato non so se ampio o aderente (da quando leggo tante riviste femminili m'incasino con la terminologia) che sottolineava le sue curve e le stava benissimo.

"Che cosa è successo?" le chiesi.

"Sono spaventata" rispose. "E tu, com'è andata a casa di Reinona?"

"Normale" dissi. "Reinona è una donna. Suo marito si chiama Arderiu. Hai cenato?"

"No."

"In frigorifero non c'è niente, ma posso fare un salto di sotto e comprare degli omogeneizzati" suggerii.

"No, lascia perdere" disse.

Piegò e distese braccia e gambe per sgranchirsi e mi chiese il permesso di usare il bagno, cosa che le concessi senza problemi. Mentre lei non c'era mi tolsi il vestito, che di buon mattino dovevo restituire in tintoria al signor Sapastra in condizioni perfette, lo scossi e lo appesi con estrema cura alla spalliera di una sedia (*la* sedia), accostai la sedia alla finestra per far prendere aria al vestito (puzzava un poco) e m'infilai una maglietta della Unió Esportiva Lleida che avevo trovato qualche anno prima vicino a una fogna. Era ancora in buone condizioni, essendo finita la suddetta squadra in serie B dopo aver fatto delle figure meschine in serie A per tutta la stagione, e mi copriva fino ai piedi se, piegando le ginocchia, premevo i talloni contro i glutei e spingevo il busto in avanti. In questa posizione mi trovò Ivet quando uscì dal bagno un po' più animata e ricomposta, si sedette sulla poltrona (avendo io occupato il pavimento), mi chiese se avevo qualcosa da bere, rifiutò cortesemente l'acqua del rubinetto che le avevo offerto e subito dopo prese a raccontarmi quanto segue.

Quel pomeriggio, ritornando a casa dopo avermi incontrato al bar e aver passeggiato con me a braccetto (nel mio fallace ricordo, avvinghiata), non era successo niente. Più tardi, invece, era dovuta uscire di nuovo per fare una commissione nel supermercato più vicino o conveniente e aveva avuto la sensazione che qualcuno la seguisse. A tutta prima, disse Ivet, non vi avevo fatto caso (al fatto) in quanto, come lei stessa ebbe modo di spiegarmi, era abituata ad avere uomini che la seguivano in silenzio, o che le correvano a fianco urlandole complimenti, i più audaci addirittura la superavano e poi si mettevano a camminare a ritroso facendole vedere il pisello. Ma dopo un po' di tempo qualcosa nel comportamento schivo di quell'individuo e anche, disse Ivet, quel suo modo di proiettare l'ombra sul marciapiede le aveva fatto pensare che non si trattava di un banale dongiovanni. A questo punto le chiesi di descrivermi sommariamente l'uomo, e Ivet disse che gli era parso di media statura tendente all'alto, snello, un po' curvo, andatura zigzagante e portamento da spia. Indossava un vestito scuro, impermeabile nero, cappello a larghe tese e guanti dello stesso colore e, anche se era buio, portava gli occhiali da sole. Tali accorgimenti, disse Ivet, tradivano il desiderio di passare inosservato. L'individuo in questione, continuò Ivet, l'aveva seguita fin sulla soglia del supermercato, l'aveva aspettata e aveva continuato a seguirla fino alla porta di casa, dove Ivet era entrata precipitosamente, mentre lui era rimasto a fare la guardia sotto il lampione (con la luce fioca che conferiva un'aria sinistra alla sua figura), come aveva potuto verificare la stessa Ivet spiandolo dalla finestra della camera da letto. In quel mentre, continuò Ivet, era squillato il telefono. Ivet era andata a rispondere e aveva udito una voce neutra, né di uomo né di donna, proferire le più orribili minacce contro di lei se non avesse restituito immediatamente la cartellina azzurra e se io non avessi abbandonato le indagini altrettanto immediatamente. Dopodiché, e senza darle il tempo di dire una parola, l'ombroso interlocutore aveva riattaccato. Allora, in preda allo sgomento e sobbalzando al più piccolo rumore, Ivet aveva approfittato della momentanea assenza dell'uomo con l'impermeabile nero ed era venuta da me per raccontarmi quello che le era successo, cercando appoggio e protezione.

*

Senza trucco e spettinata Ivet sembrava ancora più giovane: alla debole luce che irradiava la mia lampada (e cioè nella penombra) dimostrava di avere al massimo vent'anni, come succede a tutte le donne che non li hanno ancora compiuti e ad alcune (poche) a partire dai quaranta. Stavo pensando a questo (e agli omogeneizzati) quando mi accorsi che Ivet socchiudeva le palpebre.

"Da quello che mi racconti," dissi, "è evidente che hanno scoperto che sei stata tu e non io a prendere la cartellina. Presto o tardi doveva succedere. Bisognerà fare qualcosa, ma non adesso. Siamo tutti e due stanchi e abbiamo bisogno di dormire. Qui sarai al sicuro, almeno per stanotte. Date le dimensioni dell'appartamento, dispongo soltanto di una brandina strettissima e sfondata. Quanto al materasso, alle lenzuola e al cuscino, è meglio soprassedere. Ciononostante, è ancora il mobile più comodo su cui sdraiarsi. Te lo cedo. Io dormirò sulla poltrona o nel piatto della doccia."

"Niente affatto," rispose Ivet, "non voglio darti ulteriore disturbo. Dormiremo tutti e due sul letto. Sì, insomma, se non ti spiace."

Tale proposta mi lasciò, come il lettore potrà facilmente immaginare (se gli va), profondamente turbato. Fin dalla più tenera infanzia ho cercato di comportarmi seguendo i dettami del buonsenso, del contegno e della più rigida legalità. E se in qualche (ripetuta) occasione ho violato tali norme (della mia vita), lasciandomi influenzare da impulsi emotivi che mi hanno portato a commettere, per esempio, reati contro la proprietà, l'onestà, l'integrità fisica delle persone, il codice civile o penale, il codice della strada e il fisco, le conseguenze sono state sproporzionatamente negative per me, almeno dal mio punto di vista. Stando così le cose, mi ero riproposto di evitare situazioni come quella che ho appena descritto. Avevo paura di tuffarmi di nuovo in un vortice (o mare grosso) che facesse affondare la fragile zattera della mia esistenza, procurandomi pene di cuore, danni fisici e problemi professionali. E, come se non bastasse, a tali considerazioni si univa il timore di fare del male a Ivet senza volerlo: per lei continuavo a provare la stessa attrazione del primo giorno, ma adesso, per giunta, avvertivo nei suoi confronti una tenerezza che non lasciava presagire niente di buono. Per non parlare della paura di fare cilecca. Mentre perdevo tempo a riflettere, Ivet era già rimasta con la sola biancheria intima, per cui decisi di rimandare a più tardi tali considerazioni: non volevo lasciarmi sfuggire l'unica occasione di scopare che il destino aveva pensato bene di regalarmi nell'ultimo quinquennio.

Ma, mentre mi accingevo a spogliarmi, il campanello del citofono si mise a squillare con un'insistenza che non si poteva ignorare.

"Si saranno sbagliati" dissi a Ivet per tranquillizzarla. "Sistemo tutto in un batter d'occhio e poi torneremo a noi."

Afferrai la cornetta del citofono e chiesi:

"Chi è?".

"Polizia" rispose una voce tonante. "Apra subito o buttiamo giù la porta e le scale."

Premetti il pulsante dell'apertura automatica e dissi a Ivet:

"È meglio che non ti trovino qui. Nasconditi dentro l'armadio mentre mi libero di loro. Non ti preoccupare: so come trattarli".

E loro sanno come trattare me, aggiunsi in cuor mio. Ivet raccolse dal pavimento il vestito, s'infilò nell'armadio, lo chiusi a chiave, nascosi la chiave dentro il vasetto della polverina contro gli scarafaggi e mi avvicinai alla porta dell'alloggio, dove già risuonava un grande strepito di colpi: ero pronto a dimostrare la massima fermezza e, se non avesse funzionato, la più viscida e svergognata sottomissione. Ma non ebbi nessuna possibilità di scelta, in quanto la coppia – formata da un agente della polizia nazionale e da un *mosso d'esquadra**– fece irruzione nell'appartamento. In virtù di chissà quale patto, quest'ultimo parlò prima dell'altro dicendo:

"Che nessuno fiati. Diamo una bella ripulita".

"Parla da cristiano, stronzo" disse l'altro.

"Avete il mandato?" chiesi. E subito dopo, notando la loro espressione e le intenzioni, aggiunsi: "Era solo per dirvi che non è il caso che vi disturbiate a farmelo vedere. Perché io sono sempre al vostro servizio. Di che cosa mi si accusa?".

"Di furto" disse il primo

"Aggravato" precisò il secondo.

"Si tratta certamente di un errore, signori. Io non ho rubato niente."

---

* Alcune comunità autonome hanno un proprio corpo di polizia (in Catalogna sono appunto i *mossos d'esquadra*) che affianca la polizia di stato e la Guardia civil, ma che non operano mai contemporaneamente. [*N.d.T.*]

"Non dargli retta, Baldiri" disse il poliziotto, ancora più diffidente. "Dicono tutti così. Tu pulisci tutto ben pulito e vedrai che qualcosa salta fuori."

Il *mosso d'esquadra* puntò diritto al vestito preso in prestito che avevo lasciato a rinfrescare sulla sedia, lacerò le cuciture e tirò fuori dalla tasca un anello d'oro con brillanti.

"Aha" disse.

Riconobbi immediatamente l'anello, e capii troppo tardi che Reinona me lo aveva infilato lì qualche ora prima nel salone di casa sua, quando con un'eccessiva manifestazione di cortesia mi aveva dato un abbraccio fraterno insieme a un colpo di tette. Dopo di ché, a quanto pare, mi aveva denunciato alla polizia. E per di più mi aveva detto di non fidarmi di nessuno.

"Nega di essersi espropriato debitamente di questo prezioso oggetto di valore?"

Non valeva la pena negarlo. D'altra parte, se avessero continuato con la loro perquisizione avrebbero trovato Ivet in mutandine dentro l'armadio, e non ero nelle condizioni di giustificare due ritrovamenti di tale prestigio e valore all'interno di una casa popolare.

"Voi fate il vostro dovere" dissi. "La verità verrà a galla. Ho piena fiducia nella giustizia e nella velocità dei nostri processi."

Mi storsero le braccia, mi misero le manette e mi rifilarono una mezza dozzina di sberle, come da regolamento. Poi ordinarono:

"In marcia!".

Ma ecco che, mentre si apriva la porta dell'alloggio, sul pianerottolo si materializzò come per magia la figura imponente di un uomo basso e grasso, che indossava l'uniforme di gala della Guardia civil, il quale esclamò a gran voce:

"At-tenti, cretini! Sono il tenente colonnello Díaz-Bombona!".

Gli agenti portarono le rispettive mani al copricapo con un gran sbattere di tacchi e di denti.

"Dove portate quest'uomo?" gridò il neoarrivato.

"Al commissariato, tenente colonnello."

"Presunto sospetto di aver fregato un gioiello, tenente colonnello."

"E a voi due chi vi ha dato il permesso di rispondere, cretini? Vediamo un po', dove cazzo è 'sto gioiello delle balle?"

"È qui, me l'ero messo al mignolo, tenente colonnello, per vedere come mi stava."

"Restituitelo al proprietario, levategli le manette e uscite di corsa se non volete beccarvi una consegna della madonna. Siete sordi, o sordi o che cosa?"

Gli agenti obbedirono e un attimo dopo il rumore dei loro passi precipitosi si perse giù per le scale. Lo sconosciuto si fregò le mani soddisfatto mentre alle sue spalle risuonava una voce familiare:

"Sei stato bravissimo, Marcelino".

Dopo di ché entrò nell'appartamento la mia vicina Purines, piegata in due dal ridere. Era vestita da maestra, con una gonna a pieghe di lana grigia, un golfino di angora, chignon e occhiali. In una mano teneva un righello e nell'altra un abbecedario. Infatti, mentre lei si dava da fare con uno dei suoi più assidui clienti – lì presente –, avevano sentito prima la scampanellata e poi i colpi contro la porta e le imprecazioni. Da questo fatto, e da quanto avevano udito appoggiando l'orecchio contro il muro divisorio, avevano dedotto che mi trovavo in una situazione difficile. Allora Purines, mossa dal suo spirito filantropico e con la gentile collaborazione del cliente, aveva organizzato la sceneggiata che aveva appena avuto luogo. A lei rivolsi i più sinceri ringraziamenti, e al suo spontaneo collaboratore diedi alcune pacche sulla spalla che gli fecero tintinnare le decorazioni.

"Complimenti, maschione" gli dissi. "La sceneggiata è stata fantastica, e questo costume così carino ti va proprio a pennello."

"Bah, non è merito mio" rise lui. "Sono davvero tenente colonnello della Guardia civil e l'uniforme è mia. Me la metto quando vengo a trovare il mio zuccherino. Perché volevano arrestarla?"

"Per qualcosa che non ho fatto."

"Sì, sì. Lo dico sempre anch'io a Garzón, e guardi qui i risultati."

"Mi dispiace di non aver niente da offrirvi" dissi.

"Non ti preoccupare" disse Purines. "Dobbiamo andare via. Oggi Marcelino non ha fatto i compiti e la maestra gli darà una punizione molto, molto, molto severa."

Rinnovai a entrambi la mia gratitudine, restammo intesi di rivederci per organizzare una cenetta fra vicini di casa e loro si stavano già avviando verso la porta quando qualcuno bussò discretamente.

"Accidenti," borbottai, "chi sarà adesso?"

E alzando la voce chiesi chi era. Rispose qualcuno da fuori: "Sono il sindaco".

Riconobbi, in effetti, la sua voce inconfondibile e carismatica. Un po' confuso di fronte a quell'onore inatteso, chiesi di nuovo:

"Chi le ha aperto il portone?".

"Due simpaticissimi agenti che uscivano di corsa."

"Preferirei se non mi trovasse qui" mi sussurrò all'orecchio il tenente colonnello Díaz-Bombona. "Non c'è niente di male, però..."

"La capisco. Si metta nell'armadio" gli suggerii. "Purines può nascondersi nel gabinetto. Lei non ci sta."

Recuperai la chiave, aprii l'armadio e, prima che Ivet potesse uscire, spinsi dentro il tenente colonnello Díaz-Bombona. Purines s'infilò nel gabinetto e andai ad aprire. Il sindaco entrò elargendo cordialità a piene mani.

"Mi piace vedere come vivono i cittadini alle quattro e venti del mattino" disse consultando l'orologio da polso.

"Come ha fatto a trovarmi?"

"Ah, ho tutta l'anagrafe della città qui dentro, nella testa. Disturbo?"

"Al contrario. In che cosa posso servirla, signor sindaco?"

"Servire me? No, no. Sono io al servizio della cittadinanza. Non ti chiedere che cosa la tua città possa fare per te, ma che cosa puoi fare tu per la tua città, come ha detto non so chi. Utilizza i trasporti pubblici? Pratica la raccolta differenziata dei rifiuti? Paga puntualmente i contributi? Soltanto questo m'importa. Non ho ambizioni politiche e nemmeno personali. Basta non finire in gattabuia, sono già contento così. Comunque non sono venuto a parlarle di me, ma di me. Lei ieri sera era a casa di Reinona. La ricordo perfettamente. Non so se lei si ricorda di me: sono il sindaco. Dicono che non ho tutte le rotelle a posto, e certe volte mi domando se non abbiano ragione. Proprio adesso, per esempio, mi è parso di sentire qualcuno cantare *Tom Dooley* dentro quell'armadio. Ma lasciamo perdere. Sono venuto a chiedere il suo aiuto. Sono un uomo rispettabile, ma il mio lavoro quotidiano scorre in mezzo a vulcani, sabbie mobili e paludi. Non mi lamento: so che un sindaco deve essere un artista dell'equilibrismo. Fino a un certo punto. Chi ha ucciso Pardalot? Se lo sa non lo dica: queste non sono cose che io debba sentire. Ma in caso affermativo metta la mano sinistra sul ginocchio destro e, in caso contrario, la destra sul ginocchio sinistro. Non cada. Pardalot aveva tanti amici e tanti nemici e gli uni e gli altri erano le stesse persone. Una società complessa come la nostra non funziona se ogni tanto non si ungono gli ingranaggi. Pardalot si occupava di farlo. Non voglio conoscere l'identità del suo assassino. Non intendo interferire con il potere della magistratura. Ho letto Montesquieu. Ma chiunque abbia dato tale ordine si è ficcato in un grosso guaio. Non so se mi spiego. Tutti volevano liquidare Pardalot, però a tutti conveniva che lui rimanesse vivo. Se non mi capisce si tocchi l'orecchio sinistro con il piede destro."

*

Le rivelazioni dell'illustre visitatore destavano il mio vivo interesse e con piacere lo avrei incoraggiato (con il dovuto rispetto) a vuotare il sacco, se in quel momento non fosse squillato il campanello del citofono.

Afferrai la cornetta e me l'appoggiai al solito posto.

"Chi è?"

"Sono Reinona, ti ricordi di me?"

Rivolsi al signor sindaco uno sguardo interrogativo e il signor sindaco espresse con un altro sguardo il suo deciso consenso.

"Mi ricordo" dissi premendo il pulsante dell'apertura automatica. "Salga."

"Quella donna," disse frettolosamente il signor sindaco, "sa più cose di quanto non sembri. Sarebbe stupido da parte nostra lasciarci sfuggire l'opportunità di farla parlare. Ciononostante, è meglio che non mi veda. Davanti a me non dirà niente. Mi dica dove posso nascondermi. E a lei, non una parola di quello che ci siamo detti."

"Vada nel gabinetto," dissi, "e non faccia rumore qualunque cosa succeda là dentro o qui fuori."

Chiusi il signor sindaco nel gabinetto e corsi a ricevere Reinona. Entrò nell'alloggio con fare risoluto e disse:

"Chiudi. Nessuno deve sapere che sono venuta qui".

Indossava un'elegante vestaglia di velluto rosso e un paio di pantofole. Con questo abbigliamento da casa e un romanzo di Saramago sotto il braccio aveva fatto credere al marito e alla servitù che stava andando a dormire. Poi, senza farsi vedere da nessuno, era uscita in giardino e di lì, passando dal cancelletto, era andata in strada dove aveva preso la sua macchina. Fu quello che mi raccontò prima di scusarsi per l'ora inopportuna. Gli invitati, disse, se n'erano andati tardi. Eppure, aggiunse, non aveva voluto rimandare il nostro incontro.

"Dovevo vederti il più presto possibile" continuò. "So che c'entri con la storia di Pardalot. Ti ho visto al funerale. Qualcuno mi ha detto che eri il principale indiziato dell'omicidio. Non negarlo."

"Non lo nego," dissi, "ma non sono stato io."

"E allora?" rispose. "Non sono venuta qui per risolvere il caso. Non è che non m'interessi. Io e Pardalot eravamo amici. No... Be', sì, diciamo amici. Ma non sono venuta qui per dirti questo anche perché, dopotutto, non sono affari tuoi. Se sono venuta qui è per una cosa più importante per me. D'altra parte, l'esecutore materiale del delitto è una semplice pedina. Un killer prezzolato. Qualcuno gli ha dato l'ordine. Magari nessuno gli ha dato l'ordine. In una società civilizzata come la nostra, tutti danno il loro consenso e nessuno dà gli ordini. Un bravo subalterno non ha bisogno di sentirsi dire che cosa deve fare. Basta che dopo sia pagato. Ahimè."

Si lasciò cadere sulla sedia dopo aver appallottolato il mio vestito in prestito, averlo scaraventato per terra e preso furiosamente a calci. Era una donna dal temperamento passionale e aveva imparato a esternarlo soltanto nei momenti meno opportuni e nel modo peggiore.

"Mi dica in che cosa posso servirla" dissi affinché lasciasse in pace il vestito.

Si mise a piangere sconsolata. Andai in cucina e riempii un bicchiere di acqua del rubinetto.

"Beva" le dissi. "Acqua tiepida e maleodorante delle terme di San Higinio, ottima per le crisi di ansia."

Grazie a questo incentivo bevve l'intero bicchiere senza protestare e si calmò un poco.

"Perché non mi racconta quello che è venuta a raccontarmi?" le dissi.

"Non posso," rispose, "so troppe cose. Se parlo succede il finimondo."

"Credevo che non gliene importasse."

"Se fosse per me non m'importerebbe, però..."

Rimase in silenzio. Teneva lo sguardo fisso sul pavimento, le sopracciglia aggrottate, le labbra contratte, insomma, aveva l'espressione tesa di chi è profondamente preoccupato. Poco dopo sollevò il viso e disse:

"Posso andare in bagno?".

"No."

"L'acqua termale mi sta facendo effetto."

"Mi dispiace. Il gabinetto è fuori uso. Ma può fare la pipì per terra: qui non siamo a Pedralbes."

"Non importa" disse rassegnata. "Quando sei in grave pericolo, il resto passa in secondo piano. Mi aiuterai? A casa mia hai detto che eri un avvocato e gli avvocati sono fatti per aiutare i clienti. E, secondariamente, il genere umano."

"Le ho mentito. Non sono avvocato."

"Aiutami come se lo fossi" implorò. "Sono una povera donna tormentata e indifesa. Basta guardarmi."

"Perché non va alla polizia?"

"Ah no. Questo no. Soprattutto, niente polizia. E anche tu giurami che non andrai alla polizia. Giuramelo."

"Per me non si preoccupi" la tranquillizzai. "Io sono il principale indiziato, l'ha detto lei."

"È vero" ammise. "Ma non credo che tu sia un assassino. Fammi vedere le mani. Vedi? Le mani non ingannano, e tu non hai le mani di un assassino. Hai delle mani delicate, come da parrucchiere."

Non c'era dubbio: cercava di blandirmi per ottenere la mia collaborazione. Dopo un paio di tentativi, notando la mia naturale modestia, decise di lasciar perdere quelle sciocchezze, si alzò in piedi, si tolse la vestaglia e la scaraventò dall'altra parte della stanza. Aveva una camicia da notte talmente microscopica e trasparente che nulla giustificava il fatto d'indossarla salvo il fatto d'indossarla.

"Fa' quello che ti dico," disse cambiando improvvisamente tono e atteggiamento, "e non te ne pentirai."

Tale argomentazione mi convinse.

"Mi dica di che cosa si tratta."

"Ascolta," mi sussurrò all'orecchio, "mi sono giunte voci che in questa storia, voglio dire nella storia di Pardalot, non nella nostra, sia coinvolta una ragazza. Più giovane di me e più bella di me, ma non altrettanto sbrigativa. Voglio che tu la trovi. Trovala. Devi trovarla. È necessario. *Il le faut!*"

Esitai. Avrei potuto fare una bella figura rivelandole che non solo conoscevo Ivet, ma che proprio in quel momento la tenevo rinchiusa nell'armadio insieme a un tenente colonnello della Guardia civil; ma non volevo tradire la fiducia che Ivet diceva di avere riposto in me, nemmeno in cambio delle delizie che con parole e opere mi venivano offerte da quella dama dalla personalità illustre e ancora più illustre aspetto.

"Mi dica qual è il motivo del suo interesse per la ragazza" balbettai.

"Lo farò," disse lei con voce tremante, "quando avremo finito. Ma prima baciami, saziami e togliti la maglietta della Unió Esportiva Lleida."

Con incredulità prima e stupore dopo, mi resi conto che quello che era iniziato come un grezzo tentativo di seduzione alla fine aveva fatto perdere la testa a quella creatura dall'indole impetuosa. E, poiché non sono uno che si fa pregare, stavano per verificarsi scene il cui racconto farebbe la felicità del lettore adulto se l'aspro suono del citofono non mi avesse costretto a rimandare la gratificante consumazione dei miei desideri (e obblighi) e a rimettermi la maglietta.

"Mi scusi. Vado a vedere chi è."

Afferrai la cornetta, feci la domanda di rito e una voce maschile rispose:

"Sono Arderiu, il marito di Reinona. Posso entrare?".

Coprii il ricevitore con la mano e informai l'interessata, la quale diede segni di contrarietà.

"Maledetto guastafeste" borbottò mentre s'infilava la vestaglia. "Se non gli apri sospetterà che sono qui. Magari mi ha fatto seguire da un investigatore privato. Fallo entrare e digli la prima cosa che ti viene in mente. Quello si beve tutto: è scemo. Posso nascondermi nell'armadio?"

"No. Nell'armadio no. La serratura è guasta. Si metta sotto il letto."

Lo fece con tale precipitazione che si dimenticò delle pantofole che un minuto prima aveva lanciato contro il soffitto in un impeto di ardore. Poiché si sentivano già battere dei colpi contro la porta, me le infilai e andai ad aprire. Il marito di Reinona fece il suo ingresso dicendo:

"Buonasera. Si ricorda di me? Ci siamo conosciuti qualche ora fa. Sono Arderiu. Abelardo Arderiu. Può chiamarmi Arderiu o Abelardo Arderiu, ma non Abelardo".

"Cazzo, Arderiu, come faccio a non riconoscerti, sei sempre uguale. Per te il tempo non passa mai" dissi con un certo nervosismo, perché non avevo ancora ripreso il controllo della situazione.

L'affabile marito sollevò una mano come per porre fine a queste gentilezze e disse:

"Non voglio fare giri di parole. Come lei sa, sono scemo e noi scemi non possiamo fare giri di parole altrimenti ci perdiamo. Mia moglie stasera se n'è andata di casa di nascosto e ho buoni motivi per credere che lei sappia dove si trova. Non voglio fare giri di parole: Reinona è in pericolo. Tutte le donne sono in pericolo, con la violenza che c'è in giro contro le donne. Ma per quanto riguarda Reinona, alla violenza generale se ne sovrappone un'altra particolare e specifica per lei. Non voglio fare giri di parole. Ho buoni motivi per credere che Reinona faccia parte di un complotto. Ma la cosa non mi turba. Io non sono come quelli che dicono che tutte le donne debbano stare in cucina. A casa mia c'è sempre stata una donna in cucina e non vedo perché dovrei metterci dentro anche tutte le altre. A Reinona ho sempre lasciato fare quello che voleva. Mi costa caro, ma con il mio patrimonio e le rendite che possiedo me lo posso permettere. Per esempio, se avesse voluto dedicarsi all'espressione artistica, io non le avrei posto restrizioni. Acquarello, pastello, olio, guazzo o bulino, per me faceva lo stesso. È soltanto un esempio per illustrare il mio liberalismo. E se partecipare a un complotto la fa sentire utile, per me può farlo tranquillamente. Mi capisce?".

Gli dissi di sì e lui approfittò di questo segno di comprensione per abbassare la mano. Poi aggiunse:

"Ma ora la faccenda si è complicata. Posso evitare i giri di parole? A quanto pare la nostra città sta attraversando dei momenti difficili. Non so in che cosa consistano, per cui dovrà accettare la mia parola di gentiluomo: momenti davvero difficili. In quale misura mi danneggia questa situazione? Lo ignoro, ma non sono uno che se ne sta con le mani in mano. Mi hanno chiesto di partecipare a un complotto e io, senza pensarci su neanche un minuto e senza chiedere di che cosa si trattasse, ho fatto un passo avanti. Con tutti e due i piedi. Io non faccio tanti giri di parole. Eppure adesso mi trovo in una situazione difficile, anzi la definirei un vero e proprio frangente se sapessi che cosa significa questa parola. Io faccio parte di un complotto e mia moglie fa parte di un complotto e ho buoni motivi per credere che il mio complotto e il complotto di mia moglie siano due complotti diversi. Io li definirei antitetici, senza tanti giri di parole. Se si trattasse soltanto di pagare due quote, non m'importerebbe. Ma ho buoni motivi per credere che operiamo in fazioni opposte. Fazioni che non esiterei a definire antitetiche. Mi permetta d'interrompere un momento il mio discorso perché vorrei togliermi il cappotto di mohair: con questo caldo sto per mettermi a sudare. Ieri ho mangiato tacchino e credevo che fosse Natale. Ha un attaccapanni?".

Gli dissi di no, ma con piacere gli avrei tenuto io il cappotto.

"Va bene," continuò dopo avere terminato la manovra, "in tal caso non farò tanti giri di parole. Ho buoni motivi per credere che qualcuno stia pianificando di ammazzare qualcuno. Forse la mia signora. Ho anche buoni motivi per credere che vogliano affidare a me tale incarico. Naturalmente, se mi proponessero di ammazzare la mia signora, rifiuterei. Con fermezza, se necessario. Ma questo non risolverebbe il problema. Ci penserebbe qualcun altro a darle 'il passaporto'. Glielo dico in codice, perché anche i muri hanno orecchie, come si suol dire. Comunque sia, mi trovo in un frangente davvero antitetico. Riguardo alla mia signora e riguardo a tutti gli altri. La mia signora si chiama Reinona. Glielo dico nel caso se lo fosse dimenticato. Io sono il marito di Reinona. Ci siamo conosciuti ieri sera. Non è tanto tempo fa, ma è sufficiente per parlare senza tanti giri di parole. Non ho intenzione di far ammazzare la mia signora da qualcuno. I rapporti coniugali sono complicati, soprattutto fra marito e moglie, ma un uomo deve risolverli da solo, fra le mura di casa, senza interferenze esterne. Dove ci porterà tutto questo? Non lo so. Reinona è scappata di casa e ho buoni motivi per credere che lei sappia dove si trova."

"Che cosa glielo fa pensare?"

"Che cosa?"

"Che io c'entro con la scomparsa della sua signora."

"Non faccia finta di niente. A casa ho visto come le metteva la mano nella tasca dei pantaloni. Dei suoi pantaloni. Lo fa con tutti, ma scappa sempre con l'ultimo. Non abbia paura. Non sono un Otello. Le ho già detto che non pongo restrizioni alle espressioni artistiche di mia moglie. Ma in questo caso è diverso, per via del pericolo di cui le parlavo prima. E anche lei è diverso, ora che la guardo bene. Questa è la sua garçonnière?"

"È il mio domicilio."

"Oh. Mi sembra comodo. Tutto a portata di mano."

"Ma ritorniamo a Reinona. Perché dice che la vogliono ammazzare? Chi la vuole ammazzare? E qual è il movente?"

"Che cos'è un movente?"

"Risponda solo alla prima domanda. Come fa a sapere che qualcuno sta cercando di ammazzare Reinona?"

"Ha sentito parlare del caso Pardalot?"

"Eccome: sono il principale indiziato. Ma non sono stato io."

"Ma certo, ma certo. Non glielo dicevo mica per questo. E non mi aspettavo una confessione in piena regola. Siamo tra gentiluomini. Ne ho parlato soltanto perché cade a fagiolo. Tra mia moglie e Pardalot c'era una relazione molto speciale. Reinona era stata sul punto di sposare Pardalot. Alla fine non si è sposata con Pardalot, ma con me. Mi chiamo Arderiu. Lei era innamorata di Pardalot e Pardalot era innamorato di lei, ma dopotutto ha fatto bene a sposare me, perché se avesse sposato Pardalot adesso sarebbe vedova. Vedova di Pardalot."

"Perché non ha sposato Pardalot?"

"Chi, io?"

"No, Reinona. Perché Reinona non ha sposato Pardalot?"

"Ah. Non faccia ellissi, che mi perdo. Perché Reinona e Pardalot non si sono sposati, domanda lei? Non lo so. Avranno avuto le loro ragioni. Ragioni probabilmente antitetiche. Lo chieda a Reinona, se la vede."

"Non gliel'ha mai detto?"

"Non gliel'ho mai chiesto. Conosce il proverbio: se ti vuoi sposare, non fare domande."

"Certo che per essere uno che non fa domande, di cose ne conosce parecchie."

"Bah, ma no che non so niente. Sono soltanto voci che circolano in giro. E non sempre in ordine cronologico. A ogni modo, i fatti si sono verificati come glieli ho raccontati. Stavano per sposarsi e all'improvviso è andato tutto a monte. Alla fine Pardalot ha sposato la vedova di Pardalot e io Reinona. Pardalot ha avuto una figlia: Ivet Pardalot. Io e Reinona non abbiamo avuto figli, anche se ci abbiamo provato. Ma forse non l'abbiamo fatto bene. Abbiamo anche consultato il miglior specialista in ginecologia di questa città: il dottor Sugrañes, figlio del celebre psichiatra omonimo. Dagli esami risultò che Reinona era sterile. Che sfortuna. Abbiamo pensato di adottare un bambino hawaiano, ma un giorno per una cosa, un altro giorno per un'altra, sono passati gli anni e non abbiamo fatto niente. C'è qualche nesso tra quello che le sto raccontando e quello che le sto raccontando?"

"Dipende. Pardalot e Reinona hanno continuato a vedersi dopo i rispettivi matrimoni?"

"Sì, certo. In questa città è difficile non incontrare tutti, quando tutti si riducono a una mezza dozzina di famiglie. Si vedevano anche in privato. Di nascosto."

"Come fa a saperlo?"

"Me l'hanno detto gli investigatori."

"Ha fatto seguire Reinona?"

"No, no. Le ho già detto che non interferisco nella vita privata di mia moglie. Ho un atteggiamento liberale, per non dire libertario. Ma qualche volta ho assunto degli investigatori privati per indagare sulle attività dei miei soci. Alla fine uno si stufa di farsi fregare, lo sa? E nei rapporti che stilavano saltava fuori Reinona. Mentre entrava o usciva da un albergo, o in un aeroporto diretta verso chissà quale destinazione. Lei mi diceva che era andata con le amiche al Festival di Salisburgo o qualcosa del genere. Il solito. Naturalmente gli investigatori non sapevano che Reinona fosse la mia signora, altrimenti avrebbero taciuto il suo nome per delicatezza, dico io."

"Signor Arderiu o amico Arderiu, risponda con sincerità. Lei crede che Reinona possa aver ucciso Pardalot?"

Ci mise un po' di tempo a capire il senso della domanda, ma alla fine sospirò e disse:

"È una domanda cui è difficile rispondere".

"Dica soltanto sì o no. Reinona ha ucciso Pardalot?"

"Le dirò quello che penso al riguardo. Ma deve promettermi che le mie parole rimarranno fra queste quattro mura, se non ho contato male."

"Parli pure in tutta libertà" dissi.

"Be', vede..."

Ma in quel momento lo squillo del campanello interruppe le sue confidenze.

*

"Chi è?" domandai.

"Sono Magnolio" disse una voce nel citofono. "Ho appena smontato e sono venuto a fare rapporto, come eravamo d'accordo."

"Non è un po' tardi, Magnolio?"

"Mi dispiace, ma ci ho messo un sacco a parcheggiare la macchina nel quartiere."

"Va bene, salga."

Premetti il pulsante dell'apertura automatica e risposi alla muta domanda del marito di Reinona dicendo che il neoarrivato era un mio assistente, e l'avevo piazzato a casa sua (di lui e di Reinona) per cercare di scoprire qualcosa sull'omicidio di Pardalot.

"Non mi piace che tutti quanti ficchino il naso nella mia vita privata" sbuffò.

"Soltanto in quella della sua signora" dissi per tranquillizzarlo.

"E non è umiliante?" domandò.

"Ma no, si figuri" gli risposi.

"Comunque," replicò, "preferirei se quell'individuo non mi vedesse qui. Non faccio amicizia facilmente, sa? Si sbrighi a congedarlo; nel frattempo mi nasconderò in bagno. No? Be', allora nell'armadio. Nemmeno? Allora sotto il letto."

"Si metta dietro la tenda, ben vicino al muro, non si muova e non faccia rumore" gli ordinai indicando il sontuoso tendaggio (di percalle) che incorniciava la finestra.

Arderiu si nascose ed entrò Magnolio. Non indossava più la livrea da cameriere bensì l'abituale livrea da autista.

"Mi scusi per il ritardo," iniziò, "ma quando l'ultimo ubriaco se n'è andato via abbiamo dovuto ripulire, svuotare i posaceneri, passare l'aspirapolvere, lavare i bicchieri, portare fuori l'immondizia e non so che altro. E non hanno lasciato neanche un misero tramezzino."

"Tra poco apriranno i bar e potrà far colazione" lo consolai. "Ma prima di allora mi dica che altro ha visto e sentito."

Si sedette sul letto per togliersi gli stivali, dicendo che aveva i piedi distrutti. La rete metallica cedette sotto il suo peso arrivando a sfiorare il pavimento e Reinona emise un penoso gemito.

"Deve ingrassare le molle" commentò Magnolio. Poi, rispondendo alla mia domanda, disse: "Dalle chiacchiere con il personale di servizio, oltre a quello che le ho raccontato sul posto, non ho ricavato molte altre informazioni. In genere il personale di servizio è poco incline a commentare gli affari privati dei padroni con uno sconosciuto, il che, a ben pensarci, è più che giusto. Il personale di servizio è composto da un maggiordomo, una cuoca, due ragazze factotum e un giardiniere. Il maggiordomo è asturiano, così come la cuoca, anche se tra i due non esiste alcun vincolo di altro genere. Le due ragazze sono dominicane, residenti in Spagna da dieci anni, entrambe con il permesso di soggiorno e stanno per prendere la cittadinanza spagnola. Il giardiniere è pachistano, vive a Barcellona da due anni ed è l'unico che parla catalano. Il maggiordomo svolge sporadicamente le funzioni di autista, sebbene sia il signor Arderiu sia la consorte, la signora Reinona, preferiscano guidare da soli le loro automobili, una Porsche Carrera grigio argento 3600 cc e una Saab TS Coupé 205 cavalli, bordeaux metallizzata. Ah, tra parentesi, ci sono una Porsche e una Saab identiche a quelle che hanno loro parcheggiate malamente di fronte a questa casa, che coincidenza, non trova? Al giardiniere spetta, come le stavo dicendo, la cura del giardino e inoltre la messa a punto e la regolazione stagionale del riscaldamento, dell'aria condizionata e dell'irrorazione a pioggia, così come la manutenzione e pulizia della piscina e di altri impianti. La cuoca cucina e le ragazze factotum si occupano del resto. Comunque il signore e la signora stanno poco a casa. A mezzogiorno mangiano fuori ed escono quasi ogni sera, per via della loro intensa vita sociale. Per questo motivo, il personale di servizio passa il tempo a guardare la televisione, a parlare al telefono e a chiacchierare, tranne in rare occasioni quando si dà una festa, come ieri sera, anche se in tal caso viene assunto del personale di sostegno. Con queste condizioni lavorative e un buon salario le critiche e i pettegolezzi sono davvero scarsi. Soltanto la cuoca nutre un'ombra di malanimo nei confronti dei padroni a causa di uno spiacevole incidente avvenuto cinque o sei anni fa. In quell'occasione, mi ha raccontato proprio lei, era sparito dal portagioielli della signora Reinona un bijou dal costo elevato. La polizia aveva interrogato il personale di servizio e i sospetti erano ricaduti sulla povera cuoca, che guarda caso si era appena comprata una Renault Clio 1.2 RT, tre porte, servosterzo, freni a disco, eccetera. La polizia collegò l'acquisto della Clio 1.2 RT con il furto, ma la cuoca riuscì a dimostrare l'onesta provenienza dei propri risparmi e la faccenda si concluse lì. Ciononostante, secondo le parole della cuoca stessa, nessuno le avrebbe ripagato il brutto quarto d'ora che le avevano fatto passare. Aveva perfino iniziato a detestare la macchina del cui funzionamento, tra l'altro, non poteva lamentarsi".

"Il gioiello è ricomparso?" domandai.

"Non lo so" rispose Magnolio. "Il racconto della cuoca riguardava soprattutto il lato psicologico e meccanico."

"E a partire da allora non si sono verificati altri incidenti con caratteristiche analoghe?"

"Nossignore."

"Che strano" dissi. "Dovrebbe essere sparito per lo meno un anello con brillanti. Che altro ha potuto scoprire?"

L'autista spalancò le braccia e si lasciò ricadere sulla brandina.

"Nient'altro" esclamò. "Non c'è stato il tempo per chiacchierare. Se lei sapesse che sfacchinata abbiamo fatto... Insomma, non valgo granché come spia. Non ci vedo un tubo, sono negro e sono enorme. Meno male che mi hanno pagato bene."

"Chi è stato a pagarla?" domandai.

"Il maggiordomo."

"Il maggiordomo le ha dato l'impressione di essere lui ad amministrare le finanze della casa?"

"Maneggiava il denaro con sicurezza e diligenza."

Riflettei per qualche istante e poi dissi:

"Sto iniziando a tirare le somme, ma c'è ancora qualcosa che non quadra. E non possiamo aspettare fino alla prossima festa per entrare in quella casa. Magnolio, se la sentirebbe di stringere amicizia con qualche membro del personale di servizio? Lei li conosce già e loro conoscono lei. E con la sua simpatia e affabilità non dovrebbe esserle difficile".

L'autista mi sorrise con gratitudine e disse:

"Non lo so. Potrei provare con una delle dominicane. In realtà non mi dispiacerebbe continuare a vederla. Anzi, le proporrò di sposarmi. Si chiama Raimundita ed è un bijou. La mangerei con gli occhi, sembra un cioccolatino. E non lo dico per il colore. Non sono razzista. Le interessa così tanto quella casa?".

"Sì, amico mio" risposi. "Là dentro c'è la chiave del mistero. Ma occorre andare con i piedi di piombo. Chiunque tenga le fila di questa faccenda è astuto e senza scrupoli."

L'autista stava per dire qualcosa, forse a proposito di questa affermazione o forse riguardo Raimundita, quando il citofono squillò imperioso. Alla domanda di rito rispose una voce maschile:

"Apra, sono Santi".

"Non conosco nessun Santi" dissi.

"Questo Santi sì che lo conosce" rispose la voce dal citofono. "Ci siamo visti a casa di Reinona."

"E che cosa desidera?"

"Parlare con lei."

Dopo una breve esitazione decisi di aprire. In quel momento qualsiasi informazione poteva essermi utile. Premetti il pulsante dell'apertura automatica e feci segno a Magnolio di nascondersi dietro la tenda di sinistra, visto che Arderiu aveva occupato quella di destra, e lo pregai di tenere gli occhi aperti nel caso le intenzioni di Santi non fossero pacifiche. Promise di farlo e sparì dietro il percalle quando già battevano contro la porta dell'alloggio le nocche (presumo) di Santi. Aprii e mi ritrovai davanti il giovane cameriere addetto al ricevimento degli ospiti a casa di Reinona, prima agente di sicurezza nella ditta di Pardalot, e sempre e comunque mio caparbio inseguitore.

"Se lo avessi saputo," dissi, "non le avrei aperto."

Il giovane cameriere esplose in una risata giovanile e sarcastica ed entrò spingendo me e la porta.

"Doveva pensarci prima" disse. "Mi è sfuggito mille volte proprio quando stavo per metterle le mani addosso, e altrettante volte si è avvalso della presenza di estranei per impedirmi di usare i metodi cui sono abituato. Ma adesso, signore mio, la faccenda è cambiata. Finalmente siamo soli, io e lei."

Con la coda dell'occhio lanciai uno sguardo alla tenda dietro cui si nascondeva Magnolio e, vedendo che questa si muoveva al ritmo tranquillo del suo respiro, capii che si era addormentato.

"Bene, sia il benvenuto in questa casa e mi dica in che cosa posso servirla, amico Santi."

"In primo luogo, rispondendo subito a una domanda" disse Santi. "Ha ucciso lei Pardalot?"

"No di certo."

"Be', tutta Barcellona lo dice."

"Questo non significa niente" aggiunsi. "In città perfino i nostri politici e i loro famigliari più prossimi sono vittime della calunnia."

"Sì," ammise, "ma in questo caso le calunnie coincidono con la verità. Non lo neghi: la notte del delitto, mentre io facevo il mio dovere montando la guardia nell'atrio, lei si è introdotto nella sede de Il Ladro Spagnolo, sicuramente passando dalla porta del garage. Una volta dentro, ha scollegato il sistema di allarme ed è andato in giro per gli uffici alla ricerca di denaro in contanti o di qualche altro bottino. In uno dei suddetti uffici è stato sorpreso dal signor Pardalot il quale si trovava lì fuori dall'orario di lavoro, e l'ha liquidato con sette colpi. I muri, il pavimento e il soffitto dell'ufficio del sopracitato signor Pardalot sono rivestiti di piombo per evitare lo spionaggio, per cui nessuno ha sentito gli spari. Poi se n'è andato da dove era venuto."

"Amico Santi, se fosse così come lei dice, a quest'ora mi avrebbero già arrestato e processato" dissi. "Ma non lo hanno fatto."

"Perché mancano indizi concreti o probatori," rispose, "il che ci conduce esattamente al motivo della mia visita."

Tirò fuori dalla tasca della giacca un foglio di carta piegato in quattro e me lo porse.

"È una confessione" disse. "La legga e vedrà come aderisce ai fatti punto per punto. Manca soltanto la firma dell'avente causa, vale a dire la sua."

Mi avvicinai al tavolo dove c'era una lampada accesa, mi sedetti sulla sedia, distesi il foglio nel cono di luce e lessi:

> Egregio giudice,
>   con la presente confesso in termini irrevocabili e senza coercizione alcuna da parte di terzi che sono stato io a uccidere il signor Manuel Pardalot, che il Signore l'abbia in gloria, con una pistola e in piena crisi di psicoterapia. Le circostanze del delitto sono risapute: la porta del garage e tutto il resto che tralascio per non dilungarmi. Sono pentito, ma se dovessi rifarlo lo rifarei allo stesso modo.
>   Cordiali saluti.

"Non pretenderà mica," dissi concludendo la lettura, "che io firmi questa panzana."

Per tutta risposta Santi si mise al mio fianco, tirò fuori dall'altra tasca la Beretta 89 Gold Standard calibro 22 che già conoscevo, tolse la sicura e me la puntò contro.

"Ora vedremo se cambia idea o no" disse tra i denti.

"Va bene," risposi, "smettiamola di discutere. Mi dica soltanto una cosa: perché tanto interesse per dimostrare la mia colpevolezza?"

"E ha ancora la faccia tosta di chiedermelo?" disse Santi. "Per colpa sua la mia carriera di agente di sicurezza è andata in fumo. Non solo lascio che un ladruncolo da strapazzo se ne vada in giro tranquillamente nell'edificio affidato alla mia sorveglianza, ma permetto che il direttore venga assassinato nel proprio ufficio. E tutto nella mia prima settimana di lavoro e con un contratto temporaneo. Guardi come mi sono ridotto: a fare il giovane cameriere in festicciole di lusso. È già un miracolo se non mi hanno fatto portare a pisciare il cane."

Mentre lui elencava le cause del proprio scontento, io calcolavo distanze, rischi e possibilità. Pur comprendendo le sue motivazioni, quel tizio non m'ispirava simpatia, come mi succede con tutti quelli che mi puntano contro una pistola. Ma non vedevo alcun modo per liberarmi di lui. Dal silenzio che regnava nella casa, spezzato ogni tanto da qualche leggero grugnito, dedussi che tutti stavano dormendo della grossa. Non potevo certo rimproverarli. La notte era stata lunga e ricca di emozioni. Del resto era impensabile chiedere aiuto a voce. Anche se qualcuno mi avesse sentito e fosse disposto ad aiutarmi, lo spavento e la rabbia potevano provocare una reazione fatale da parte di Santi, cui tremavano già le mani senza bisogno di un incoraggiamento.

"Santi, amico mio," dissi nel tono più tranquillizzante e fermo che riuscii a impostare, "ti confesso che in altre circostanze avrei rifiutato la tua proposta. Posso darti del tu? Il fatto che fra noi ci sia stata qualche piccola incomprensione non vuol dire che non possiamo diventare amici. Anche tu puoi darmi del tu..."

"Stia zitto. Non voglio diventare suo amico. E non voglio che ci diamo del tu. Voglio soltanto che metta qui la sua firma e che vada affanculo. E non cerchi di guadagnare tempo, con me quel trucco non funziona."

"Dai, Santi, tesoro, non fare così. Adesso firmo, ma non ho sottomano niente per scrivere. Mi presti una biro?"

Tirò fuori una penna stilografica Montblanc e me la porse. La situazione era grave: se insistevo nel non voler firmare, quell'esaltato magari mi sparava un colpo; ma se firmavo lui avrebbe ottenuto il suo scopo ed era ancora più probabile che mi liquidasse. Pensai in fretta.

La lampada che in quel momento illuminava la scena era stata acquistata, come buona parte dell'arredamento e degli accessori di casa mia, nei bidoni dell'immondizia del quartiere, e tanto il suo aspetto esterno quanto la sua conformazione interna peccavano di alcune piccole imperfezioni. Decisi di giocare quella carta. Mi chinai sul foglio, come se mi accingessi a fare la mia firma, e coprendo con la spalla i movimenti della mano infilai il pennino della stilografica in mezzo ai cavi spelacchiati del filo elettrico, sperando che il pennino fosse di metallo e non di plastica. Seguì una debole esplosione e ci ritrovammo al buio. Cercai di spostarmi da una parte, ma Santi fu più veloce. Sentii aumentare la pressione della canna della pistola contro il mio cranio, si udì uno schiocco e vidi brillare la fiammella di un accendino.

"Non si muova!" borbottò. "Che cosa è successo?"

"Niente, niente" balbettai. "Devono essere saltati i fusibili per un sovraccarico di tensione. E senza luce non posso firmare. Adesso tiro su la tapparella. Ormai è giorno, e la luce entrerà a fiotti."

"Neanche a parlarne. Al primo movimento la faccio secco."

"Va bene, va bene, non mi muovo" mi affrettai a dire. "Ma se io non mi muovo e neanche lei si muove, nessuno tirerà su la tapparella, le ore passeranno e per di più finirà il gas dell'accendino."

"Firmi alla cieca" propose.

"Non posso. Sono mezzo analfabeta: già con la luce ci metto un casino a firmare; s'immagini così. E poi mi è caduto per terra il foglio di carta e non riesco a trovarlo."

Santi rifletté in silenzio.

"Va bene. Tirerò su la tapparella. Lei rimanga qui e non faccia sciocchezze. Al minimo movimento sparo a occhio e sono sicuro di prenderla. Questa luce mi è più che sufficiente per fare centro."

Il duro contatto dell'arma scomparve e vidi allontanarsi lentamente la fiammella.

"La prego," dissi, "faccia attenzione al televisore."

"Zitto e non si muova."

"Io non mi muovo" dissi. "È lei che si muove, per questo le sembra che io sia più lontano. Ha trovato la cinghia della tapparella? Non tiri forte: la cinghia è marcia e il legno della tapparella pure."

"So benissimo come si fa a tirare su una tapparella" disse Santi.

Per dimostrarlo, tirò delicatamente la cinghia e la tapparella iniziò a salire al ritmo dei movimenti del suo braccio. La luce del mattino inondò l'appartamento. Nello stesso momento si udì uno sparo e Santi si accasciò senza dire né a né ba.

*

Anch'io mi buttai per terra. Aspettai un attimo e poi, visto che l'attacco non si ripeteva, strisciai con estrema cautela cercando di non entrare nel campo visivo del cecchino e di non inciampare nel televisore, e arrivai accanto al corpo di Santi.

"Santi," sussurrai, "è vivo?"

"Naturalmente," rispose con tono gagliardo, "è soltanto un graffio. Ma credo di essere ferito gravemente. È stato lei?"

"No. Qualcuno ha sparato dalla terrazza della casa di fronte credendo che la sagoma davanti alla finestra fosse la mia."

"Che sfortuna" fu il suo commento. "Si affacci e guardi se quello stronzo è ancora lì."

Mi affacciai sforzandomi di offrire il bersaglio minimo indispensabile e scrutai l'edificio in questione fino a che un condomino, irato, mi gridò:

"Se continui a spiare mia moglie sotto la doccia ti spacco la testa, degenerato!".

Capii che la città si era svegliata per iniziare la sua epica lotta quotidiana, e di conseguenza il cecchino doveva essere fuggito subito dopo l'attentato. Mi chinai per dare a Santi la bella notizia. Era svenuto e una pozza di sangue si allargava sulla moquette. Ero indignato. Fra tutte le persone che quella sera si erano date appuntamento a casa mia, Santi era l'unico a non avere fatto nulla per rendersi simpatico, ma anche così non mi dava alcun sollievo vedere le sue spoglie, soprattutto all'idea che dovevo disfarmene.

Rimuginavo su questo punto quando squillò il campanello del citofono.

"E adesso chi c'è?" domandai con un'ombra d'irritazione nella voce.

Una voce nota disse:

"Sono Cándida. Disturbo?".

Aprii senza rispondere a quella domanda così stupida. Dopo un secondo, Cándida faceva il suo ingresso nel mio appartamento sfoggiando il suo fisico appariscente. Teneva in mano qualcosa avvolto in un fazzolettone. La sera prima, mi disse, Viriato aveva preparato un pan di Spagna e gli era venuto così bene che voleva farmelo assaggiare. Nel fazzolettone ce n'era un pezzo.

"Si può mangiare da solo, ma è meglio se lo fai ammollare in acqua per mezz'ora o tre quarti..."

Lasciò la frase in sospeso vedendo vicino alla finestra il corpo esanime di Santi, il sangue e la Beretta 89 Gold Standard calibro 22. Grossi lacrimoni le inondarono gli occhi.

"Oh, no, no, di nuovo..." disse con un filo di voce. "Me lo avevi promesso..."

"Lascia perdere la retorica, Cándida" la interruppi. "Tutto questo ha una spiegazione semplicissima. E molto divertente. Ti farà ridere un casino. Ma prima aiutami a portare fuori di qui 'sto fenomeno."

Cándida posò l'involucro sul tavolo e si avvicinò timidamente all'oggetto della nostra conversazione.

"L'hai ucciso tu?" chiese.

"Come fai a immaginare una cosa del genere?" la sgridai. "Qualcuno privo di scrupoli gli ha sparato dalla terrazza della casa di fronte. E non sappiamo nemmeno se è morto."

"Sarebbe un peccato" commentò. "È giovane e di bell'aspetto. E respira ancora. Ma lo fa in un modo lento, come svogliato. Bisognerebbe portarlo d'urgenza in ospedale."

"Non è possibile, Cándida" dissi. "Mi chiederebbero spiegazioni e, pur essendo semplici come ti ho detto, per adesso vorrei evitare di fornirle. Lo lasciamo davanti a una farmacia di turno e lì si prenderanno cura di lui. Ce l'hai un mezzo di locomozione?"

"Il carrello del supermercato. Non so se andrà bene: lui mi sembra piuttosto in carne. E se ce lo portiamo in spalla attireremo l'attenzione."

Invece di stare a sentire il chiacchiericcio di mia sorella, io pensavo. Alla fine la zittii e le chiesi se aveva incontrato qualcuno per le scale. Rispose di no.

"Allora togliti i vestiti" le ordinai. "E non fare domande. Il tempo stringe."

La povera Cándida rimase in sottoveste mentre io spogliavo Santi. Poi mettemmo a Santi i vestiti di Cándida, e a Cándida i vestiti di Santi. Le scarpe non c'era verso di scambiarle, per cui lasciai che ciascuno si tenesse le proprie. Il fazzolettone che avvolgeva il pan di Spagna lo annodammo intorno alla testa del cameriere per nascondergli i lineamenti virili. Lo sedemmo sulla sedia e con grande fatica lo portammo di sotto, nell'atrio, dove lo lasciammo in un angolo buio. Se non lo si guardava con attenzione, sembrava la portinaia. Dissi a Cándida di aspettare mezz'ora prima di dare l'allarme dicendo che mentre passava davanti a un portone aveva visto una donna indisposta.

"Vestita da uomo non so se mi daranno retta" obiettò.

"Ah, Cándida, perché devi sempre complicarmi la vita?" la rimproverai.

"Va bene, farò come dici tu" disse con un sospiro di rassegnazione. "E ricorda: è meglio bagnare il pan di Spagna prima di mangiarlo. Viriato ha esagerato un po' con la farina."

Uscì di casa e si allontanò per strada circondata da esplosioni d'ilarità non maggiori del solito e io ritornai di corsa nel mio appartamento. Nascosi nel frigorifero la pistola, la penna stilografica e il pan di Spagna (faceva schifo) e stracciai in mille pezzi la confessione che Santi voleva farmi firmare.

Nel gabinetto Purines dormiva seduta sul bidè, con la testa del signor sindaco in grembo. Li svegliai delicatamente e li feci evacuare. Si scambiarono dei biglietti con i rispettivi numeri di telefono personali e il signor sindaco promise di spedirle due inviti per il Festival di musica papuana. Non appena se ne furono andati, tirai fuori dall'armadio il tenente colonnello e Ivet. Ivet gli restituì la casacca, la fascia militare e il tricorno e il tenente colonnello, dopo essersi congedato con laconismo castrense, se ne andò. Ivet s'infilò il vestito e mi guardò con un misto di stanchezza e malinconia.

"Le cose non sempre vanno come uno vorrebbe," le dissi, "ma tutto si aggiusterà. Va' a casa e aspettami lì. Non uscire e non aprire la porta a nessuno. Non rispondere al telefono e non fare telefonate. Come sai, non posso disporre delle ore diurne perché gravi incombenze mi attendono, ma non appena avrò chiuso il negozio ti porterò qualcosa da mangiare e ti metterò al corrente di quello che è successo."

Il marito di Reinona era in stato catalettico. Gli infilai il cappotto e lo accompagnai sul pianerottolo.

"Scenda le scale facendo i gradini, esca dal palazzo e prenda un taxi. Se è libero, ancora meglio. Non c'è bisogno che saluti la portinaia: è un po' scorbutica."

"Grazie di tutto" disse lui. "Una serata deliziosa. Davvero deliziosa."

Reinona uscì da sotto il letto con qualche contusione.

"Mi sento come se mi si fosse seduto sopra un elefante" commentò.

Le restituii le pantofole non senza rammarico: erano comodissime e per stare in casa erano perfette. Poi le mostrai l'anello con i brillanti.

"Questo," dissi, "è suo. Non so come, ma è finito in tasca mia."

"Ce l'ho messo io" ammise. "Custodiscilo in un posto sicuro e non permettere a nessuno di impadronirsene. Quando ne avrò bisogno, manderò qualcuno a prenderlo. Questo anello è d'importanza vitale per me."

Se ne andò con il passo stanco di chi alla sua età, con la sua bellezza, la sua intelligenza, la posizione e la classe, deve per forza fidarsi di un tipo come me.

Restava soltanto Magnolio. Lo strattonai finché si ricordò dove si trovava e chi era. Gli chiesi quali progetti avesse per la giornata che stava iniziando, e lui rispose che avrebbe cercato di riprendere una vita ordinata e l'onesto mestiere di autista.

"Tutto questo può aspettare" gli dissi. "Ho ancora bisogno del suo aiuto."

"Neanche per idea" protestò. "Tra una storia e l'altra è da

un sacco di giorni che non lavoro e che non vedo un centesimo."

"Non esageri. Ha appena guadagnato una bella sommetta a casa della signora Reinona. Me l'ha detto lei. E da noi può dipendere la vita della signorina Ivet."

"Ah, in questo caso... Mi dica che cosa devo fare."

"È molto semplice: deve sorvegliare la casa della signorina Ivet. Si piazzi davanti allo stabile e prenda nota di chi entra e di chi esce, e di qualsiasi incidente, episodio o circostanza si verifichi, anche se insignificante. Se la signorina Ivet, contravvenendo alle mie istruzioni, esce di casa, la segua dovunque vada senza farsi notare. E ogni tanto si guardi alle spalle: è probabile che non sia l'unico a seguirla. Io verrò a darle il cambio quando avrò finito."

"Non si preoccupi" rispose l'autista.

Mentre uscivamo, vedemmo un'ambulanza ferma di fronte a casa e un paio d'infermieri che entravano nel portone spingendo una barella. Io e Magnolio ci spostammo da una parte per lasciarli passare, ci salutammo sul marciapiede e c'incamminammo in direzioni opposte.

Stavo in negozio da neanche mezz'ora quando entrò Viriato, furibondo. Aveva parlato con Cándida e lei gli aveva riferito della sua visita a casa mia e adesso lui reclamava una spiegazione esauriente. Cercando di minimizzare, gli raccontai dell'attentato e di come ne fossi uscito indenne per sbaglio, e di come ci fossimo sbarazzati della vittima, ma lui m'interruppe dicendo che tutta quella storia non gli interessava; in realtà, era venuto per avere un parere sul pan di Spagna.

"Oh, squisito" mentii. "Devi darmi la ricetta."

"Be', sai com'è, noi cuochi... improvvisiamo un po'... In arte conta più l'intuito che la scienza. Due più due non sempre fa cinque."

Mi dichiarai d'accordissimo con le sue affermazioni e manifestai una smisurata ammirazione per le sue doti, e quando l'ebbi cucinato a puntino gli chiesi un favore. Non seppe negarmelo e trotterellò via per portare a termine la sua missione.

5.

In tutta la mattina mi capitarono soltanto due lavori: lavare e sgrovigliare la zazzera di due gemelli affinché potessero vivere separati, e scacciare a forza di scopate un topo, che sorpresi mentre si sbronzava con un flacone di body milk al PH5 (equilibra il manto acido della pelle, conferisce elasticità e compattezza e piace molto ai topi). Questi impegni e il pensiero di quanto era accaduto la notte prima mi tennero occupato fino all'ora di pranzo.

Mi sarebbe piaciuto andare in pizzeria, perché l'avevo disertata la sera prima e consideravo fosse una sorta di compensazione fare lì i due pasti della giornata. Ma non mi parve prudente allontanarmi dal negozio, per cui mi recai nel bar di fronte, mi sedetti vicino alla vetrata (attraverso la quale, dopo avere raschiato lo strato di grasso che vi si era accumulato, potevo vedere la porta del Tempio delle signore) e ordinai al cameriere un panino con calamari e cipolla. Mentre aspettavo vidi passare Viriato sul marciapiede, lo chiamai e lui mi raggiunse. Il cameriere fece ritorno dicendo che i calamari con cipolla erano finiti, così dovetti accontentarmi di un panino (anch'esso ottimo) di baccalà in salamoia con salsa di pomodoro. Viriato ordinò un panino con le cozze.

"Ti avverto che paghiamo alla romana" dissi.

Brontolò tra sé e alzando la voce disse al cameriere di cancellare le cozze dall'ordine. Poi disse:

"Ho passato la mattinata a lavorare per te e per i tuoi delitti. Potresti fare un gesto gentile, cavolo!".

*

In effetti Viriato aveva compiuto delle indagini, come gli avevo chiesto, sulla ditta del defunto Pardalot, e il risultato di tali indagini poteva riassumersi nel modo seguente:

La ditta denominata Il Ladro Spagnolo s.r.l. figurava iscritta alla Camera di commercio (con un numero che a noi non interessa) soltanto da cinque anni. Eppure, in precedenza, sempre Pardalot aveva fondato, registrato e sciolto altre sei società con le medesime caratteristiche. I soci di queste società erano sempre gli stessi, cioè: Manuel Pardalot, ora defunto Pardalot, un certo Horacio Miscosillas e un certo Agustín Taberner, alias il Gaucho, entrambi residenti a Barcellona. In aggiunta, Viriato aveva scoperto che il sopracitato Horacio Miscosillas era un avvocato di prestigio, con lo studio sulla Diagonal, probabilmente il signore maturo e brizzolato che si era presentato come l'avvocato di Pardalot la sera prima a casa di Reinona. Comunque la Camera di commercio non disponeva di alcun dato riguardo la sua maturità né il colore dei capelli né quello che aveva fatto la sera prima, insomma, niente d'interessante, e di conseguenza – detto fra noi – l'indice di lettura dei registri della Camera di commercio è e continuerà a essere bassissimo. L'altro socio chiamato, come abbiamo detto, Agustín Taberner, soprannominato il Gaucho, su cui Viriato non aveva potuto scoprire nulla, aveva cessato di esserlo (socio) nell'ultima società iscritta alla Camera di commercio, vale a dire Il Ladro Spagnolo s.r.l.: nell'azionariato era stato sostituito da Ivet Pardalot, la figlia del defunto Pardalot, da non confondersi con la falsa Ivet Pardalot, con la quale poche ore prima ero stato sul punto di fare sul serio, anche se purtroppo alla fine la faccenda era andata in fumo.

Quanto allo scopo sociale delle imprese, secondo la Camera di commercio, proseguì Viriato, era sempre identico e, a giudizio di Viriato, un tantino vago, trattandosi della commercializzazione di attività diverse a scopo di lucro. In realtà nessuno sapeva, né alla Camera di commercio né fuori dalla Camera di commercio, da dove provenissero le entrate delle imprese di Pardalot, anche se tutti davano per scontato che fossero state ingenti. Così come non si conoscevano i motivi delle ripetute trasformazioni sui registri della Camera di commercio di quella che, di fatto, era sempre la stessa ditta, visto che i risultati economici erano buoni: tutto indicava chiaramente il desiderio di non rimanere a lungo sulla scena con la medesima identità. Frode fiscale, riciclaggio di denaro sporco, traffico illegale di persone o cose o un misto di tutto questo, secondo il parere di Viriato.

Il quale concluse il suo rapporto dicendo che la sede sociale era cambiata ogni volta che cambiava l'impresa: l'ultima società aveva acquistato lo stabile che conoscevo anch'io, cinque piani più il garage, per un totale – da quanto risultava dai registri del catasto (un'altra bella rottura) – di 1830 metri quadrati che, all'attuale prezzo di mercato di 250.000 pesetas al metro quadro in quella zona, come minimo, dava come somma finale il succulento importo di 457.500.000 pesetas, imputabili all'attivo investito dalla nostra (per così dire) società.

"Uhm, che cosa deduci da tutto questo, Viriato?" gli domandai quando ebbe finito.

Spalancò la bocca per mostrare la sua perplessità e insieme l'ammasso di cibo masticato in attesa di venire deglutito e disse:

"Io niente, e tu?".

"Idem" risposi. "Ma non dobbiamo lasciarci fuorviare da queste informazioni. Quando saremo arrivati alla conclusione del caso, acquisteranno un senso. Nel frattempo grazie mille. Sei stato gentile ed efficiente. Se avessi dei soldi ti offrirei il pranzo, ma lo sai come vanno ultimamente le cose in negozio. Davvero non credi che varrebbe la pena ampliare il nostro giro d'affari?"

"Aborti?"

"No, stavo pensando a qualcosa di più moderno: liposuzione, amniocentesi. O almeno un asciugacapelli elettrico."

"Non complicarmi la vita," rispose, "che ne ho già abbastanza con tua sorella, mia madre e il mio trattato. Su, torna al lavoro e cerca di non esagerare, che faccio già tanto a lasciare che ti guadagni il pane a mie spese."

*

Ritornai in negozio e approfittai della scarsa affluenza di clienti per schiacciare un pisolino. Mi svegliai con la bocca secca e impastata e la sensazione di essere rimasto assente dal mondo per parecchio tempo. Fuori era buio. Uscii per chiedere l'ora a un passante e scoprii che avevo dormito meno di un'ora. Era presto e il buio era dovuto al fatto che il cielo si era coperto di nuvoloni mentre io dormivo. Pensai a Magnolio che in quel momento faceva la guardia esposto alle intemperie e mi augurai che non si mettesse a piovere; e se, nonostante i miei auspici, doveva proprio mettersi a piovere, mi augurai che non gli venisse in mente di abbandonare la sua postazione.

Intorno alle sei e mezzo entrò una cliente. Era una donna giovane, indossava un camicione dal taglio squisito, bruttina. Le rivolsi il sorriso migliore che mi consentiva la bocca secca e impastata, passai il piumino sulla poltrona e la pregai di sedersi, facendole un ossequioso inchino. Lei si sedette e rimase a guardarmi come se avesse dimenticato la ragione della sua presenza lì.

"Styling?" le proposi.

"Qualunque cosa" rispose scoraggiata.

"Si affidi alle mie mani e per una modica cifra non la riconoscerà nemmeno suo padre, quando uscirà di qui."

"Non ho padre," rispose, "e non mi riconosce nessuno, a cominciare da te. Sono Ivet Pardalot, la vera figlia del defunto Pardalot. Tu mi hai abbordato nel bel mezzo del funerale di mio padre per dirmi non so quali impertinenze."

"Mi scusi per l'errore imperdonabile" dissi. "Avevo concentrato tutta la mia attenzione sulla sua chioma voluttuosa alla quale, tuttavia, non farebbe male un trattamento."

"Fa lo stesso" m'interruppe. "So benissimo che non valgo niente. Fisicamente, voglio dire. Sotto altri punti di vista lo scenario è ben diverso. Sono multimiliardaria, ma questa non è la mia unica attrattiva: sono anche una donna intelligente e possiedo una solida formazione universitaria. Essendo figlia unica, mio padre mi ha preparata a prendere le redini delle sue imprese quando lui si fosse ritirato, come ha appena fatto prematuramente e non di sua volontà. Ho studiato in diverse università, qui e all'estero, parlo sei lingue, posso andarmene in giro per il mondo da sola, non ho paura di niente e niente mi scandalizza, tranne quel topo schifoso con il muso dentro un flacone di body milk."

Sospirò mentre prendevo a scopate il topo, quindi proseguì nel modo seguente:

"Ma tutto questo a cosa serve? Gli uomini non mi guardano, oppure prima mi guardano e dopo rimpiangono di averlo fatto. Soltanto mio padre mi riteneva la donna più graziosa che esistesse al mondo. Ma lui adesso non c'è più e io sono rimasta da sola. Con i miei miliardi, i diplomi e le lingue".

"Oh, suvvia, non dica così."

"Quello che dico io non ha nessuna importanza" rispose. "Conta quello che dicono gli altri, o quello che pensano anche se non lo dicono. Guarda il tuo caso. La falsa Ivet è falsa, come dice la parola stessa, ti ha ingannato, non ha fatto altro che metterti nei pasticci e continuerà a farlo. Ma quando ti guarda tu ti sciogli. Per me, invece, non muoveresti un dito, neanche se facessi la dansa de Castelltersol* solo per i tuoi occhi."

"Signorina Pardalot," risposi quando ebbe finito la tirata e prima che potesse mettere in atto la velata minaccia, "non so se i suoi problemi, che pure comprendo, le abbiano consentito di osservarmi bene. Se lo ha fatto, avrà notato che non assomiglio esattamente a Tom Cruise, per citare soltanto un esempio di leggiadria. E poi vivo in miseria. L'ho sempre fatto e di questo passo lo farò sempre. Quindi, se è venuta qui a cercare compassione, ha sbagliato posto e persona. Al Tempio delle signore si lavano i capelli, si fa la messa in piega, si taglia, si fanno le mèche e i massaggi e, più in generale, si cerca di sfruttare al massimo quello che offre il cuoio capelluto di ogni cliente, qualunque cosa sia e senza tante smancerie. Ma tutto questo a lei non interessa, perché non è venuta qui per affidare la sua capigliatura alle mie mani. Lei va senza dubbio nei saloni di cuaffur più costosi ed eleganti di Barcellona, magari si sposta fino a Parigi o a Milano o a Londra per una messa in piega, un frisé o una frangetta. Ebbene, signorina Pardalot, lasci che le dica una cosa: non sono più bravi di me. E ora, se vuole parlare di un altro argomento, parliamo pure."

Mi guardò diritto negli occhi come se le riuscisse difficile accettare quella dura affermazione, e alla fine disse:

"Per essere il presunto assassino di mio padre potresti parlarmi con maggiore rispetto".

"Non l'ho ucciso io. E lei lo sa. Per questo è venuta qui."

"No" rispose. "Sono venuta qui perché stamattina un tizio stranissimo di nome Viriato, e tra l'altro sposato con quel cesso di tua sorella, ha ficcato il naso nei registri della Camera di commercio, nei registri del catasto, nei registri dei brevetti, nella Società generale degli autori e in altri centri di iscrizione con il palese intento di curiosare nelle ditte di mio padre, adesso mie. Naturalmente i funzionari me lo hanno comunicato senza indugi nel caso volessi comunicare alla polizia tale intrusione, o se, al contrario, preferissi non comunicare alla polizia tale intrusione."

"Ah" commentai.

---

* Ballo folcloristico catalano. [N.d.T.]

"Io non so," proseguì, "se sei stato davvero tu a uccidere mio padre. Fino a che non disporrò di prove inconfutabili ho deciso di non formulare giudizi precipitosi che non porterebbero a niente. Dalle incursioni di tuo cognato deduco che stai facendo delle indagini, il che mi fa supporre che non devi essere tu l'assassino, anche se le tue azioni potrebbero essere indirizzate ad altri obiettivi. Agli effetti pratici e in via del tutto provvisoria ritengo, comunque, che tu non sia colpevole e che sia interessato quanto me a scoprire il vero colpevole. Perciò sono venuta qui."

"Per dirmi questo?"

"Per proporti un accordo."

"M'immagino che razza di accordo" risposi. "Io le racconto quello che ho scoperto e lei mi racconta quello che sa e così procederemo tutti e due con passi da gigante lungo la strada della verità. E invece no, signorina Pardalot, non ci sarà nessun accordo tra noi due. E non ci sarà perché, se accetto, io le racconterò tutto quello che so, ma lei non vuoterà il sacco. Una volta che mi avrà fatto parlare, nel migliore dei casi mi racconterà quattro frottole, e nel peggiore mi farà eliminare da Santi. O da un altro Santi se il Santi originale è ancora in rianimazione."

"Mi sottovaluti" disse lei. "Io non sono venuta qui per scendere a patti con te. Sono venuta a offrirti dei soldi in cambio di informazioni. E non so chi sia Santi, né che cosa stia facendo in rianimazione, anche se me lo posso immaginare."

Riflettei per qualche istante appoggiandomi al manico della scopa. Poi dissi:

"Si tenga i suoi soldi. Le informazioni di cui dispongo non li valgono".

"Questo sarò io a deciderlo" disse lei. "Non ti ho ancora detto che genere d'informazioni sto cercando."

"Ah, non sono sull'omicidio di suo padre?"

"Anche. Ma per adesso m'interessa di più quello che puoi dirmi su Ivet. Non su di me, sull'altra Ivet."

"Come mai la conosce?" le chiesi.

"Le domande le faccio io" rispose.

"Soltanto se giungiamo a un accordo. Come mai conosce Ivet?"

"Abbiamo studiato insieme da piccole. Eravamo amiche. Non c'erano segreti tra noi. Io volevo fare la modella e lei il tenente della Divisione Corazzata Brunete. Andava pazza per

Tejero, fino a quando scoprì che era calvo. Come vedi eravamo soltanto due ragazzine. Io sognavo di assomigliare a una modella che si chiamava Lauren Hutton, te la ricordi? Usciva un giorno sì e un giorno no sulla copertina di 'Vogue', 'Cosmopolitan' e 'Vanity Fair'."

"Là dove vivevo in quegli anni felici arrivavano soltanto 'Il prigioniero' e 'Catenella', la rivista del carcerato diligente. Dove avete studiato lei e Ivet?"

"In un collegio. Di suore. E magari questo ti sembrerà ancora più strano."

"Sì, ma meno di quello che crede. Continui a parlarmi di Ivet. Qual è il suo vero nome?"

"Di Ivet?"

"Sì."

"Ivet."

"Vada avanti e mi parli anche di sé."

"Ivet aveva un anno più di me. L'ammiravo molto. In fondo pensavo che lei avrebbe finito per fare la modella e io no. In effetti è successo qualcosa del genere, ma a Ivet non sono mai interessate le passerelle. È strano, perché aveva tutte le qualità e i soldi le avrebbero fatto comodo. Secondo quanto diceva la gente e da quel che si vedeva, la sua famiglia era povera, quantomeno per gli standard del collegio. Poi un anno non venne più."

"Ma voi due avete continuato a vedervi."

"Poco, e sempre per caso. Io non sapevo come contattarla e lei, che invece sapeva dove trovarmi, non lo fece mai. Ciononostante, talvolta c'incontravamo per strada, nei negozi, al cinema o durante manifestazioni pubbliche. In queste occasioni lei era molto riservata con me. Non mi disse mai che cosa facesse, né se avesse un fidanzato, niente di niente. Alla fine io andai a studiare all'estero e ci perdemmo di vista."

"Fino a che..."

Ivet Pardalot per la prima volta mi rivolse un sorriso gentile e scosse la testa.

"Ho già parlato abbastanza. Se ti racconto tutto, non ci sarà più nessun accordo."

"Non ci sarà comunque nessun accordo. Non si offenda. Nemmeno io voglio formulare giudizi precipitosi. Ma non so ancora se posso fidarmi di lei. L'altro giorno mi hanno messo una bomba in negozio, i cui effetti sul locale sono ancora visibili, e proprio stamattina qualcuno mi ha sparato mentre ero in casa. Come vede ho buoni motivi per diffidare della prima persona che mi si presenta con una proposta. Se desidera la mia collaborazione, prima dovrà dimostrare che sta dalla mia parte."

Pensai che si sarebbe arrabbiata, invece no.

"Capisco il tuo atteggiamento," disse, "ma stai commettendo un errore. Se cambi idea, fammelo sapere. Non ti dico dove né come: non ti mancano i mezzi quando vuoi metterti in contatto con qualcuno. Quanto ti devo?"

"Niente. Non le ho toccato nemmeno un capello."

"Fanno tutti così. Però ti ho fatto perdere un sacco di tempo. Una cliente normale la faresti pagare."

"Se rimane soddisfatta, sì. Se no, no."

Si alzò e arrivata alla porta si voltò per guardarmi in faccia e disse:

"Gli affari di mio padre non erano del tutto puliti, ma questo non spiega il motivo per cui l'abbiano ucciso. Se avessero voluto danneggiarlo, potevano sporgere denuncia o far pervenire ai giornali qualche informazione compromettente. Tante persone coinvolte nei maneggi della ditta sarebbero uscite allo scoperto, ma niente avrebbe attirato l'attenzione tanto quanto un omicidio. Se cerchi un movente, non lo troverai alla Camera di commercio. Considera questo consiglio come un pagamento in contanti. Ancora una cosa: tutti abbiamo bisogno che qualcuno ci ami e si prenda cura di noi".

"Questo non so che cosa c'entra" dissi.

"Non c'entra niente," disse lei, "è la mancia."

*

Quando uscii il cielo era nero e sulla destra, guardando verso il porto, si potevano avvertire tuoni e altri fenomeni atmosferici. Dovetti bussare a una mezza dozzina di esercizi (la videoteca del signor Boldo, l'edicola del signor Mariano, la merceria della signora Eulalia, l'agenzia di viaggi Il Bisonte, la farmacia del dottor Vermicheli) prima di trovare qualcuno che mi prestasse un ombrello (tutti dicevano di aver bisogno del proprio). Dopo essermi così premunito, presi tre autobus e mi recai là dove Magnolio stava effettuando la sorveglianza come gli avevo ordinato. Una fantasmagoria di tuoni e fulmini accompagnò il nostro incontro.

"La ringrazio di cuore per essere venuto a darmi il cambio," disse Magnolio, "stavo già sudando freddo."

"Ha paura dei temporali con tutti gli annessi e connessi?" gli domandai.

"Nossignore. Ho parcheggiato la macchina in calle Bruc e la corrente potrebbe portarsela via."

Lo tranquillizzai assicurandogli che la calle Bruc disponeva di un sistema di raccolta dell'acqua piovana a prova di acquazzoni, e lo pregai di farmi un riassunto di quanto era accaduto nel corso della giornata.

Di buon mattino, iniziò a dire, si era appostato dietro il tronco secolare di un vecchio platano (che al suo paese chiamano erroneamente banano)* di fronte alla casa della signorina Ivet e lì, con il tronco che lo proteggeva dalla curiosità dei passanti e il fogliame frondoso (dell'albero secolare) che lo riparava dai raggi del sole, era rimasto fermo a osservare il portone della casa della signorina Ivet per ore e ore. Nel corso delle quali, aggiunse, il misterioso, minaccioso e sicuramente ingannevole personaggio con l'impermeabile che aveva seguito Ivet non si era fatto vivo e, più in generale, non era accaduto niente che fosse degno di nota. Soltanto alle ore diciassette e ventidue minuti, proseguì Magnolio, Magnolio aveva visto uscire di casa la signorina Ivet, la quale si era incamminata lungo la calle Mallorca fino al Paseo de Gracia e aveva percorso il Paseo de Gracia in direzione della plaza de Cataluña. Non potendo mettersi in contatto con me per ricevere istruzioni, continuò a raccontare Magnolio, Magnolio aveva deciso di prendere l'iniziativa di seguirla, sempre adottando le dovute precauzioni per non farsi notare dalla signorina Ivet. Il tempo che Magnolio aveva perso in tali riflessioni, e il fatto che in quella zona centrale della nostra città ci siano molti passanti e alberi secolari da schivare, avevano rischiato di fargli perdere le tracce della signorina Ivet. Ma finalmente, disse Magnolio, Magnolio l'aveva intravista di nuovo quando la signorina Ivet in persona spariva giù per le scale che conducono al sottopassaggio della stazione ferroviaria di plaza de Cataluña, ubicata proprio nel sottosuolo della plaza de Cataluña, da cui prende il nome. Lì (nella stazione di plaza de Cataluña della plaza de Cataluña) la signorina Ivet si era incamminata verso uno sportello d'informazioni per i clienti (delle ferrovie) e aveva dialogato brevemente con l'impiegato che stava dietro ai vetri. Poi aveva consultato un pannello elettronico che indicava orari, destinazioni e altre caratteristiche dei tre-

* In spagnolo *plátano* significa sia "platano" sia "banana". [*N.d.T.*]

127

ni. Infine la signorina Ivet si era avvicinata a una macchina che rilascia (ai clienti) i biglietti delle ferrovie e aveva studiato il tariffario. Dopo avere soddisfatto il proprio interesse al riguardo, la signorina Ivet aveva preso la via del ritorno (o la via in senso contrario), sempre seguita da Magnolio, ed era rientrata a casa alle ore diciassette e cinquantasei minuti circa, dopo avere fatto rifornimento di viveri in una salumeria. Dopo la gita fino alla plaza de Cataluña non era successo niente di nuovo, tranne il fatto che si fosse messo a piovere mentre parlava, concluse Magnolio.

Aprii l'ombrello, ma sotto il suo diametro ridotto non ci stavamo tutti e due, a meno di ricorrere a posizioni licenziose, per cui gli dissi che poteva andarsene. Ma prima mi congratulai con lui per l'ottimo operato e la chiarezza del rapporto, e lo pregai di venire in negozio la mattina seguente all'ora di apertura per vedere se c'era altro da fare. Promise di farlo e se ne andò via di corsa.

I rari passanti che erano ancora in giro lo imitarono nell'andarsene via e ben presto mi ritrovai con la sola compagnia del traffico su ruote. Prevedendo una lunga attesa sotto la pioggia, tirai su da terra un sacchetto di plastica (ce n'erano parecchi), lo aprii lungo le saldature e lo distesi sul marciapiede per proteggermi il fondoschiena dall'umidità. Mi sedetti su questa elementare eppure efficace stuoia, appoggiai la schiena contro il tronco dell'albero secolare, piegai le ginocchia per starci tutto sotto l'ombrello e fissai lo sguardo sulle finestre dell'abitazione di Ivet. Poco dopo, il progressivo oscurarsi del cielo dovuto al tramonto attivò l'illuminazione pubblica e le vetrine e le insegne dei negozi. A molte finestre e balconi si accesero le luci. Più tardi i negozi chiusero i battenti. Diminuì di molto il traffico su ruote e la pioggia si placò. Pensai alla pizzeria con nostalgia e appetito. Sarei entrato volentieri in uno dei bar che proliferano nel terziario (favorevole all'ozio) della nostra città per comprarmi un panino con calamari e cipolle oppure un'altra specialità. Ma i fondi scarseggiavano e le indagini sul caso potevano prolungarsi per diversi giorni, per mesi magari, con il conseguente accumulo di spese, sempre difficili da affrontare soprattutto quando il capitale iniziale ammonta quasi a zero.

Intorno alle ventitré smise di piovere, si squarciarono le nuvole e apparve la luna nel firmamento. Dietro alla finestra della casa di Ivet mi parve d'intravedere la sagoma della metà superiore di Ivet. Poi quella sagoma scomparve e apparve la sagoma della metà inferiore di Ivet. Per un attimo pensai che Ivet volesse dare la conferma a un eventuale osservatore esterno di essere tutta intera, ma ben presto abbandonai tale assurda idea e conclusi che forse stava facendo ginnastica. Mentre risolvevo tale enigma, le due sagome complementari sparirono e la luce si spense, lasciando la finestra al buio. Altre finestre fecero lo stesso. A mezzanotte passata non c'erano luci accese alle finestre di quel palazzo né in quelle degli altri. Era una notte di raccoglimento. Perfino i bar chiudevano presto. La tranquillità che regnava nel quartiere mi fece venire un sonno tremendo. Dormii un pochino.

Venni svegliato da un fragore e da uno scossone che mi fece fare diverse capriole sul marciapiede. Era uno starnuto con cui il mio organismo stava annunciando la propria volontà di raffreddarsi a causa della pioggia, della rugiada e del fatto che mi avevano rubato il sacchetto di plastica mentre dormivo. Non altrettanto era successo all'ombrello: avevo avuto la precauzione di appenderlo per il manico a un ramo dell'albero alto e secolare. Albeggiava e i primi autobus avevano ripreso a circolare. Recuperai l'ombrello e a bordo di uno di questi veicoli feci ritorno al mio alloggio.

Prima di entrare in casa bussai alla porta a fianco. Aprì Purines, alla quale chiesi se durante la mia assenza fosse successo qualcosa degno di nota.

"Niente che ti riguardi" rispose. "Tu, invece, mi sembri un ecce homo. Bagnato fradicio, con le occhiaie, pallido e con i denti che battono. Ti sei buttato in mare?"

"Non è niente, Purines" cercai di dirle. Ma uno starnuto che mi scaraventò dall'altra parte del pianerottolo smentì la mia diagnosi.

Così lei mi fece entrare a casa sua, dove approfittai dell'acqua della vasca da bagno che aveva utilizzato un suo cliente: era ancora tiepida e conservava altre belle qualità, per cui potei farmi un bagno con la schiuma, rilassante e igienico, e mettermi dei vestiti asciutti, mentre lei preparava un tè. Il bagno mi rimise in sesto ma i vestiti che mi aveva prestato, quando me li vidi addosso guardandomi allo specchio, mi allarmarono un poco.

"Senti, da che cosa sono vestito?" volli sapere.

"Da Editha Gruberova in *La figlia del reggimento*!" mi gridò dalla cucina.

"Non so che cosa sia!"

"Non ti serve saperlo! I tuoi vestiti sono sullo stendino e

con l'umidità che c'è non si asciugheranno prima di qualche ora! E con quelli che hai addosso non potrai andare in giro a fare mascalzonate!"

Non volendo offendere Purines per nessuna ragione al mondo (né abusare dei punti esclamativi, che detesto), mi guardai di nuovo allo specchio e pensai che non tutto il male vien per nuocere: quell'abbigliamento assurdo era perfetto per i miei piani. Così bevvi tre tazzone di tè (non mi piace) che mi riscaldarono lo stomaco ma non ingannarono la fame e, dopo aver rinnovato a Purines la mia gratitudine e dopo aver tolto la polvere nel mio appartamento, andai in negozio dove arrivò anche, con puntualità ammirevole, Magnolio.

"'Orco cane che figurino!" esclamò vedendomi. "Non sapevo che avesse di queste preferenze."

"Non pensi male" dissi. "È un travestimento. Ha fatto colazione?"

"Sissignore. Lautamente."

"Ah, ecco perché è così allegro."

"Lo sono per questo e per un altro motivo altrettanto importante" disse Magnolio.

Subito dopo e in tono confidenziale mi riferì che quella mattina si era alzato di buonora, aveva lavato la macchina e l'aveva parcheggiata davanti alla porta del palazzo dei signori Arderiu, nella speranza di entrare in contatto con una delle due domestiche dominicane dei suddetti signori. Infatti, durante il suo fugace passaggio laggiù (nel palazzo), qualcuno gli aveva detto che la persona incaricata di andare a comprare il pane e i croissant per la colazione dei signori Arderiu era proprio Raimundita, per la quale Magnolio provava, come mi aveva confessato in precedenza lo stesso Magnolio, un affetto che tra l'altro era molto conveniente per i nostri interessi. La fortuna aveva arriso a Magnolio e, intorno alle ore sei e quarantotto minuti, Raimundita in persona era uscita di casa con una borsa di tela, allora vuota e nella quale, secondo tutti gli indizi poi confermati, intendeva riporre il pane e i croissant. Magnolio era sceso dalla macchina lasciando la portiera aperta – e anche il cofano – affinché lei potesse ammirare la vettura nella sua totalità, e l'aveva salutata con sobria dolcezza chiedendole dove andasse. Lei, che guarda caso si proteggeva dalla rugiada mattutina con un cappuccetto rosso, aveva risposto che andava dal panettiere a comprare il pane e i croissant per i suoi padroni (i signori Arderiu), come ogni mattina. E non aveva paura ad andare in giro tutta sola per quelle strade solitarie, eccetera eccetera? No; aveva paura soltanto quando si ritrovava davanti un negrone grande, grosso e rompicoglioni. E lui: non doveva pensare male, cara figliola, era venuto lì soltanto per accompagnarla con la macchina se pioveva, per evitare che si bagnasse.

"Le spiacerebbe rimandare i quadretti romantici alla prossima volta e dirmi se ha scoperto qualcosa sul nostro caso?" lo interruppi.

"Be', in realtà niente di niente" rispose un po' dispiaciuto. "Non potevo neanche esagerare, dopotutto era il nostro primo appuntamento. Comunque, chiacchierando di questo e di quello, Raimundita mi ha raccontato che la sera prima i signori Arderiu non erano usciti e avevano ricevuto la visita del signor avvocato Miscosillas, un uomo maturo e brizzolato, che lei conosceva avendolo visto girare per casa altre volte. Il signor Arderiu e il signor avvocato Miscosillas erano rimasti a parlare per un bel po', da soli. E durante la giornata avevano ricevuto un invito da parte del signor sindaco per un meeting preelettorale, anche se questa è un'informazione poco significativa, perché tutti coloro che figurano all'anagrafe di Barcellona hanno ricevuto lo stesso invito per lo stesso meeting. Me compreso."

"In effetti è un po' pochino," ammisi, "ma va bene lo stesso. L'importante è che ora abbiamo accesso alla casa tramite Raimundita."

"Scusi un momento: il libero accesso ce l'ho io" m'interruppe Magnolio. "La mia Raimundita non è mica un passepartout. Certo che così vestito non ha l'aria di essere un rivale temibile. Perché ha detto di essersi vestito così?"

"Non gliel'ho ancora detto," risposi, "e per adesso non glielo dirò. Ma il mio piano mi costringe ad assentarmi dal negozio per qualche ora e avevo pensato che lei potesse sostituirmi."

"Sostituirla io?" esclamò Magnolio. "Ma andiamo! Io non so niente di pettinature. E poi i clienti non mi conoscono e non vorranno affidarsi alle mie mani: ho una faccia da cannibale."

"Non sottovaluti il suo sexappeal. Ha visto come l'ha aiutata con Raimundita?"

Protestò un poco ma finì per cedere, come faceva sempre. Era una persona splendida. Pensai che al posto di Raimundita non avrei esitato a sposarlo, anche se lui non me lo avesse chiesto. Ma il tempo passava e c'era parecchio da fare, per cui rimandai queste considerazioni a un'occasione migliore e mi limitai a iniziare Magnolio ai segreti del taglio, dei bigodini e della messa in piega, rinviando a più tardi gli interventi più complessi.

"Attenzione alle orecchie," dissi a mo' di epilogo, "spuntano sempre dove uno non se lo aspetta. E non faccia il passo più lungo della gamba: se la mettono nei guai con la tinta, gli lavi i capelli e dica di tornare domani. Sulla parete è appeso il listino dei prezzi, ma sono soltanto indicativi. Cerchi di farsi pagare il doppio e non accetti meno della metà. Le mance sono sue."

"Oltre al sessanta per cento del ricavato."

"È impazzito? Il trenta, e tanto basta."

"Facciamo fifty-fifty e non se ne parla più."

"D'accordo."

*

Per precauzione decisi di restituire l'ombrello soltanto al mio ritorno (il cielo era sempre coperto) e così premunito, ma senza aver ancora fatto colazione, mi diressi verso plaza de Cataluña. Poi mi piazzai di fronte all'imboccatura del sottopassaggio della stazione ferroviaria di plaza de Cataluña, nel quale la sera prima, secondo il racconto di Magnolio, era entrata Ivet. Per evitare di essere visto da lei quando fosse arrivata, feci finta di guardare con attenzione (e insistenza) una vetrina de El Corte Inglés, la cui superficie lucidissima mi consentiva di controllare nel riflesso l'entrata della stazione (e in trasparenza la merce esposta), senza richiamare l'attenzione dei frettolosi passeggeri (del treno) che in essa frettolosamente entravano. La piazza era animatissima e anche dai grandi magazzini entrava e usciva una folla febbrile in vena di acquisti.

L'attesa divenne angosciante. A quanto pare il tè è diuretico e io, non sapendolo, ne avevo bevute tre tazze colme a casa di Purines. Questo problema già di per sé fastidioso veniva aggravato da un abbigliamento cui non ero abituato e dall'affluenza di turisti che, col pretesto di ritrarre questo o quell'edificio, volevano rallegrare con una fotografia dei miei frequenti sfoghi corporali l'insopportabile vacuità dei loro album. Mi dibattevo in questi problemi quando vidi Ivet che attraversava la Ronda de San Pedro puntando verso la stazione e verso di me. Con la punta dell'ombrello mi aprii un varco e la seguii giù per le scale a breve distanza per non perderla di vista, sperando che il travestimento le impedisse di riconoscermi qualora mi avesse visto: infatti sono del parere che le donne (anche se lo negano) notino negli uomini soprattutto l'abbigliamento e i capelli. Ivet, tra l'altro, andava di fretta e senza alcuna diffidenza. Ogni tanto lanciava un'occhiata all'orologio da polso e accelerava il passo. Passando davanti a un'edicola comprò una rivista. Io la seguivo nella stazione standole vicinissimo, senza badare ai mutamenti subiti da quel nobile ambiente, un tempo museo del sudiciume e ora sfolgorante centro dell'ozio, della cultura e delle comunicazioni, fornito di una multiforme e oleosa offerta gastronomica. Le camminavo talmente vicino che per un pelo non ci scontrammo quando lei si fermò a comprare nella biglietteria automatica un'andata e ritorno per Mataró. Le mie risorse bastavano soltanto per un biglietto di andata, munito del quale – e sempre tallonando Ivet – ebbi accesso alla banchina e poi al treno che stava lì fermo. Non appena fui salito le porte si chiusero e il treno partì. Se non mi fossi tenuto, sarei cascato per terra.

A quell'ora il treno non era pieno, anche se nel vagone su cui ero salito non c'era nessun posto libero e nessuno mi cedette il proprio, nonostante il bagno con i sali profumati, il vestito e il mio atteggiamento casto. Questo particolare insieme al fatto di non avere ricevuto in tutta la giornata un solo complimento mi fecero pensare che, se a un tratto, per un capriccio genetico, mi fossi trasformato in una donna, le cose per me non sarebbero andate meglio: la vita non offre mai una seconda possibilità, e se anche lo facesse noi siamo comunque gli stessi, per cui non ci servirebbe a niente.

E così, appoggiato contro la porta e crogiolandomi in questa filosofia, mi addormentai mentre il treno viaggiava nel sottosuolo della città. Mi svegliò la luce del giorno quando il treno uscì dalla galleria. Ivet era sempre seduta al suo posto, assorta nella lettura della rivista. Dietro ai vetri vidi scorrere il paesaggio, con la mia faccia mogia in trasparenza. Il treno viaggiava lungo una muraglia ininterrotta alta un paio di metri, totalmente ricoperta di graffiti colorati. Dietro il muro si vedevano magazzini di mattoni rossi, vuoti e scalcinati. Anche le pareti di tali magazzini erano ricoperte di graffiti. Non c'era un pezzetto di muro senza graffiti. Valutai con un senso di rispetto la diligente costanza di una generazione che si dedica a imbrattare tutto il percorso da Gibilterra fino alla frontiera. Sulla dolce catena di montagnole, i palazzoni destinati all'allevamento dei poveracci violentavano l'orizzonte. A ogni finestra c'era biancheria stesa. Poco dopo avvistammo il mare. Poiché il cielo era sempre opaco, in spiaggia non c'era nessuno. Distolsi lo sguardo perché il mare mi deprime. Anche la montagna mi deprime. Il paesaggio naturale in genere mi deprime. Tutto quello che si trova a dieci metri da casa mi angoscia. Per fortuna, dall'altra parte dei binari si snodava la strada e, un po' più in là, l'autostrada. Così riuscii a distrarmi. I magazzini vuoti cedettero il passo ad avvallamenti e a cumuli di rifiuti. Poi iniziarono ad apparire complessi residenziali e centri commerciali in mezzo a spazi verdi. A volte c'erano grandi condomini, tutti uguali, altre volte casette basse, anche loro uguali, disposte in modo lineare oppure a caso, come se l'organizzazione generale del territorio avesse obbedito a molteplici progetti, tutti diversi tra loro, tutti pessimi e tutti lasciati a metà. Negli appezzamenti di terreno non costruiti, dove c'erano stati orti terrazzati con fichi e mandorli e una strada che serpeggiava lungo i pendii fino a giungere a una torre di vedetta o a una cappella, adesso c'erano prati, palme, piccoli pozzi di alabastro e impianti d'irrigazione a pioggia, nel tentativo di trasformare quella che un tempo era un'onesta zona periferica in una California di seconda categoria.

Da tale osservazione apatica mi riscosse inaspettatamente Ivet, la quale si alzò in piedi, si diresse verso la porta del vagone e scese alla fermata prima di Mataró, chiamata Vilassar. Dovetti saltellare come una rana per evitare che la porta si richiudesse e il treno proseguisse il suo viaggio con me dentro, lasciando lei fuori e indietro.

Nella stazione – che si apriva sulla spiaggia calcandone l'arenile – spirava un vento che per poco non mi fece volare via la cuffietta di pizzo. Annodai strettamente i nastrini e seguii Ivet, che attraversava i binari servendosi di un sottopassaggio tappezzato di sabbia e rivestito di salnitro. Sbucammo sulla banchina opposta. Un altro sottopassaggio con caratteristiche analoghe ci permise di attraversare la strada senza dover bloccare il traffico e senza venirne travolti.

Ivet camminava lungo il marciapiede che costeggiava la strada fermandosi ogni tanto, come se sapesse dove andare ma non come farlo, e cercasse quindi un punto di riferimento per orientarsi. Dietro il primo angolo si apriva una piazzetta inospitale, esposta al vento umido del mare: su un lato della piazza si allineava una fila di taxi con le portiere spalancate e i taxisti fuori a chiacchierare tra loro. Ivet salì sul primo taxi, il quale partì immediatamente imboccando una via perpendicolare alla strada, che portava sulla collina. Non avendo i soldi per far seguire il taxi da un altro taxi (con me dentro), dovetti prendere nota mentalmente del numero di targa, licenza e caratteristiche della vettura utilizzata da Ivet e aspettare che ritornasse alla fermata con o senza di lei.

Mentre aspettavo feci un giro nella piazzetta e dintorni. C'erano alcune case nuove e alte vicino ad altre più antiche, a un solo piano. In queste ultime, dove a giudicare dai segni distintivi anticamente dovevano abitarci un fabbro ferraio, un calzolaio e un falegname, c'erano adesso un'agenzia immobiliare, un negozio di souvenir e un baretto che si chiamava L'Allegro Cazzillo. Poiché l'attività economica della popolazione si svolgeva esclusivamente nei mesi estivi, adesso, fuori stagione, quell'insieme sembrava il frutto di un colossale malinteso.

Nel baretto chiesi che cosa mi avrebbero dato per le duecento pesetas cui ammontavano i miei averi. Mi diedero un sacchetto di trucioli di polistirolo che sapevano di crocchette di pollo e che mi parvero squisiti. Sbucai di nuovo nella piazzetta. Il taxi di Ivet non era ancora tornato. Un nero che innaffiava diligentemente le piante mi lasciò placare la sete bevendo dal tubo di gomma. Poi mi sedetti all'ombra di un albero per proteggermi dal vento umido e a tratti sabbioso finché ritornò il taxi che aveva accompagnato Ivet. Allora mi avvicinai al taxista, gli chiesi da dove venisse e lui mi rispose dal residence. Non gli feci altre domande per non insospettirlo.

Mi misi a camminare lungo la via perpendicolare alla strada che aveva percorso il taxi all'andata e al ritorno, e chiesi al primo passante come si faceva ad arrivare al residence. Scoprii che era un forestiero disorientato come me. E gli altri due passanti che incontrai, idem come sopra. Alla fine una signora mi disse di percorrere quella via o strada secondaria, come stavo già facendo.

"Dietro alla prima curva troverà l'Istituto di formazione professionale; lei vada avanti. Poi troverà il complesso residenziale El Garrofer. Continui. Poi troverà il Centro di assistenza medica. Continui. Qualche chilometro più avanti troverà la Piscina comunale e il Centro sportivo. Vada avanti ancora un chilometro, sempre in salita, e vedrà il residence."

Animato da tale prospettiva, ringraziai la signora per la sua gentile precisione e affrontai la salita di buon passo.

*

A giudicare dall'appellativo con cui tutti lo definivano (il residence) e vista la sua posizione privilegiata in cima alla collina, in mezzo ai pini e con un bel panorama, mi ero fatto l'idea che stavo camminando verso un albergo di lusso. Ma quando mi fermai di fronte alla cancellata – sudato ed esausto dopo una scarpinata di tre quarti d'ora – mi accorsi che dietro quel pomposo titolo si celava uno squallido ricovero per anziani.

Prima che i miei occhi si abituassero alla penombra dell'atrio, avvertii l'odore – per me così familiare – di cavoli bolliti, disinfettante in abbondanza e feci. Poi riuscii a distinguere un bancone vuoto, una pedana con sopra un'immagine policroma di Songoku e un vaso da notte di ceramica dimenticato in un angolo. Per troppi anni avevo visto uno scenario simile e non ero pronto a farvi di nuovo ingresso di mia spontanea volontà, per cui girai sui tacchi e mi diressi verso il portone con l'idea di tagliare la corda. Venni dissuaso da una voce proveniente dalla zona più buia dell'atrio, che in tono gioviale e insieme intimidatorio mi domandò:

"Cerchi qualcuno, cara?".

Tentai d'improvvisare una risposta evasiva, ma riuscii soltanto a emettere una specie di gorgheggio. La persona che mi stava interrogando si palesò: era un'infermiera con camice bianco, fonendoscopio e manganello. Dall'età, dal modo di comportarsi e dai bicipiti conclusi che doveva essere l'infermiera caposala. All'abbondante sudore della passeggiata se ne unì un altro, freddo e altrettanto puzzolente.

"Non ti spaventare, cara" aggiunse notando la mia confusione. "È normale sentire un po' di paura quando si varca questa soglia per la prima e forse ultima volta, vero? Ma non hai motivo di allarmarti. Si raccontano in giro tante storie su questo residence... ah, cara, e sono tutte false, credimi, tutte false... Uh, e che bel vestitino ti hanno messo addosso i tuoi famigliari per abbandonarti qui. Sai mica se sono già passati dalla cassa?"

Cercò di farmi sorridere dandomi qualche colpetto sul mento e mi parve che i suoi canini fossero smisuratamente lunghi, ma forse era soltanto un'illusione ottica dovuta alla luce incerta e alla digestione delle pseudopatatine. Per non sbagliare, feci un passo indietro. L'infermiera continuava a sorridere.

"Non mi sembra che tu abbia l'età adatta per..." disse. "Certo che si può sempre fare un'eccezione."

"Non sono qui per me" riuscii a dire.

"Oh, scusami cara" rise l'infermiera. "Un errore umano è comprensibile: i vestiti, il comportamento bizzarro, i tratti fisionomici, tutto faceva pensare a una demenza senile precoce...

Comunque, lasciamo perdere e andiamo al sodo. Un famigliare prossimo? Una persona amata cui desideri regalare lunghi anni di benessere in allegra compagnia? Sì, cara, sì. Il massimo è ancora poco quando una donna ama per davvero ed è stufa che se la facciano sempre addosso, vero? Pollo vecchio fa cattivo brodo. Tuo marito, forse? Me lo immagino. Non c'è bisogno che tu dica niente. Poverina, chissà quanto hai sofferto in questi ultimi anni. O magari anche da prima, dalla prima notte di nozze. Gli uomini sono delle bestie, cara. Bestie e per di più irrazionali. Se non fosse per il pisello, a che cosa servirebbero? Il mio maestro me lo diceva sempre. Non ti sposare, Maricruz, mi diceva; e se ti sposi, non farlo mai con un uomo. Il mio maestro era un vero signore e un grande medico; con un gran pisello. Il dottor Sugrañes, psichiatra eminente, specialista nella riabilitazione di psicopatici con tendenze criminali, oggi felicemente pensionato, presidente a vita della Fundación Sugrañes della quale ho avuto l'onore di essere eccellente allieva. Magari hai sentito parlare di lui."

Feci una rispettosa genuflessione e poi, falsando la voce per conferirle un timbro femminile e un leggero accento campagnolo, dissi:

"Che la scusi l'ignoranza di 'sta povera paesana, ma la serva vostra non viene qui per fare uno ricovero, ma per visitarci un parente. Quel poveretto ha perso la tramontana, ma per conoscere, conosce. Se me la permette ci vado da lui... Ci porto dei Kinder Sorpresa che mi ho messo nelle mutande, ma mi pare che con 'sto caldo che fa si sono sciolti".

La caposala arricciò il naso e distolse lo sguardo con palese ribrezzo.

"Bah, per così poco non c'era bisogno di farmi perdere tempo" disse indicandomi la porta in fondo all'atrio. "Vacci pure da sola. A quest'ora li troverai tutti insieme in giardino."

Una scala con la relativa rampa conduceva a un giardino privo di alberi e di erba, con un pergolato di canniccio, dove una ventina di relitti umani di entrambi i sessi, alcuni in piedi e altri seduti, tutti emaciati, storpi e inebetiti, sbavavano e giocherellavano tra loro. In un angolo, appartata, vidi Ivet in compagnia di un invalido. Per poterla osservare a mio agio e senza destare sospetti, scelsi un pover'uomo che dormiva su una sedia a sdraio appoggiata contro il muro, con un pigiama a righe e un cappellino di carta calcato fino agli occhi. La sozzura del pigiama e la concrezione calcarea dei suoi mocci facevano pensare che nessuno sprecasse con lui tempo, denaro e affetto. Trascinai accanto a lui una sedia in ferro battuto arrugginita (e pisciata), mi sedetti e presi a interpretare, facendo del mio meglio, la scenetta dell'abnegazione filiale. Va detto che tali precauzioni non erano affatto necessarie, perché lì nessuno badava a niente né a nessuno, non c'erano infermiere che sorvegliassero i pazienti e Ivet aveva occhi soltanto per la creatura emaciata cui faceva compagnia. Un'analisi di quest'ultima mi rivelò che in effetti non si trattava di un anziano, ma di una persona di mezza età gravemente malata. In tempi non troppo lontani doveva essere stato un uomo bello e ben piantato, due qualità che ora aveva barattato con un volto smunto, due occhi febbricitanti e la pelle giallognola, e un corpo spezzato prigioniero di una sedia a rotelle. La sua espressione pareva lucida, a volte irata, a volte ansiosa. Ascoltava in silenzio quello che gli diceva Ivet, poi pronunciava brevi frasi. Dopo un po' lasciò ricadere la testa ciondoloni contro il petto e proruppe in singhiozzi, o forse erano sospiri. Ivet lo sgridò. Sembrava dirgli: non lasciarti prendere dallo sconforto. O forse: non lasciarti ancora prendere dallo sconforto. Ma anche nei suoi occhi s'intuiva il luccichio delle lacrime. Infine i due avvicinarono le loro teste e rimasero a parlottare per alcuni minuti, al termine dei quali Ivet salutò l'invalido e si diresse di buon passo verso l'uscita. L'invalido la seguì con lo sguardo e quando lei si voltò indietro, in cima alle scale, per rivolgergli l'ultimo saluto con la mano alzò la voce per dire:

"Ricordati la promessa che mi hai fatto. Mai, in nessun caso, capito? In nessun caso".

Lei annuì con la testa e lo salutò un'altra volta, ma lui finse di essere distratto, come se non avesse il coraggio di affrontare dignitosamente la separazione. Nell'insieme era stata una scenetta molto commovente ma improduttiva, almeno in apparenza, agli effetti delle mie indagini.

Ricacciai indietro le lacrime e mi alzai in piedi con l'intenzione di seguire Ivet. Ma, mentre mi accingevo a uscire dietro di lei, si svegliò il vecchietto scheletrico in pigiama di cui mi ero servito per spiare l'incontro tra Ivet e l'invalido; questi, aggrappandosi a un lembo della mia gonna, tirò con energia inaspettata e grugnì:

"Si può sapere che cazzo fai vicino a me? Troia. E brutta".

Avrei riconosciuto quella voce dovunque, ma non potevo credere alle mie orecchie. Studiai i suoi lineamenti, lui si soffermò sui miei ed entrambi spalancammo la bocca. Il vecchietto in pigiama fu il primo a riacquistare l'uso della parola e a servirsene per esclamare:

"Porca puttana! Stavolta sì che ho le allucinazioni".

Al che io, dopo aver superato l'iniziale stupore, risposi in tono calmo:

"Sono così felice di rivederla, commissario Flores. Soprattutto in circostanze tanto piacevoli per lei".

*

I miei rapporti con il commissario Flores risalivano a tempi talmente remoti che si poteva dire, senza timore di esagerare, che facessero parte della storia di Spagna, se nella storia di Spagna ci fosse posto per simili piccolezze e miserie, il che è ancora tutto da dimostrare. Nei meandri più oscuri della mia memoria si perdono le cause e le circostanze del nostro primo incontro, ma non i loro effetti. A quel tempo io ero soltanto un apprendista borseggiatore e lui stava iniziando quella che si sarebbe rivelata una brillante carriera al servizio della legge e dell'ordine pubblico. Il destino ci unì, senza nessun desiderio da parte mia, facendo di noi una coppia inseparabile. In mancanza di un maestro migliore, lui mi ha insegnato tutto quello che so: l'efficacia del lavoro (non ripaga), l'importanza di essere onesto (se sei cretino), l'importanza della verità (non dirla mai), quanto sia riprovevole il tradimento (e quanto renda) e il vero valore delle cose (altrui), così come, di conseguenza, quanto sia indicata la tintura di iodio per ferite, graffi, ematomi, unghiate ed escoriazioni. Grazie a lui ho imparato a essere rigoroso nel pianificare le mie azioni, cauto nella loro realizzazione, meticoloso nel successivo occultamento di ogni traccia. Invano: a poco mi servirono tali stratagemmi, non potevano reggere il confronto con la sua sagacia, le sue conoscenze pratiche, la scienza e il vantaggio che deriva dal disporre di molti mezzi e dall'essere privi di ogni regola e di ogni scrupolo. Mi fregò sempre e non si lasciò mai fregare; arrivò perfino, in alcune occasioni e con false promesse, ad avvalersi dei miei sforzi e della mia persona a proprio vantaggio per poi piantarmi in asso. Sovente mi domandavo se tanto accanimento e tanta ferocia non nascondessero in fondo alla sua anima un'ombra di affetto male espresso ma, dopo avere valutato attentamente ogni indizio alla luce delle teorie più accreditate sulle azioni fallite e altre figuracce, finii col dedurre che non era affatto così. Ancora adesso, pur trovandomi in una situazione completamente diversa, quando torno all'ovile non posso camminare per una strada buia e silenziosa senza il timore di sentire i suoi passi dietro alle mie spalle.

"Perché sei venuto qui? Chi ti manda? Non cercare di fregarmi che ti spacco la faccia, eh?" disse.

Feci la mossa di schivare il colpo e di svignarmela. Nei suoi anni giovanili, convinto dell'importanza di coltivare il corpo e lo spirito, il commissario Flores si dilettava a praticare un tipo di pugilato che si basava sulla passività dell'avversario, nel quale io e lui ci siamo misurati parecchie volte. Eppure ancora adesso, vedendolo lì, avanti negli anni, sprovvisto di ogni potere, debole, smorto e legato alla sdraio con una cinghia di cuoio, i ricordi del passato m'ispiravano terrore.

"Una sola visita," continuò a dire, "una sola visita in tanti anni... e dovevi essere tu."

"Non si faccia illusioni," risposi, "non sono venuto a trovarla. Non sapevo che fosse qui a finire i suoi giorni. Se lo avessi saputo, non sarei venuto."

Il commissario Flores strinse le spalle scheletrite e si sputò sul ginocchio.

"Nemmeno io volevo venirci, ragazzo" disse. "Mi hanno fregato. Sta' a sentire com'è andata. Un giorno me ne stavo nel mio ufficio ed entrarono nella stanza quattro tizi di Madrid. Compagni, dicevano di essere. Camerati. Parlavano come se sapessero tutto loro. Standoli a sentire io pensavo: cazzo, 'sti qui ogni giorno lo mettono in culo al ministro e poi il ministro glielo mette in culo a loro. Lo sai come funzionano queste cose a Madrid. Noi non ci conoscevamo per niente, ma loro non appena mi hanno visto mi hanno dato del tu. Ma tu pensa dove siamo finiti, dissi tra me. L'avevo detto io, prima a Carrero Blanco, poi ad Arias Navarro, e per ultimo al re. Niente da fare. Mi hanno fatto vedere la Gazzetta Ufficiale, mi hanno elencato non so quali regolamenti scritti da froci per i froci. Mi hanno detto: ti abbiamo trovato un posto ideale dove andare in pensione, amico. Ci starai divinamente. Che culo! Mi hanno detto: fatto su misura per te, cazzo. Il posto, la gente, tutto. Aria pura, uccellini e tu tranquillo, amico, rilassato. Collegato al mondo intero via satellite – e la prostata, vaffanculo. Il servizio, una figata, un medico sempre di guardia con due palle così, e le infermiere, cazzo, ragazzine in tanga. 'Fanculo. Dammi quel sasso."

"Perché lo vuole?"

"Su, fa' il bravo e dammelo qui."

"Se non mi dice perché lo vuole, non glielo do."

"Per tirarlo in testa a quel moribondo. Dai, così ci facciamo quattro risate. Senti, non avresti mica un sigaro nascosto da qualche parte, per caso?"

"Continui a raccontare quello che le hanno detto."

Con un'unghia lunga, nera e spaccata si grattò le guance scarne, infossate, che insieme alla barba rada e incolta gli conferivano un aspetto trucido, e intanto proseguiva:

"Mi hanno detto: amico Flores, è giunto il momento di lasciare il servizio attivo. Ma questo non significa mettersi a vegetare, cazzo. Non hai famiglia, non hai nessuno che si prenda cura di te. Va' in questo albergo che ti abbiamo trovato e mettiti a scrivere le tue memorie, cazzo. Con tutto quello che hai visto e sentito, ti verrà fuori un best seller della madonna. E io: cazzo, non so se sarò capace; e loro: ma va' là, trenta pagine, come viene viene; poi qualche morto di fame ti mette le virgole al posto giusto e ti facciamo vincere il Premio Planeta. Cinquanta milioni di pesetas con annessi e connessi. Dai, dammi quel sasso. Ce l'hai mica un sigaro? Insomma, mi hanno messo davanti delle carte da firmare e io le ho firmate. Non appena l'ho fatto, fra tutti e quattro mi hanno tirato su di peso e mi hanno portato qui. Ed è finita, cazzo. Non mi fanno uscire. Non vogliono darmi carta e penna. Hanno paura che il panico da foglio bianco mi ammolli lo sfintere, dicono. E poi mi hanno derubato della mia identità: mi hanno tolto la pistola, i documenti e i vestiti. E quelle arpie, sapendo che non posso difendermi, si rivolgono a me in catalano. Perfino per andare al gabinetto devo chiedere il permesso. *Que puc anar a l'excusat?* E invece nossignore! L'Alcázar non si arrende. Mi faccio tutto addosso: pipì e cacca. E il primo di aprile, una sega. Non so da quanti anni vado avanti così. Ma tu non mi hai ancora detto perché sei venuto qui".

"Sto seguendo un caso, commissario, e mi farebbe comodo il suo aiuto."

Sospirò, chinò la testa, socchiuse le palpebre arrossate, e il naso – lungo, affilato e storto – gli spenzolava come la proboscide di una zanzara.

"Povero me," gemeva, "ormai non posso più aiutare nessuno."

"Me sì" risposi. "Lo vede quell'uomo?"

Indicai l'invalido che Ivet era appena venuta a trovare. Il commissario Flores fece segno di sì con la testa.

"M'interessa sapere chi è, da quanto tempo è ricoverato qui, che cosa faceva prima e quali sono i suoi rapporti con la ragazza che stava con lui qualche minuto fa. Non può non averla notata. È una di quelle che le piacevano quando le funzionava ancora."

"Cavolo, certo che l'ho vista. Basta che si scopra un pochino le cosce e mi viene duro. Sono tosto io con le ragazze. Ma di tutto il resto non so niente. Non frequento quella gentaglia, e quella gentaglia non frequenta me. Certo, potrei fare delle indagini. Nessuno è più in gamba di me: ero il migliore. E lo sono ancora, palle a parte."

"E allora me lo dimostri, commissario," gli suggerii, "ma con grande tatto. Nessuno deve sapere che qualcuno s'interessa a quel tizio. È di fondamentale importanza, mi capisce?"

Fissò su di me uno sguardo acquoso, in cui alla malignità si univa lo sfolgorio evanescente dell'idiozia.

"Certo" balbettò. "Ma io, in cambio, che cosa ci guadagno?"

"Conosco parecchia gente là fuori. Gente importante. Io e il sindaco di Barcellona, per esempio, siamo amiconi" dissi. "Potrei parlare con le persone giuste perché il suo caso venga ripreso in considerazione."

"Non ti credo" rispose.

"Faccia come preferisce" dissi. "Le lascerò un numero di telefono. È un bar. Chieda del parrucchiere e verranno ad avvertirmi. Lo faccia se scopre qualcosa e vuole raccontarmelo. E se non scopre niente o non si fida di me, allora non mi telefoni e amici come prima. Se succede qualcosa, le telefono io."

Uno dei suoi occhi si ridusse a una fessura.

"Sei sicuro di potermi tirare fuori di qui?" chiese mentre gli scrivevo il numero di telefono sopra un lembo del pigiama. "Bah, non ci credo. Tu non puoi fare niente e, se potessi, non lo faresti. A me non mi freghi."

"Lei non la può fregare nessuno, commissario Flores" risposi alzandomi in piedi e voltando le spalle a lui e alla sua bocca sdentata.

All'uscita cercai la caposala per annunciarle che forse sarei tornato o forse no.

"Ho trovato quel mio parente un po' troppo viziato e troppo grasso." E aggiunsi: "Lo metta a dieta, e se protesta sia dura con lui".

*

Quando uscii dal residence il cielo si era rasserenato e il sole di mezzogiorno proiettava l'ombra di ogni passante sotto le sue scarpe. Ripercorsi la stessa strada, ora tutta in discesa, fino alla stazione. Alcuni pescatori si erano piazzati sulla spiaggia con le loro canne da pesca. Si riparavano dal vento con le mantelle di plastica e avevano tre o quattro canne a testa, piantate nella sabbia, per fare abboccare diversi pesci contemporaneamente. Mentre aspettavo il treno non ne abboccò nessuno.

Salii senza biglietto sull'ultimo vagone e mi piazzai vicino alla porta, per poter scendere se fosse arrivato il controllore. Nel vagone davanti al mio c'era uno zingaro con i capelli ricci e due bei basettoni che suonava la fisarmonica per impedire ai passeggeri di leggere in pace. Alla prima fermata, lo zingaro scese dal vagone su cui viaggiava, s'infilò nel mio e si mise a suonare con brio la fisarmonica. Doveva essere straniero, perché invece di un pasodoble suonava una canzone strana e malinconica. O magari suonava un pasodoble e gli veniva malissimo. Mi offrii di passare col piattino se lui mi pagava il biglietto quando fosse arrivato il controllore. Accettò lo scambio e, dato che il controllore non passò durante tutto il tragitto e la gente è munifica, ci guadagnò alla grande. Mentre scendevamo in plaza de Cataluña mi propose di associarci in modo permanente.

"Io suono e tu passi col piattino e predici il futuro. Quello che guadagni con la chiromanzia è per te. Il piattino è per me" disse lo zingaro. Parlava trascinando le esse o le erre, a seconda di come gli girava.

"E io che cosa ci guadagno?" gli domandai.

"La protezione di un uomo" rispose.

Gli dissi che avevo altri progetti. E marmocchi. Ci salutammo e io corsi a prendere l'autobus perché ormai era tardissimo.

In negozio trovai Magnolio rilassato: aveva la situazione sotto controllo. Con le prime clienti, mi disse, era stato un pochino nervoso e aveva combinato quelli che lui stesso definì dei "pasticci". In seguito, tuttavia, ci aveva preso la mano e con la cliente numero dodici si sentiva già un professionista esperto.

"La cliente numero dodici?" dissi io. "Ma quante ne sono venute?"

"Ventidue."

"Non dica sciocchezze" lo sgridai. "Qui dentro, neanche in tutto l'anno vengono ventidue persone."

"E invece sono state ventidue. Guardi la cassa e si convincerà."

Aprii il registratore di cassa e ne volarono fuori diverse banconote. Le contammo e facemmo la ripartizione convenuta. Poi dissi a Magnolio che non avevo più bisogno di lui e che poteva andare. Magnolio era riluttante.

"Vede," disse alla fine dopo essersi schiarito la voce, "mentre lei non arrivava io stavo pensando... 'Sto lavoro da parrucchiere mi riesce bene... invece parcheggiare e i semafori..."

"Va bene" lo interruppi. "Ho la sua scheda. Se ho bisogno di lei la contatterò."

"No, guardi," insisté Magnolio, "mi è venuto in mente che... Io ho la mano per la messa in piega e so parlare con le signore. Naturalmente adegueremmo la percentuale al rendimento di ciascuno di noi. Ma se lei approfittasse dei vantaggi del prepensionamento..."

"Questo è il colmo!" esclamai. "Io le permetto di stare qui per due ore come apprendista e pretende già di diventare il titolare del negozio. Come osa? Lei è un poveraccio, un signor nessuno."

"Mio padre aveva uno zebù."

"Parlo del mestiere."

"Su, non si arrabbi, ora me ne vado. Ma se cambia idea, mi telefoni. Con me il negozio farebbe un salto di qualità, e Raimundita mi potrebbe aiutare."

"Ecco, si porta pure la fidanzata. Sciò, fuori di qui. E se vedo ancora in giro per il quartiere, la denuncio per non avere il permesso di soggiorno."

*

Naturalmente le inammissibili pretese di Magnolio mi mandarono il sangue alla testa ma non riuscirono a farmi perdere l'appetito, per cui feci un buono in cassa da mille pesetas, presi soldi in contanti per tale importo e mi piazzai nel bar all'angolo con l'intenzione di mangiarmi un panino con calamari e cipolla. Avevo appena dato il primo morso quando fui costretto a tornare di corsa in negozio, perché attraverso la vetrata avevo visto diverse clienti che si affollavano davanti alla porta discutendo su quale sarebbe stato il loro turno. Le quali, vedendomi arrivare dispensando sorrisi e smancerie, mi chiesero se potevano essere servite da Magnolio: quando risposi di no perché Magnolio era stato soltanto un sostituto temporaneo che non avrebbero mai più rivisto, ma lì c'ero io pronto a servirle, se ne andarono via tutte. Il che mi permise di mangiarmi il panino in santa pace, anche se in preda a grandi perplessità.

Alle sei e mezzo arrivò Cándida. Spinta dalla sua naturale bontà (e incoscienza), aveva girato tutti gli ospedali di Barcellona chiedendo di Santi, il perfido cameriere. Alla fine l'aveva scovato a Can Ruti e un interno l'aveva tranquillizzata riguardo le sue condizioni: non era grave e nel giro di due o tre giorni avrebbe potuto lasciare l'ospedale e riprendere le sue attività criminali, le aveva detto l'interno. Una ferita da arma da fuoco, le aveva spiegato, era una sciocchezza in confronto alla salmonella che dava loro tanto da fare. Se invece di ingerire una maionese sospetta la gente si sparasse un colpo, sarebbe molto meglio! aveva finito per dire il bravo medico. Rimproverai Cándida per la sua imprudenza, ma non potei fare a meno di ringraziarla per l'interesse che dimostrava verso i miei problemi. Rispose che dei miei problemi non poteva fregarle di meno, ma la sorte di quel ragazzo elegante e sventurato aveva risvegliato il suo istinto materno.

Restammo a chiacchierare fino all'ora di chiusura (senza che nessuna cliente venisse a interromperci), poi lei se ne andò a casa sua e io in pizzeria, dove venni accolto con un prevedibile misto di stima e malumore. Mi scusai dicendo loro che avevo avuto impegni e contrattempi e promisi di non modificare mai più le mie abitudini né gli orari né la dieta.

"Staremo a vedere" disse la signora Margherita. "Da quando esci con quella ragazza da copertina, sei irriconoscibile."

"Se è per l'abito che indosso, è un travestimento" le risposi.

6.

Trovai di nuovo l'appartamento saccheggiato. Purines, alla quale chiesi che cos'era successo, disse di aver sentito dei rumori verso metà mattina, ma per prudenza non aveva fatto indagini. Le restituii il vestito e lei mi restituì il mio, asciutto e stirato (era di poliestere), e ciascuno rientrò a casa propria. Dall'inventario della mia (casa) lamentai soltanto la mancanza della Beretta 89 Gold Standard calibro 22 di Santi. Mi spiacque non averla nascosta bene, non tanto perché desiderassi possedere una pistola (mi fanno paura), quanto per le impronte digitali o altri indizi che avrebbero potuto emergere da una perizia. Invece non avevano trovato l'anello con brillanti di Reinona, che avevo conficcato dentro il ciclopico impasto del pan di Spagna di Viriato. Lo tirai fuori di lì, me lo infilai in tasca e uscii di casa.

C'era ancora la luce accesa nella bottega dell'orologiaio, il signor Pancracio. Diedi qualche colpetto con le nocche contro la vetrina, e il signor Pancracio accorse, mi riconobbe, fece scorrere il chiavistello e m'invitò a entrare.

Il signor Pancracio era un vecchietto minuto e umile. Aveva un negozio piccino, pulitissimo e ordinato, pieno di orologi a cucù che ogni ora e ogni mezz'ora lo costringevano a scappare fuori, sul marciapiede. Il signor Pancracio aveva dedicato tutta la sua vita agli orologi ma negli ultimi decenni, dalla comparsa degli orologi al quarzo, la sua attività si era parecchio ridotta. Non c'erano più pezzi da sostituire né meccanismi da regolare e oliare affinché funzionassero con estrema precisione. Adesso il suo lavoro si limitava a sostituire le pile e i cinturini e ad aiutare i rimbambiti a cambiare l'ora due volte all'anno. Comunque, essendo vedovo, con i figli emigrati in America e avendo abitudini alquanto frugali, quel poco che guadagnava col negozio gli bastava per vivere decorosamente. E per poter scommettere ai combattimenti dei cani intascava qualche soldo extra facendo il ricettatore.

"Una signora che desidera restare nell'anonimato mi ha pregato di mettere in vendita questo anello con brillanti d'incomparabile grossezza, perfezione e voltaggio."

Il signor Pancracio si sistemò il monocolo con la lente d'ingrandimento ed esaminò brevemente l'anello di Reinona.

"Fondi di bottiglia" sentenziò buttando il gioiello sul bancone e fissando su di me il suo occhio, che attraverso la lente sembrava piccolissimo e lontano, come se la persona che in quel momento mi stava davanti avesse lasciato l'occhio a casa.

"Impossibile," risposi, "la signora in questione appartiene a una delle famiglie più illustri e antiche della nostra città. E da quel che mi risulta, ha urgente bisogno di soldi."

"Non è neanche di vetro, figliolo" insisté dolcemente il signor Pancracio. "Bottiglie di plastica. Qui lo dice chiaramente: acqua minerale naturale, contenitore riciclabile. Se fosse per me, aiuterei volentieri la tua amica, ma i polacchi con cui sono in affari non hanno il senso dell'umorismo. Lo porti via tu o lo butto io in pattumiera?"

Ritornai nel mio appartamento con quella cianfrusaglia, bevvi un bicchiere di acqua del rubinetto, mi buttai sulla brandina tutto vestito e trascorsi qualche ora a guardare le crepe sul soffitto, cercando di mettere un po' d'ordine negli eventi della giornata. Da tale estasi mi riscosse lo squillo del citofono. Risposi seccato e stupito: quella sera non aspettavo visite. Una voce canterina disse che era Raimundita, la domestica dei signori Arderiu e l'oggetto delle attenzioni dell'ambizioso Magnolio. La feci entrare, e un minuto dopo la fanciulla in questione veniva sottoposta dal sottoscritto a una severa ispezione oculare che mi fece una buona impressione. Era graziosa nei lineamenti, nell'atteggiamento e nelle movenze, senza per questo perdere la compostezza tipica della sua condizione di cameriera (in una casa perbene), e sembrava di carattere allegro. Quando apriva la bocca mostrava una fila di denti bianchi, e quando la chiudeva corrugava le labbra in una smorfietta simpatica. Davanti a me, ignara del mio esame, alternava le due posizioni della bocca (aperta e chiusa) come fa di solito la gente quando parla. Nel suo caso per dire che si scusava di avermi disturbato a un'ora così tarda, ma che si trattava di una questione importante.

"Ho già detto a Magnolio che in negozio basto e avanzo io" dissi in tono tassativo.

"Ah, no signore, non è per quello" si affrettò a dire Raimundita. "Vengo da parte della mia padrona, la signora Reinona, a chiedere che le restituisca l'anello con brillanti che la signora Reinona le ha lasciato in custodia. La signora Reinona le aveva detto che avrebbe mandato qualcuno a prenderlo quando ne avesse avuto bisogno. Adesso la signora Reinona ne ha bisogno e quel qualcuno sono io."

"Ah, l'anello" mormorai come se faticassi a ricordare l'esistenza del gioiello che avevo appena fatto valutare e che tenevo ancora in tasca. "E non le ha detto perché lo vuole proprio adesso?"

"La signora Reinona mi ha detto di chiederle l'anello, non di darle spiegazioni" rispose Raimundita.

"Certamente non sono affari miei" ammisi. "Lo dicevo soltanto perché, da quel che so, qualche anno fa c'è stato un problema a casa dei signori Arderiu, un problema collegato al furto di un gioiello. In quell'occasione i sospetti erano ricaduti sulla cuoca, anche se alla fine si era chiarito tutto."

"Sì," riconobbe Raimundita, "conosco quella storia ma solo per sentito dire. Quando è successo quello che è successo, non ero ancora al servizio dei signori Arderiu."

"Be'," dissi, "non sono cose che ci riguardino."

Le diedi l'anello e le chiesi come pensava di ritornare a casa dei signori Arderiu, visto che si portava dietro un oggetto così prezioso. La sua carnagione si colorì leggermente e confessò che Magnolio la stava aspettando giù in strada per accompagnarla in macchina.

"Non ha voluto salire perché dice che ce l'ha con lui" disse Raimundita. "Lui, invece, prova un grande affetto e una grande ammirazione per lei. E anche un po' di compassione, perché la vede così solo e sbandato. Ma non gli dica che gliel'ho detto."

"Non ti preoccupare" le dissi; e subito dopo, avendo la mia intransigenza ricevuto un duro colpo per quella rivelazione, aggiunsi: "Di' a Magnolio che, se è d'accordo, lo aspetto in negozio domani mattina. Puntualissimo, perché le clienti lo reclamano. Della ripartizione dei guadagni parleremo in seguito".

Quando se ne fu andata, ritornai alla precedente posizione e attività (guardare il soffitto), senza spogliarmi. E feci bene, perché poco dopo squillò di nuovo il campanello del citofono. Erano, dissero, i due agenti di polizia (uno nazionale a livello di stato e l'altro della comunità autonoma) che erano già venuti a trovarmi due sere prima con l'intenzione di arrestarmi per il furto dell'anello di Reinona, in possesso del quale mi avevano trovato. Salirono e mi mostrarono un mandato d'arresto col suo bravo timbro.

"Perquisiremo la sua tana finché non avremo trovato l'anello" disse il *mosso* che quell'altro, nel precedente intervento, aveva chiamato Baldiri. "Se ci dice dove l'ha nascosto, ci risparmierà la fatica di cercarlo e lo scriveremo sul rapporto."

"Come una roba che va bene per lei" puntualizzò l'altro.

"Risparmiatevi pure la perquisizione e la solita solfa" dissi. "L'anello non è più in mio possesso."

"Allora l'arresteremo lo stesso per occultamento di prove" disse Baldiri.

"In virtù della legislazione vigente" puntualizzò l'altro.

Mi misero di nuovo le manette e mi portarono al commissariato. Lì Baldiri si astenne dall'intervenire e l'altro entrò con me per affidarmi a un poliziotto in borghese. Questi lesse due o tre volte il mandato d'arresto e domandò se ero stato informato dei miei diritti come cittadino e come imputato. L'agente disse di avermi messo al corrente della parte relativa al codice penale e ai procedimenti giudiziari e alla giurisprudenza di base, e se ne andò a continuare la sua ronda notturna. Il poliziotto in borghese mi schedò, mi prese le impronte digitali e con una Polaroid mi fotografò di fronte e di profilo.

"Prima di entrare in cella," mi disse, "può fare una telefonata. Se è extraurbana o a un telefono erotico, con addebito alla sua VISA."

Lo ringraziai ma declinai l'offerta: non volevo coinvolgere chi non aveva nessun rapporto con quella storia e, soprattutto, non volevo coinvolgere chi aveva rapporti diretti con l'avventura dell'anello. Sarei sempre stato in tempo ad attribuire le varie responsabilità. Invece l'intervento della polizia, per quanto timido e tardivo, apriva nuove prospettive nel caso e io desideravo ardentemente conoscerle.

*

La cella del commissariato, un luogo che tempo addietro avevo visitato con una certa frequenza, rifletteva ora l'evoluzione del paese: ampia, pulita, bene aerata, bene illuminata e provvista di un pagliericcio ergonomico. Dormii un poco. Un guardiano venne a svegliarmi delicatamente, gli chiesi che ora fosse: erano le tre e cinque.

"È venuto il tuo avvocato, ha depositato la cauzione e sta tirando scemo il commissario" m'informò.

Non dissi niente. Nell'atrio del commissariato c'era il signore maturo e brizzolato che avevo avuto il piacere di conoscere a casa degli Arderiu. Nonostante l'ora era vestito e calzato in modo impeccabile. Con la mano sinistra reggeva una cartella di coccodrillo, da manager. Nel suo sguardo non vidi affetto.

"Muoversi" disse.

"Da quando lei è il mio avvocato, signor Miscosillas?" gli chiesi.

"Da quando qualcuno mi paga per esserlo," rispose, "e finché durerà la provvista di fondi."

Non mi aspettavo che fosse più esplicito né più gentile. In realtà volevo soltanto sapere se il suo nome era davvero Miscosillas.

Dopo esserci congedati dal commissario e da tutto il personale del commissariato, io e il signor avvocato Miscosillas uscimmo in strada. Il signor avvocato Miscosillas m'indicò un'automobile scura (BMW Z3) parcheggiata a qualche metro di distanza dal commissariato di polizia.

"La sta aspettando" disse.

"Lei non viene?"

"Sono in moto."

Si allontanò senza dire altro (neanche buonanotte) e io m'incamminai verso l'automobile scura seguendo le sue istruzioni. Quando arrivai all'altezza dell'auto mi accorsi che non era scura, bensì chiara: sembrava scura perché era ancora notte. Sul sedile del conducente c'era una donna il cui volto mi ricordava qualcuno. Dentro la vettura non c'era nessun altro, e neanche fuori. La donna accese il motore, si rivolse a me con un gesto imperativo ed esclamò:

"Sono Ivet Pardalot. Piantala di guardarmi come un cretino".

"Ah, sì, naturalmente. L'avevo riconosciuta subito."

"Ma va' là. Sali."

Salii. Indossava un paio di bermuda e una semplice maglietta con le maniche corte.

"Perché ti hanno arrestato?" chiese.

"Se ha saputo che mi avevano arrestato, conoscerà anche il motivo" risposi.

"Non scherzare con me" disse lei. "Un informatore ha contattato Miscosillas e gli ha detto del tuo arresto, e Miscosillas ha contattato me. Visti i tuoi legami con questo caso, tutto quello che ti succede mi riguarda. Ma se non vuoi dirmi la causa del tuo arresto, non dirmela. Non m'interessa."

"Allora, perché?..."

"Perché ho fatto in modo che ti rimettessero in libertà?"

"Sì."

"Non pretenderai mica che risponda alle tue domande se tu non rispondi alle mie! Limitati a dirmi grazie e allacciati la cintura di sicurezza: guido come una pazza."

Era vero. Attraversammo la città alla velocità della luce, senza rispettare nessun semaforo e nessun cartello stradale. Per fortuna l'automobile era di buona fattura e lei era un asso del volante, come si diceva ai tempi della mia gioventù. Fermò l'automobile in calle Ganduxer, una strada residenziale, ampia e alberata. La porta del garage si aprì da sola quando Ivet azionò il dispositivo predisposto a tal fine, entrammo, spense il motore, scendemmo dalla macchina. All'interno di un ascensore di ottone dorato, moquette nera, soffitto a specchio e musica d'ambiente, salimmo fino a un ingresso austero, con trofei di armi appesi al muro e corna di cervo. Le chiesi dove ci trovassimo.

"A casa mia" disse. "Hai paura?"

"Io ho sempre paura" le risposi.

"La servitù non c'è" disse. "Stamattina ho licenziato tutti o forse gli ho dato le ferie, non ricordo. Domani li assumerò di nuovo. Stanotte volevo restare da sola."

"Allora me ne vado" dissi.

"Da sola con te" disse lei. "Seguimi."

S'incamminò senza voltarsi indietro, mentre io mi fermavo dubbioso nell'ingresso.

"Posso sapere dove mi sta portando?" chiesi.

"A letto" rispose senza degnarsi di voltare la testa per guardarmi. "Per questo ho pagato la cauzione e ti ho tirato fuori di galera."

Aveva ragione. La seguii lungo un corridoio ampio e lussuoso. A mano a mano che procedevamo, lei accendeva le luci. Davanti a una porta chiusa a due battenti si fermò un attimo, tirò un respiro profondo e l'aprì. Stavolta non accese nessun lampadario. La luce del corridoio consentiva di vedere un letto all'antica, grande e sovraccarico di ornamenti, con colonnine e artigli d'aquila al posto dei piedi. Nell'insieme, un mobile davvero strambo. La smorfia del Cristo in croce appeso sopra la testiera sembrava esprimere lo stesso parere. Entrando, sentii che l'aria di quella stanza era satura di un odore appiccicoso, come di caramella succhiata. Ivet era assorta in un silenzio teso. Per spezzarlo dissi:

"È la sua camera?".

"La sua di lui" mi spiegò. "Del mio defunto padre."

"Di Pardalot?"

"Sì. La mia camera da letto è nell'altra ala. La casa è grande. Vivevamo insieme, ma ciascuno aveva la propria indipendenza. Questa è la sua camera e quello lì è il suo letto. Il letto cui mi riferivo un momento fa. Non avrai mica creduto che ti invitassi a entrare nel mio?"

"No, no, niente affatto. E sua madre?"

"Mia madre e mio padre si sono separati tanti anni fa. Mia madre se n'è andata da Barcellona. Io stavo in collegio e la città non le offriva stimoli. Alcuni amici le consigliarono un dorato esilio a Parigi o a Londra, ma lei preferì stabilirsi a Jaen, dove abita. Mio padre si risposò diverse volte, ma tutti i suoi matrimoni sono finiti in altrettanti fallimenti."

Mentre snocciolava la storia della sua famiglia, era entrata nella tetra camera da letto e aveva acceso le candele di un candelabro. Alla luce esitante delle candele il suo aspetto cambiava in meglio, ma i suoi occhi tradivano lampi di follia. Si sedette sul bordo del letto e mi fece segno di accomodarmi vicino a lei.

"Non credo di doverlo fare" mi scusai. "In cella potrei aver preso le piattole."

Ivet Pardalot si strinse nelle spalle e fissò lo sguardo sulla parete tappezzata di seta scarlatta.

"Mio padre," disse, "fu un uomo molto infelice. Per questo motivo rese infelice mia madre, e tutti e due resero me infelicissima. Un'intera famiglia catalana sprofondata nell'infelicità per colpa di una sola persona. Questa persona è ancora viva. E anche se ha pagato in parte per il male che ci ha fatto, le sono rimasti ancora parecchi debiti da saldare."

"Ascolti," dissi, approfittando di una pausa nel suo monologo, "io sono un parrucchiere, non uno psichiatra. Per me non ha alcun senso nutrire rancore quando ormai è troppo tardi per trovare un rimedio. È già difficile guadagnarsi il pane ogni giorno, combattere contro gli acciacchi e cercare di piacere quando si presenta l'occasione. Lei è giovane, intelligente, ricca e, alla luce delle candele, perfino graziosa. Se volesse potrebbe avere qualunque cosa: un marito, un amante, un uomo. Perfino parecchi, se le piace la confusione. Una vita sentimentale gratificante non comporta per forza avere tanti uomini. Non ha visto quando si accoppiano le chiocciole e i fossili nei documentari della televisione? Uno li guarda e pensa: io con quella lì non lo farei mai. Invece loro hanno l'aria felice. Conta solo quello, tutto il resto è una perdita di tempo. So bene che questi consigli sono banali. So che non possono coprire l'ammontare della cauzione e gli onorari dell'avvocato. Se sapessi come saldare il resto del mio debito, lo farei senza riluttanza e senza indugi, ma non possiedo niente e non credo che possiederò qualcosa a breve, a medio o a lungo termine. Le ho già detto che la trovo attraente, e lo sarebbe ancora di più se invece di farsi il sangue cattivo sorridesse un poco. Forse non disdegnerei nemmeno una scopata, ma non in questo scenario truculento. Ebbene, se crede di fare di me uno strumento della sua vendetta, la risposta è no. Si cerchi qualcun altro."

Un lungo silenzio seguì questi sensati ragionamenti. Nella quiete della notte si udiva il lontano ticchettio di un orologio, il legno che scricchiolava, il sussurro del vento e l'angosciato andirivieni delle anime sante del purgatorio.

"Io credevo...," disse Ivet con voce roca, a malapena udibile in mezzo a tutto quel baccano, " io credevo che t'interessasse risolvere il caso."

"No, non il caso," risposi, "soltanto il *mio* caso. Io non appartengo a nessun ceto sociale. Il fatto che non sia ricco si vede a prima vista, ma non sono neppure una persona indigente né un proletario né uno stoico membro della piagnucolosa classe media. Per nascita appartengo di diritto a quella che di solito si definisce come gentaglia. Siamo un gruppo numeroso, discreto, saldo nella nostra mancanza di convinzioni. Con il nostro lavoro silenzioso e costante contribuiamo al ristagnamento della società, i grandi cambiamenti storici ci lasciano indifferenti, non vogliamo farci vedere e non aspiriamo al riconoscimento né al rispetto da parte dei nostri superiori, e nemmeno da parte dei nostri simili. Non abbiamo segni particolari, siamo esperti nell'arte della routine e dell'arrangiarsi. E anche se siamo disposti ad affrontare rischi e fatiche per soddisfare le nostre meschine necessità e per seguire i dettami dell'istinto, sappiamo resistere alle tentazioni del demonio, del mondo e della logica. Insomma, vogliamo essere lasciati in pace. E poiché credo che dopo questa mia dissertazione non ci sarà alcun colloquio, me ne vado a casa, a riposare. Se mi arrestassero di nuovo, non c'è bisogno che mi mandi il suo avvocato. E non c'è neanche bisogno che mi accompagni fino alla porta, troverò la strada da solo."

Le tesi la mano per dimostrarle che non mi era antipatica. Sicuramente per la stessa ragione lei me la strinse.

"A quanto pare," disse, "mi ero sbagliata sul tuo conto. Non credevo che interpretassi un gesto di amicizia in termini esclusivamente monetari. La colpa di questo malinteso è tutta mia: ho troppi soldi, per cui non so valutare quelli che regalo e non so calcolare l'effetto della generosità sulla spilorceria altrui. Ma imparerò un poco alla volta. Quanto al resto, non ti preoccupare: non intendo presentarti la fattura per il mio intervento e non ho bisogno dei tuoi servizi, né per portare a termine i miei progetti, né per soddisfare certi pruriti. Poteva finire meglio tra noi due, ma se non altro ci siamo capiti. Se vuoi ti chiamo un taxi."

"Grazie, no" risposi. "La rete dei trasporti pubblici della nostra città è perfetta."

Ripercorsi il corridoio avendo cura di spegnere le luci lungo il tragitto, per cui la casa s'immerse nell'oscurità, a eccezione del lontano riflesso ramato del candelabro nella camera da letto e la morbida luminescenza che emanava l'ascensore quando accorse alla mia chiamata, aprendo educatamente le porte. Lasciai che si richiudessero. La luce dell'ascensore si ridusse a una fessura verticale che si rimpicciolì velocemente, dall'alto in basso, per scomparire inghiottita dall'orizzontalità del pavimento.

Per un lungo momento non successe nulla. Qualunque cosa avesse fatto Ivet credendo che me ne fossi andato, non ero in grado di percepirla a causa della distanza che c'era tra la lugubre camera da letto e il tenebroso ingresso. Ero molto nervoso. Finalmente il fulgore delle candele si agitò, un'ombra danzò sulle pareti del corridoio ed emerse Ivet reggendo in mano il candelabro, come un fantasma. Sarebbe stata la fine per me se si fosse diretta dove mi trovavo io, ma per fortuna prese la direzione opposta. Per seguirla in silenzio mi tolsi le scarpe e le appoggiai vicino alla porta dell'ascensore con l'intenzione di recuperarle prima di uscire, perché avevo (e continuo ad avere) soltanto quelle. Ivet finì di percorrere il lungo corridoio, entrò in una stanza e chiuse la porta, lasciandomi al buio. Mi schiacciai contro il muro di destra per non sbattere contro quello di sinistra e continuai ad avanzare con esasperante lentezza. Sotto la porta che Ivet aveva appena chiuso filtrava un piccolo raggio di luce elettrica. Appoggiai l'orecchio contro quel piccolo raggio e sentii un mormorio. Immaginai che Ivet stesse facendo quello che fanno le donne – da quanto mi hanno detto – quando l'agitazione non le lascia dormire e nessuno le vede mangiare, ma mi sbagliavo perché udii subito la sua voce chiara e senza esitazioni dire:

"Sono io. Dormivi? Mi dispiace... Sì, il minchione se n'è andato... No, il minchione non vuole collaborare. Non gliel'ho neanche proposto. L'ho soltanto saggiato... A voce, scioccone. Ma sì, tontolone, come dicevi tu... Non importa: finirà per collaborare e non ci guadagnerà niente... No, soldi no, ma gli ho fatto capire che sarei andata a letto con lui se accettava... Sì, con il minchione. No, scioccone, lo dicevo per scherzo... Ma no scioccone, sono vestita... un vestito senza maniche, arricciato, di Sonia Rykiel... Domani? Non lo so. Devo guardare sull'agenda... No, adesso non farmi dire niente. Sto crollando dal sonno, scioccone. Telefonami se vuoi. Altrimenti ti chiamerò io. Buonanotte. Dormi bene, scioccone".

Riattaccò (presumo) e io indietreggiai a carponi (il che è sempre molto difficile, e ancora di più al buio; provateci se non mi credete), per timore che uscisse dalla stanza, ma doveva aver preso un'altra strada oppure era rimasta lì dov'era, perché la luce si spense e non successe nient'altro. Rimasi ancora un poco in corridoio nell'attesa di nuovi eventi, fino a che mi resi conto che anch'io mi stavo addormentando, come scioccone. Ritornai dove mi aspettavano le scarpe, chiamai l'ascensore, scesi senza intoppi fino alla portineria, uscii in strada. Nella città era sorto il sole e il traffico era intenso. Quello che avevo detto a Ivet riguardo ai nostri trasporti pubblici di superficie era stata una boutade. Finalmente arrivò l'autobus, salii, riuscii a sedermi. Mi resi conto che tenevo ancora le scarpe in mano. Non si può stare attenti a tutto.

*

Magnolio mi trovò davanti al Tempio delle signore, lungo e disteso sul marciapiede: mi ero addormentato senza accorgermene mentre mi accingevo ad aprire. Per evitare i pettegolezzi, mi trascinò di peso dentro l'esercizio e mi ficcò la testa sotto il rubinetto del lavandino.

"Ieri sera mi hanno arrestato," mi giustificai dopo essermi svegliato: non volevo che Magnolio si facesse di me un'idea sbagliata, "e non ho chiuso occhio. E neanche la sera prima. Sono proprio contento di averla riammessa in qualità di subalterno temporaneo, così stamattina, mentre lei fa pratica, mi concederò il meritato riposo in un angolino."

"Ah no, nossignore," rispose Magnolio, "ero proprio venuto a dirle che stamattina non può contare su di me. Mi è saltato fuori un lavoretto come autista e non ho potuto dire di no. Verrò questo pomeriggio."

"Ma come! È il secondo giorno e cominciamo già..." ruggii, e avevo tutti i motivi per farlo.

Promise che non sarebbe successo mai più e se ne andò. Io ficcai di nuovo la testa sotto il rubinetto. Quando mi svegliai, l'acqua mi entrava nell'orecchio e mi usciva dalla bocca. Chiusi il rubinetto, tamponai l'acqua sul pavimento e misi la bacinella ad asciugare. Erano quasi le nove e mezzo e il negozio era ancora chiuso al pubblico. Una vergogna. Corsi fino alla porta, girai il cartello che da una parte diceva "Momentaneamente chiuso" e dall'altra "Permanentemente aperto" e tirai su la tenda che avevo confezionato tempo addietro con le mie mani e con i ritagli di un grembiule che mi aveva dato la signora Pascuala della pescheria (quando si faceva ancora illusioni circa il nostro futuro); lo avevo abbellito aggiungendovi un'arricciatura (con le graffette) e poi lo avevo appeso a una canna sopra il vetro della porta, con lo scopo di proteggere l'arredamento dai raggi del sole. Sapevo bene che il negozio era orientato a nord, ma l'avevo fatto lo stesso in previsione dei cambiamenti climatici di cui parlano sempre le organizzazioni ecologiste. Dopodiché mi sedetti ad aspettare.

Trascorsero due ore davvero tranquille. Poi, all'improvviso e senza aver preso appuntamento, fecero irruzione in negozio quattro vigili urbani e misero tutto sottosopra. Io correvo dietro all'uno e dietro all'altro con la mantellina, nel caso desiderassero un taglio, o farsi fare la barba o una lozione, ma quelli, per bocca del loro capo, pensarono bene di togliermi ogni illusione sulle loro intenzioni.

"Ispezione di routine. Fra poco riceverà la visita di un personaggio importante. Consegni tutti gli oggetti acuminati e taglienti."

Mi confiscarono le forbici e il pettine e uscirono per cedere il passo a una troupe televisiva. Credo di avere già descritto la configurazione e le dimensioni del mio negozio, ma sarà meglio ricordare allo smemorato lettore che, se una persona di media statura si fosse piazzata al centro del locale (sempre che le fosse venuto il ghiribizzo di farlo), le sarebbe bastato allungare le braccia per rovinarsi le unghie contro l'intonaco delle pareti: e con questa immagine intendo far capire che di spazio, là dentro, ce n'era pochino. Ma non era neanche il caso di fare uno sgarbo a gente che magari veniva lì per girare la campagna pubblicitaria di Freixenet o a scegliere gli interni per un lungometraggio, per cui iniziai a portare sul marciapiede i mobili e gli attrezzi del mestiere a mano a mano che entravano in negozio telecamere, luci, gru e un numero indeterminato di persone che avevano il solo compito di mettere a verbale tutto quello che non andava.

"Ostia, qui dentro non si può lavorare, ostia. E per di più siamo di corsa. Siete un disastro, ostia."

Alla signora che mi passava sulla faccia una spugnetta inumidita per evitare che mi si vedessero le zone lucide della pelle spiegai che le occhiaie erano dovute al fatto che quella sera ero stato arrestato e non avevo chiuso occhio, così come anche la sera precedente, e il mio aiutante si era assentato per cause di forza maggiore. La truccatrice mi rispose che lei non era lì per chiacchierare, e se avevo qualcosa da dire dovevo rivolgermi al regista. Il regista mi disse di allacciarmi tutti i bottoni, di non parlare se non me lo avesse espressamente ordinato lui e di non guardare mai, per nessun motivo, verso le telecamere. Gli dissi che avrei fatto del mio meglio e gli chiesi se potevo avere il copione, perché la sera prima ero stato arrestato e non avevo chiuso occhio. Mi diede una sberla, mi piazzò dove gli sembrava meglio (per l'inquadratura) e diede l'ordine di accendere le luci provocandomi una momentanea cecità. Stavo cercando di mascherare il mio stordimento con una risata stentorea, come avevo visto fare dai nostri migliori presentatori, quando udii una voce ferma ma non priva di affetto dire:

"Come va?".

"Male" risposi. "Ieri sera mi hanno arrestato e non ho chiuso occhio, e la sera prima nemmeno."

"Be'," disse la voce ferma e affettuosa, "per quel che me ne frega... Sono il sindaco di Barcellona e sto facendo la campagna elettorale. Sì, insomma, ridere come un cretino con le fruttivendole, inaugurare una demolizione e far vedere che mangio di gusto una paella schifosa. Oggi mi è toccato 'sto quartiere di merda. Siamo in onda? Ah, potevate dirmelo."

"È che lei è un tosto, sindaco, ostia" disse il regista.

"Guardi che non sono iscritto all'anagrafe" avvertii.

"Meglio, meglio" rispose il signor sindaco. "A me e al mio partito interessa il voto indipendente."

Dal vuoto esterno giunse la voce imperiosa del regista:

"Non guardare nella telecamera, ostia! E non parlare! Signor sindaco, dica la sua frase che siamo in ritardo sulla scaletta".

Il signor sindaco si schiarì la voce e, guardandomi in faccia come se parlasse con me, disse:

"Salve, concittadine e concittadini. Sono candidato a essere quello che sono, cioè sindaco. Dopo quattro anni in municipio, mi propongo di portare felicemente a termine il mio programma che consiste nel passare altri quattro anni in municipio. Per questo chiedo il tuo voto. 'Sto qui è un negozio di frutta e verdura?".

"No, signor sindaco. È un parrucchiere. Signora, signore, se vuole una pettinatura informale ma elegante, che cosa aspetta? Venga di corsa da..."

"Ehi, lo spot è mio, mica suo" m'interruppe il sindaco. Poi, fissando lo sguardo su di me, esclamò:

"Ehi, ma io l'ho già vista: lei è il presunto assassino di Pardalot".

"Sì, signor sindaco, e approfitto della presenza della televisione per riaffermare la mia..."

"Non mi faccia confondere, su, non mi faccia confondere, che sono in piena campagna" disse il sindaco. "Non si può tenere la testa in due posti contemporaneamente. Io, per quel che mi riguarda, non posso tenerla nemmeno in un posto solo. E 'sta paella arriva o non arriva?"

Prima di ricevere una risposta, i riflettori si spensero di colpo e scoprii che la mia momentanea cecità era invece permanente. Il signor sindaco mi chiese se avessimo già finito.

"Non ancora, signor sindaco" rispose il regista. "Non abbiamo neanche cominciato. C'è stato un black-out."

"Ah. Ed è un bene o un male per la città?" chiese il signor sindaco.

"Io so soltanto che abbiamo un ritardo della madonna, ostia" disse il regista. "Su, forza, qualcuno vada a chiedere se anche il resto del quartiere risulta danneggiato."

Uscirono l'operatore, il tecnico del suono, il direttore di produzione, due elettricisti e quel poveraccio con la claque, e ritornarono dicendo che non avevano scoperto niente ma che tutto il quartiere era rimasto senza luce. E senza gas. Il signor sindaco mi prese per un braccio e mi trascinò in un angolino.

"Certo che ce la siamo spassata quella sera a casa sua, si ricorda? Quando è arrivata Reinona e io mi sono nascosto nel gabinetto insieme alla sua vicina di casa. Cavolo, che bomba quella ragazza. Tra parentesi, la nostra conversazione era stata interrotta. La conversazione tra me e lei voglio dire. Se non ricordo male, ero venuto a chiederle chi aveva ucciso Pardalot e lei non era riuscito a rispondere. Per mancanza di tempo, presumo, o d'interesse. Ma ora ci si presenta una fantastica occasione per riprendere il dialogo. Qui di fronte c'è un bar. Le offro un cappuccino."

Accettai volentieri: io e il signor sindaco andammo al bar e ci sedemmo a un tavolo sul fondo per parlare tranquillamente senza essere visti dai passanti, mentre l'affaccendata troupe televisiva e il seguito del signor sindaco dilapidavano l'erario pubblico con le slot-machine. Il signor sindaco ordinò un cappuccino per sé e niente per me e disse:

"La campagna elettorale, bisogna riconoscerlo, va a gonfie vele: secondo i sondaggi, se riesco a far aumentare ancora un po' l'astensionismo, verrò eletto con il mio voto e quello di mia moglie. Ma una minaccia incombe su questo prestigioso trionfo. Mi scusi per il linguaggio da meeting, un po' altisonante: voglio dire che il caso Pardalot potrebbe danneggiare la mia immagine".

"Non sarà mica coinvolto in quella storia?" chiesi.

"Be', un pochino. Adesso non siamo in onda e glielo posso dire" rispose il signor sindaco. "Vede, qualche anno fa, prima che mi dedicassi completamente alla politica, io e Pardalot abbiamo fatto degli affari molto redditizi che ora preferirei non venissero a galla. Di questi affari sono rimasti certi documenti che non definirei proprio compromettenti, ma un tantino imbarazzanti. I documenti in questione erano nelle mani di Pardalot, il quale, e questo va tutto a suo favore, non ne fece mai un cattivo uso (e non minacciò di farlo), né quando era in vita né tanto meno da morto. Mi segue? E adesso arriva la parte più interessante della storia. L'altro giorno, intorno a mezzanotte, stavo lavorando in municipio nella mia veste di sindaco di questa città quando ricevetti una misteriosa telefonata. Il centralinista la passò al mio segretario e quest'ultimo la passò a me, e io udii una voce strana, certamente contraffatta con un fazzoletto, che mi diceva: Mi dispiace, signor sindaco, ma la macchina del caffè non funziona."

"Ma no, questo gliel'ha appena detto il cameriere" gli feci notare.

"Ah, sì, sovente mi confondo le idee. È un fenomeno parapsicologico. Dov'ero arrivato?"

"Il telefono, una voce, un fazzoletto."

"Allora: ho sentito una voce contraffatta con un fazzoletto. Poi, quando la persona che mi telefonava ebbe finito di soffiarsi il naso, riconobbi la voce di Pardalot, il quale disse: Salve, sindaco, sono Pardalot. Mi segue?"

"Sì."

"Sono Pardalot, disse Pardalot," proseguì il signor sindaco, "e ti telefono dal mio ufficio dentro Il Ladro Spagnolo – nome commerciale, come ricorderà, della ditta di Pardalot – per darti una brutta notizia, disse Pardalot. Ti ricordi di quelle carte di cui ti ho parlato? Be', sono scomparse, disse Pardalot. Pardalot alludeva, se non lo avesse ancora indovinato, ai documenti comprometenti che erano nelle mani di Pardalot, ma Pardalot li chiamava semplicemente 'quelle carte', nel caso ci fossero intercettazioni telefoniche. Io, com'è ovvio, esclamai un'esclamazione e gli chiesi come si fosse verificata la scomparsa di 'quelle carte' che mi compromettevano personalmente, e chi le avesse fatte scomparire e a quale scopo, al che Pardalot rispose che non me lo voleva dire per telefono, per via delle intercettazioni telefoniche. Ma forse la faccenda delle intercettazioni gliel'ho già raccontata. Insomma, Pardalot non voleva dirmelo per telefono, come le ho già detto, per cui mi pregava di raggiungerlo nel suo ufficio il più presto possibile, così potevamo parlare senza venire intercettati, o per lo meno senza venire intercettati telefonicamente. Per evitare che venissi riconosciuto nella mia veste di sindaco di questa città dal guardiano dell'ingresso, Pardalot mi propose di utilizzare la porta del garage. Dal garage si può accedere agli uffici de Il Ladro Spagnolo da una scala antincendio senza passare davanti al guardiano, come lei ben sa. Pardalot in persona, disse Pardalot, avrebbe pensato a scollegare l'allarme e a interrompere la registrazione televisiva del circuito chiuso. Io gli dissi che dovevo ancora sbrigare alcune faccende comunali urgenti, ma che intorno alle due sarei stato lì e Pardalot disse che andava bene, che mi avrebbe aspettato. Poi riattaccammo per via delle intercettazioni telefoniche. Allora mi porti un Actimel."

Il cameriere se ne andò e il signor sindaco proseguì il suo racconto nel modo seguente:

"I miei calcoli erano stati ottimistici e arrivai agli uffici de Il Ladro Spagnolo soltanto alle tre meno un quarto. La porta del garage era chiusa, ma il meccanismo di chiusura doveva essere stato manomesso, perché si aprì non appena esercitai una leggera pressione sulla porta propriamente detta con questa mano o con quest'altra, adesso non ricordo. Entrai nel garage, scivolai sul pavimento ricoperto di grasso, mi sporcai tutto il vestito, trovai le scale, salii. L'allarme non scattò, così come aveva detto Pardalot. Andai nel suo ufficio. La luce era accesa. Chiamai Pardalot con voce sommessa: Pardalot, sei lì? Nessuno mi rispose, nemmeno Pardalot. Stava succedendo qualcosa di strano".

"Ahi, ahi, ahi" disse il cameriere incapace di trattenere l'emozione.

"Allora aspetti di sapere come prosegue il giallo" disse il signor sindaco. Fece una pausa per ciucciarsi la bottiglietta di Actimel che il cameriere gli aveva servito mentre lui raccontava la storia, si pulì le labbra e il mento con un tovagliolo di carta, infilò in tasca il tovagliolo di carta per riciclarlo e continuò: "Entrai nell'ufficio di Pardalot e Pardalot era lì, accasciato sulla sedia, pallido, immobile, crivellato di colpi. Volevo prestargli i primi soccorsi, ma era impossibile: non avevo sottomano nemmeno un termometro. Pardalot, stai bene? gli chiesi. Non disse ba. La sua ostinazione nel non parlare confermò i miei sospetti: era morto, e viste le sue condizioni e il fatto che l'arma che ne aveva provocato la morte era sparita, questa non poteva attribuirsi a un suicidio. Un'altra mano era la responsabile. Questo lo dedussi da solo. Senza perdere tempo uscii da dove ero entrato. Nessuno mi aveva visto. Andai a casa e mi scolai una bottiglietta di Actimel. O forse me la sono scolata adesso e mi confondo. Ma la cosa più importante è che nell'agitazione mi ero dimenticato di cancellare le impronte digitali che avevo lasciato sulle maniglie delle porte e su altre componenti dell'arredamento da ufficio che c'erano nell'ufficio. Per il momento la polizia non è ancora venuta a cercarmi. Presumo che aspettino i risultati delle elezioni. Se vengo rieletto, magari scoppia lo scandalo. A meno che...".

"A meno che prima di tale data si scopra il vero colpevole" conclusi io.

"Esatto" disse il signor sindaco.

*

Avrei voluto rivolgere al signor sindaco alcune domande relative al caso, ma mi fu impossibile a causa dell'invadente presenza del regista televisivo e della sua troupe: erano venuti ad annunciarci il ripristino della fornitura di energia elettrica e, con essa, la possibilità di riprendere la campagna elettorale. Ci alzammo dal tavolo, il signor sindaco pose la sua firma sul libro d'oro del bar accanto a quella di alcuni lottatori di catch che negli anni cinquanta avevano frequentato quel locale, e se ne andò cedendomi l'onore di pagare l'Actimel. Quando li raggiunsi stavano già entrando nella videoteca del signor Boldo, dopo che il vigile urbano aveva requisito tutti i film pornografici. Su mia richiesta, il regista televisivo m'informò che alla fine avevano deciso di non girare lo spot nel mio negozio perché lo consideravano un posto troppo squallido perfino per le elezioni comunali, e adesso più che mai, visti i danni provocati dalla troupe televisiva e dalle loro attrezzature. Cercai la pattuglia di vigili urbani per recuperare le forbici e il pettine, ma mi dissero che si erano spostati nel mercato di Sant'Antonio per rivendere i film requisiti nella videoteca del signor Boldo. Cercai di avvicinarmi al signor sindaco, ma questi aveva riacquistato la propria autorità, era salito in piedi sul bancone della videoteca del signor Boldo e, illuminato dalla luce dei riflettori, negava di essere coinvolto in qualsiasi omicidio e chiedeva alla cittadinanza di dargli il voto.

Ritornai al Tempio delle signore, impugnai scopa e paletta e impiegai il tempo che mi restava fino all'ora di pranzo per lottare contro lo strato di cenere, cicche, recipienti di plastica e altri rifiuti che la troupe televisiva mi aveva lasciato quale unico ricordo del suo passaggio. Quindi chiusi a chiave la porta e mi diressi di nuovo al bar con l'intenzione di ordinare un panino con calamari e cipolla: volevo approfittare della pausa pranzo per pensare a quello che il signor sindaco mi aveva raccontato. Ma era scritto che nemmeno quella volta potessi realizzare i miei desideri. Non appena ebbi occupato un posto al mio solito tavolo, vicino alla vetrata, ed ebbi chiamato il cameriere, vidi con la coda dell'occhio una figura umana che mi faceva dei segni disperati dalla strada. Anche attraverso lo strato d'unto riconobbi Ivet. Non Ivet Pardalot, a casa della quale avevo trascorso una parte della notte precedente, ma la falsa (anche se vera) Ivet. Per evitare che il lettore facesse confusione, per un attimo pensai di darle un nomignolo affettuoso (per esempio "Bambolina"), ma essendo ormai arrivati a buon punto con la narrazione allontanai subito l'idea, mi alzai in piedi, uscii precipitosamente dal bar e le chiesi il motivo della sua presenza lì e dei suoi gesti concitati, al che Ivet rispose:

"È successa una cosa terribile. Devi aiutarmi".

Le proposi di entrare nel bar. Esitò un attimo e alla fine si lasciò condurre all'interno del bar e al mio tavolo. Il cameriere accorse sollecito (invece di farmi aspettare mezz'ora com'è sua abitudine) e gli ordinai un panino con calamari e cipolla per me e uno per Ivet, pensando che qualcosa di saporito e nutriente le avrebbe tirato su il morale. Nel frattempo lei si era messa a piangere sconsolatamente. Non l'avevo mai vista così disperata. Avrei voluto alzarmi in piedi e aggirare il tavolo per cingerle la vita (con le mie braccia); avrei voluto sussurrarle all'orecchio tenere parole di conforto, ma temevo che la mia azione venisse male interpretata dal cameriere, dagli altri clienti, dai curiosi che si erano radunati al di là della vetrata per assistere alla scena e, soprattutto, temevo che venisse male interpretata da Ivet. Di modo che preferii cambiare tattica: rimasi seduto diritto sulla sedia, posai le mani sulla tovaglia e le chiesi di spiegarsi meglio, mentre tentavo di abbozzare il sorriso comprensivo e cinico di chi, pur avendo vissuto parecchio e avendo fatto molte esperienze, non si tira indietro quando si tratta di aiutare i deboli e di combattere per una buona causa. Se ero riuscito a comunicare a Ivet tale messaggio facciale, o se aveva pensato che le contrazioni del mio volto fossero dovute a uno spasmo muscolare, lei non me lo disse.

"Me l'hanno portato via" disse invece.

Le chiesi chi avesse portato via che cosa e da dove, e lei rispose:

"Il mio caro e indifeso padre. Non so chi, né perché. Dal residence dove era ricoverato da quando, qualche anno fa, una malattia renale lo ha reso invalido. Mio padre ha soltanto me al mondo, e io non posso prodigargli le cure necessarie per cui gli ho cercato un residence confortevole e l'ho fatto ricoverare lì".

Le chiesi come mai qualcuno poteva essere interessato al sequestro di un invalido e mi rispose che non lo sapeva, ma durante la sua ultima visita al residence, ubicato sulla costa nel vicino paese di Vilassar, le era parso di notare con la coda (dell'occhio) una presenza nuova nel suddetto residence: un donnone patetico e ributtante, i cui lineamenti le ricordavano qualcuno. In quel momento non vi aveva prestato attenzione, ma più tardi (adesso, disse) alla luce dei nuovi eventi, le attribuiva la responsabilità del sequestro o la complicità in esso, perché tutto in quel donnone le aveva ispirato diffidenza, avversione e schifo.

Interruppi le sue spiegazioni per dirle che il misterioso personaggio non era altri che il sottoscritto; inoltre aveva un modo davvero speciale di lusingare la vanità degli uomini, per cui non mi stupivo se, nonostante il suo indiscutibile fascino personale, non aveva una vita sentimentale gratificante. Dopo essersi riavuta dalla sorpresa per la rivelazione della mia vera identità come donna, mi chiese perché l'avessi seguita fin là. Le spiegai che lo avevo fatto con l'intenzione di proteggerla.

"E allora hai commesso una sciocchezza," disse lei, "perché qualcuno deve averti seguito *fino* a Vilassar e *in* Vilassar. Soltanto così si spiega come il rifugio di mio padre, fino a ieri mantenuto segreto, sia stato scoperto dai sequestratori."

Questa cosa non era possibile, risposi. Non mi aveva seguito nessuno, non soltanto perché mi ero travestito con tale arte che nemmeno lei mi aveva riconosciuto (nonostante la nostra relazione), ma perché avevo percorso tutto il tragitto dalla stazione al residence sotto il sole, a piedi – l'ultimo tratto a quattro zampe – e questa tecnica, più di qualsiasi altra forma di occultamento, era estremamente efficace per sbarazzarsi anche dell'inseguitore più esperto.

"Mi lasci fare una verifica" dissi, e per l'ennesima volta chiesi e ottenni il permesso di utilizzare, pagando, il telefono del bar.

Ivet mi diede il numero di telefono del residence e lo chiamai.

Non mi fu difficile trovare il commissario Flores, perché proprio quella mattina, stando alle parole della centralinista, il commissario Flores era stato ricoverato nell'infermeria del suddetto residence con la testa rotta per una bastonata.

"Per colpa tua, grandissimo stronzo" ruggì il commissario Flores in persona quando venne stabilito il collegamento telefonico.

Per un po' lo lasciai parlare, se così si può definire il disordinato e talvolta ripetitivo elenco di parolacce, offese, bestemmie, volgarità, maledizioni e minacce che, intercalate a frammenti dell'inno della Falange spagnola, pensò bene di regalarmi fino a che lo interruppi dicendo che lo stavo chiamando da un telefono pubblico e se voleva sfogarsi lo facesse di tasca sua. Ritornò in sé e gli esposi il motivo della mia telefonata.

"Non me ne parlare," disse, "è proprio per aver cercato di scoprire quello che mi hai chiesto se sono conciato così. Un martire dell'amicizia."

Lo pregai di raccontarmi l'accaduto. La sera prima, mi raccontò, si era unito a un gruppo di vecchietti che giocavano a carte e, con l'abilità e il tatto di chi ha passato metà della propria vita a interrogare gente dalla psicologia più svariata, aveva cercato di scoprire qualcosa sull'invalido oggetto del mio interesse. Per il momento aveva soltanto appurato che si chiamava (l'invalido) Luis o Lluís Biosca, ma probabilmente questo non era il suo vero nome, perché uno dei vecchietti affermava di aver visto le iniziali A.T. ricamate sui fazzoletti di batista del Biosca, sulle sue camicie di cotone e sulle mutande (mentre erano al cesso). Nessuno conosceva la natura della malattia da cui era afflitto, sebbene questo fosse un argomento di conversazione molto frequente presso i ricoverati, perché il Biosca (o A.T.), durante i quattro anni in cui era stato ricoverato nel residence di Vilassar, si era sempre dimostrato riservatissimo, fino all'eccesso. E molto gentile ed educato con gli altri pazienti, a differenza del commissario Flores al quale i vecchietti avevano fatto capire che, per chiedere informazioni, non c'era bisogno di dire che sennò si beccavano un ceffone oppure un calcio nelle palle. Forse per questo, avevano aggiunto i vecchietti, l'invalido riceveva sovente le visite di una ragazza bellissima, e invece dal commissario Flores non andava nessuno. Soltanto quella ragazza bellissima? aveva chiesto il commissario Flores. Sì, gli avevano risposto i vecchietti, in tutti quegli anni soltanto la ragazza bellissima era andata a trovare l'invalido prodigandogli coccole e attenzioni, per non parlare del balsamo della sua presenza, un vero regalo per gli occhi stanchi dei vecchietti, sempre secondo i vecchietti. Per il momento, disse il commissario Flores, non c'era altro e non ci sarebbe stato altro anche in futuro, perché l'invalido era stato sequestrato proprio quella mattina.

"Forse in seguito alle sue sfacciate indagini" feci presente.

"Ma no, cretino" rispose il commissario Flores. "Le due cose non sono collegate. Un minuto dopo quei vecchietti non si ricordavano nemmeno di avere parlato con me. E poi, un sequestro come quello non si organizza in poche ore."

"Perché, com'è andata?"

"Roba da professionisti" rispose il commissario Flores. "Io non ho visto niente perché ero qui, in infermeria, sotto osservazione. Ma un malato che è stato ricoverato verso metà mattina per una colica mi ha raccontato tutto. Poi, mentre l'infermiera non c'era, ho controllato l'archivio dell'infermeria. Non c'è nessuna scheda a nome di Biosca, né di qualcuno il cui nome inizi per A.T. Ebbene, è impossibile che in tutti questi anni Biosca non sia passato almeno una volta in infermeria. Senza dubbio la sua scheda è stata eliminata, e sicuramente sarà stata eliminata anche dall'archivio centrale. Ah, e da quello che mi hanno detto, qualche ora fa hanno messo nella sua stanza un pazzo che giura e spergiura di trovarsi lì dal mese di ottobre dell'anno scorso. Qualcuno è deciso a cancellare ogni traccia del tuo invalido, ragazzo, e lo sta facendo piuttosto bene."

"Perché?" chiesi. "Perché tanto interesse per cancellare le tracce del Biosca?"

"Perché nessun pirla come te possa seguirlo con l'intenzione di liberarlo. Non si tratta di un sequestro alla carlona, non sono dilettanti. Ovviamente, non avevano tenuto conto della mia presenza qui."

"Che cosa vuol dire?" domandai intuendo un trabocchetto nel suo tono di voce.

"Voglio dire che al tuo vecchio amico commissario Flores non sfugge niente."

"Commissario, c'è ancora qualcosa che non mi ha detto?"

Il commissario Flores emise qualche colpetto di tosse, machiavellico e bronchitico.

"Chi lo sa?" disse. "Forse so qualcosa che potrebbe aiutarti a ritrovare il tuo invalido. Tra l'altro, a che punto è la mia pratica?"

"Va benissimo, commissario Flores. Fila tutto liscio come l'olio."

"Non mi basta, ragazzo. Hai già parlato con il signor sindaco?"

"Sì, certo. E mi ha detto che ci pensa lui. Proprio con queste parole: ci penso io, ragazzo, mi ha detto. Ma dopo le elezioni, perché non vorrei che la gente pensasse male."

"E se le perde?"

"Non le perderà, commissario. Fanno i brogli."

"Allora sono più tranquillo" sospirò il commissario Flores. "La mancanza di libertà bisogna conquistarsela giorno per giorno, ragazzo."

"Lo terrò presente, commissario, ma adesso mi dica quello che ha da dirmi."

"Ah no. Senza garanzie non dico niente."

"Commissario," risposi, "ci conosciamo da parecchio tempo. Lei sa di potersi fidare di me come io posso fidarmi di lei. La promessa è sempre valida: se lei mi aiuta a risolvere il caso, io l'aiuto a uscire dal residence. Ma di garanzie non posso dargliene, nessuna. Così forse è meglio se lei si tiene il suo segreto, sempre che questo segreto esista, e continui pure a marcire lì dentro. Dopotutto, perché dovrei muovere un dito per lei? Lei non vale più niente, commissario. Non è più nemmeno commissario. Lei è soltanto un vecchio rompiscatole che non sa niente di niente. E adesso riattacco."

"Aspetta!"

"Sto finendo le monete, commissario."

"Uno dei sequestratori era negro. Ti serve a qualcosa saperlo?"

"Come ha detto?"

"Un tizio alto, negro, vestito da autista. C'erano altri due uomini, uno di loro aveva un cappuccio sulla testa. Io non li ho visti ma me l'hanno raccontato. Tutti i ricoverati erano stati chiusi nelle loro camere per ordine della caposala, ma uno è riuscito a sbirciare la scena da dietro le tapparelle. Che te ne pare come informazione? Ai miei tempi mi avrebbe procurato un aumento."

"E glielo procura anche adesso, ma soltanto nella mia stima. La bastonata era a causa di questa faccenda?"

"No. Mi hanno beccato che baravo e uno dei vecchietti mi ha dato una botta con il bastone. Nove punti di sutura e l'iniezione per il tetano. Ma tu pensa, picchiare proprio me e impunemente. E pensare che ho perfino presieduto corride a Las Arenas! Non siamo proprio nessuno, ragazzo."

"Lei non sarà nessuno" risposi posando la cornetta del telefono sulla forcella.

*

Ritornai da Ivet che aspettava l'esito delle mie indagini un po' avida e un po' annoiata, e le dissi:

"Ci siamo. Io non ho nessuna colpa. Il sequestro è stato organizzato fin nei minimi dettagli ed è stato portato a termine con estremo rigore, indipendentemente dalla mia prudente incursione. Ma ora non si tratta di fare a scaricabarile, bensì di risolvere il pasticcio, per questo ho bisogno che mi chiarisca alcuni punti. Per esempio, come si chiama tuo padre?".

"Luis o Lluís Biosca" rispose Ivet.

"Niente affatto" dissi io. "Biosca è lo pseudonimo con cui lo hai registrato nel residence di Vilassar. Ma il suo vero nome risponde alle iniziali A.T., ricamate sui suoi fazzoletti, camicie e mutande."

"È vero" ammise Ivet con un sospiro. "Mio padre aveva l'abitudine, tra l'altro piuttosto kitsch, di farsi ricamare le iniziali sulla biancheria. Sarebbe stato più prudente disfarsene quando venne ricoverato nel residence di Vilassar, ma non avevamo i soldi per rifare tutto il guardaroba, per cui gli ho permesso di continuare a usare i suoi vecchi indumenti, convinta che nessuno avrebbe badato a un particolare così insignificante. Adesso comprendo il mio errore, perché sono i dettagli insignificanti che attirano l'attenzione della gente stupida."

"Un residence lontano dalla città, un nome falso" dissi io. "Per quale motivo? Chi è, in definitiva, A.T.?"

"Agustín Taberner" rispose Ivet.

Quel nome non mi era nuovo. Feci un gigantesco sforzo di memoria al termine del quale mi diedi una manata sulla fronte. Udendo la manata, il cameriere corse a chiedere che cosa desiderassi. Gli spiegai che avevo fatto il gesto convenzionale (e passato di moda) di colui che dopo lunghe riflessioni si ricorda all'improvviso di un dato dimenticato, e approfittai dell'occasione per chiedere notizie dei panini con calamari e cipolla che avevo ordinato mezz'ora prima. Il cameriere se ne andò brontolando e intanto mi mandava addosso le mosche agitando il tovagliolo, mentre io ripresi la conversazione interrotta ed esclamai:

"Adesso ci sono! Agustín Taberner, alias il Gaucho, era il terzo socio di Pardalot e Miscosillas, secondo le informazioni raccolte da mio cognato Viriato alla Camera di commercio di Barcellona qualche giorno fa".

"E già" Ivet corroborò la mia affermazione.

"Ma che cosa gli è successo?" insistei. "Che cosa ci fa, invalido e rinchiuso in un residence per invalidi senza contatti con il mondo esterno, a eccezione delle visite sporadiche di sua figlia? Perché nell'ultima ditta denominata Il Ladro Spagnolo, proprio quella di cui ho visitato gli uffici per commettere un furto, tuo padre, vale a dire Agustín Taberner, alias il Gaucho, non figurava più come azionista?"

"Il mio povero padre," disse Ivet, "si ammalò poco prima che venisse costituita la società Il Ladro Spagnolo."

"Questa circostanza non avrebbe dovuto impedirgli di partecipare comunque alle imprese della ditta" obiettai. "Nella nostra economia di libero mercato, molti soci capitalisti sono storpi. Nell'economia con una pianificazione centralizzata, non lo so."

Ivet fissò su di me uno sguardo vitreo, come se i suoi pensieri si fossero smarriti nel labirinto delle mie domande o in quello delle sue angosce. Era evidente che le faceva male parlare di suo padre, come succede a quasi tutte le persone che hanno conosciuto il proprio (padre – e non è il mio caso), per cui mantenni un rispettoso silenzio.

"Scusami," disse dopo una lunga pausa, "a forza di piangere mi si sono prosciugati la bocca e il cervello, e mi si è rovinato il trucco. Vado un momento in bagno."

Sentirla chiamare "bagno" il melmoso e puzzolente pisciatoio del bar mi fece capire fino a che punto i fatti recenti l'avessero sconvolta, e venni travolto da un'ondata di compassione. Mi asciugai la lacrimuccia con il dorso della mano, mi soffiai il naso nella tovaglia per nascondere quel segno di debolezza e gli sgradevoli umori che lo accompagnavano, e riacquistai la ieratica posizione iniziale. Così mi trovò Ivet al suo ritorno e mi disse:

"Adesso sono più tranquilla. E mentre mi stavo tranquillizzando, ci ho pensato su e ho deciso di raccontarti la verità, anche se mi fa male. Mio padre era un bambino ricco della Barcellona bene. Ha studiato legge e quando ha finito l'università, senza aver dato un solo esame, si è dedicato agli affari. Insieme a due compari della sua stessa estrazione sociale e morale e con i soldi delle rispettive famiglie formò una società. A quel tempo la Spagna attraversava un periodo che poi venne definito 'di transizione', in quanto presupponeva il transito da un regime politico a un altro più presentabile, ma al quale era difficile adattarsi. Il passato era gravoso, il presente agitato e il futuro incerto. Grazie a tale confusione, durante la quale parecchi disgraziati hanno ricevuto una bella batosta, gli audaci fecero fortuna. Poi seguirono ciclicamente le solite crisi e gli affari subirono diverse peripezie. Per evitare problemi, fu necessario sciogliere la società e crearne un'altra e poi una terza. Come accade di solito nei momenti di turbolenza, ci furono scontri fra i soci. Qualcuno accusò mio padre di slealtà e di appropriazione indebita. Era tutto vero. Mio padre fu costretto a cedere all'impresa le proprie azioni nominative e a ritirarsi. Il dispiacere, unitamente al calo di reddito, fu probabilmente la causa della sua malattia".

"E poi?"

"I soci rimanenti fondarono una nuova impresa denominata Il Ladro Spagnolo, e fecero di nuovo fortuna grazie al rifiorire dell'economia," proseguì Ivet, "ma mio padre rimase ai margini di tutto questo. Rovinato, infermo e nelle mani dei vecchi soci che conservavano ancora dei documenti compromettenti, non gli restava altro da fare che sparire definitivamente dalla scena. Ecco il perché del cambiamento di nome e del residence di Vilassar. Per un po' di tempo quel sistema funzionò. Mio padre era tranquillo e al sicuro. Adesso, invece, è andato tutto a catafascio."

"Non per colpa mia, ma per colpa tua. Un invalido è una rottura di palle. Nessuno sequestrerebbe un invalido in cambio di soldi potendo sequestrare una persona sana. E tu sei povera in canna. Si sono portati via tuo padre proprio adesso perché vogliono qualcosa in cambio, e questo qualcosa può essere soltanto la cartellina azzurra che hai rubato tu. Non devi far altro che aspettare che si mettano in contatto con te. Allora gli consegni la cartellina e vedrai che ti restituiranno tuo padre intero e con la sedia a rotelle."

"Tu sei un ingenuo" rispose Ivet. "Se gli consegno la cartellina azzurra, non rivedrò mai più mio padre vivo. Quelli che lo tengono in loro potere sono gli stessi che hanno ucciso Pardalot e che in diverse occasioni hanno attentato contro la tua vita e contro il tuo negozio. No, no. L'unica soluzione è trovare mio padre e liberarlo prima di restituire la cartellina azzurra. Per questo ho bisogno di te. Soltanto tu mi puoi aiutare. Ho soltanto te."

"Va bene," la interruppi, "e smettila con 'sta sviolinata. Cercherò di aiutarti. In fin dei conti, anch'io sono coinvolto in questa faccenda."

"Oh, grazie amore mio," esclamò Ivet battendo le mani per la gioia, "sapevo che non mi avresti deluso. Se tutto andrà bene, ti prometto che stavolta..."

"Lascia perdere, Ivet" dissi. "Nel corso della mia vita mi hanno fatto tante promesse – o una sola promessa tante volte –, ma poi, al momento della verità, si è scoperto che la promessa era una fregatura oppure è stato il destino a fregarmi. Ma non m'importa. Ho perduto la fede, la speranza e l'entusiasmo. Ti aiuterò, ma non per il motivo che credi tu. E adesso fa' bene attenzione a quello che ti dico: quando i sequestratori si metteranno in contatto con te, fingi di accettare le loro condizioni e concorda un appuntamento in un locale pubblico, ma non andarci. Telefona in quel locale, chiedi scusa per non esserci potuta andare, e fissa un appuntamento in un altro posto. Fa' tutto quello che ti viene in mente per guadagnare tempo, ma sempre in presenza di testimoni. Evita i luoghi bui e solitari. Se all'alba non saprai ancora niente di me né di tuo padre, chiama la polizia e racconta tutto. E dimmi dove posso trovare subito Magnolio."

Rispose che non lo sapeva con esattezza, ma aveva un numero di telefono dove chiamarlo quando aveva bisogno dei suoi servizi. Annotò il suddetto numero su un tovagliolo di carta e poi se ne andò via di corsa temendo che i sequestratori le telefonassero mentre non era in casa. Soltanto allora arrivò il cameriere portando i due panini con calamari e cipolla.

"Alla buonora!" esclamai, alludendo alla partenza di colei che, dovendo in teoria mangiare la propria parte, non lo aveva fatto in quanto il pranzo era arrivato troppo tardi.

"Il meglio si fa sempre aspettare" rispose il cameriere indicando sia la porta da cui era appena uscita Ivet sia i succulenti panini che, ciascuno nel proprio piatto, si cullavano in un mare di olio rancido.

"Allora se devo pagare i due panini, come temo, me ne impacchetti uno mentre mangio l'altro e faccio una telefonata."

Addentando furiosamente il panino, digitai il numero di telefono di Magnolio che Ivet mi aveva appena dato; una voce profonda e dal marcato accento straniero disse:

"Pronto".

"Buongiorno" dissi. "Sono un amico, e in alcune occasioni il datore di lavoro, di un autista di nome Magnolio e vorrei lasciargli un messaggio. Lo vedrà oggi?"

"Sicuro" rispose la voce. "Magnolio passa di qui la sera intorno alle sette e mezzo per vedere se ha ricevuto telefonate o se c'è posta per lui."

"In tal caso preferirei dargli il messaggio personalmente, se lei è così gentile da dirmi il suo indirizzo."

Stringendo fra le mascelle il resto del panino annotai sul tovagliolo di carta i dati che mi venivano forniti dal mio interlocutore. Poi riattaccai, finii il panino, m'infilai l'altro in tasca e pagai. In seguito chiesi al cameriere una dozzina di tovaglioli di carta e la biro, perché dovevo prendere appunti.

"La biro te la restituisco. I tovaglioli no."

"Va bene," disse, "te li do perché sei un tipo in gamba: prima fai strizzare il signor sindaco e subito dopo fai piangere quella ragazza da réclame... e io che ti avevo preso per un ritardato!"

Approfittai delle ore libere del pomeriggio (tutte) per scrivere sui tovaglioli i dati di cui ero in possesso relativi al caso Pardalot, raggruppandoli in paragrafi e sottoparagrafi: il furto dei documenti, l'omicidio, l'anello di Reinona, le disavventure di Santi, le preoccupazioni di Ivet, le preoccupazioni di Ivet (stesso titolo, diversa Ivet), il sequestro dell'invalido eccetera eccetera. Avrei riempito più tovaglioli, ma il cameriere del bar me ne aveva dati soltanto sette. Intorno alle sei e qualcosa (ore) chiamai Ivet dal bar. I sequestratori le avevano telefonato e lei aveva fissato un appuntamento alle nove da José Luis, un locale del centro che a quel tempo veniva frequentato da gente perbene. Le rinnovai le mie istruzioni e i consigli, riattaccai e tornai in negozio. Lì ripassai quello che avevo scritto, piegai i tovaglioli, ne incollai i bordi con un pochino di gel, li numerai da uno a sette e me li infilai in tasca. Alle otto in punto chiusi il negozio e uscii.

Nella videoteca del signor Boldo trovai il signor Boldo che si strappava i quattro peli che aveva sulla testa dando segni di disperazione. Non si era ancora riavuto psicologicamente dal sequestro effettuato dai vigili urbani di alcune videocassette (zozze) il cui affitto costituiva il 95% delle sue entrate lorde e nette (non le dichiarava); per di più gli era impossibile recuperarle facendo ricorso alla legge, perché la metà erano piratate e l'altra metà casalinghe. Gli espressi brevemente il mio rammarico e gli comunicai il motivo della mia visita.

"Le affido in deposito un documento sotto forma di biglietto o foglio piegato. Contiene informazioni di carattere strettamente confidenziale, perché potrebbero danneggiare in modo irreparabile persone altolocate. Per questo motivo le informazioni contenute nel suo biglietto sono frammentarie. Soltanto unendo tali informazioni alle informazioni contenute negli altri biglietti si può ottenere una visione d'insieme e dare un senso alle informazioni sopracitate. Per nessuna ragione al mondo le informazioni contenute in questo biglietto dovranno essere rese pubbliche, né venire lette da lei, a meno che non mi succeda qualcosa di brutto. Qualcosa di davvero brutto, non una crisi di nervi. Ebbene, se scopre che mi è successo qualcosa di brutto, consegni il biglietto a mio cognato Viriato e gli racconti quello che le ho appena detto. Ha capito?"

"Più o meno."

Gli diedi il biglietto con sopra il numero tre e uscii per andare a distribuire gli altri sei. Al farmacista toccò il numero cinque. Alla signora Piñol (suo marito, il signor Mahmud non c'era) della cartolibreria La Civetta il numero uno. E così via. A ogni destinatario ripetevo lo stesso discorsetto. L'ultimo (il numero due) dovetti darlo alla signora Pascuala della pescheria, perché non c'erano altri esercizi pubblici di cui mi fidassi aperti a quell'ora. Mi ascoltò in silenzio, si pulì le mani nel grembiule e s'infilò il biglietto nella scollatura.

"Non dovrei," disse, "ma lo farò perché sono buona come il pesce."

Alle otto e venti avevo terminato la distribuzione. Andai al centro anziani sperando di trovare Viriato che giocava la solita partita a domino. Ebbi fortuna, era lì. Gli raccontai la faccenda dei biglietti e gli dissi che cosa doveva farne se per caso fossero giunti in mano sua.

"Il signor sindaco ti riceverà se gli dici che ti ho mandato io. Se perde le elezioni, daglieli lo stesso. Il negozio è in ordine e i conti sono chiarissimi. Se mancassi io, c'è un ragazzo molto dotato, che ha tanta voglia di fare e non chiede la luna. Si chiama Magnolio. E pensa a quello che ti ho detto dell'asciugacapelli elettrico: non possiamo più andare avanti così."

Viriato assentì senza prestare la minima attenzione alle mie parole e ritornò alla sua partita. Io mi piazzai alla fermata dell'autobus.

*

Arrivai un po' tardi nel posto dove, secondo quello che mi avevano detto per telefono, si sarebbe recato Magnolio: quella sera gli autobus non funzionavano con la caratteristica regolarità e la mia destinazione era un quartiere lontano dal centro, e neanche ben collegato. Ma dopo diversi trasbordi mi trovai davanti a quello che scoprii essere un bar, sulla cui porta di legno si leggeva, dipinto elegantemente con uno spray:

OSTERIA MANDANGA
STUZZICHINI BOSCIMANI

Nulla lo differenziava da altri bar nelle sue condizioni (deplorevoli), a parte questa insegna e la clientela, composta esclusivamente da negri. Nessuno dei quali, nel momento in cui entravo nel bar, era Magnolio. Alcuni altoparlanti diffondevano musiche diverse e un televisore appoggiato su una mensola trasmetteva, guarda caso, un'intervista con il signor sindaco, ma non sembrava destare l'interesse della scarsa clientela. Sulle pareti erano appesi gagliardetti, un grande poster di Whitney Houston e uno scaffale carico di pignatte di terracotta con greche e disegni geometrici, come quelli de La Bisbal o di un'altra etnia. Appoggiai i gomiti al bancone; appoggiata c'era una lavagnetta con sopra scritto col gesso:

Piatto del giorno
CICCIOLI DI ZEBRA

"Sono davvero di zebra?" chiesi alla persona che era accorsa a servirmi. Era un uomo piuttosto in carne e avanti negli anni. Aveva la carnagione di un bel nero sano, opaco come la bachelite, e i capelli, le sopracciglia e la barba folta e ricciuta bianchi come la neve. Grazie a questa peculiarità e a un'espressione benigna e sorniona, sembrava una sintesi dei tre re magi.

"Di zebra?" rispose. "No, no. Di cavallo. Ma senza la pelle non si vede la differenza. Li assaggi. Abbiamo anche un surrogato di testicoli di scimmia. Che cosa le do da bere?"

"Che cosa va d'accordo con i ciccioli?"

"La Pepsi-Cola" rispose, e senza attendere la mia risposta alzò la testa verso il soffitto e gridò: "Loli, veloce, una di ciccioli e una Pepsi alla spina!".

"Sa una cosa?" gli dissi. "Mi piace questo posto."

L'uomo dietro al bancone sorrise soddisfatto e disse: "Le piacerà ancora di più quando lo conoscerà meglio. Oltre al servizio bar, abbiamo un cineclub e altre attività culturali: conferenze, seminari, presentazioni di libri. Sabato prossimo è prevista una tavola rotonda sulla posizione del missionario, mito e realtà. E dopo la conferenza, si balla! Entrata libera. Venga anche lei".

"Grazie," dissi, "ma per dove abito io e dove lavoro rimane un po' fuori mano. In realtà sono venuto qui a cercare un amico, si chiama Magnolio. Ho telefonato questo pomeriggio per chiedere di lui."

"Ah, sì, sono stato io a prendere il messaggio" disse l'uomo dietro al bancone asciugandosi la mano nel grembiule per porgermela. "Sono il gestore di questo locale: Juan Sebastián Mandanga, per servirla."

"Piacere. Io faccio il parrucchiere."

"Bel lavoro. Io, come vede, servo al bancone. E mia moglie

in cucina, secondo i sacri canoni" disse con un sorriso benevolo. Poi, ritornando al motivo della mia presenza lì, aggiunse: "Magnolio non è ancora arrivato. Ogni giorno passa di qui – come le ho detto – tra le sette e mezzo e le otto, per vedere se ci sono messaggi per lui e fare quattro chiacchiere con gli amici. Ma da quando esce con Raimundita si fa vedere di meno. Mi sa che stavolta si è preso una bella cotta. Comunque verrà di sicuro. Il bar è anche un'agenzia di collocamento. Senta un po', non sarà mica un ispettore?".

"No."

L'uomo del bancone sparì dietro una tenda di iuta e fece ritorno poco dopo avvolto da una nuvola di fumo. In una mano reggeva un piatto che sembrava pieno di sassolini e nell'altra teneva un bicchiere di plastica con dentro un liquido scuro in cui galleggiava un cubetto di ghiaccio.

Posò il piatto e il bicchiere davanti a me e disse:

"Non lo dico tanto per dire. La situazione di noialtri, me compreso, è tutt'altro che semplice. A volte non si può scegliere, lei mi capisce. Qui dentro tutti quanti, chi più chi meno, abbiamo fatto cose che non figurano sul galateo. Soltanto per necessità, lei mi capisce. Come diciamo al mio paese, nessuno mette i piedi nella cacca, se può evitarlo. Magnolio è un bravo ragazzo. Non so che cosa abbia fatto, ma è un bravo ragazzo".

Feci segno di sì con la testa e proprio in quel momento l'elefantiaca figura di Magnolio fece il proprio ingresso nel locale. La sua vista limitata non gli impedì di scorgermi (essendo un bianco) prima ancora di avere varcato la soglia. Si bloccò, abbozzò un gesto di contrarietà, prese a indietreggiare come se volesse battere in ritirata ma alla fine, accortosi di essere al centro dell'attenzione dei clienti – i quali al suo arrivo avevano interrotto i loro noiosi passatempi –, scrollò le spalle e mi raggiunse al bancone.

"Questo signore," disse l'uomo del bancone indicandomi con un cenno della barba, "dice di essere tuo amico."

Magnolio mosse la testa dispiaciuto, in segno di conferma.

"Come ha fatto a trovarmi?" mi chiese dopo.

Gli dissi come avevo fatto e Magnolio esclamò:

"Io non le devo nessuna spiegazione. Né a lei, né a nessun altro".

"Oh, oh, *excusatio non petita, accusatio manifesta*" disse l'uomo del bancone puntando il dito contro Magnolio. "In quale pasticcio ti sei cacciato, figliolo?"

"Non ho fatto niente di male, signor Mandanga" disse Magnolio.

"Tradimento, delazione, collusione," dissi io, "le pare poco?"

"Parbleu, le accuse sono consistenti" mormorò il signor Mandanga. E rivolgendosi a me: "Può compendiarle?".

"Sono soltanto ipotesi," risposi, "ma solidissime. Lei mi sembra una persona equanime. Mi stia a sentire e giudichi lei."

"Aspetti," disse il signor Mandanga, "chiamo mia moglie. Loli!"

Dalla tenda di iuta che dava sulla cucina sbucò una negra cicciottella, con indosso un camice e un grembiule e con un fazzoletto variopinto annodato sulla testa. Il signor Mandanga me la presentò e lei mi tese una mano grande, forte e bagnata.

"Com'erano i ciccioli?" chiese.

Le dissi che erano squisiti (era la pura verità) e poi, senza indugi, iniziai il mio racconto:

"Intendo risalire, se lor signori non fanno obiezioni, alla notte successiva alla festa che si è tenuta a casa dei signori Arderiu in onore del signor sindaco della nostra città, in occasione dell'inizio della campagna elettorale e con il palese scopo di raccogliere fondi destinati alla suddetta campagna. In tale occasione, vale a dire nella notte successiva alla festa, un signore maturo e brizzolato di nome Miscosillas, avvocato di prestigio con lo studio sulla Diagonal, si recò di nuovo a casa dei signori Arderiu. È stato proprio Magnolio a raccontarmelo, perché a lui lo aveva raccontato Raimundita, la quale presta servizio come domestica nella casa dei sopracitati signori Arderiu; Magnolio era andato a trovarla la notte di cui sopra con fini di corteggiamento e di spionaggio. Però Magnolio non mi ha raccontato tutto quello che Raimundita gli ha raccontato. Perché Raimundita, che è tutt'altro che tonta, aveva ascoltato la conversazione tra il signor avvocato Miscosillas e i signori Arderiu e di tale conversazione aveva fatto il resoconto a Magnolio".

"Non immischi Raimundita in questa faccenda" mi interruppe Magnolio.

"È stato lei a immischiarla, rendendola complice involontaria di una vile azione. Quello che Raimundita venne a sapere a casa dei signori Arderiu, e poi raccontò a Magnolio, fu che in seguito all'omicidio di Pardalot c'era un grande interesse a scoprire dove vivessero un uomo invalido di nome Agustín Taberner, alias il Gaucho, e sua figlia, una ex modella di biancheria intima di nome Ivet. Magnolio lasciò parlare Raimundita, quindi concepì un piano che gli avrebbe apportato ricchi benefici. La sera stessa o il giorno dopo andò a trovare il signor avvocato Miscosillas e gli disse che conosceva il rifugio dell'uomo che da fonti certe sapeva che stavano cercando. E conosceva il suddetto rifugio perché Ivet, che è molto sofistica, quando aveva soldi da spendere si avvaleva dei servizi di Magnolio per farsi portare al residence di Vilassar dove da anni teneva nascosto il padre invalido: in tal modo si risparmiava le seccature dei viaggi in treno e il contatto con la plebaglia, sempre sgradevole, soprattutto nei mesi estivi. Servendosi di Magnolio, Ivet non pensava di mettere in pericolo il suo segreto, in quanto non c'era – né era prevedibile che ci sarebbe stato – nessun contatto fra un autista negro da strapazzo e le amicizie esclusive degli Arderiu, dei Pardalot e dei Miscosillas. E in effetti non ci sarebbe stato nessun contatto se l'omicidio di Pardalot e le successive indagini, abilmente condotte dal sottoscritto, non ci avessero buttati gli uni nelle braccia degli altri, in senso figurato, almeno per quel che mi riguarda. Allora Magnolio, è andata così o no?"

"Non ammetto nulla e non nego nulla," rispose l'imputato, "ma se anche le cose fossero andate così, che c'è di male? Viviamo tutti saltellando qua e là, come gli gnu. E vendere informazioni non è meno lecito che spacciare cibo scaduto, come fa il signor Mandanga, oppure bruciacchiare con la candeggina i capelli alle signore, come fa lei."

"Non entriamo nel merito," disse il signor Mandanga, "prima di avere chiarito alcuni punti fondamentali della storia. Di grazia: chi è Agustín Taberner, alias il Gaucho, e chi è questa Ivet, che tanto interesse destano?"

"Due svitati" dissi. "Agustín Taberner, alias il Gaucho, è stato socio fondatore, insieme a Pardalot e a Miscosillas, di varie imprese di dubbia legalità e copioso reddito, il quale poi venne sostituito nel triumvirato da Ivet Pardalot, che non dovete confondere con la figlia di Agustín Taberner, alias il Gaucho, anche lei di nome Ivet."

"Sarò un po' tonta," disse la signora Loli, "ma non ho ancora capito bene. Perché Miscosillas e gli altri volevano sapere dove si nascondeva Agustín Taberner, alias il Gaucho?"

"Non lo so con certezza," dissi, "ho fatto soltanto qualche congettura. In questa faccenda si mescolano storie vecchie con altre più recenti. Ma qualunque sia la causa del sequestro di Agustín Taberner, alias il Gaucho, una cosa è certa: la sua vita è in pericolo. E ancora: qualunque cosa gli accada, Magnolio ne sarà per una buona parte il responsabile morale."

Guardammo tutti Magnolio aspettando una decisa confutazione delle mie accuse, ma quello, messo di fronte alla descrizione obiettiva dei fatti (e alle sue colpe), taceva e si guardava la punta delle enormi scarpe. Quando finalmente sollevò la faccia, due lacrimoni che sembravano gocce di petrolio gli scivolavano lungo le guance.

"Tutto quello che ha detto quest'uomo," disse con voce spezzata, "è la verità. Mi vergogno di averlo fatto. Ho sempre cercato di agire nel rispetto della legge della giungla, ma stavolta mi sono lasciato trasportare dall'ambizione. Avevo bisogno di soldi. Non costringetemi a dire perché. Ne avevo bisogno per un buon fine, ma i mezzi usati per raggiungerlo sono stati cattivi. Lo capisco, me ne pento e farò il possibile per riparare al male che ho causato."

"Il pentimento è una buona cosa quando è sincero e comporta l'intenzione di riparare i danni causati," disse il signor Mandanga, "ma per Agustín Taberner, alias il Gaucho, potrai fare ben poco."

Nell'udire queste parole, Magnolio si eresse in tutta la sua notevole statura, si tolse il berretto da autista, se lo portò al petto come se volesse soffocare l'eco dei battiti del suo nobile cuore, ed esclamò:

"Possiamo cercare di liberarlo".

"È quasi impossibile" dissi. "Sicuramente lo terranno ben custodito. E per giunta non sappiamo dove l'hanno portato."

"Ah," rispose Magnolio, "io lo so."

Lo guardammo meravigliati e Magnolio, orgoglioso di essere al centro dell'attenzione, ci raccontò che la mattina dopo la notte funesta del tradimento, Magnolio e il signor avvocato Miscosillas erano andati con la macchina di Magnolio a prendere un terzo individuo, incappucciato, e poi tutti e tre insieme si erano recati al residence di Vilassar, dove avevano prelevato il padre di Ivet per condurlo in un luogo sicuro. Laggiù Miscosillas aveva provveduto al pagamento pattuito con Magnolio intimandogli di non rivelare a nessuno quello che era successo: se lo avesse fatto, la polizia lo avrebbe ritenuto complice del sequestro, e inoltre, essendo negro, gli avrebbe attribuito le intenzioni peggiori.

"Ma adesso," concluse Magnolio, "sono pronto a correre

qualunque rischio per riabilitarmi ai suoi occhi, e agli occhi del signor Mandanga e della sua signora, che sono stati dei genitori per me, e agli occhi della signorina Ivet, che tante volte mi ha trovato lavoro e ha avuto fiducia in me, e soprattutto agli occhi dei miei antenati, perché sono animista; perciò, se lo desidera, la porto con la mia macchina, gratis, nel nascondiglio dove tengono rinchiuso Agustín Taberner, alias il Gaucho, ma soltanto fin sulla porta. Devo avvertirla, tuttavia, che si tratta di un luogo pericoloso e nello stesso tempo sinistro: il suo nome, o toponimo che dir si voglia, è Castelldefels."

Accettai di correre il rischio; il signor Mandanga e sua moglie, la signora Loli, si congratularono con Magnolio per quel cambiamento onesto e lodevole, e con me per il mio coraggio; poi uscirono tutti e due da dietro il bancone e ci abbracciarono, ricordandoci che la settimana dopo sarebbe iniziato un ciclo di Truffaut e non vollero farmi pagare i ciccioli e la Pepsi-Cola, dicendo che erano un omaggio della casa.

7.

Era mezzanotte passata quando io e Magnolio ci mettemmo in marcia, e poiché c'era poco traffico in Ronda de Dalt (cantiere) percorremmo un lungo tragitto in un tempo breve. Ma non così breve da impedire a Magnolio di farmi il resoconto di ciò che era successo quella mattina all'alba: come aveva iniziato a raccontarci nel bar, Magnolio era andato a prendere con la macchina, all'incrocio tra la Diagonal e calle Muntaner, il signor avvocato Miscosillas e un altro individuo di bassa statura e corporatura massiccia che Magnolio disse di aver riconosciuto subito, in quanto aveva il volto coperto da un cappuccio e parlava, quando parlava, con la voce deformata da un meccanismo che la rendeva identica a quella di Paperino; in tal modo l'oscuro personaggio guadagnava in mistero quello che perdeva in dignità. Del resto i due sequestratori avevano scambiato poche parole durante il viaggio, senza dubbio per non mettere al corrente l'autista (Magnolio) delle loro perfide intenzioni. E così, con le vicissitudini tipiche del traffico a quell'ora – delle quali Magnolio mi fornì una descrizione prolissa che evito di riferire – i tre erano arrivati davanti al cancello del residence di Vilassar, che il lettore attento già conosce. Magnolio avrebbe preferito rimanere in macchina, e lo fece sapere ai suoi accompagnatori, ma il tizio incappucciato gli ordinò di andare con loro nel caso ci fossero stati dei pacchi da trasportare. Si era espresso proprio con tale crudezza, disse Magnolio. All'interno del residence, un donnone facente funzioni di caposala andò loro incontro. Doveva essere stata avvertita e la sua volontà comprata, perché disse che era tutto pronto com'erano intesi, s'infilò nella tasca del camice l'assegno che le avevano consegnato e accompagnò i tre uomini lungo un corridoio fino a una stanza dove c'era un invalido che dormiva su una sedia a rotelle. Vicino alla sedia a rotelle c'era una valigia chiusa che conteneva, secondo quanto disse la caposala, i vestiti dell'invalido e altri oggetti personali, sempre dell'invalido. L'invalido, sempre secondo la caposala, era stato preparato per il viaggio e questo voleva dire che, stavolta secondo Magnolio, gli era stato somministrato un farmaco specifico per metterlo k.o. Dopo questa breve riunione, avevano portato fuori dal residence l'invalido e il suo bagaglio, avevano infilato in macchina l'invalido e nel bagagliaio la sedia a rotelle dell'invalido e la valigia dell'invalido, ed erano ripartiti con l'invalido e la zavorra dell'invalido. Dopo un tragitto pieno di contrattempi di cui Magnolio mi fece di nuovo un resoconto minuzioso, erano arrivati davanti alla porta di una villetta che si trovava in una zona residenziale di Castelldefels, proprio dove stavamo arrivando noi a nostra volta a quel punto della narrazione.

Lasciammo la superstrada detta di Castelldefels all'altezza di un parking-caravaning, rosticceria, stazione di servizio e centro di esposizione e vendita di mobili da giardino chiamato Il Pirata Finocchio, girammo intorno a due o tre rotonde e, dopo vari tentativi falliti, Magnolio riuscì a orientarsi e ci ritrovammo a viaggiare lungo strade fiancheggiate da villette che non esiterei a definire "da sogno". Purtroppo molte di esse stavano per venire demolite dal piccone del progresso per lasciare il posto a condomini più spaziosi e più consoni al gusto attuale per le ammucchiate. Nessun essere umano, nessuna macchina si muoveva nei paraggi, e soltanto il mormorio cadenzato delle onde del mare che s'infrangevano sulla spiaggia vicina e il lontano sferragliare di un treno merci spezzavano il silenzio quando Magnolio spense il motore, dopo aver fermato l'auto a un angolo della strada.

"È quella lì" disse indicando una villetta su due piani, fatta un po' come un triangolo scaleno, muri bianchi, persiane verdi e tetto con le tegole scolorite, circondata da un giardino il quale era a sua volta circondato da un muretto intonacato, alto un metro e mezzo scarso. "Mi piacerebbe venire con lei, ma come vede non so dove parcheggiare."

"Non si faccia scrupoli di coscienza, Magnolio" gli dissi. "Questa faccenda non la riguarda e lei ha fatto quello che qualunque persona perbene avrebbe fatto al suo posto, anzi, perfino qualcosa di più. In realtà, questa faccenda riguarda soltanto poche persone con le quali io e lei non abbiamo niente a che vedere, né a che fare. Quelli come noi, Magnolio, pensano soltanto a sopravvivere, e la nostra sopravvivenza non passa da Castelldefels. E se si sta domandando come mai, anche se la penso così, voglio ficcare il naso in affari che non mi riguardano, le risponderò che non lo so. Ci sarà una ragione o un istinto che mi spinge a farlo. Credo che c'entri anche la signorina Ivet. E adesso lasci che le rivolga una domanda fondamentale per me: ci sono cani?"

"Stamattina non ne ho fiutato nessuno" rispose Magnolio.

Scesi senza aggiungere altro, Magnolio partì e se ne andò. Quando lo scoppiettio dell'automobile si perse in lontananza, mi avvicinai con cautela alla villetta. Il cancello non era più alto del muretto e si chiudeva con un semplice saliscendi: la villetta era stata costruita nell'epoca ormai lontana in cui a commettere reati contro la proprietà eravamo soltanto in pochi artigiani. Dal cancello alla casa si snodava un viottolo lastricato; il resto del giardino era ricoperto dall'erba e rallegrato da aiuole fiorite. Un mandorlo, un limone e una palma completavano il censimento botanico della zona. Sul fianco destro della casa, rispetto a dove mi trovavo, s'intuiva l'inizio o la fine di una piscina vuota e piena di crepe, da tempo in disuso; dalla parte opposta, un garage. Sul retro la villetta guardava un'altra villetta identica a quella descritta nel presente paragrafo. Questa seconda villetta era al buio; nella prima si vedeva una luce che filtrava dalle persiane socchiuse di una finestra al pianterreno. Temendo che alla finestra fosse appostato qualcuno di guardia, preferii entrare dal giardino dell'altra villetta, credendo che fosse deserto. Ma non era così: non appena ebbi oltrepassato il muretto, mi misi a gattonare sul prato ma sentii un ansimare e vidi a una spanna dal mio naso le fauci di un terribile mastino, per la descrizione del quale rimando a quella fornita dal dizionario della Real Academia Española: "Cane grande, massiccio, testa grossa, orecchie piccole e cadenti, occhi accesi, bocca larga, denti forti, collo corto e muscoloso, petto ampio e robusto, zampe salde e nerborute, e pelame lungo, leggermente lanoso. È molto coraggioso e leale, ottimo per la guardia del bestiame". La lingua bavosa che gli spenzolava da una parte della bocca e un collare su cui si poteva leggere il suo nome (Churchill) ne accentuavano l'aspetto spaventoso. Ero perduto. Eppure, dopo qualche secondo, mentre il crudele predatore si divertiva a prolungare la mia agonia, mi ricordai che tenevo ancora nella tasca della giacca il panino con calamari e cipolla che Ivet non aveva mangiato a pranzo. Portai lentamente la mano alla tasca, tirai fuori il pacchetto, tolsi il foglio di giornale che avvolgeva il panino e con gesti misurati lanciai il panino dentro alle fauci della belva. La quale chiuse la bocca, masticò, deglutì, fissò su di me uno sguardo non tanto feroce quanto taciturno e aprì di nuovo la bocca. Chiusi gli occhi. Quando li riaprii, il mastino era ancora lì con la bocca aperta. Dopo qualche secondo emise un sobrio rutto, chiuse la bocca, fece dietro front e se ne andò.

A tale snervante avventura non ne seguirono altre, e raggiunsi la porta sul retro della prima villetta oggetto della mia incursione – dove presumibilmente veniva tenuto sequestrato Agustín Taberner, alias il Gaucho – e che da ora in avanti, per motivi di stringatezza, chiamerò semplicemente "la villetta". La porta sul retro (della villetta) era di legno, con un pannello di vetro nella parte superiore, attraverso il quale potei vedere una cucina in penombra. La porta era chiusa, ma un bambino sarebbe riuscito a forzarla con il ciuccio. In quattro e quattr'otto ero dentro. Chiusi la porta e mi alzai in piedi, perché andare in giro a quattro zampe ha molti inconvenienti e nessun vantaggio, ed esplorai il terreno minuziosamente e senza far rumore. Nella credenza trovai diverse bottiglie di whisky, gin e rhum, scatolette di arachidi tostate, un barattolo di caffè liofilizzato, una confezione di tè in bustine, sale e zucchero; nel frigorifero, bibite, birre e succo di pomodoro; nel congelatore, cubetti di ghiaccio e una bottiglia di vodka ricoperta di brina. Negli armadi c'erano bicchieri, calici, piatti, cucchiaini e stuzzicadenti; su una mensola, un piccolo candelabro con una candela consumata per metà, una scatoletta di fiammiferi e diverse confezioni di profilattici. Ovviamente non era la casa dove viveva una famiglia. I fuochi del fornello erano freddi. Toccando mobili e oggetti mi resi conto che sugli uni e sugli altri si era accumulato un notevole strato di polvere. Mangiai una manciata di arachidi, presi un cucchiaino e il candelabro, accesi la candela con un fiammifero e uscii dalla porta per esaminare il resto della villetta.

Lì fuori l'oscurità non era completa perché dalla porta socchiusa di una stanza filtrava una luce tenue che illuminava uno spazio ampio e privo di mobili. Immaginai che tanto la stanza illuminata quanto la luce fossero le stesse che avevo visto filtrare da una finestra, quando ero fuori. Da quella stanza, oltre alla luce di cui ho parlato, uscivano le dolci note di un classico della canzone che riconobbi immediatamente: *Only you*, uno dei più grandi successi dei Platters. Sulla mia sinistra c'era un'altra porta. L'aprii e introdussi nello spiraglio la testa e il candelabro. Il che mi permise di osservare una stanza non ventilata, dove si ammucchiavano oggetti un tempo destinati all'ozio e ora all'oblio: biciclette, ombrelloni, sedie a sdraio, racchette, un tavolo da ping-pong. Era tutto rotto e sudicio e nella stanza c'era odore di muffa e di gomma secca. Dietro un'altra porta vidi un lavandino, uno specchio e una tazza. In fondo allo spazio vuoto trovai la porta d'ingresso della villetta. Il chiavistello era chiuso: lo aprii per avere via libera in caso di necessità.

Ciò fatto, mi affacciai alla porta socchiusa della stanza illuminata. Riuscii a vedere soltanto un grande divano ricoperto da un lenzuolo bianco e lo spigolo di un mobile, anch'esso ricoperto da un lenzuolo. L'ultima canzone finì e si sentì soltanto il rumore della puntina di zaffiro che graffiava il solco vuoto del disco. Poco dopo la puntina cigolò quando venne sollevata senza tanti riguardi, e il disco volò a schiantarsi contro il muro, ricadendo in frantumi sul divano coperto dal lenzuolo. A quanto pare l'ascoltatore non l'aveva trovato di suo gusto. Per non tradire la mia presenza nel silenzio che seguì al colpo, restai immobile fino a che la puntina cigolò di nuovo e si udì la bella voce di José Guardiola intonare *Vecchio frac*. Approfittai di questa canzone di successo per ritornare allo scopo della mia visita.

Quello che stavo cercando, vale a dire la scala che portava al piano di sopra, si trovava in fondo allo spazio vuoto, sulla destra. Salii in punta di piedi e sbucai in un corridoio su cui si aprivano diverse porte. Appoggiai l'orecchio su alcune di esse fino a che avvertii un lieve tossicchiare. Provai a ruotare la maniglia ma questa non cedette. Dedussi che lì dentro tenevano rinchiuso Agustín Taberner, alias il Gaucho. Posai per terra il candelabro, tirai fuori dalla tasca il cucchiaino che avevo preso in cucina e aprii la porta. Recuperai il candelabro, entrai, e mentre mi richiudevo la porta alle spalle sussurrai:

"Non parli forte".

La sagoma di un uomo si agitò sulla sedia a rotelle.

"Chi è lei?" chiese in un sussurro.

"Il parrucchiere."

"Ah, e che cosa ci fa con un candelabro in mano?"

"Sono venuto a liberarla."

"Non vedo il nesso."

"Nemmeno io" ammisi.

Appoggiato contro una parete della stanza c'era un letto

singolo, sfatto. Da uno strappo del materasso spuntavano pezzetti di gommapiuma lerci e rosicchiati. Dall'altra parte della stanza, un minchione con un candelabro in mano mi stava guardando: ero io riflesso nello specchio di un armadio. Dallo spiraglio lasciato dalle persiane di una finestrella entrava un raggio di luce proveniente dalla strada. Tentai invano di aprire le persiane: l'azione del tempo le aveva come saldate. Tornai accanto all'invalido.

"Perché fa questo?" chiese.

"Per sua figlia" risposi, decidendo di scegliere la versione abbreviata delle mie motivazioni.

"Ehi, non immischi Ivet in questo pasticcio" disse lui.

"E lei non faccia l'ingenuo: è stata Ivet a mettere lei nei pasticci, signor Gaucho. È argentino?"

"No. Mi chiamavano Gaucho perché nessuno ballava il tango meglio di me."

"Be', sarebbe stato meglio se avesse ballato un po' di meno e non fosse diventato invalido. Mi spiega adesso come facciamo a uscire di qui?"

"Un po' di rispetto, per favore. Sono invalido perché mi hanno spaccato le gambe. A parte la malattia renale. Mi hanno dichiarato incurabile."

"Chi le ha spaccato le gambe? Pardalot?"

"Certo."

"Gli ha fregato così tanti soldi?"

"Abbastanza."

"E Miscosillas?"

"No. Lui è un povero avvocato, l'uomo di paglia del signor sindaco. Ma non sarebbe meglio parlare di tutto questo in una birreria?"

"Facile a dirsi" risposi. "Ma se iniziamo a scendere le scale con la sedia a rotelle, lei si romperà di nuovo le gambe e anche le braccia. Senza contare il casino che pianteremmo."

"Ha ragione" riconobbe. "Mi porti in spalla. Peso poco e lei mi sembra forte."

"È per via delle spalline imbottite. E non intendo portarla a cavalluccio sulla superstrada da Castelldefels fino a Barcellona."

L'invalido ci pensò su e poi disse:

"E già. Allora prima faccia scendere me e poi la sedia".

"Be', non è una cattiva idea."

Aprii la porta. Ci giunsero le note di una triste melodia (*Tombe la neige* o un'altra di Adamo che confondo sempre con

Tombe la neige). Lasciando la porta aperta riuscii, con grandi sforzi e una notevole perdita di tempo, a sollevare l'invalido dalla sedia a rotelle e a sostenerlo precariamente sulle mie spalle striminzite. Lui mi si aggrappava al collo con tutte le sue forze. Per evitare di morire soffocato e avere le mani libere, gli dissi di tenere il candelabro. Così uscimmo dalla stanza. Ma dopo qualche passo, mi cedettero le ginocchia e rotolammo tutti e due sul pavimento. Per fortuna la voce ispirata dello chansonnier coprì il rumore della botta.

"Non ce la faccio più" sussurrai ansimando. "Sono sempre stato deboluccio. E da parecchie notti dormo troppo poco."

"Stavo meglio quando ero sequestrato che adesso" protestò il Gaucho.

"Stia zitto e non si muova. Torno subito" dissi.

A tentoni recuperai la candela – era scivolata fuori dal candelabro e si era spenta – e l'accesi di nuovo con un fiammifero. Al piano di sotto ritornò il silenzio e poco dopo si udì il rumore del disco che si frantumava contro la parete. In seguito Aznavour cantò in spagnolo *Se está muriendo la mamá*. Ritornai nella camera e aprii l'armadio a specchio. Come avevo previsto, trovai della biancheria da letto. Tirai fuori una coperta e ritornai con essa vicino all'invalido: lo trovai sdraiato per terra, in lacrime.

"E adesso che cosa le prende?" gli chiesi. "Si è fatto male?"

"No. È la canzone" disse lui.

*

Approfittando della malinconica prostrazione in cui il ricordo dei tempi felici aveva sprofondato Agustín Taberner, alias il Gaucho, lo sistemai sulla coperta e tirandola lo trascinai fino alle scale con relativa facilità: con questo semplice metodo e in virtù di non so quali leggi della meccanica, ho visto uomini deboli spostare pianoforti e frigoriferi. I gradini, naturalmente, presentavano ulteriori difficoltà.

Tuttavia, con coraggio, destrezza e qualche culata avevamo già fatto la prima rampa di scale quando dei colpi contro la porta d'ingresso della villetta ci costrinsero a fermarci. A chiunque fosse rivolta tale energica bussata, la musica impediva di udirla. Allora il neoarrivato provò ad aprire la porta d'ingresso dall'esterno e ci riuscì al primo tentativo perché poco prima avevo aperto il chiavistello. Nel vano della porta si stagliò la figura di un uomo. Per non venir scoperto dal neoarrivato, mi buttai per terra e coprii con la coperta me stesso e l'invalido, formando in tal modo una montagnola che secondo me era poco visibile nella penombra che regnava nella stanza. Proprio in quell'istante terminava la canzone (di Aznavour) e si udì chiaramente lo scatto della porta che veniva chiusa dal neoarrivato. Dalla stanza illuminata una strana voce domandò:

"Chi è là?".

"Sono io" rispose il neoarrivato.

La voce del neoarrivato non mi era nuova, ma così su due piedi non sapevo a chi attribuirla. L'altra voce era irriconoscibile, in quanto deformata dal meccanismo utilizzato anche in precedenza dall'incappucciato.

"Come hai fatto a entrare?" chiese questi.

"La porta era aperta" rispose il neoarrivato.

"Uhm," disse l'altra voce, "giurerei di avere chiuso il chiavistello della porta d'ingresso."

"E invece era aperto" rispose il neoarrivato. "Non importa, chiuderò a chiave."

E così fece il neoarrivato con una chiave che tirò fuori dalla tasca e rimise nella stessa tasca; quindi, dirigendosi verso la stanza illuminata, si appoggiò contro lo stipite della porta osservando i pezzi di vinile disseminati sul pavimento. L'illuminazione proveniente dalla stanza illuminata creava un alone in controluce intorno ai capelli brizzolati del neoarrivato. Potei così riconoscere il signor avvocato Miscosillas, il quale domandò:

"Che cosa facevi? Ascoltavi pessima musica di ieri, di oggi e di sempre?".

"Sì, e spaccavo questi dischi indecenti" rispose la voce contraffatta. "L'hai vista?"

"No" rispose il neoarrivato signor Miscosillas. "L'ho aspettata da José Luis, dove mi aveva dato appuntamento, ma non è venuta. Mentre stavo lì ha richiamato e mi ha dato appuntamento in un altro bar e poi in un altro ancora. Al quarto bar mi sono stufato e sono venuto qui."

"Uff, sei un idiota" disse la voce contraffatta (e incazzata).

"Perché?" chiese senza scomporsi il signor avvocato Miscosillas.

"Te lo spiegherò dopo. Ma adesso, zitto! Qualcuno bussa alla porta."

"Non ti preoccupare. È Santi. È venuto con me, ma abbiamo lasciato la macchina un po' lontano e quel poveraccio è proprio malmesso da quando è uscito dalla rianimazione."

"Non avresti dovuto portarlo qui" disse la voce. "Ogni giorno che passa è sempre più imbranato. Fisicamente e mentalmente decrepito come questi dischi. Va' ad aprire, che cosa aspetti?"

Il signor avvocato Miscosillas obbedì ed ecco entrare, dondolandosi su due stampelle, Santi l'ex agente di sicurezza ora anche lui divenuto un invalido in seguito alla pallottola che si era beccato nel mio appartamento. Il signor avvocato Miscosillas chiuse di nuovo a chiave e si rimise la chiave nella tasca della giacca.

"La faccenda si complica, amico mio" mi sussurrò all'orecchio Agustín Taberner, alias il Gaucho. "Adesso sono in tre, uno più pericoloso dell'altro."

"Non si scoraggi," risposi, "magari si mettono a litigare e non si accorgono di niente."

Restammo per un po' fermi e zitti. Dalla stanza illuminata giungeva il brusio di una conversazione interrotta da lunghe pause. Con estrema cautela uscimmo da sotto la coperta e riprendemmo la discesa con il metodo già descritto. Quando arrivammo in fondo alle scale, la luce proveniente dalla stanza illuminata proiettò un'ombra. Qualcuno stava uscendo. Feci appena in tempo a trascinare in un cantone coperta e invalido, buttarmi a fianco di quest'ultimo e ricoprire di nuovo tutti e due. Sollevando un angolo della coperta vedemmo il signor avvocato Miscosillas uscire dalla stanza illuminata, attraversare lo spazio buio in cui ci trovavamo, entrare in cucina e accendere la luce. Ci fu del tramestio e poco dopo il signor avvocato Miscosillas fece ritorno nella stanza illuminata reggendo un vassoio con sopra una bottiglia di whisky, quattro bicchieri e una ciotola piena di ghiaccio.

"La porta della cucina era aperta," commentò, "come quella dell'ingresso."

"Eppure giurerei di avere chiuso il chiavistello anche lì" disse la voce.

"Be'," replicò il signor avvocato Miscosillas, "non ha nessuna importanza. Comunque l'ho chiusa a chiave e mi sono messo la chiave in tasca, insieme all'altra. Adesso ho in tasca tutt'e due le chiavi."

"A quanto pare," sussurrai, "aspettano qualcun altro."

Alcuni colpi alla porta confermarono la mia ipotesi. Il signor avvocato Miscosillas andò ad aprire borbottando che doveva fare tutto lui, neanche fosse la serva della casa. Si espresse proprio con queste parole. Non appena ebbe aperto la porta (con la chiave che corrispondeva alla suddetta porta) un uomo s'infilò nello spiraglio, veloce come il fulmine.

"Chiudi, Horacio" disse. "Non mi ha seguito nessuno, ma le precauzioni non sono mai troppe."

Il signor avvocato Miscosillas richiuse a chiave mentre il nuovo neoarrivato veniva accolto nella stanza illuminata dalla voce falsata dell'incappucciato.

"Sei in ritardo."

"Sì, lo so, ma sapete come vanno le cose della televisione: ti dicono dieci minuti e finisce che sono tre ore. E il trucco di qui, e l'annuncio di là, e com'è e come non è ci abbiamo messo un sacco di tempo. Per di più abbiamo dovuto ripetere diverse volte lo spot perché all'intervistatore è venuta la ridarella. Non appena avrò vinto le elezioni gliela faccio vedere io. Ma nell'insieme è riuscito benissimo. Me l'hanno detto i miei curatori dell'immagine, che seguivano il programma dal bar con grande interesse."

"Non sarai mica venuto qui con l'auto blu e la scorta?"

"No, no, ho preso il furgone con l'altoparlante. Si sa qualcosa della ragazza?"

"Non è venuta all'appuntamento" disse il signor avvocato Miscosillas.

"E 'sto cretino, visto che lei gli faceva il bidone ogni volta, ha pensato bene di venire qui."

"A me sembra una buona idea" disse il signor sindaco. "A chi posso servire uno scotch on the rocks?"

Mentre si udivano tintinnare i cubetti di ghiaccio nei bicchieri, esaminai la situazione. Non era allettante. Le due porte d'ingresso (e di uscita) erano chiuse a chiave, e una chiave non è come un chiavistello: forzare le serrature col cucchiaino mi avrebbe portato via almeno mezz'ora, con il conseguente rischio di venire colto in flagrante. Ma fra tutti i piani possibili, questo era l'unico fattibile, perché con un invalido sulla sedia a rotelle era fuori discussione usare le finestre o la canna fumaria. Delle due porte, quella della cucina sembrava essere la scelta più logica, anche se uscire di lì significava probabilmente incontrare di nuovo il mastino; per di più stavolta non avevo niente con cui accattivarmelo, a meno che gli piacessero le arachidi e il succo di pomodoro. Prima, tuttavia, dovevo ritornare al piano di sopra e portare giù la sedia a rotelle, come eravamo rimasti d'accordo all'inizio della fuga.

Da queste minuziose ma necessarie elucubrazioni mentali venni strappato a causa di un odore sospetto di lana bruciata. Io e l'invalido iniziammo a imprecare all'unisono. Avevamo dimenticato di spegnere la candela e la coperta aveva preso fuoco.

Poiché il mio altruismo ha un limite, dissi all'invalido di cavarsela da solo e scappai via di corsa. Ma per sfortuna la coperta mi si ingarbugliò ai vestiti e mi venne dietro. Quello scompiglio non poteva passare inosservato e subito dopo si udirono voci nella stanza illuminata:

"Che diavolo succede di là?".

Il signor sindaco fece capolino dalla porta e disse:

"Non lo so. C'è una coperta in fiamme che corre per la casa".

"Santi, cazzo, fa' qualcosa," esclamò il signor avvocato Miscosillas, "ti paghiamo per questo."

"Sono in malattia" rispose l'ex agente di sicurezza.

"E allora dammi la pistola, idiota" disse il signor avvocato Miscosillas.

E uscì impugnando una Beretta 89 Gold Standard calibro 22 proprio nel momento in cui riuscivo a liberarmi della coperta. Per non sbagliare mi liberai anche della giacca e dei pantaloni, poi sollevai le mani in alto e gridai:

"Mi arrendo!".

"Abbassi le mani e spenga 'sto falò prima che vada a fuoco la casa, cretino" mi ordinò il signor avvocato Miscosillas.

Essendo interessato quanto lui a evitare il disastro, corsi in cucina e feci ritorno con due bicchieri pieni d'acqua. Tale intervento e due o tre violenti pestoni ridussero la coperta a un mucchietto di cenere fumante. In seguito il signor avvocato Miscosillas mi fece entrare nella stanza illuminata, mettendomi di fronte a coloro che stavano lì riuniti. Il signor sindaco fu il primo a reagire.

"Caspita, è lei" disse. "Credevo che avessimo già finito di girare lo spot."

*

Mi avevano fatto rimettere il vestito, tutto bruciacchiato, e mi avevano fatto sedere su un logoro pouf di pelle con decorazioni in rilievo che mi maltrattava le natiche. Nel frattempo Santi, il pistolero invalido, aveva recuperato la Beretta 89 Gold Standard calibro 22 e me la teneva puntata contro; il signor sindaco e il signor avvocato Miscosillas occupavano con aria grave l'ampio divano, e il tizio incappucciato passeggiava su e giù per la stanza con grandi falcate, come un leone in gabbia e col cappuccio. Trascorse così un bel po' di tempo e io, vedendo che non succedeva niente e pensando che in quell'occasione il tempo non giocasse a mio favore, decisi di prendere l'iniziativa parlando in questi termini:

"Signori, dal vostro atteggiamento inquieto e dagli sguardi furtivi che vi scambiate deduco che questa situazione vi è poco gradita; ed essendolo anche per me, vi propongo di sbloccarla con l'unico mezzo che funziona in questi casi, vale a dire giocando a carte scoperte o mettendo le carte in tavola – e sono corrette entrambe le accezioni".

Feci una pausa per sondare l'effetto della mia proposta ma non notai alcuna reazione, né pro né contro; ritenendo più consono ai miei scopi iniziare la seduta con un colpo di scena, mi rivolsi all'incappucciato e gli dissi:

"Ormai è tempo di porre fine alla farsa del cappuccio e della sordina. La prima volta mi ha ingannato, signorina Ivet, ma dopo non più. Inutile continuare a fingere. E andare in giro con la testa coperta per così tanto tempo disidrata la pelle, stimola la secrezione sebacea e rende i capelli grassi e privi di vita".

Scrollando le spalle, l'interessata si liberò del cappuccio – dove all'altezza dell'apertura della bocca era incorporato un distorsore elettronico del suono – e lo scaraventò per terra. Poi si tolse la giacca, i pantaloni e i cuscini che, piazzati sotto i vestiti, celavano le sue forme femminili conferendole il brutto aspetto di un uomo sfatto. Sotto questi vestiti indossava un paio di pantaloni aderenti di lycra grigio chiaro e una semplice maglietta bianca senza maniche. L'insieme, comodo, attuale e senza pretese, la faceva sembrare più giovane e le stava davvero bene. Subito il signor sindaco si alzò dal divano e si precipitò verso di lei con la mano tesa dicendo:

"Piacere. Sono il sindaco di Barcellona e mi ripresento alle elezioni".

Lei gli lanciò un'occhiata carica di rabbia sdegnosa, incrociò le braccia sulla maglietta e lo apostrofò:

"Sono Ivet Pardalot, cretino, e mi conosci da quando sono nata".

"Ah, sì, è vero. Non l'avevo capito. E pensare che hai ricevuto dalle mie braccia l'acqua battesimale... o freatica, non ricordo" ammise il signor sindaco ritornando al suo posto un po' confuso. "Come facevo a sospettare che... Horacio, questa metamorfosi non ti ha lasciato a bocca aperta?"

"No, signor sindaco," dissi io prima che l'interessato potesse rispondere alla domanda del signor sindaco, "il signor avvocato Miscosillas era al corrente fin dall'inizio del segreto della doppia personalità della signorina Ivet. O meglio, era al corrente di una parte del segreto, perché ci sono cose che lui non sa e non gli piacerà sapere quando gliele racconterò."

"Adesso basta" disse Ivet Pardalot interrompendomi. "Non abbiamo nessun bisogno di stare a sentire 'sto professionista della lacca e delle chiacchiere. È un intruso, quindi siamo noi che dobbiamo occuparci di lui, e non lui di noi. E lo faremo senza perdere altro tempo. La presenza di questo pezzo di merda complica un poco i nostri progetti ma, se sappiamo approfittarne, può anche semplificarli. Perché questo pezzo di merda, non contento di essere il principale indiziato della morte di mio padre, è entrato in questa casa con l'aggravante della notte e dello scasso. Non ci sarebbe niente di strano se, visti i precedenti, finisse per avere quello che si merita. Per esempio, un colpo ben dato. In questo modo la polizia potrebbe dire che l'assassino di Pardalot è stato ucciso per legittima difesa mentre tentava di commettere l'ennesimo reato, e archivierebbe così definitivamente un'indagine che procura solo fastidi a tutti noi. Qualcuno ha qualcosa da aggiungere alla mia proposta?"

Il signor avvocato Miscosillas saltò su dal divano come spinto da una molla (del divano) e chiese con voce tremante:

"La proposta consiste nell'ammazzare a sangue freddo questo pezzo di merda?".

"Per carità, Horacio," esclamò il signor sindaco, "modera il vocabolario. Queste non sono cose che io debba sentire."

"È soltanto un parrucchiere privo di documenti che sa troppo" rispose Ivet Pardalot. "La sua sparizione non disturba nessuno. Vivo, invece, è una seccatura costante. L'altra notte, a casa mia, ha cercato di venire a letto con me."

Il signor avvocato Miscosillas arrossì fino alla radice dei capelli brizzolati e chinò la testa.

"E non potremmo offrire a questo pezzo di merda un pacco di soldi per il suo silenzio?" propose il signor sindaco. "O un impiego in municipio? Il palazzo di città è un covo di satiri."

"No" disse Ivet Pardalot. "Ci siamo spinti troppo in là per adottare soluzioni temporanee. Santi, porti questo pezzo di merda in un posto tranquillo, proceda e sotterri i suoi resti nel giardino della casa a fianco."

"Santi, amico mio," mi affrettai a dire, "non lasciarti abbindolare da questa infida donna. Se tu fai fuori me, loro dopo faranno fuori te. E con maggiori motivi, perché tu saprai di loro cose più grosse e compromettenti."

"Sì, ma io faccio parte della banda" rispose Santi.

"Non contarci, Santi" dissi. "In questo club, come in tutti i club, c'è posto soltanto per i soci fondatori. Tu sei una pedina, una cacchina sulla scacchiera. Stammi a sentire: la pallottola che ti sei beccato nel mio appartamento non è stato un errore. Qualcuno sapeva che saresti venuto a trovarmi e aveva assunto un tiratore scelto per farti fuori dalla casa di fronte. L'idea di farmi firmare una confessione scritta non poteva essere venuta a te da solo. Qualcuno ti ha dato l'idea e anche la penna stilografica. Un agente di sicurezza non ha una Montblanc. Chi è stato, Santi?"

Santi rimase pensieroso. Poi disse:

"Questo non prova niente. Perché?...".

"Perché era meglio ucciderti?" dissi io. "Semplicissimo: per offrire alla polizia la soluzione del caso. A me non riuscivano a dare la colpa come avrebbero voluto. Invece con te sarebbe stato facile. La notte del fattaccio, tu e Pardalot eravate da soli nello stabile de Il Ladro Spagnolo."

"D'accordo" concesse Santi. "Ma non sono stato io a ucciderlo."

"Forse no" dissi. "Ma se fanno fuori me per essere sicuri del mio silenzio, perché non dovrebbero ammazzare anche te?"

"Un momento" disse il signor sindaco, guardando contrito ora gli uni ora gli altri. "Se Santi non ha ucciso Pardalot e neanche lei lo ha fatto, chi ha ucciso Pardalot? Non ditemi che sono stato io. È vero che quella notte sono andato negli uffici de Il Ladro Spagnolo. È vero che sono entrato di nascosto dal garage per non essere visto. Ma quando sono arrivato nel suo ufficio, Pardalot era già morto. Almeno, così ricordo. Il problema è che non ho la testa ben salda, sapete? Per svolgere le mie mansioni va più che bene. Ma quelli dell'opposizione lo sanno e approfittano di questa mia debolezza. Non manca giorno che non facciano mozioni contro di me e altri scherzetti del genere, per confondermi. E tutto mi gira intorno, specialmente il Salón de Ciento. Ma non sono matto."

Si alzò dal divano, tirò fuori dalla tasca un volantino di propaganda elettorale su cui figuravano il suo allegro ritratto su fondo azzurro e uno slogan incisivo (Viva il Michelasso!) e mostrò la fotografia alla piccola cerchia dei presenti passando dall'uno all'altro mentre domandava:

"È forse questa la faccia di un demente? Ditemi, sono i lineamenti di un pazzo furioso?".

Ci astenemmo pietosamente dal rispondere, lo tranquillizzai circa l'autore del delitto e, con suppliche e moine, riuscimmo a farlo sedere di nuovo sul divano. Dopo che questa emozionante parentesi venne chiusa, Ivet Pardalot riprese la parola e le redini della situazione e ripeté a Santi di obbedire ai perfidi ordini che gli aveva impartito; ma lui si rifiutò dicendo che aveva bisogno di tutt'e due le mani per tenere le stampelle e in quelle condizioni non poteva obbligarmi ad accompagnarlo fuori per finirmi. Udendo questa scusa grossolana, Ivet Pardalot rise con sarcasmo.

"Ah, capisco," disse, "hai creduto alle frottole di questo imbonitore. Non importa. Horacio, prendi la pistola di Santi, porta in giardino 'sto tizio e fallo fuori. Il signor sindaco ti aiuterà a scavare la fossa."

"Tesoro," rispose il signor avvocato Miscosillas, "io sono soltanto un povero avvocato. Civilista, che è la specie più mansueta."

"E io, non è per non lavorare," disse il signor sindaco, "ma preferirei astenermi."

Ivet Pardalot sferrò un calcio furioso contro il giradischi.

"Ma certo," gridò, "con le canzoni che ascoltavate, che altro potete fare? Voi uomini siete diventati delle chiocce, e così noi donne dobbiamo fare la parte dei galli e anche quella delle chiocce. Alla fine abbiamo perso tutti quanti, meno i preti. Va bene. Basta discutere. Lo farò io."

E dicendo queste parole aprì un cassetto del comò e tirò fuori un vecchio revolver Remington calibro 44 che puntò successivamente contro ciascuno di noi, chiudendo ora un occhio ora l'altro per prendere meglio la mira.

"Mi sembra," commentò il signor sindaco, "di non essere il solo ad avere una rotella fuori posto."

Il signor avvocato Miscosillas mosse un passo verso Ivet Pardalot, ma lei fece un gesto talmente espressivo con il revolver che il signor avvocato Miscosillas fece un passo indietro e ritornò nel punto in cui si trovava prima di muovere il primo passo. Sul suo volto si leggeva la costernazione.

"Ivet, tesoro," mormorò, "che cosa penserà questa gente? Rimetti a posto il revolver. Potrebbe essere carico. A giocare con le armi succedono un sacco d'incidenti. Non tanti come andando in giro in moto, ma più di quanto non si creda. Dove l'hai trovato?"

"Rovistando in casa," disse lei, "ho trovato i dischi, una pila di 'Playboy' vecchi come il cucco e questo revolver Remington calibro 44, arrugginito e polveroso, ma carico e funzionante. Il revolver," aggiunse rivolta a me, "era del nonno. Nonno Pardalot aveva fatto fortuna dopo l'insopportabile guerra civile spagnola con i metodi abituali in quel periodo storico tanto noioso. Divenuto ricco, si comprò una casa a S'Agaró e un'altra a Camprodón per andare in villeggiatura con la famiglia, e si costruì questa villetta a Castelldefels per portarci le ragazze. Quando il nonno si stufò di portarci le ragazze, suo figlio, che sarebbe il mio defunto padre, iniziò a usare la villetta con o senza il consenso del nonno, per venirci con i suoi compari e con povere ragazze alle quali avevano fatto bere la storia della liberazione sessuale. Con quelle frottole e questi dischi ne avevano rovinate parecchie (ragazze) e poi chi s'è visto s'è visto. È così o non è così, signor sindaco?"

"In realtà," sospirò il signor sindaco, "gli altri non lo so, ma io mi facevo di seghe."

"Il nonno era stato feticista," continuò a raccontare Ivet Pardalot, "per questo aveva la pistola."

"Falangista, tesoro" la corresse il signor avvocato Miscosillas. "Nel dopoguerra alcuni avevano la pistola e altri le ragazze. Ma pistole e ragazze insieme le avevano soltanto i falangisti. Ho cercato di spiegartelo mille volte, ma tu non mi ascolti mai, tesoro."

"Il gruppo di mio padre," proseguì Ivet Pardalot senza dar retta alle puntualizzazioni dell'altro, "era formato da tre amici, vale a dire mio padre, il signor sindaco qui presente e un terzo uomo di nome Agustín Taberner, alias il Gaucho. Ce n'erano anche altri, naturalmente, ma loro erano l'aculeo."

"Il nucleo, tesoro" la corresse il signor avvocato Miscosillas. E rivolto agli altri: "Io non ho mai fatto parte di quel gruppo. Avevo qualche anno meno di loro e non ero di buona famiglia. Mi sono laureato a forza di borse di studio. Ho visto undici volte *Sette spose per sette fratelli*. Quel film rappresentava e rappresenta ancora adesso, nel mio immaginario, l'ideale che ho sempre sognato per la Catalogna".

"Io invece ho visto tre volte *Il settimo sigillo* e non ho capito niente: né chi era il ragazzo, né niente di niente" disse il signor sindaco. "Ah, tempi felici che non torneranno mai più! Eravamo giovani, inquieti, avidi di sapere, insaziabili, tre imbecilli, sempre insieme: io, tuo padre e quel bellimbusto che ballava così bene la milonga. Dio solo sa dove sarà finito!"

"Da nessuna parte" rispose il signor avvocato Miscosillas. "È invalido e lo teniamo sequestrato al piano di sopra."

"Sequestrato? Uff, queste non sono cose che io debba sentire" disse il signor sindaco.

"Da anni se ne stava nascosto in un residence per anziani a Vilassar" continuò a raccontare il signor avvocato Miscosillas. "Con un colpo di fortuna sono riuscito a scoprire il suo rifugio corrompendo un autista negro e deficiente che ogni tanto accompagnava l'altra Ivet nel residence di Vilassar. Con Agustín Taberner, alias il Gaucho, in ostaggio, credevamo che l'altra Ivet avrebbe consegnato i documenti che 'sto cretino ha rubato negli uffici de Il Ladro Spagnolo. Questa Ivet qui, vale a dire Ivet Pardalot, si era messa in contatto con lei, con l'altra Ivet, e fra loro due hanno fissato un appuntamento con me, stasera, da José Luis. L'altra Ivet doveva portare laggiù i documenti e io, in cambio, le avrei restituito suo padre."

"Ah, Horacio, come ti esprimi male" disse il signor sindaco. "Quale bar? Quale appuntamento? Quale padre?"

"Il padre di lei" rispose il signor avvocato Miscosillas. "Agustín Taberner, alias il Gaucho, è il padre di Ivet. Non di questa Ivet qui, ma dell'altra Ivet. Il padre di questa Ivet qui era Pardalot."

"Adesso ho capito" disse il signor sindaco. "E ho anche capito perché l'altra Ivet non è andata all'appuntamento con i documenti. Chi le avrebbe assicurato che, una volta consegnati i documenti, tu le avresti restituito suo padre?"

"La logica" rispose il signor avvocato Miscosillas. "Dopo aver effettuato lo scambio, perché avremmo dovuto trattenere un invalido? Lei avrebbe riavuto suo padre, noi i documenti e la situazione sarebbe ritornata alla normalità, il che era conveniente per tutti."

"Su questo si sbaglia, signor Miscosillas" dissi io. "In realtà i documenti non interessano a nessuno e il furto commesso dal sottoscritto è stato soltanto una copertura per le vere finalità della persona che ha ordito e diretto fin dall'inizio la trama ingarbugliata di questa storia, nella quale io, lei e gli altri partecipanti siamo stati soltanto delle comparse credulone."

"Caspita," dissero in coro il signor sindaco e Ivet Pardalot, "qualcuno potrebbe risolvere questo indovinello?"

"Lo farò io," risposi, "ma non adesso, perché se le orecchie non m'ingannano qualcuno sta bussando alla porta con vigorosi colpi e concitate grida."

*

Era proprio così: accompagnando le mie ultime parole e quasi soffocandole con il fragore, riecheggiava in ogni angolo della casa un clamoroso tramestio contro la porta. Senza mostrare sorpresa, come se stesse aspettando quell'interruzione, Ivet Pardalot indicò con un gesto al signor avvocato Miscosillas di andare ad aprire, cosa che questi fece malvolentieri. Io, al suo posto, avrei approfittato dell'occasione (e delle chiavi) per uscire da quella casa dove tante pistole erano finite nelle mani di altrettanti squilibrati, e me ne sarei ritornato a Barcellona in taxi – se ce ne fosse stato uno nei paraggi – o altrimenti a piedi. Ma lui (il signor avvocato Miscosillas), forse per il desiderio di sapere come sarebbe andata a finire la storia o forse per altre ragioni come quelle che fra poco ci avrebbe rivelato, decise di ritornare nella stanza illuminata (da ora in avanti "il salotto") in compagnia della persona che aveva provocato tanto scompiglio: e si scoprì essere proprio Ivet, altresì definita senza motivo la falsa Ivet, per me, la mia Ivet, la quale scaraventò sul tavolo un fascicolo esclamando:

"Dov'è il mio papi?".

A tale commovente supplica l'altra Ivet rispose in tono sarcastico:

"Non essere precipitosa, Ivet. Non abbiamo nessuna fretta. E quando si entra in una casa, prima di tutto si saluta. Non ti ricordi di quello che ci hanno insegnato le suore al collegio?".

Ivet, meravigliata, guardò Ivet con attenzione: nonostante la situazione angosciosa riconobbe in lei la vecchia compagna di scuola e non poté evitare che un sorriso (forse in ricordo di qualche innocente birichinata infantile) le illuminasse il volto.

"Ivet!" esclamò allegramente dopo essersi riavuta dalla sorpresa. "Da quanto tempo non ti vedo e non so niente di te! Non sei cambiata. Per te il tempo non passa. O, almeno, non passa invano."

Fece per buttarsi fra le sue braccia, ma Ivet Pardalot la trattenne con un gesto intimidatorio.

"Rimandiamo a dopo le effusioni" disse.

"Mi è dispiaciuto tanto per tuo padre" disse Ivet. "Volevo venire al funerale, ma quel giorno avevo un sacco di lavoro."

"Non importa" rispose Ivet Pardalot. "Anche a me dispiace tanto per tuo padre."

"Mio padre? Che cosa c'entra mio padre? Forse tu sai dove si trova? Potrebbe addirittura essere qui, in questa orribile villetta?"

"Potrebbe" rispose seccamente Ivet Pardalot. "Parleremo di questo argomento quando avremo risolto certe questioni in sospeso. Non ci vorrà molto tempo, e io sono molto efficiente. Time is money, come mi hanno insegnato ad Amherst, Massachusetts. Questi signori li conosci già: il signor sindaco e l'avvocato Horacio Miscosillas. Il ragazzo di bell'aspetto, storpio e con una Beretta 89 Gold Standard calibro 22, vale a dire una pistola, è Santi, ex agente di sicurezza de Il Ladro Spagnolo, attualmente al mio servizio, anche se non sono affatto contenta dei risultati. E 'sto qui, infine, è il tuo parrucchiere."

"Non è il mio parrucchiere" protestò Ivet.

"Mi ripresento alle elezioni" disse il signor sindaco. "Posso domandarle se lei è la figlia del defunto Pardalot, signorina? In tal caso le assicuro che io e il suo defunto padre eravamo buoni amici. Le porgo le più sentite condoglianze. Le ho già detto che mi ripresento alle elezioni?"

"Sì, signor sindaco" rispose Ivet. "E io non sono la figlia del defunto Pardalot. Ma mi chiamo Ivet, come la figlia del defunto Pardalot. In realtà, mio padre è Agustín Taberner, alias il Gaucho. Era anche amico suo e in effetti sono venuta a riscattarlo con questi documenti, così come avevo concordato questo pomeriggio con un signore incappucciato. Lo chiamo così perché nel corso della nostra conversazione lui stesso si è definito come incappucciato, ma dato che parlavamo al telefono non potrei giurare se in effetti avesse il cappuccio oppure no o se fosse nudo come un verme. In ogni caso, abbiamo fissato un appuntamento alle nove da José Luis. Se io portavo i documenti, mi disse, mio padre sarebbe stato libero, sano e salvo. E naturalmente non dovevo farne parola alla polizia."

"Ma lei non si è recata all'appuntamento" intervenne il signor avvocato Miscosillas. "Invece io sì. Seguendo le istruzioni del mio mandante, mi sono presentato puntualmente nel locale convenuto, mi sono sistemato in un punto strategico del bancone da cui potevo vedere la porta del sopracitato locale e ho atteso sorseggiando un whisky. Alle nove e venti un cameriere mi domandò se stessi aspettando una certa Ivet per via di un sequestro e, quando gli risposi di sì, mi disse che quella Ivet aveva appena telefonato dicendo che le era impossibile arrivare in tempo, e in quel momento si trovava dall'altra parte della città, e lei lo sa com'è il traffico a quest'ora e a qualunque ora, e un giorno o l'altro la città finirà per collassare eccetera eccetera. Non so se anche le ultime affermazioni facessero parte del messaggio, forse il cameriere stava esprimendo una sua opinione. Comunque, Ivet mi proponeva di rimandare il nostro incontro alle dieci meno cinque, in un altro locale chiamato Dry Martini. Dato che non era lontano, ho fatto una passeggiata fino al suddetto esercizio, dove ho ingannato l'attesa con un altro paio di cocktail squisiti. Alle dieci e dieci si ripeté la scena del cameriere e del messaggio. Stavolta l'appuntamento era in un bar di calle Santaló. Tre cocktail dopo mi diede un nuovo appuntamento in un quarto bar del quartiere de la Ribera, non lontano da Santa María del Mar. Lì si fecero le undici e mezzo senza che nessuno mi telefonasse. O magari qualcuno telefonò, ma il locale era strapieno di gente, il volume della musica era altissimo e io avevo bevuto qualche bicchiere di troppo. Pagai, uscii, vomitai e venni qui. O forse vomitai prima di uscire, non ricordo."

"Ma lo vedi che sei scemo?" disse Ivet Pardalot quando l'avvocato ebbe concluso la sua esposizione. "Una gattamorta come Ivet, sicuramente consigliata da questa eminenza grigia della coiffure, ti ha fatto scarpinare per tutta Barcellona per guadagnare tempo e consentire che il suo complice tentasse invano di liberare Agustín Taberner, alias il Gaucho."

"Sì, e per di più con una scusa inverosimile," disse il signor sindaco, "perché a Barcellona la circolazione è molto fluida a qualunque ora e nell'intera rete stradale."

"E mentre tu ti sbronzavi," continuò Ivet Pardalot puntando sdegnosamente il dito contro il signor avvocato Miscosillas, "Ivet ti seguiva passo dopo passo e rideva di te."

Ivet riconobbe di avere agito nel modo sopra descritto – risate comprese – e così, stando alle calcagna del signor avvocato Miscosillas, era arrivata a Castelldefels. Ma adesso, una volta lì (a Castelldefels), aveva compreso il proprio errore, perché in quella villetta (di Castelldefels) c'era soltanto gente perbene, onesta e amica di suo padre.

"Mi dispiace disilluderla, signorina Ivet," intervenne a quel punto Santi, "ma da quel che vedo non tutti i qui presenti sono amici di suo padre, né amici di lei. Alcuni sì, lo sono. Altri, invece, ce l'hanno a morte con voi. Il problema è sapere chi appartiene a un gruppo e chi all'altro, e chi, quando si proclama leale all'uno o all'altro, dice la verità oppure mente. Se la può consolare, anch'io mi trovo in una situazione analoga. Ma è pur vero che ho una Beretta 89 Gold Standard calibro 22."

"Posso spiegarti tutto io, o quasi tutto," dissi, "se queste persone me lo consentono e se tu hai fiducia in me. Farò del mio meglio, ma non rispondo della chiarezza né della brevità."

Lei annuì, nessuno si oppose e io feci un breve riassunto di quanto fino ad allora detto. Arrivato a questo punto proseguii:

"I tre amici protagonisti del presente racconto costituirono una società. Uno di loro aveva ambizioni politiche e ritenne prudente non far figurare il suo nome sui documenti. Un giovane laureato in legge gli fece da prestanome. Le cose andavano bene. Gli affari prosperavano. Ma all'inizio c'era da correre qualche rischio e il nome di colui che non doveva comparire probabilmente comparve in qualche operazione poco chiara. Questo fatto sarebbe di poca importanza se oggigiorno l'individuo in questione non avesse prosperato anche sul terreno della politica".

"Ma come!" esclamò il signor sindaco. "Un politico prevaricatore? Fantastico. Lo impiegherò nella mia campagna elettorale. Chi è?"

"È lei, signor sindaco."

"Oh," disse il signor sindaco, "queste non sono cose che io debba sentire."

"Allora non ascolti, perché non è finita qui" dissi riprendendo la mia esposizione. "Ma prima consentitemi di introdurre nel racconto un nuovo personaggio e di fare una breve parentesi sentimentale."

Cercai di schiarirmi la voce senza esagerare con le espettorazioni, e continuai:

"C'era una volta una donna giovane, bella, intelligente, insomma possedeva tutte le qualità. Queste donne di solito appartengono a famiglie decadute o direttamente povere. Pardalot la conobbe e s'innamorò di lei. Si fidanzarono. Quando stavano per sposarsi, lei ruppe il fidanzamento e scomparve. Pardalot non si riprese mai da tale abbandono. Sposò un'altra donna, ebbe una figlia. Divorziò, si risposò diverse volte. Sicuramente avrebbe continuato a risposarsi se non lo avessero assassinato. Ma non è stato ucciso per questa ragione. La donna che gli aveva spezzato il cuore fece ritorno a Barcellona qualche anno dopo e si sposò con Arderiu, un tizio ricco ma vanesio. Era inevitabile che lei e Pardalot s'incontrassero di nuovo nel vortice della vita sociale e culturale della nostra città. Il tempo aveva rasserenato i loro animi e i due ripresero l'antica relazione, senza rinfacciarsi nulla e senza portare rancore".

"E perché non hanno divorziato dai rispettivi coniugi e non si sono sposati tra loro?" il signor avvocato Miscosillas m'interruppe con questa domanda. "Io li avrei sistemati alla grande, con o senza scandalo, a seconda della tariffa."

"Smettila di fantasticare" disse Ivet Pardalot. "Nella seconda fase della relazione non ci fu tra loro quello che stai pensando. Non c'era stato neanche prima. Reinona è ed è sempre stata una donna fredda, calcolatrice, abituata a usare il proprio fascino – ammesso che ce l'abbia – per piegare la volontà degli uomini senza dare niente in cambio. Nella contorta mentalità della sua generazione era possibile farlo, perché gli uomini avevano una concezione talmente bassa delle donne che pagavano sempre per portarsele a letto, e le donne dal canto loro avevano così poco rispetto di se stesse che riscuotevano felicissime e poi davano i soldi a un magnaccia. La vita era un vero spasso. Oggi per fortuna le cose sono cambiate. Anch'io quelle poche volte che ho cercato di servirmi delle mie attrattive fisiche ho fatto meraviglie, ma non mi hanno neanche detto grazie. E poi, perché Reinona avrebbe dovuto sposare mio padre? Non lo ha mai amato, né all'inizio, quando erano ufficialmente fidanzati, e neanche dopo. Reinona non ha mai amato nessuno."

"Questo non è vero," disse dalla porta del salotto una voce roca che fece sobbalzare tutti quanti, "e sono venuta qui per dimostrarlo."

8.

Con la lucida prontezza del politico lungimirante, il signor sindaco fu il primo a reagire di fronte all'inattesa apparizione.

"Bisognerà prendere altre sedie" disse.

Il signor avvocato Miscosillas disse subito che lui non ci sarebbe andato. Le gambe ce le avevano tutti, aggiunse, sebbene qualcuno non potesse servirsene, come Santi, e su altri non si potesse fare affidamento, come me e Ivet vista la nostra condizione di prigionieri. Poi finì per convincersi dell'assurdità del suo atteggiamento, uscì dalla stanza con passo deciso e fece ritorno con una sedia sporca, la spolverò con un fazzoletto e la offrì a Reinona: infatti era lei (mi ero dimenticato di dirlo) la persona che aveva interrotto col proprio arrivo il nostro indelicato dibattito sul suo carattere, curriculum, modo di agire e intenzioni. Era, come al solito, ben pettinata e tutta agghindata, indossava una gonna a pieghe, una camicetta a righe con le maniche lunghe e portava un foulard di seta annodato al collo. Completavano questa adeguata mise, una borsetta di pelle bordeaux, in tono con le scarpe, e una faccia da manicomio che faceva dimenticare tutto quanto sopra descritto.

"Tuo marito non è venuto?" le domandò il signor sindaco tanto per dire qualcosa, perché lei, anche se apriva e chiudeva la bocca come se volesse parlare, non emetteva alcun suono.

"Suo marito non sa niente di tutto questo," dissi al suo posto, "e faremmo bene a non raccontarglielo. Questa faccenda non riguarda il signor Arderiu, e comunque non lo riguarda direttamente."

"Posso versarle un whisky con ghiaccio, signora Arderiu?" le chiese il signor avvocato Miscosillas. "Signora Arderiu... signora Arderiu, le chiedevo se posso versarle un whisky con ghiaccio. Forse nello stato di shock in cui si trova..."

Reinona si era seduta sulla sedia portata dal premuroso avvocato e guardava a turno ciascuno di noi, prima Ivet Pardalot, poi Santi, poi il signor avvocato Miscosillas e il signor sindaco, entrambi di nuovo seduti mano nella mano sul sofà, e alla fine Ivet e il sottoscritto, che completavamo il cerchio in senso orario. Senza attendere risposta, il signor avvocato Miscosillas andò in cucina, fece ritorno con un bicchiere pulito, versò un whisky con ghiaccio e lo porse a Reinona. Lei ne bevve una lunga sorsata, fece schioccare la lingua contro il palato e subito dopo, riemergendo dal vortice delle sue emozioni, ritornò in sé e disse:

"Lo amai con cieca passione, ma era scritto che quella passione sarebbe stata foriera d'infelicità".

"Non credo che si riferisca a suo marito, eh Horacio?" il signor sindaco pose la domanda al suo compagno di sofà.

"No, signor sindaco" disse lei anticipando la risposta dell'altro. "Mio marito è un brav'uomo al quale porto il rispetto che si merita, e voi non fatevi l'occhiolino là dietro, che vi vedo. E il mio rispetto non ha niente a che vedere con il fatto che l'abbia sposato non per amore ma per soldi. Non m'importa confessarlo. D'altronde, i soldi non erano per me. Non sono avida. Io ne avevo bisogno e lui li aveva. Tutto qui."

"Aveva bisogno dei soldi per la bambina, vero?" le domandai con l'intenzione di aiutarla a procedere nel racconto delle sue disavventure.

"Sì" disse.

"Quale bambina?" domandò il signor sindaco.

"Quella della fotografia che tiene in un cassetto del mobile da toilette" dissi io.

"La figlia che ha avuto con l'uomo che amava, signor sindaco" chiarì il signor avvocato Miscosillas. "Lei dovrebbe ricevere meno visite ufficiali e andare un po' di più al cinema. Reinona ha avuto una figlia naturale a causa di un passo falso."

"Con il defunto Pardalot?" chiese il signor sindaco.

"Ma no, no, con quell'altro. Con l'uomo che amava in segreto."

"E questo tu lo chiameresti fare un passo falso, Horacio?"

"Dicevo così per farmi capire, signor sindaco."

"Anch'io gradirei una spiegazione," intervenne Santi, "perché mi gira la testa."

Presi la parola e ripresi il filo del discorso.

"Mentre era fidanzata con Pardalot, Reinona s'innamorò di Agustín Taberner, alias il Gaucho, ed ebbe con lui una relazione sentimentale alle spalle dell'allora fidanzato, oggi defunto Pardalot, mentre il defunto ultimava i preparativi per le nozze."

"Che faccia tosta!" esclamò Santi.

"Sono d'accordo con Santi" disse il signor sindaco. "Perché non hai detto la verità a Pardalot? Sono cose che succedono e lui avrebbe capito. Anch'io capirei se mia moglie s'innamorasse... che ne so, del vicesindaco per esempio."

"Fu proprio Agustín Taberner, alias il Gaucho, a chiederle di non dire niente" intervenne Ivet Pardalot. "Agustín Taberner, alias il Gaucho, aveva truffato e derubato i suoi soci fin dall'inizio e temeva che venisse tutto a galla se, per colpa di Reinona, Pardalot avesse perso la fiducia che nutriva in lui. E non era una truffa da poco. Se Pardalot avesse voluto vendicarsi del doppio tradimento del Gaucho, avrebbe potuto spedirlo al fresco per un bel pezzo."

"Prove documentate?" chiese Santi.

"Non ve ne sono altre, cocco" rispose Ivet Pardalot.

"Agustín mi aveva promesso di sistemare gli intrallazzi che aveva fatto all'interno della ditta di nascosto dai suoi soci" disse Reinona. "Poi, con le mani pulite, avremmo raccontato a Pardalot la nostra storia e ci saremmo sposati. Io gli ho dato retta e sono stata al gioco."

"E saresti arrivata al punto di sposare Pardalot per occultare un'appropriazione indebita?" chiese Ivet.

"Non lo so. Adesso mi piace pensare che non lo avrei fatto, ma allora, nel pieno del casino, non so che cosa sarei stata capace di fare per amore o per follia. Comunque fu il caso a decidere per me, perché scoprii di essere incinta di Agustín Taberner, alias il Gaucho. Naturalmente decisi di abortire. A quel tempo si poteva farlo soltanto a Londra, per cui m'inventai una scusa per non destare i sospetti di Pardalot e delle nostre rispettive famiglie e me ne andai sola soletta a Londra. Arrivai laggiù un freddo e piovoso martedì di novembre. La luce dei lampioni splendeva giorno e notte. Quel clima lugubre si addiceva al mio stato d'animo. Non riuscendo a starmene chiusa nella camera dell'albergo, andai a fare una passeggiata. Mi comprai un impermeabile da Selfridges e presi a vagare senza meta, nella nebbia. Senza sapere come, mi ritrovai con i gomiti appoggiati sul parapetto del ponte di Waterloo. Giù in fondo, sotto ai miei piedi, scorreva l'acqua nerastra. Non so se avrei avuto il coraggio di saltare, ma durante pochi, eterni minuti presi in considerazione la possibilità di farlo. In quel mentre mi si avvicinarono due ragazzi un po' strambi con addosso degli eschimo puzzolenti, e mi dissero che la guerra in Vietnam era finita. L'avevano appena annunciato alla radio. Tutti e tre ci facemmo una canna seduta stante, poi loro se ne andarono via lasciandomi di nuovo sola sul ponte. Capii che quell'evento importantissimo aveva segnato la fine della mia giovinezza, quella era stata l'ultima canna e a partire da allora avrei dovuto affrontare la vita senza idealismi, senza chimere. Grazie a Ho Chi Minh ero maturata di colpo. La mattina seguente invece di andare in clinica mi misi a cercare una sistemazione più economica. Quando l'ebbi trovata, scrissi una lettera a Pardalot in cui gli chiedevo perdono senza spiegargli la ragione della mia fuga, e un'altra lettera ad Agustín Taberner, alias il Gaucho, dicendogli che non ci saremmo mai più rivisti. Un mio conoscente affrancò e imbucò le lettere a Parigi per cancellare ogni traccia del mio rifugio. Grazie all'aiuto di altri spagnoli residenti a Londra riuscii a sopravvivere con lavoretti sporadici. Ebbi una bambina e la chiamai Ivet. Quando lei fu cresciuta, pensai che si meritasse una vita e un'educazione migliori di quelle che potevo offrirle con le mie magre entrate. Ero felice, lì, ma pensai che fosse mio dovere ritornare a Barcellona. Una volta a Barcellona, misi Ivet in un collegio di suore e sposai Arderiu per far fronte alle spese di mantenimento della bimba. Pensavo vagamente che dopo qualche anno, quando Ivet non avesse più avuto bisogno di me, avrei potuto recuperare la mia indipendenza. Grave errore. Tutte le mie decisioni alla fine si sono rivelate altrettanti errori."

"Non hai niente da rimproverarti, mamma" disse Ivet. "Al tuo posto avrei fatto lo stesso."

"Ma sì, certo, due sante donne" disse Ivet Pardalot. "E intanto mio padre viveva sulle nuvole."

"E anch'io" grugnì il signor sindaco. "Vittima di un truffatore per interposta persona. Tu sapevi qualcosa di tutto questo, Horacio?"

"Sì, signor sindaco," rispose il signor avvocato Miscosillas, "ma quando l'abbiamo scoperto lei era già in municipio e avevamo paura che un dispiacere così grande potesse alterare la sua fama universale e il solido equilibrio mentale di cui gode. Del resto, dirglielo non sarebbe servito a niente: Agustín Taberner, alias il Gaucho, era rovinato e gravemente infermo. Ci siamo limitati a incaricare qualcuno di spaccargli le gambe per dargli una bella lezione, e gli abbiamo comunicato che eravamo in possesso di documenti che avrebbero potuto danneggiarlo. Gli abbiamo detto che se ci veniva il ghiribizzo potevamo fargli passare in prigione il resto dei suoi giorni, e credo che lui lo abbia capito, perché si dileguò senza lasciare traccia."

"Minacciato, infermo e bastonato, Agustín Taberner, alias il Gaucho, iniziò un inesorabile processo di decadenza" spiegò Reinona. "In un altro momento e in possesso delle proprie doti fisiche, Agustín Taberner, alias il Gaucho, avrebbe potuto emigrare, sistemarsi in un altro paese, vivere nuove avventure. E io sarei andata via con lui. Ma la sua malattia glielo impedì. In seguito alle botte rimase paralizzato dalla cintola in giù, proprio lui che aveva saputo sfruttare così bene quella metà del proprio corpo! Un caso davvero triste a vedersi. A quel tempo Ivet aveva già terminato gli studi ed era andata a New York per perfezionare l'inglese, ampliare gli orizzonti culturali e trovare un lavoro all'altezza delle sue qualità. Con l'intelligenza che si ritrovava e il suo bel musetto ben presto ricevette offerte molto interessanti. A pochi mesi dal suo arrivo si era già affermata come modella per capi di biancheria di lusso. Le principali agenzie se la contendevano. Mi si spezzava il cuore al pensiero che avrei distrutto una carriera così brillante, ma non avevo scelta. Le scrissi una lunga lettera in cui le raccontavo chi era il suo vero padre – fino ad allora glielo avevo tenuto nascosto – e le chiesi di ritornare in Spagna per prendersi cura di lui. E lei, che ha un cuore d'oro, fece le valigie e venne a Barcellona senza un lamento, senza un rimprovero."

"Ma che brava: figlia modello e per giunta modella di biancheria intima," esclamò Ivet Pardalot con sarcasmo, "che bella storia! Peccato che non ci sia un briciolo di verità. Statemi a sentire. Mentre mi trovavo ad Amherst, Massachusetts, mi era capitato fra le mani un orribile catalogo di vendita per corrispondenza. Qualcuno lo aveva lasciato su una panchina del parco. E in una pubblicità scolorita di mutande felpate per la terza età ho riconosciuto Ivet. Incuriosita ho fatto qualche indagine. A New York, Ivet aveva tentato la fortuna nel mondo della pubblicità. Invano: un conto è essere carina a Llavaneras, un altro è finire sulla copertina di 'Vanity Fair'. Per una che ci riesce, diecimila falliscono. Forse centomila. Il caso di Ivet era uno dei tanti, un semplice dato statistico. Disillusa, senza carattere e senza risorse, aveva iniziato a frequentare cattive compagnie:

droga, prostituzione occulta eccetera. Avrei dovuto compatirla, ma trovai quella notizia piuttosto divertente. A scuola avevo sognato di fare la modella, il mio aspetto banale mi aveva impedito di abboccare all'amo, e adesso io, che ero brutta, stavo ad Amherst, Massachusetts, per frequentare un master in Business Administration. Invece Ivet, che era bella, sprofondava nel fango. Dovevo provare pietà per lei? Ma va' là. Io non avevo cercato la vendetta, ma se la fatalità me la consegnava a domicilio, perché dovevo dire di no? Ho agito male? Avrei dovuto correre in aiuto della mia povera compagna di scuola? Per quale motivo? Non le dovevo niente e non avevo voglia di tirarmi dietro una tossica. Mi sono limitata a osservare a distanza il suo patetico pellegrinaggio. Un giorno mi dissero che era ritornata a Barcellona. Un anno dopo, quando ebbi ottenuto il diploma postlaurea, ritornai anch'io in patria per entrare come dirigente nella ditta di mio padre. Come la cicala e la formica."

"Forse non è il caso di essere tanto espliciti su certi dettagli, gioia" disse il signor avvocato Miscosillas. "Fai sembrare la povera Ivet un relitto umano."

Era vero: a mano a mano che la sua breve biografia veniva raccontata, Ivet chinava sempre più la testa e arrivò ad appoggiare la fronte contro le ginocchia. Singhiozzi convulsi scuotevano il suo organismo e la sedia. Quando ritornò il silenzio, sollevò il viso e da quella posizione un po' forzata ci guardò con occhi opachi.

"Sono un relitto umano, questa è la verità" disse con voce roca. Si raddrizzò, si asciugò le lacrime con il dorso della mano e proseguì: "L'appello di mia madre mi offriva l'opportunità di lasciare tutto quanto e ritornare a Barcellona senza rivelare agli occhi del mondo il fallimento delle mie ambizioni. Ero ritornata con l'intenzione di rigenerarmi e ricominciare una nuova vita, ma non riuscii a disintossicarmi. Ci riuscivo e ci ricascavo, ci riuscivo e ci ricascavo. Adesso sono in fase di ricaduta. Se qualcosa mi preoccupa non posso fare a meno di farmi; ho una scimmia pazzesca. Per questo motivo non ho trovato un lavoro stabile e non ho potuto occuparmi di mio padre, che abbiamo dovuto ricoverare in un residence per anziani. Ne abbiamo scelto uno fuori città perché così, lontano dal teatro delle sue malefatte, sarebbe stato al sicuro dalle possibili rappresaglie di Pardalot. E poi fuori città i residence sono meno cari. Comunque costava un pacco di soldi e Reinona doveva tirarli fuori ogni mese, senza contare quelli che le chiedevo io di continuo per mantenere me e i miei vizi. La mia presenza a Barcellona, invece di alleviare i suoi problemi, li aveva aggravati rendendoli quasi insopportabili".

"Non dire così, Ivet" disse Reinona. "Il solo fatto di averti qui vicina è un perenne motivo di gioia per me e per il tuo povero padre. Quanto ai soldi, mi sono sempre aggiustata. All'inizio senza troppe difficoltà. Poi la faccenda si è complicata. Anche uno scemo come mio marito si sarebbe accorto di spese ingiustificate e ingenti come quelle che dovevo sostenere a causa di un ex amante invalido e di una figlia tossicodipendente. Ho dovuto ingegnarmi per trovare i soldi con altri mezzi. Un giorno mi è venuto in mente di vendere uno dei miei gioielli. Speravo che la sua sparizione passasse inosservata, ma non fu così. Il gioiello era assicurato, il furto venne denunciato, seguirono le indagini e i sospetti ricaddero sulla cuoca, poverina, la cui specchiata onestà finì per rifulgere. Poi, onde evitare la sgradevole ripetizione di incidenti come questo..."

"Lei fece falsificare i suoi gioielli" dissi io. Lei fece segno di sì con la testa e io proseguii, rivolgendomi agli altri: "Ogni volta che la signora Reinona doveva far fronte a una spesa elevata o a un imprevisto, ricorreva a un orefice di pochi scrupoli e questi le faceva una copia del gioiello che la signora Reinona intendeva vendere. È possibile che lo stesso falsificatore di gioielli le comprasse il pezzo autentico. In questo momento la cassaforte della signora Reinona contiene una bella collezione di cianfrusaglie, una delle quali, nella fattispecie un anello con brillanti, affidò a me perché glielo custodissi. Sicuramente temeva nuove indagini in seguito all'omicidio di Pardalot e non voleva che qualcuno scoprisse fra i suoi tesori due anelli identici, uno buono e l'altro di latta. Ma qualcuno deve aver notato la manovra, perché la notte stessa la polizia venne ad arrestarmi accusandomi del furto dell'anello. In quell'occasione me la cavai per un pelo, ma non altrettanto successe la volta dopo. Avevo restituito l'anello alla legittima proprietaria e venni arrestato. E sarei ancora in prigione se il signor avvocato Miscosillas non avesse interposto i suoi buoni uffici. E non lo fece spinto dall'altruismo ma perché Ivet Pardalot glielo aveva chiesto. Voleva guadagnarsi la mia fiducia a qualunque costo e forse voleva usarmi per portare a termine i suoi perfidi progetti. Saprete quali fossero questi progetti e perché li definisco perfidi soltanto se qualcuno di voi andrà a vedere chi bussa alla porta: a quanto pare qualcun altro intende unirsi al nostro piccolo convegno".

*

Tutti noi presenti – tranne l'interessato – ci sforzammo di trattenere le risate quando il signor avvocato Miscosillas dovette alzarsi di nuovo dal divano per andare ad aprire la porta. Approfittai di quel breve intervallo per avvicinarmi a Reinona, che sedeva accanto a me, e chiederle all'orecchio se aveva una chiave della porta d'ingresso (della villetta; di quella villetta) e, in caso contrario, come aveva fatto a entrare senza che nessuno le aprisse, oppure da dove era entrata, al che lei, esercitando con la mano una pressione sul mio ginocchio rispose con un sussurro:

"Ho ancora una chiave della cucina. Io e Agustín Taberner, alias il Gaucho, ci vedevamo di nascosto in questa villetta. Non dirlo a nessuno, e soprattutto non dirlo a mio marito che in questo momento fa il suo ingresso in salotto".

Era effettivamente così. Arderiu, il marito di Reinona, dopo avere elargito sorrisi a destra e a manca aprì l'ombrello e disse:

"Buonasera a tutti. Sono venuto a vedere che cosa faceva Reinona. Reinona è mia moglie. Io sono Arderiu, il marito di Reinona: lei stasera, dopo aver cenato a casa in mia compagnia come facciamo di solito quando non abbiamo altro da fare, mi ha annunciato con estrema naturalezza e senza tanti giri di parole che sarebbe andata a un concerto di Renato Carosone con un'amica o diverse amiche (ho dimenticato il dettaglio). Mi sembrava una buona idea e glielo dissi senza tanti giri di parole: io non ho mai posto circoncisioni alle iniziative di mia moglie. Ma dopo ci ho pensato su e mi sono reso conto che da un po' di tempo Renato Carosone non fa spettacoli a Barcellona. Quarant'anni o giù di lì. Questo particolare non mi avrebbe insospettito se da qualche giorno non avessi notato in Reinona uno stato di grande eccitazione. Eccitazione nervosa, voglio dire. Passava ore e ore seduta in poltrona, scontrosa, taciturna, a volte con la fronte aggrottata, a volte con le lacrime lungo le guance, a volte addirittura con le lacrime sulla fronte a causa delle contorsioni. Insomma, un chiaro caso di esasperazione. E allora pensai che forse la storia del concerto era una scusa e che in realtà stava tramando qualcosa di funesto, come una festa a sorpresa per il mio compleanno o Dio solo sa che cosa. Bene, a me non piace fare tanti giri di parole, per cui decisi di chiedere al personale di servizio senza tanti giri di parole dov'era andata mia moglie. Il personale di servizio sa sempre queste cose. Bene, Raimundita mi disse che proprio quel pomeriggio il suo fidanzato le aveva parlato del sequestro di un paralitico e di una villetta a Castelldefels. Bene, alla fine di tale succinto racconto, ho fatto due più due. Bene, bene, bene. Non so se lo sapete, ma tanti anni fa Reinona ha avuto una storia con un ex socio del defunto Pardalot. Poi lui è rimasto paralizzato alle gambe: era al colmo dell'esasperazione. E facendo due più due più due dedussi che quel paralitico e il paralitico sequestrato dovevano essere il medesimo paralitico. E mediante lo stesso procedimento deduttivo dedussi che la villetta a Castelldefels doveva essere questa villetta. Non so se lo sapete, ma questa villetta apparteneva al padre del defunto Pardalot, e il defunto Pardalot e alcuni amici la usavano negli anni della loro gioventù per portarci le innamorate e organizzare bagordi e gozzoviglie. Anch'io c'ero venuto qualche volta e avevo trovato qui il defunto Pardalot e il signor sindaco, prima di diventare il signor sindaco, in piena baldoria o in piena gozzoviglia, a seconda dei giorni, ma sempre al massimo dell'esasperazione. Di solito ci veniva anche un tizio simpaticissimo di nome Agustín Taberner, alias il Bolas, o qualcosa del genere, bravo ballerino. Dopo venni a sapere che Reinona aveva avuto una storia con quell'Agustín Taberner, o comunque si chiamasse, e che uno dei due, non so se lui o lei, era diventato paralitico. Per questo sono venuto qui".

Con queste parole chiuse l'ombrello, e rivolgendomi il migliore dei suoi sorrisi mi disse:

"Buonasera. Sono Arderiu, il marito di Reinona, e la sua faccia mi è familiare, ma non so se ho il piacere di conoscerla".

Gli ricordai i nostri incontri precedenti, il primo a casa sua, durante il ricevimento per raccogliere i fondi destinati alla campagna elettorale del signor sindaco, e il secondo nel mio modesto appartamento, dove lui si era recato di propria volontà e dove aveva dormito dietro a una tenda.

"Ah, sì, mi perdoni," disse lui, "ho una pessima memoria. Di tre cose che faccio me ne ricordo una e non so a quale delle tre corrisponde. E queste due signorine così gentili?..." aggiunse rivolgendosi a Ivet e a Ivet Pardalot contemporaneamente. "Come sono belle e distinte, e come si mantengono bene! Nessuno direbbe che sono madre e figlia."

"Non siamo madre e figlia, babbeo" disse Ivet Pardalot. "'Sta qui non l'hai mai vista e, quanto a me, mi conosci da quando sono nata. Sono Ivet Pardalot e, come se non bastasse, poco tempo fa abbiamo trascorso un fine settimana insieme in un relais-château vicino a Saint-Paul-de-Vence."

"Ah sì, ora ricordo, come no, come no," esclamò Arderiu dandosi un colpo sulla fronte con il manico dell'ombrello, "un fine settimana delizioso e davvero indimenticabile. Anche lì ho dormito dietro una tenda?"

"Lasciamo perdere queste futilità," proposi, "e ritorniamo a quello che stavamo dicendo. Chi ha ucciso il defunto Pardalot?"

"Io no, signore e signori" si affrettò a dire Arderiu.

"Come fa a esserne tanto sicuro?" risposi. "Con la sua pessima memoria potrebbe averlo ucciso e poi essersi dimenticato dell'incidente."

"Oh, questo è assurdo" disse Arderiu rivolgendosi a tutti i presenti e in particolar modo al suo ombrello. "Io e il defunto Pardalot eravamo amici. Anzi, dirò di più, ultimamente abbiamo lavorato insieme al finanziamento illegale della campagna del signor sindaco."

"Uff, queste non sono cose che io debba sentire" borbottò il signor sindaco.

"Comunque non bisogna dimenticare," aggiunsi, "che il defunto Pardalot aveva uno stretto rapporto di amicizia con la sua signora, signor Arderiu, come lei stesso ebbe modo di dirmi quando onorò con la sua presenza la mia casa e la mia tenda. E, anche se lei ribadisce il carattere liberale delle sue relazioni coniugali e manifesta il più completo disinteresse circa le azioni della sua signora, ciò non toglie che ogni volta che sua moglie fa un passo, cinque minuti dopo arriva lei, soprattutto se non le ha detto dove andava o se ha cercato di dargliela a bere. Ed è vero che, sebbene la sua signora non le avesse detto niente (ed è stata proprio lei a rivelarmelo), lei – signor Arderiu – conosce molti particolari sul passato di sua moglie. E non è escluso che sappia chi è questa signorina che finge di non conoscere né di vista né di nome."

"Ivet?" disse Arderiu. "È vero, non la conosco, non l'avevo mai vista e non avevo mai sentito il suo nome prima di averlo pronunciato con queste mie labbra."

"Non vorrei sembrarle scortese, signor Arderiu," dissi, "sicuramente lei è scemo come dice di essere. Ma forse non è così ingenuo. Per esempio, da tempo si è accorto dei maneggi della signora Reinona con i gioielli. Anzi, dirò di più, è stato lei a denunciare la sparizione dell'anello con brillanti la sera del ricevimento a casa sua, ed è stato lei a mettere la polizia sulle mie tracce, non una ma ben due volte."

"È vero," ammise Arderiu, "anni fa ho scoperto la vendita furtiva dei gioielli di Reinona da parte di Reinona. Dato che i gioielli glieli avevo regalati io pagandoli di tasca mia, me li ricordavo bene. Un giorno un gioielliere venne a trovarmi nello spogliatoio del Club di Polo e mi offrì una collana che, mi disse, gli era stata venduta da una persona che voleva restare nell'anonimato. Riconobbi subito la collana e la comprai con l'intenzione di rimetterla nel portagioie di Reinona prima che lei si accorgesse della sua scomparsa; infatti poco tempo prima era sparito dallo stesso portagioie un ciondolo e la faccenda l'aveva turbata oltremisura, soprattutto quando i sospetti erano ricaduti sulla cuoca, una brava donna ed eccellente cuoca. Bene, andai a rimettere la collana nel portagioie ma, con mia grande sorpresa, mi accorsi che la collana era già lì, oltre a essere – come dicevo – fra le mie mani. Meravigliato del fatto che a Barcellona ci fossero due collane identiche e che tutt'e due fossero di mia proprietà, feci vedere a un altro gioielliere le due collane e così venni a sapere che una era buona e l'altra un'imitazione. Non capivo che cosa fosse successo, per cui non dissi niente a nessuno e soprattutto non dissi niente a Reinona. Rimisi la collana autentica al suo posto e ritirai il falso nella mia cassetta di sicurezza. Qualche tempo dopo la storia si ripeté con un altro gioiello, stavolta un paio di orecchini modernisti di mia nonna, brutti come il peccato. Li ricomprai senza tanti giri di parole. Ormai ho ricomprato tutti i gioielli di Reinona."

"E in tutti questi anni non mi hai mai detto niente" disse Reinona.

"Non volevo darti un dispiacere che rischiasse di portarti all'esasperazione" rispose Arderiu. "A me importava soltanto che nulla turbasse il tuo benessere psicosomatico, e che potessi andare in giro senza vergognarti e senza bigiotteria."

Nell'udire la nobile dichiarazione del suo stolido marito, Reinona non poté trattenere un fiume di lacrime di tenerezza.

"E tutto questo per amore?" domandò.

"Non lo so" rispose Arderiu. "Quando esamino le mie motivazioni di solito faccio degli errori. Una volta, da giovane, ho fatto un sogno strano. Mi ricordo soltanto che si svolgeva a Torralba de Calatrava, in provincia di Ciudad Real. Da allora agisco seguendo alcune semplici norme di vita che sono farina del mio sacco. Per esempio: se non possiamo rendere felici le persone che il destino ha affidato alla nostra discrezione, almeno dobbiamo evitare che vengano ammazzate."

Esasperata, Ivet Pardalot picchiò un pugno sulla credenza di legno di pino ed esclamò:

"Adesso basta con questi schifosi romanticismi. Se per disgrazia leggessi una scena del genere in un romanzetto, lo butterei subito nella pattumiera dopo aver sputato sul nome dell'autore. Tenetevi per voi i vostri sentimenti rognosi e concentratevi piuttosto sull'omicidio di Pardalot e sulle circostanze in cui è avvenuto. E il primo che dà il via libera alle proprie emozioni... gli sparo un colpo".

"Bene," disse Arderiu, "io credevo che fosse tutto collegato. Mi dispiace. I fatti si svolsero nel modo seguente. Io sapevo che mia moglie e Pardalot si vedevano di nascosto. E questo fatto, unitamente alla continua vendita dei gioielli, mi mise la pulce nella bocca. Non fraintendete: io non mi oppongo al fatto che mia moglie si realizzi umanamente come essere umano, basta che le foto non vengano pubblicate su 'Interviu'.* Ma in quell'occasione avevo intuito che c'era un problema, per non usare una parola più forte: frangente. Di modo che decisi di fare delle indagini appoggiandomi a un'agenzia investigativa. Non conoscendone nessuna, chiesi consiglio al signor sindaco, e lui mi mandò da un'agenzia di provata efficienza alla quale lui stesso affidava i sondaggi durante il periodo elettorale. E lì comprava anche programmi piratati per il computer. Senza tanti giri di parole mi rivolsi a quella ditta, loro mi trattarono bene e per farmi un piacere affidarono la mia pratica a un giovanotto in gamba che assomiglia straordinariamente a questo ragazzo con la Beretta e le stampelle."

"Santi lavora per te?" chiese Reinona.

"Se è la stessa persona e si chiama Santi, sì" ammise Arderiu. "Bene, com'era nei piani, Santi andò a lavorare negli uffici de Il Ladro Spagnolo in qualità di guardiano notturno per controllare da vicino Pardalot. In questo modo venni a sapere che Reinona si trovava in un triplice pericolo; primo, perché tutte le donne sono in pericolo, con la violenza che c'è in giro contro le donne; secondo, per motivi che sono specifici di Reinona; e terzo, perché queste stesse parole le ho già dette tantissime pagine fa."

"A quali pericoli si riferiva Santi?" chiese Ivet.

"Non lo so" disse Arderiu. "Se non ricordo male, lui parlava di indizi. Aveva visto Reinona entrare negli uffici, l'aveva seguita lungo i corridoi, aveva origliato dietro alle porte e aveva

* Rotocalco scandalistico molto popolare in Spagna. [N.d.T.]

213

avvertito chiaramente parole concitate, espressioni davvero antitetiche e grida."

"Grida?" chiese il signor sindaco. "Che genere di grida?"

"Di quelle che si fanno con la bocca" rispose Arderiu. "Ah, ah, oh, oh, ancora, ancora, eccetera."

"Va bene, cambiamo argomento" proposi vedendo che Reinona arrossiva. "Qualche sera fa lei ha ricevuto la visita del signor avvocato Miscosillas; il quale, durante il vostro incontro, le ha parlato della necessità urgente di scoprire dove viveva Agustín Taberner, alias il Gaucho. Tale conversazione venne ascoltata da Raimundita, da costei venne riferita al fidanzato, un autista negro di nome Magnolio, e da costui venne riferita a me, dopo che il suddetto Magnolio ebbe rivelato al signor avvocato Miscosillas il rifugio di Agustín Taberner, alias il Gaucho, in cambio di un pagamento in contanti."

"Abbia pazienza," disse Arderiu, "non l'ho seguita fino in fondo, ma è vero che il signor avvocato Miscosillas voleva scoprire il rifugio di Agustín Taberner, alias il Gaucho. Io non sapevo della sua esistenza, ma il signor avvocato Miscosillas era convinto del contrario per ragioni personali o legate alla sua professione."

"Credevo che Reinona le avesse detto qualcosa," intervenne il signor avvocato Miscosillas, "o che glielo avesse detto Pardalot, o magari Santi. Santi lavora anche per me. Io avevo interesse a sorvegliare da vicino Pardalot, e su indicazione del signor sindaco mi sono rivolto all'agenzia investigativa dove lavorava Santi. Quando esposi il mio caso, mi dissero che avevano piazzato proprio uno dei loro uomini migliori negli uffici de Il Ladro Spagnolo per conto del signor Arderiu; grazie a questa fortunata coincidenza, con un piccolo aumento di prezzo potevano fornirmi informazioni su Pardalot e su Arderiu. Arderiu non m'interessava particolarmente, visto che è scemo come pochi, ma ho accettato la proposta."

"Perché voleva sorvegliare Pardalot?" gli domandai. "Lei e Pardalot eravate soci, lui nutriva una grande fiducia in lei e le avrebbe certamente detto senza indugi quello che gli avesse chiesto. O no?"

Il signor avvocato Miscosillas ebbe una breve esitazione e alla fine disse:

"Mi dispiace, non sono autorizzato a rispondere a questa domanda".

9.

Chi non ha avuto come me il privilegio di trascorrere buona parte della propria vita in un manicomio, forse ignora una grande verità: tutti coloro che stanno rinchiusi là dentro notano chiaramente la pazzia degli altri, ma nessuno si accorge della propria. Tenendo in considerazione questo fatto e approfittando dello stanco silenzio che seguì alla risposta negativa del signor avvocato Miscosillas – il quale non volle rivelare la ragione che stava alla base dei suoi atti (di spionaggio) –, ripassai mentalmente gli eventi che avevano preceduto e seguito il delitto e l'intervento di ogni personaggio in essi. Dopo essermi chiarito le idee grazie a tale metodo, decisi di mettere al corrente anche gli altri delle mie deduzioni, affinché risplendesse finalmente la verità e tutti potessimo andarcene a casa.

Comunque, prima di parlare, esaminai la situazione presente (allora) e le possibili conseguenze delle mie parole: infatti non è la stessa cosa rivelare la verità a qualcuno che possa trovarla seccante oppure rivelarla a qualcuno che, per di più, ha in mano una pistola. Per il momento c'erano soltanto due pistole bene in vista, vale a dire la Beretta 89 di Santi e il vecchio revolver Remington calibro 44 di Ivet Pardalot, ma secondo i miei calcoli là dentro, fra le quattro mura di quel salotto, dovevano essercene per lo meno altre due. Stando così le cose e per tranquillizzare gli animi, iniziai dicendo che mi faceva molto piacere trovarmi in compagnia di tutti i presenti, e li ringraziavo in anticipo per la loro pazienza e imparzialità. Nulla di quanto avrei detto, dissi, doveva preoccuparli: anche se alla fine del mio discorso qualcuno di loro rischiava di ritrovarsi sulle spalle un'inconfutabile accusa di omicidio, i miei ragionamenti e le mie conclusioni avevano uno scopo puramente chiarificatorio, didattico e in ultima istanza spiritoso, e non intendevano in alcun modo turbare l'atmosfera distesa e cordiale che regnava lì dentro. Comunque, aggiunsi, quella sera, poco prima di recarmi a Castelldefels dove ci trovavamo in quel momento, avevo messo per iscritto le stesse conclusioni e le avevo affidate a mani sicure, con l'istruzione di consegnarle alla polizia e alla stampa in caso di incidente alla mia persona. Dopo aver detto così, sintetizzai brevemente la situazione generale, riorganizzando gli eventi per ordine cronologico e mettendo ogni cosa e ogni persona al posto giusto, per cui il racconto prese più o meno questa strada:

"Diverse ditte in successione, ma in realtà si trattava sempre della stessa ditta, erano state fondate a partire dagli anni settanta (in Spagna) da tre soci: Manuel Pardalot, oggi defunto; il signor sindaco, oggi sindaco; e Agustín Taberner, alias il Gaucho. Fin dall'inizio il signor sindaco era stato rappresentato dal signor avvocato Miscosillas. Tali ditte avevano effettuato alcune operazioni (forse tutte) di dubbia legalità, delle quali sussistevano prove documentate, non del tutto inoffensive dal punto di vista legale ed estremamente nocive dal punto di vista politico, in particolare per il signor sindaco. Ma poiché chi la fa l'aspetti, la ditta, o meglio, le ditte a loro volta erano state vittime di malversazioni da parte di uno dei soci, Agustín Taberner, alias il Gaucho. Non contento, Agustín Taberner, alias il Gaucho, ebbe una tresca anche con la fidanzata di Pardalot, Reinona, alle spalle di quest'ultimo. La tresca era sfociata in una gravidanza (per non avere preso le dovute precauzioni) e Reinona era andata a Londra per abortire. Alla fine non aveva abortito, si era fermata a vivere a Londra e aveva dato alla luce una bambina di nome Ivet. Risentito, ma ancora ignaro della duplice slealtà del suo socio, Pardalot aveva sposato un'altra donna da cui ebbe una bambina che venne anche lei chiamata Ivet. Le due bambine assomigliavano ai rispettivi genitori: la figlia di Reinona e di Agustín Taberner, alias il Gaucho, bella e stordita; l'altra, intelligente, lavoratrice, ambiziosa e stronzetta.

"Passarono gli anni. Reinona fece ritorno a Barcellona, mise Ivet in collegio, e per assicurare il mantenimento a se stessa e alla figlia si unì in matrimonio con Arderiu, al quale tenne nascosta l'esistenza della bambina e gli disse che era sterile per evitare ulteriori complicazioni. Reinona aveva scelto per la figlia il collegio più prestigioso della città, per cui non è strano che ci fosse finita anche la figlia di Pardalot. Il matrimonio di quest'ultimo era stato un fiasco e, per evitare scenate in presenza della bambina o per levarsela di torno, la facevano stare in convitto. Le due bambine, quasi coetanee e ignare di quello che i rispettivi genitori avevano in comune, diventarono amiche; ma i fatti della vita ben presto avrebbero troncato tale amicizia. Uscite dal collegio, senza nessun accordo previo e all'insaputa l'una dell'altra, andarono tutte e due negli Stati Uniti d'America, l'una a New York, l'altra in un'università dal nome impronunciabile. Come sappiamo, a una è andata bene e all'altra è andata male.

"Anche da questa parte dell'oceano le faccende si mettevano male per Agustín Taberner, alias il Gaucho. Aveva contratto una malattia degenerativa irreversibile, e la sua appropriazione indebita era stata scoperta. Per ragioni facilmente comprensibili, i soci si astennero dal litigare davanti alla giustizia: lui venne espulso dalla ditta e gli spaccarono le gambe. Reinona lo raccolse. Con il ricavato della vendita di uno dei suoi gioielli, affittò un appartamento in calle Bailén e lo sistemò lì. Poi fece venire Ivet dall'America perché se ne prendesse cura. Di lui, non dell'appartamento. Ma Ivet non era in condizioni di prendersi cura di nessuno, anzi, era lei ad avere bisogno di cure. C'era un bel pasticcio a casa del Gaucho".

"Tutto questo," disse Ivet Pardalot, "lo sapevamo già. Ce lo siamo appena raccontato."

"E allora doveva approfittarne per andare a fare la pipì, signorina Ivet," risposi, "perché quello che viene adesso è nuovo e molto ghiotto. Infatti," proseguii rivolgendomi alla maggioranza di coloro che erano lì riuniti, "il ritorno della signorina Ivet Pardalot dagli Stati Uniti e il suo inserimento nell'organico della ditta di suo padre, il defunto Pardalot, buttarono all'aria quel nuovo e precario statu quo. La signorina Ivet Pardalot non era e non è il tipo che si adatti a vivere nell'ombra di chicchessia. Non appena si fu acclimatata, mise in atto un piano per impadronirsi della ditta. Perciò fece modificare lo statuto e subentrò lei al posto di Agustín Taberner, alias il Gaucho. Poi..."

"Con permesso," intervenne l'interessata, "questa parte del racconto è frutto della tua fantasia, per non dire un abuso di potere. Tu non puoi sapere quali fossero le mie intenzioni."

"Ma me le posso immaginare," risposi, "e non credo di essere fuori strada. Lei voleva imprimere a un'azienda obsoleta, a un residuato preistorico, il dinamismo che le avevano inculcato oltreoceano. Altrimenti, perché sarebbe diventata l'amante di un ghiacciolo come il signor avvocato Miscosillas?"

"Senta, buon uomo, non mi prenda in giro" saltò su il signor avvocato Miscosillas. "In primo luogo, non tollero che lei s'immischi nella nostra intimità. E in secondo luogo, lei non mi ha mai visto all'opera."

"Non ne ho avuta l'occasione" dissi. "Quello che affermo me lo ha raccontato proprio la signorina Ivet Pardalot la sera che mi ha portato a casa sua, dopo che lei mi aveva tirato fuori dal carcere. In quell'occasione, mentre noi due eravamo soli, a letto, o per essere più precisi sopra il letto, lei si è lamentata della sua pochezza, si è burlata delle sue pretese e ha fatto paragoni – tutti a suo svantaggio – tra le sue prestazioni e un certo frutto non particolarmente sodo. Poi mi ha fatto vedere una videocassetta..."

Nell'udire tali accuse, il signor avvocato Miscosillas impallidì, si sollevò leggermente dal divano, spalancò la bocca e un rivoletto di bava prese a colargli giù dal labbro inferiore, sembrava un piccolo babbeo. Quindi puntò un dito tremante contro Ivet Pardalot e rivolgendosi agli astanti balbettò:

"Non date retta alle frottole di questa ninfomane. In genere faccio il mio dovere e anche di più e, se qualche volta non ho meritato la lode, non è stato per colpa mia, ma per colpa sua. È incapace, scipita, apatica, maldestra, grossolana, scema, svergognata, tracagnotta e pelosa. Congiungersi con lei è come abbracciare Sancho Panza. Quanto alla videocassetta, l'abbiamo registrata per scherzo una piovosa domenica pomeriggio per far ridere i nostri nipotini in un lontano futuro. Ho detto".

Dopo essere intervenuto con questa fiorita verbosità, il signor avvocato Miscosillas si sedette e chiese al suo vicino di divano un fazzoletto o, in mancanza di questo, un altro volantino della propaganda elettorale per asciugare gli sputacchi di saliva che l'eloquenza gli aveva disseminato sul bavero. Eppure nulla aveva alterato la serenità della signorina Ivet Pardalot, né durante la deposizione del suo amante né subito dopo, quando gli disse:

"Puoi essere orgoglioso: ti sei fatto fregare come uno stupido da un misero parrucchiere. Non ho mai fatto il tuo nome in sua presenza, non gli ho mai parlato di noi e non gli ho mai fatto vedere la videocassetta. Lui ha bluffato e tu, per fatuità, sei uscito allo scoperto. Non importa. Ti ringrazio per la tua sincerità, sono felice di conoscere la tua opinione sulle mie grazie e mi riservo il diritto di rispondere ai complimenti quando lo riterrò opportuno. E tu continua a parlare".

Alludeva a me e io non mi feci pregare:

"Dall'accoppiamento con il signor avvocato Miscosillas la signorina Ivet Pardalot ricavò preziose informazioni di cui pensò di servirsi subito. Ma ora lasciamole da parte per un momento e riprendiamo una questione rimasta in sospeso. La signorina Ivet Pardalot non aveva dimenticato l'altra Ivet. Sapeva che era ritornata a Barcellona, anche se non conosceva il motivo di tale rientro, e non le fu difficile scoprire dove vivesse né le difficili condizioni in cui si barcamenava. Inoltre, e nello stesso tempo, la signorina Ivet Pardalot aveva seguito le tracce di Reinona, che riteneva – giustamente – responsabile del cronico stato di prostrazione di Pardalot e dell'amaro abbandono in cui aveva trascorso gli anni dell'infanzia. Così come aveva fatto con il signor avvocato Miscosillas, ma in modo più sporadico, sedusse Arderiu e un fine settimana se lo portò – come abbiamo appena sentito – in un rifugio appartato al di là dei Pirenei".

"Come facevo a resistere?" si giustificò Arderiu. "Lei mi aveva giurato che non ero io a interessarle, ma la mia macchina. Ho una Porsche Carrera 3600 cc. E comunque la nostra liaison non fu altro che un semplice frangente. Sventato, lo confesso, ma pur sempre un frangente."

"Comunque sia," proseguii, "la signorina Ivet Pardalot ricavò da questa fonte dati freschi e importantissimi su Reinona. Forse scoprì che l'incidente di suo padre era legato al tradimento di Agustín Taberner, alias il Gaucho. Forse scoprì il segreto della paternità e della maternità di Ivet. Insomma, tra il signor avvocato Miscosillas, Arderiu, suo padre – che aveva fiducia in lei – e Santi, che pagò, sedusse o pagò e sedusse, insomma fra tutti riuscì a impadronirsi dei fili necessari per tessere la sua iniqua trama. E ora fate bene attenzione perché ci stiamo avvicinando alla notte del delitto."

Scese un silenzio pieno di attesa e il signor sindaco, rendendosi conto della drammaticità di quel momento, si tolse il dito dal naso e disse:

"Aspetti. Se intende rivelarci l'identità dell'assassino è giusto che siamo tutti in condizioni paritetiche, lo richiede la legge. Siamo tutti seduti e Arderiu non ha la sedia. Horacio, sai già che cosa devi fare".

Ancora sotto gli effetti dell'attentato alla sua virilità, il signor avvocato Miscosillas rispose che nessuno lo poteva prendere per scemo, nemmeno un sindaco che sta per vincere le elezioni, e aggiunse che se Arderiu voleva sedersi poteva benissimo andare lui a cercarsi una sedia, oppure che si sedesse sul pavimento. Arderiu si scusò dicendo che non conosceva la distribuzione interna della villetta, per cui gli sarebbe stato impossibile distinguere una sedia da qualunque altro oggetto voluttuario, e non poteva sedersi per terra perché soffriva di vertigini. Alla fine fu proprio il sindaco ad alzarsi dal divano e disse che sarebbe andato lui a prendere la sedia; comunque sottolineò che non lo faceva nelle vesti di sindaco, ma come semplice cittadino: infatti, disse, i sindaci possiedono – in virtù della carica che ricoprono – una doppia personalità come Clark Kent. Quando fu di ritorno, ripresi la narrazione dei fatti:

"Consapevole dell'esistenza di documenti funesti per la brillante carriera politica del signor sindaco, sapendo dove suo padre li teneva e come fare per impadronirsene, Ivet Pardalot si mise in contatto con l'altra Ivet; grazie ai travestimenti che adesso vedete buttati lì per terra malamente, finse di essere un uomo grasso con problemi vocali e le propose di organizzare un furto negli uffici de Il Ladro Spagnolo. La signorina Ivet Pardalot aveva saputo della mia esistenza tramite i suoi informatori e riteneva che la mia rettitudine e la mia incompetenza mi rendessero idoneo per la realizzazione dei suoi progetti. Però aveva bisogno di Ivet per indurmi a commettere un reato e, come se non bastasse, voleva coinvolgere anche lei. Ivet aveva bisogno di soldi e decise di collaborare. Il piano di Ivet Pardalot, nel caso non lo aveste ancora capito, era semplice: io rubavo i documenti che riguardavano il signor sindaco negli uffici de Il Ladro Spagnolo e li davo a Ivet; poi Ivet li dava a lei, e alla fine la polizia beccava me e Ivet. La notte del delitto qualcuno (forse Ivet Pardalot, o il signor avvocato Miscosillas, o Santi, fa lo stesso) disinserì l'allarme e lasciò le porte aperte, compresa la porta automatica del garage. Ma lasciò in funzione l'impianto televisivo a circuito chiuso, così che la mia impresa, senza che io lo sapessi, venne registrata integralmente. In questo modo Ivet Pardalot, o lo stesso Pardalot, potevano dimostrare la mia colpevolezza. E una volta nelle mani della giustizia, per salvarmi non potevo fare altro che tradire Ivet, e Ivet poteva soltanto dire alla polizia di avere agito per conto di un signore grasso e castrato. Il piano, senza essere una cosa dell'altro mondo, sulla carta non era male; ma, come succede di solito, il caso introdusse un elemento che nessuno aveva preso in considerazione. Perché proprio quella notte Pardalot decise di andare negli uffici de Il Ladro Spagnolo. Non era la prima volta che lo faceva: nella sua vita amareggiata trovava consolazione soltanto nel lavoro. Dopo mezzanotte entrò nel suo ufficio e si rese subito conto che qualcuno era stato lì. Si accorse della sparizione dei documenti e, non immaginando che il furto era stato commesso da sua figlia, avvertì il signor sindaco, il quale si trovava ancora in ufficio, in municipio. Il signor sindaco si recò negli uffici de Il Ladro Spagnolo, così come, secondo la sua versione, Pardalot gli aveva detto di fare. Percorse, sempre secondo lui, lo stesso tragitto che avevo fatto io fino ad arrivare nell'ufficio di Pardalot. Ma quando fu entrato, sempre stando alle sue parole – e qui insisto –, Pardalot era già morto. Ebbene, c'è stata davvero quella telefonata?".

*

Abituato a sentirsi rivolgere accuse ben peggiori durante le giunte comunali, il signor sindaco non perse la calma né la compostezza.

"La telefonata dev'essere annotata sul registro delle telefonate del municipio" disse. "Qualunque cittadino può consultarlo. È un servizio gratuito."

"Non c'è bisogno di consultare nessun registro" risposi. "Ci fu certamente una telefonata, ma non fu Pardalot a farla, bensì Santi. Santi lavora per lei, oltre a lavorare per tutti gli altri. Lei non poteva permettere che Pardalot disponesse liberamente di documenti che potevano rovinarle la carriera. Perciò aveva piazzato Santi negli uffici de Il Ladro Spagnolo. Così teneva sotto controllo Pardalot e, intanto, anche gli altri personaggi del nostro dramma. Quando Pardalot scoprì il furto dei documenti, la prima cosa che fece fu chiamare Santi, che quella notte era il responsabile della vigilanza dello stabile. E Santi non ebbe il tempo di avvisare lei. Allora lei diede ordine a Santi di uccidere Pardalot."

"Questo è assurdo," disse il signor sindaco, "quale interesse potevo avere a uccidere Pardalot proprio quando i documenti non erano più in suo possesso? E se anche avessi ordinato a Santi di uccidere Pardalot, perché avrei dovuto correre rischi inutili presentandomi di persona negli uffici de Il Ladro Spagnolo proprio la notte del delitto? È probabile che le cose siano andate come ha detto lei, ma con modalità diverse. E cioè: Pardalot scoprì il furto dei documenti, mi telefonò e mi chiese di andare da lui. Poi chiamò Santi per dargli una bella lezione, e Santi, di fronte alla prospettiva di perdere il lavoro, lo uccise.

Non mi sembra molto logico, ma le vie degli assassini sono infinite. Magari hanno litigato. In fin dei conti, fra tutti i possibili assassini Santi era l'unico a disporre di un'arma."

"Senta un po', signor sindaco," intervenne Santi, "con il dovuto rispetto la smetta di menarmela. Certo che avevo l'arma e l'occasione per ucciderlo, ma dov'è il movente? E se anche avessi avuto una ragione per liquidare Pardalot, perché avrei dovuto scegliere una notte così affollata? Non dimentichi che dopo il fattaccio qualcuno mi ha sparato mentre mi trovavo a casa di questo gentiluomo, e senza dubbio l'ha fatto per mettermi a tacere. E questo non è incompatibile con la paternità del delitto? No, eccellentissimo signor sindaco, signore e signori: non sono stato io. Invece, se me lo consentite, avrei un suggerimento più logico: la nostra Ivet, dopo essersi tenuta la cartellina azzurra per far sborsare all'incappucciato qualche soldo extra, vedendo che conteneva documenti compromettenti per Agustín Taberner, alias il Gaucho – nonché suo padre – potrebbe essere ritornata (fuori di testa e fatta come ogni sera) negli uffici de Il Ladro Spagnolo percorrendo la strada che tutti conosciamo, per sparare a Pardalot."

Ivet stava per protestare in seguito a tale insinuazione, ma Reinona glielo impedì alzandosi in piedi e chiedendo la parola con un'espressione decisa quanto tormentata. Le prestammo l'attenzione che richiedeva, ma quando lei si accinse a prendere la parola Arderiu l'anticipò e, salendo in piedi sulla sedia che il signor sindaco gli aveva procurato, disse:

"Non c'è bisogno di accusare a turno tutti quanti. Ora che siamo qui riuniti, voglio fare una confessione. Per questo motivo sono in piedi sulla sedia, sfidando le vertigini e la legge di gravità. Bene, come stavo dicendo vi farò una confessione, senza tanti giri di parole. Sono stato io a uccidere Pardalot. Come, quando e perché? Ve lo spiego subito senza tanti giri di parole. Quella sera ero uscito a farmi un giretto con la macchina. Ho una Porsche Carrera 3600 cc. In mezzo alla Vía Augusta sono rimasto senza benzina. Con la batteria a terra e senza liquido nei freni. Sono cose che capitano. Per fortuna ero nelle vicinanze de Il Ladro Spagnolo. Ho visto la luce accesa nell'ufficio di Pardalot. Non mi ricordo da dove sono entrato, ma sono entrato, sono andato nell'ufficio di Pardalot e gli ho chiesto se potevo fare una telefonata all'autofficina. Lui non me l'ha permesso e io l'ho ucciso. Bene, possiamo ritenere concluso il caso".

Scese dalla sedia e, assumendo dignitosamente l'identità del colpevole, si tolse la cravatta, la cintura e le stringhe delle scarpe. Poi, non sapendo dove metterle, se le infilò nella tasca della giacca. Reinona – che stava ancora in piedi – gli si avvicinò, gli posò la mano sul braccio, sorrise intenerita e gli disse:

"Tesoro, tirati su i calzoni e rimettiti la cintura. Il tuo è stato un grande atto di nobiltà. Non mi merito tanta generosità. Sono stata io a uccidere Pardalot".

Arderiu fece quello che la moglie gli diceva, brontolando che a casa sua era lui che comandava e nessuno gli diceva quello che doveva o non doveva fare. Insomma, se lui diceva che era un assassino, era un assassino, punto e basta. Eppure in quell'occasione cedeva alle preghiere della moglie per non contrariarla, perché la vedeva sconvolta in quel frangente. Alla fine, visto che nessuno gli dava retta, si sedette cedendo la parola a Reinona.

"Quella sera," iniziò Reinona, "Ivet mi chiamò al telefono e mi raccontò del furto dei documenti. Li aveva sfogliati ed era sconvolta scoprendo che cosa aveva fatto suo padre. Si era anche bucata. Le ho detto di calmarsi, che mi sarei occupata io di quella faccenda e avrei sistemato tutto. Telefonai a Pardalot. Non era in casa. Immaginai che fosse negli uffici de Il Ladro Spagnolo, dove era solito alleviare la solitudine delle notti, a volte da solo, giocando con il computer, altre volte con me. Ci andai. Santi mi aprì la porta, come aveva già fatto in precedenza e più volte. Io avevo uno stretto legame con Pardalot. Lui era ancora innamorato di me e io lasciavo che mi amasse per tenerlo sotto controllo. In questo modo, pensavo, avrei protetto Agustín Taberner, alias il Gaucho, da qualsiasi rappresaglia da parte di Pardalot o dei suoi soci. In realtà, tutto quello che ho fatto nella vita l'ho fatto per Agustín Taberner, alias il Gaucho. Sono fatta così. Ma non parliamo di me. Sarete ansiosi di sapere come ho fatto a ucciderlo. Ve lo racconto subito."

Dopo questo prologo fece una pausa, e Ivet Pardalot ne approfittò per intervenire:

"Signora, suo marito sarà scemo, ma lei oltre a essere scema è anche ridicola. Adesso pretende di autoincriminarsi per proteggere Ivet, come se qualcuno (tranne lei naturalmente) potesse prendere sul serio la colpevolezza di quel paradigma del rimbambimento che è sua figlia. Crede davvero che Ivet sarebbe stata capace di entrare negli uffici de Il Ladro Spagnolo, trovare quello di mio padre, spargli sette colpi e centrarne almeno uno, se non è nemmeno capace di far funzionare il telecomando

223

del televisore? Ivet vive in orbita, non se n'era accorta? Quanto a lei, mia cara Reinona, principessa dei gioielli falsi e dei sentimenti falsi, non creda di aver fatto una prodezza cercando di coprire sua figlia. La sua confessione non è credibile. Perché dovrebbe esserlo? Anni fa lei è stata sul punto di confessare a mio padre il suo tradimento, ma non l'ha fatto; è andata a Londra per abortire, ma non l'ha fatto; voleva suicidarsi, ma non l'ha fatto. E adesso pretende di farci credere di avere ucciso qualcuno? No, no, lei, come tutte le donne della sua generazione, è sempre lì lì per fare qualcosa di decisivo, ma alla fine incrocia le braccia e aspetta che arrivi un cretino a pagare i cocci rotti. E questo lo chiama lasciarsi trasportare dai sentimenti? Ma va' là, signora, questo è raccontare palle. E mi lasci dire ancora una cosa: sarebbe stato più onesto da parte sua lasciare che il povero Arderiu si prendesse la responsabilità dell'omicidio. Se per tanti anni ha soddisfatto tutti i suoi capricci, lasci che adesso vada in prigione per lei. Faccia la sua parte, signora, e non cerchi di sistemare tutto all'ultimo momento con un atto di eroismo. Magari potrà commuovere i vecchi bacucchi della sua generazione, ma per la gente di oggi, per la gente normale, lei è una poveraccia, uno scherzo della natura. E so quello che dico: suo marito mi ha raccontato tante cose di lei. Le persone raccontano sempre tante cose quando credono che qualcuno stia ad ascoltarle. Ho lasciato parlare Arderiu e lui ha finito per cantarmi il *Parsifal*. Grazie a lui ho scoperto la vecchia storia tra lei e Agustín Taberner, alias il Gaucho. Ho scoperto che lui viveva qui, che era invalido. Ma Arderiu non ha saputo dirmi dove fosse nascosto. Allora ho deciso di trovarlo da sola e di farla finita con tutti e due, con l'invalido e con lei. Loro avevano distrutto la vita di mio padre e indirettamente anche la mia. Io avrei distrutto la loro. Ma dovevo farli uscire dal loro nascondiglio. Mi sono messa con Miscosillas. Con lui è stato ancora più facile che con Arderiu. Non c'era neanche bisogno di starlo a sentire. Nella sua infinita prosopopea credeva che lo amassi e lo ammirassi, e non la smetteva di parlare. Poveretto! Quali sentimenti può ispirare un vanesio pieno di acciacchi, che veste Armani, porta un Rolex ed è talmente indietro che gli piace ancora Mafalda? Voi vi chiederete come ho fatto ad avere tanto successo con gli uomini senza essere un granché come donna. Non è merito mio. Gli uomini sono molto esigenti quando si tratta di emettere giudizi estetici sulle donne, ma nel momento della verità gli va bene tutto. Quando l'ho scoperto, la mia vita è diventata molto più interessante. Non ho problemi ad ammettere che mi sono servita degli uomini. Fa parte della mia professione. Un imprenditore usa tutto quanto: uomini, donne, minerali, crediti fondiari, trasforma tutto, sfrutta tutto, fa rendere tutto. Meno un'impresa come quella di mio padre. Non appena ho visto i registri mi sono accorta che non si poteva andare avanti così. Bisognava sciogliere la società prima che andasse definitivamente a catafascio. Ma per farlo occorreva tagliare fuori dei pitecantropi che pretendevano ancora di vivere di privilegi dandosi un sacco di arie. Mi riferisco a mio padre, al sindaco, a Miscosillas e compagnia bella. Non avevo intenzione di far loro del male. E i loro interessi economici non ne avrebbero risentito se mi avessero dato carta bianca. Avrebbero percepito un bello stipendio e una volta al trimestre avrebbero assistito alla riunione del consiglio di amministrazione per parlare di gastronomia e raccontarsi barzellette sconce. E nel frattempo io avrei retto il timone. Accennai a mio padre l'idea di quel progetto, ma lui non lo capì. Da giovane aveva vissuto protetto da un sistema artificiale, e non voleva rendersi conto che i tempi erano cambiati. Mio padre credeva di essere un imprenditore. Un imprenditore catalano. Ho cercato di spiegargli che era un ossimoro, ma non sapeva neanche cosa fosse un ossimoro. Ho capito che era inutile cercare di farlo ragionare e ho deciso di dare una spintarella alla situazione. Miscosillas mi aveva parlato di certi documenti che riguardavano il signor sindaco. Robetta da niente. A chi può interessare il passato fraudolento di un politico quando il suo presente basta e avanza? Comunque decisi di servirmi dei documenti per provocare una crisi. Il resto lo conoscete. Il piano era buono ma è finito malamente. Volevo fregare e sono stata la prima a rimanere fregata. Non mi succederà un'altra volta".

Ivet Pardalot concluse il suo discorso e noi restammo zitti, per riflettere sulle sue parole. Arderiu si versò un whisky, lo bevve d'un fiato e alla fine interpretò i pensieri di tutti quanti dicendo:

"Sì, va bene, ma qualcuno potrebbe dirmi chi ha ucciso Pardalot? L'intrigo si complica sempre di più e, se vuole conoscere la mia opinione, si sta trasformando in un bel casino. O ci dice chi ha ucciso Pardalot oppure, visto che siamo vicino al Prat, vado a farmi una partitina a golf".

"E io vado nel mio studio" disse il signor avvocato Miscosillas.

"E io a fare colazione" disse Santi.

"E io a un meeting" disse il signor sindaco.

"E io in un centro di accoglienza per ragazze sole" disse Ivet.

"E io a casa, a cucinare un bell'arrosto per il mio maritino che se lo merita proprio" disse Reinona.

"Va bene," dissi io, "vi soddisferò con grande piacere. A dire la verità, anche a me piacerebbe farla finita con questo imbroglio e riposare un poco prima di aprire il negozio. Ma ora occorre chiamare in causa il personaggio centrale di questa storia. Quindi vi prego, signori, di andare a prendere Agustín Taberner, alias il Gaucho, e di portarlo qui in salotto, di sua volontà o con la forza."

*

Indicai loro che avrebbero trovato la sedia a rotelle nella stanza al piano di sopra, e Agustín Taberner, alias il Gaucho, in un angolo buio ai piedi della scala. Poiché l'operazione richiedeva diverse braccia e grandi sforzi, affidarono a Santi la sorveglianza delle tre donne e del sottoscritto; poi il signor sindaco, Arderiu e il signor avvocato Miscosillas andarono a ottemperare alle indicazioni da me imposte, al fine di ottenere una soddisfacente soluzione del problema in generale e di alcune sue componenti in particolare.

Approfittando della tregua proposi a Santi di abbassare l'arma, o almeno di smettere di puntarmela contro tutto il tempo, ma lui rifiutò dicendo che non intendeva farlo finché Ivet Pardalot avesse continuato a impugnare la sua, e soprattutto non intendeva ritirarla senza prima aver avuto la garanzia che un'altra o altre pistole non saltassero fuori – lì dentro e in un prossimo futuro; inoltre, fino a quel momento, avevo dimostrato l'innocenza di tutti i presenti ma non la mia; e infine lui si limitava a obbedire agli ordini. Allora proposi a Ivet Pardalot di rimettere il revolver dove l'aveva trovato e lei mi rispose in modo più chiaro e conciso con una smorfia sprezzante e un monosillabo.

Intanto il signor avvocato Miscosillas era ritornato con la sedia a rotelle dell'invalido. Mentre aspettavamo il ritorno degli altri due, raccontai – su loro richiesta – le peripezie del fallimento della nostra fuga, e il finale del mio racconto coincise proprio con il ritorno del signor sindaco e di Arderiu: i quali, in preda a una grande agitazione, annunciarono in coro che

Agustín Taberner, alias il Gaucho, non era dove avevo detto di
averlo lasciato, né in nessun'altra parte della casa.

"Se non avessi visto la sua assenza con i miei occhi," concluse Arderiu, "non avrei creduto a quello che vedevano i miei
occhi."

"Andiamo in giardino" disse il signor avvocato Miscosillas.
"Senza la sedia a rotelle – che si trova qui – un invalido non può
essere andato molto lontano."

"Un invalido forse no," dissi, "ma Agustín Taberner, alias il
Gaucho, sì. In seguito alle botte rimase paralizzato, ma si riprese. Continuò a fingersi invalido per convenienza. Reinona e Ivet
lo mantenevano e lo curavano e, credendolo indifeso, conservavano gelosamente il segreto del suo nascondiglio. Lui, nel frattempo, riverito come un pascià e al riparo da ogni sospetto, riprese le sue attività fraudolente. Conoscendo alla perfezione il
funzionamento interno della ditta che lui stesso aveva contribui-
to a fondare, si mise in contatto con la concorrenza e portò Il
Ladro Spagnolo verso la bancarotta, così come lo trovò Ivet
Pardalot al ritorno dagli Stati Uniti. Ma nemmeno a lei era venuto in mente di collegare le ingenti perdite con le attività sot-
terranee di un individuo che credeva invalido e sparito dalla circolazione a tutti gli effetti. Tuttavia, una situazione così anomala
non poteva durare in eterno. Le casse della ditta erano state
prosciugate e qualsiasi imprevisto avrebbe rivelato le manovre e
l'identità del loro autore, compresa l'operatività delle sue gambe. E l'imprevisto era il furto da parte mia dei documenti compromettenti negli uffici de Il Ladro Spagnolo. Probabilmente
Ivet, durante una delle sue visite nel residence di Vilassar, aveva
parlato del progetto al padre. Tale ipotesi preoccupò moltissi-
mo il Gaucho. La notte del delitto abbandonò il residence di
Vilassar e, o in treno o a bordo di un altro mezzo di trasporto,
andò a Barcellona e si recò negli uffici de Il Ladro Spagnolo
con l'intenzione di eliminare ogni traccia delle sue continue
malversazioni. Ma arrivò troppo tardi, perché io ero già passato
di lì e avevo rubato la cartellina azzurra. Nell'ufficio di Pardalot, Pardalot sorprese il Gaucho, litigarono, vennero alle mani e
alla fine Agustín Taberner, alias il Gaucho, uccise Pardalot, dopodiché fece ritorno al residence di Vilassar dove si sentiva al sicuro. Poco dopo, negli uffici de Il Ladro Spagnolo arrivò Reinona, su richiesta della figlia Ivet, come lei stessa ci ha raccontato un momento fa. Forse era vero quello che ci ha detto prima,
forse aveva davvero l'intenzione di uccidere Pardalot. Sicura-

mente portava con sé la Walter PPK calibro 7.65 che ho trovato in un cassetto del suo mobile da toilette e che, se non sbaglio, ora tiene nella borsetta, nel caso le servisse. In quell'occasione non le servì a niente: arrivò e trovò Pardalot crivellato di colpi. Non potendo immaginare che cosa fosse successo – perché credeva che l'invalido fosse invalido – temette che Ivet fosse stata la mano criminale. Con impegno e destrezza fece sparire tutte le impronte digitali e in seguito cancellò la videocassetta del sistema televisivo a circuito chiuso, dove era stato registrato il mio abile ladrocinio. Conosceva il meccanismo del circuito chiuso perché durante i frequenti incontri con Pardalot, proprio in quell'ufficio, erano abituati a scollegare il suddetto circuito se nel corso della conversazione la nostalgia di altri tempi o una causa analoga li spingeva a farsi una scopata sopra il tavolo riunioni. Per questo motivo, vale a dire per il fatto che la videocassetta era stata cancellata, la polizia non venne a prendermi com'era previsto nel piano originale, e per lo stesso motivo la mia impresa non venne a galla quando fui arrestato per il furto dell'anello. Mi dica lei se non ci ho azzeccato in pieno."

"Sì," disse Reinona, cui era rivolta l'ultima frase, "è andata così, punto per punto. Sono andata a trovare Pardalot, l'ho trovato morto e ho cancellato la registrazione. Ed è anche vero che tengo nella borsetta una Walter PPK calibro 7.65, carica, un'arma eccellente, leggera e precisa, che mi hanno regalato quando mi sono sposata e con la quale ti ucciderò se continui a diffamare un povero invalido come Agustín Taberner, alias il Gaucho."

"Signora," dissi, vedendo che per corroborare i miei presentimenti tirava fuori dalla borsetta la Walter PPK calibro 7.65, toglieva la sicura e me la puntava contro, "Agustín Taberner, alias il Gaucho, l'ha presa in giro fin dall'inizio. E non mi riferisco soltanto alla propria invalidità, ma a parecchio tempo prima, quando eravate giovani tutti e due. Allora avrebbe potuto sposarla, e non lo ha fatto. L'ha piantata in asso con una figlia a Londra. Sono sicuro che non vi avrà neanche mandato gli auguri per Natale. E poi, come vede, non ha avuto scrupoli: ha lasciato che lei vendesse tutti i suoi gioielli e, più in generale, gliene ha fatte passare di tutti i colori per un amore non corrisposto. E riguardo a Ivet, meglio non parlarne. Che razza di padre è toccato a quella povera ragazza. Lo credo che è venuta su così. Lui vi ha sacrificate tutt'e due in nome dei suoi meschini interessi. Quell'uomo non si merita né il vostro affetto né la vostra pietà. È un malfattore, una canaglia. E se non ve ne importa niente e vi va bene così, sono fatti vostri, ma mi faccia il favore di non puntarmi contro quella pistola. Da una parte c'è Santi che mi prende di mira, dall'altra c'è lei. Signora, così non si può andare avanti. Io non vi ho fatto niente di male. Cercavo soltanto di esporre l'esatto resoconto di quello che è avvenuto la notte del delitto."

Questo ragionamento pieno di buonsenso non aprì nessuna breccia nell'animo degli interpellati. Continuarono a tenermi sotto tiro con rinnovata decisione e io mi ritrovai, come si suol dire, fra due fuochi potenziali. Stando così le cose, Ivet si rivolse a sua madre e ai presenti per dire:

"Adesso che sappiamo che cosa è successo, che si fa? Se avvisiamo la polizia, il mio povero paparino se la vedrà brutta".

"D'altra parte," obiettò il signor sindaco, "non possiamo permettere che un delitto così mostruoso rimanga impunito. La sicurezza dei cittadini dentro e fuori dalle mura di casa è uno dei leitmotiv della mia campagna elettorale."

"Ma non dimentichi, signor sindaco," gli ricordò il signor avvocato Miscosillas, "che se Agustín Taberner, alias il Gaucho, venisse processato potrebbero venire a galla certe cosette che non favoriranno né lei né il suo partito."

"Mannaggia!" esclamò il signor sindaco.

"Signori," disse Ivet Pardalot picchiando un pugno sul tavolo, "questa discussione non ha nessun senso. Abbiamo appurato chi ha ucciso mio padre e, come voi comprenderete, non intendo sorvolare su questo dettaglio. Dei problemi della ditta non dovete preoccuparvi: è tutto sotto controllo. Anzi, la ditta come tale ha cessato di esistere qualche mese fa. Non ve l'avevo comunicato prima per non dare un dispiacere a mio padre, invece se a voi viene l'infarto non me ne frega niente. Tutte le azioni de Il Ladro Spagnolo sono state donate a titolo gratuito a una fondazione che finanzia una ONG che ha sede in una banca di Singapore. È scontato che i benefici derivanti da questa semplicissima transazione si trovano su un conto corrente a mio nome. Ho anche il piacere di informarvi che, in data odierna, il capitale dei soci restanti ammonta a pesetas zero virgola zero. E il primo che protesta finisce diritto a Can Brians, in prigione."

"Horacio," disse il signor sindaco, "mi sembra che, fra tutti quanti, ci hanno lasciato in mutande. Insomma, facciamo come dice Ivet Pardalot e consegnamo il colpevole alla giustizia. Ma esigo che l'arresto venga effettuato all'interno della mia giurisdizione."

"Non ci sarà alcun arresto" disse una voce sinistra.

Ci voltammo all'unisono verso la porta del salotto da dove giungeva la voce, e vedemmo Agustín Taberner, alias il Gaucho, ben saldo sulle gambe come avevo diagnosticato, e con una mitraglietta di marca sconosciuta fra le mani, il che non rientrava nelle diagnosi e nelle previsioni di nessuno.

Dando l'ennesima prova di coraggio, il signor sindaco anticipò i presenti dicendo:

"Ehilà, Agustín, sono felice di vedere che sei guarito!".

Si alzò dal divano e si diresse verso il neoarrivato con le braccia spalancate, come se volesse stringerlo in un abbraccio fraterno, ma l'atteggiamento del Gaucho e un piccolo movimento della mitraglietta gli fecero riconsiderare il suo slancio di effusione. Ciononostante, continuò in tono allegramente cameratesco:

"Vieni qui e siediti, dai, siamo fra amici. E non dar retta a quello che hai appena sentito. Era come a scuola, durante l'ora di conversazione. Romani contro cartaginesi. Del resto, 'sta faccenda dell'omicidio a me non fa né caldo né freddo. *Ich bin ein Berliner*. Invece secondo me dovresti vedertela con questo furbacchione, che da un pezzo fa di tutto per metterti in cattiva luce".

"Ritorna sul sofà, sta' fermo e tieni la bocca chiusa" gli rispose il Gaucho. Poi, puntandomi contro la canna corta della mitraglietta (come se due pistole non bastassero) e storcendo la bocca in una smorfia antipatica, aggiunse: "Quanto a te, verme schifoso, te la sei cercata. Se non ti fossi messo in mezzo nessuno avrebbe scoperto il mio segreto. Avrei dovuto eliminarti prima. Ma sei uscito indenne dalla bomba che ti ho messo al Tempio delle signore, e non avevo più soldi per metterne altre. Da un po' di tempo a questa parte il prezzo dell'esplosivo è salito alle stelle. Ma non importa, quello che non ho potuto fare allora, lo farò adesso. E comunque non mi basterà uccidere te. Hai parlato troppo e adesso tutti sanno che sono stato io a uccidere Pardalot. Per colpa delle tue chiacchiere sono costretto a far fuori tutti i qui presenti, compreso il parentado. Grazie a Dio ho una mitraglietta e liquiderò la faccenda in meno di un amen. Senza dubbio vi domanderete dove ho trovato la mitraglietta (e anche il mio lessico bigotto). Non è complicato. Non essendo invalido, ho manomesso la sedia a rotelle e ho nascosto la mitraglietta e la cartucciera dove gli altri tengono l'orinale. Ho fabbricato io tutto quanto, con le mie mani: quest'arma letale e le pallottole, una per una, con le uniche cose che non mi sono mai mancate in tutti questi anni: il tempo e la pazienza. Da solo nel residence, mentre i malati veri si davano alla bella vita, io tramavo vendetta e fabbricavo gli strumenti per portarla a termine. Prima vi ho rovinati e adesso vi ammazzo, come ho ammazzato Pardalot".

"Agustín," lo apostrofò Reinona, "dopo tutto quello che io e la bambina abbiamo fatto per te, non sarai capace di..."

"E invece sì" rispose il Gaucho. "Sono capace di questo e di molto peggio. Ti ucciderò come gli altri, perché sono stufo di te e non mi servi più a niente. Ivet mi ha detto che non hai più gioielli da vendere."

"Non è vero," disse Reinona, "mio marito me li ha ricomprati. Se tu vuoi, e se lui dà il suo consenso, possiamo ricominciare daccapo."

"Lascialo perdere, mamma," disse Ivet, "ha perduto il ben dell'intelletto. Nel residence deve aver preso un virus ospedaliero."

"Santi," disse il signor avvocato Miscosillas, "faccia qualcosa. Non per niente prende tre stipendi."

"Nossignore," rispose Santi, "quattro stipendi. Anche il signor Agustín Taberner, alias il Gaucho, mi dà dei soldi."

"E allora ti ha abbindolato come ha fatto con gli altri," gli dissi, "perché è stato lui a sparare contro di te dalla terrazza di fronte al mio appartamento. Voleva certamente disfarsi di un complice fastidioso che non gli serviva più per i suoi diabolici progetti."

"È vero" il Gaucho esplose in odiose ed esecrabili risate. "Mi sono servito di tutti quanti. Ho messo tutti al servizio della mia bastardaggine. Sono una carogna. Ma adesso basta. Fra poco spunterà il sole e devo ancora ammazzare un sacco di gente."

E così dicendo puntò la mitraglietta contro di me e premette il grilletto.

Come ricorderete, alla fine del capitolo precedente stavo per venire colpito da una raffica di pallottole, e sicuramente vi starete domandando, all'inizio di questo, quale fosse il mio stato d'animo in un momento così delicato, quali le mie riflessioni e quale il bilancio finale della mia tormentata esistenza. E io risponderò che, essendomi già trovato in precedenza in circostanze analoghe (per colpa della mia testa vuota), ho potuto verificare che le suddette circostanze non sono le più adatte per pensare a stupidaggini né per menare il can per l'aia. È chiaro che in tutti i casi cui mi riferisco, per quel che mi riguarda, il risultato finale è sempre stato diverso da quello prevedibile (crepare), per cui lo spirito rimane diviso tra lo spavento e la filosofia. Ho voluto chiarire questo punto per non sembrare scettico: infatti tutti sappiamo fino a che punto un istante può suddividersi in altri istanti più piccoli, in ciascuno dei quali trovano spazio mille idee, ricordi ed emozioni. Ma vi posso assicurare che mai, nessuna volta, nemmeno nei momenti più critici, ho visto la vita passarmi davanti agli occhi come in un film – che è quello che si dice di solito; ed è un sollievo, perché morire è già brutto di per sé, figuriamoci doverlo fare guardando un film spagnolo. E sperando di non avere deluso nessuno con questa mia digressione, ritorno al racconto veritiero degli eventi nel punto esatto in cui li avevo lasciati.

Avendo il malvagio Gaucho premuto il grilletto della mitraglietta – come dicevo – questa scaricò una raffica di proiettili, molti dei quali mi avrebbero centrato in pieno con conseguenze funeste, se proprio in quel momento non si fosse sentito nella villetta un grido disperato insieme a uno schianto di legno spezzato e di piatti rotti: una figura gigantesca si buttò addosso al Gaucho modificando la traiettoria degli spari e, di conseguenza, del mio destino.

Senza fermarmi a esaminare la causa della mia inaspettata salvezza, mi buttai per terra. E feci bene, perché nel frattempo Santi fece fuoco con la sua Beretta. Forse aveva agito in questo modo con l'intenzione di collaborare alla mia esecuzione (e guadagnarsi una mancia), o forse per sbarazzarsi di Agustín Taberner, alias il Gaucho, nei cui piani rientrava la morte dello stesso Santi (sempre secondo le dichiarazioni del Gaucho): ma noi non lo sapremo mai, perché Reinona, accorgendosi delle intenzioni di Santi e del pericolo che stava correndo Agustín Taberner, alias il Gaucho, e ostinata (come una mula) a schierarsi sempre dalla parte di quel fetentone, sparò con la sua Walter contro Santi. È anche possibile che, dopo tanti anni di cecità, Reinona avesse capito quanto fosse stato assurdo il suo comportamento e, spinta da un improvviso rancore o da un comprensibile desiderio di giustizia, volesse uccidere davvero Agustín Taberner, alias il Gaucho, e non Santi, non avendo niente contro di lui. Comunque il suo colpo venne deviato perché, prima che lei sparasse, Ivet Pardalot sparò con la Remington sia contro il Gaucho, sia contro Santi, sia contro di me, ma con una mira così scadente che colpì Reinona (anche se forse voleva colpirla per davvero), per cui lo sparo di quest'ultima raggiunse il signor avvocato Miscosillas che prima si accasciò sul signor sindaco e poi, visto che quello se l'era scrollato di dosso con un calcio, si accasciò sopra di me, proprio mentre cercavo di rialzarmi per strisciare via da quel maledetto salotto divenuto campo di Agramante e grande bordello.

Schiacciato sotto il peso dell'avvocato, riuscii a vedere Arderiu che si precipitava sul corpo esanime di Reinona, valutava (a occhio) la gravità delle sue condizioni e, dopo aver raccolto dal pavimento la Walter che lei aveva lasciato cadere, lo vidi esaminare la canna della pistola e premere il grilletto per controllare se ci fossero ancora munizioni nel caricatore (portandosi via metà orecchio in tale operazione); quindi sparò contro Ivet Pardalot e lo fece così bene che prese prima lei e poi il signor sindaco, che cercava invano di aprire la finestra per tagliare la corda. Nello stesso tempo Santi sparò contro Arderiu e la mitraglietta del Gaucho cantò di nuovo. Arderiu rispose all'attacco e seguirono raffiche di fuoco a volontà. Poi le detonazioni cessarono e la villetta sprofondò in un silenzio che non lasciava presagire nulla di buono.

La concitazione, mani malferme e il triste fato dei contendenti avevano causato danni all'arredamento. La credenza era semidistrutta, così come il rivestimento del divano. Le quattro pareti presentavano innumerevoli fori, ma questo era meno grave, perché da anni l'intera villetta avrebbe avuto bisogno di una bella mano di bianco. Il lampadario del soffitto era intatto, ma l'interruttore era stato polverizzato e non c'era luce. L'aria che si respirava era una nuvola di polvere acre e densa. Tentai di raddrizzarmi ma non potevo farlo; cercai di liberarmi del signor avvocato Miscosillas ma non ci riuscii. Il pover'uomo, negli ultimi sprazzi di vita, aveva allacciato le sue gambe alle mie e le mie braccia alle sue e, fatto ancora più strano, aveva infilato diversi bottoni della sua giacca nelle asole della mia. Era un avvocato corpulento: non mi consentiva di muovermi e mi toglieva il respiro. Con tutta la voce che riuscii a cavare dai polmoni gridai piano:

"C'è ancora qualcuno vivo?".

"Io" rispose un'altra voce sommessa, vicino a me. E subito dopo aggiunse: "Ma soltanto a metà".

"Magnolio," esclamai riconoscendo la sua voce, "come diavolo ha fatto a finire qui? Credevo fosse ritornato a Barcellona parecchie ore fa."

"Nossignore," balbettò, "ho fatto finta di andarmene, ma non me ne sono andato. Volevo assicurarmi che non le succedesse niente di brutto. Sono stato in giardino per tutto il tempo, sotto la finestra, e ascoltavo attraverso le persiane orientabili. Le persiane orientabili non chiudono mai bene. Quando ho sentito il signor Gaucho esporre i suoi piani, mi sono reso conto che lei correva un grave pericolo e ho deciso di passare all'azione. Sono entrato buttando giù la porta sul retro, quella della cucina. Il legno della suddetta porta è marcio e i cardini, sempre della suddetta porta, sono arrugginiti, per cui ha ceduto al primo colpo. E meno male, perché se ci mettevo mezzo secondo di più lei non sarebbe più qui a raccontarlo."

Si fermò per riprendere fiato, emise un gemito e aggiunse:

"Certo che adesso quello che non lo racconta più sono io".

"È ferito?" gli chiesi.

"Ferito è una parola ottimistica" rispose Magnolio. "Sto per cantare il requiem nella mia lingua madre."

"Non dica sciocchezze," risposi, "non appena sarò riuscito a sbarazzarmi del signor avvocato Miscosillas e potrò uscire di qui chiamerò un'ambulanza, le daranno due punti di sutura e dopodomani sarà come nuovo."

"No," rispose Magnolio, "lasci stare. Non ho la mutua e poi ormai è tardi. Non avrei mai dovuto lasciare il mio paese. Volevo assicurarmi un futuro e guardi qui come sono finito: a morire dissanguato in una villetta a duemila chilometri da casa."

"Perché lo ha fatto?" gli chiesi. "Voglio dire, perché ha messo in pericolo la sua vita per salvare la mia?"

"Era necessario" sussurrò Magnolio in tono stanco. "Lo capirà da solo. Non mi ringrazi. Dica soltanto a Raimundita che con lei facevo sul serio. Ci sono un sacco di facce di bronzo in giro per il mondo. Io sono una di quelle. Ma non con Raimundita. Glielo dica con queste parole."

Dopo avermi affidato questo commovente incarico non disse più niente, nemmeno per rispondere alle mie insistenti esortazioni. Alla fine dovetti arrendermi di fronte all'evidenza. Ero solo e immobilizzato sotto il peso di un avvocato morto nel salotto di una villetta abbandonata. Non potevo aspettarmi che qualcuno venisse a liberarmi prima dell'inizio della stagione balneare, quando il fetore proveniente dalla villetta avrebbe richiamato l'attenzione di qualche passante. Naturalmente a quel tempo sarei già stato morto d'inedia, e avrei unito il mio tanfo a quello degli altri presenti. Non era una prospettiva allettante, ma quella era stata la notte più agitata di una serie di notti agitate, per cui chiusi gli occhi e mi addormentai di colpo.

Mi svegliai sentendo che qualcuno mi toccava e udii una voce profonda vicino a me che diceva:

"Qui ce n'è un altro che respira ancora".

Qualcuno avvicinò una torcia. Il fulgore mi consentì di vedere due facce nere come la pece che si chinavano su di me e poi si scambiavano occhiate interrogative. In una delle facce riconobbi il signor Mandanga, il gestore dell'Osteria Mandanga. Anche lui mi riconobbe e disse:

"Si può sapere a che cosa diavolo stavate giocando? È una carneficina".

"Sono morti tutti?" gli domandai.

"No. Lei è ancora vivo e, a quanto pare, illeso" rispose il signor Mandanga. "Anche il signor sindaco si è salvato la pelle. La pallottola gli è entrata nel culo e gli è uscita dalla bocca. Si vede che l'hanno beccato di profilo. Ma nessun organo vitale sembra essere danneggiato. Gli altri sono passati a miglior vita, anche se a dire la verità nessuno di loro poteva lamentarsi di come gli andassero le cose in questa qui, tranne forse il povero Magnolio."

Mentre parlava mi accorsi che non soltanto il salotto era

pieno di negri, ma che altri negri entravano e uscivano dal salotto e si sparpagliavano in giro per la villetta. Alcuni di loro si facevano luce con delle torce. Altri impugnavano machete, zappe e rastrelli. Si sentivano rimbombare i passi al piano superiore. Come se mi avesse letto nel pensiero, il signor Mandanga mi spiegò che cosa era successo.

I frequentatori dell'Osteria Mandanga, vedendo o avendo visto che le ore passavano e Magnolio non ritornava, e avendo come principio irremovibile l'aiutarsi gli uni gli altri in caso di necessità, avevano deciso di correre alla ricerca e, se fosse stato il caso, in aiuto del loro compagno, per cui si erano muniti degli attrezzi agricoli che ora brandivano. Anche se Magnolio, uscendo dal bar, non aveva lasciato detto dove andasse, il signor Mandanga o sua moglie si ricordavano che durante la nostra conversazione lui aveva pronunciato il nome di Castelldefels, cittadina limitrofa sebbene sconosciuta a tutti quanti loro. Quindi si erano diretti verso tale luogo a bordo del camioncino con cui uno dei presenti consegnava la frutta e la verdura; questi, esercitando il mestiere di trasportatore, conosceva la strada per Mercabarna come il palmo della sua mano, che era bianco, come lo è sempre il palmo della mano dei negri, anche di quelli neri neri. E nessuno fino a oggi ha saputo spiegarmi il motivo di tale stranezza, perché da tempi immemorabili (dieci milioni di anni o giù di lì) i negri hanno tenuto questa parte del loro corpo esposta al sole e non altre – che era probabile tenessero pudicamente coperte – e che ciononostante continuano a essere nere, ma proprio tanto nere. Comunque in quell'occasione non venne affrontato tale interessante enigma, perché questioni più urgenti reclamavano la nostra attenzione: prima di tutto il signor Mandanga doveva terminare il racconto, cosa che fece dicendo che, giunti a Castelldefels, erano scesi dal camioncino e, facendosi luce con le torce e con gli attrezzi in pugno, si erano messi a setacciare la zona strada per strada e casa per casa. "E meno male," fu l'acuto commento del signor Mandanga, "che non abbiamo incontrato nessuno in giro perché, se qualcuno ci avesse visto, se la sarebbe certamente fatta sotto."

Da un pezzo erano impegnati nella ricerca di Magnolio e stavano per abbandonarla ritenendola infruttuosa, quando sentirono in lontananza il rumore insistente di una sparatoria. Moltiplicarono gli sforzi e, guidati dal pigmeo Facundo, uomo di bassa statura ma dal finissimo olfatto ed eccellente poeta, ben presto s'imbatterono nella nostra villetta e lì dentro nella scena sopra descritta.

Concluso tale racconto, riferii a mia volta quanto era accaduto. Nel frattempo mi avevano levato di dosso il signor avvocato (ora disoccupato) Miscosillas e avevo potuto rimettermi in piedi e passare in rassegna le povere vittime della loro e altrui follia. Dopodiché domandai al signor Mandanga che cosa intendesse fare, convinto che avrebbe avvisato la polizia del macabro evento, invece lui, sollevando le spalle massicce fino al livello delle guance, rispose:

"Lei faccia come meglio crede, noi ci comporteremo lealmente secondo le nostre abitudini e il nostro buonsenso".

Dopodiché tirò fuori dalla tasca una canna lunga un paio di spanne, forata alle due estremità e anche nella parte superiore, se la portò alle labbra e otturando alcuni orifizi laterali usò tale strumento come se fosse un flauto e con esso radunò il suo piccolo esercito in salotto.

"Tutti pronti?" domandò.

"Sì, capo" rispose uno di loro. "Io mi porto via una brandina, un materasso, un cuscino e un coordinato da letto."

"E io," disse un altro, "un servizio completo di sei piatti piani, sei piatti fondi, sei coppette, dodici bicchieri di cristallo e un cestino per il pane."

"E io," aggiunse un terzo, "la lavastoviglie che mi servirà tantissimo."

"E io la sedia a rotelle," concluse un quarto, "per mia suocera."

Il signor Mandanga annotò tutto quanto su un bloc-notes, lo rimise in tasca e disse:

"E adesso alziamo i tacchi".

"Senta capo," indagò in tono rispettoso uno dei membri della banda, "non potremmo tenerci la villetta? In fin dei conti, visto che la legittima proprietaria è defunta senza lasciare eredi, non ha più padrone e a noi potrebbe servire come sede sociale."

"Oppure potremmo mettere su una scuola materna per i nostri bambini" propose un altro.

"No, no, niente da fare" rispose il signor Mandanga in tono deciso. "Sarebbe una fonte di guai e di spese, e dopotutto, a che ci serve una villetta svaligiata? Caricate il camion e portate qui la benzina."

Fecero come diceva il signor Mandanga, e dopo che il camioncino venne caricato all'inverosimile con mobili e vecchie cianfrusaglie, mi invitarono a salire sul cassone e a sistemarmi in mezzo al bottino. Vicino a me fecero sedere il signor sindaco. Nel frattempo, il signor Mandanga andava su e giù per tutta la villetta innaffiando il pavimento e le pareti con la benzina. Subito dopo lanciarono all'interno le torce attraverso le porte e le finestre e salirono tutti sul camioncino, che partì con la velocità che gli consentiva l'ingente carico. Prima di imboccare l'autostrada di Castelldefels, mi voltai indietro e vidi un grande fulgore e una densa colonna di fumo elevarsi al di sopra dei pini e delle case. Il signor Mandanga, che si era accovacciato vicino a me, mi diede una pacca sulla spalla mormorando:

"Era la soluzione migliore, mi creda, o in ogni caso la più semplice".

*

All'ora solita aprii al pubblico il Tempio delle signore, con maggiore puntualità che piacere, perché i fatti delle ore precedenti mi avevano lasciato una sensazione di turbamento e un malessere fisico che non si potevano attribuire soltanto ai postumi di una brutta nottata. Nemmeno il senso di responsabilità, l'orgoglio di essere un bravo cittadino, l'eccitazione e il nervosismo che avvertivo sempre all'inizio di ogni giornata, il fatto di indossare il camice bianco e di accingermi a soddisfare una numerosa clientela, insomma niente di tutto questo mi sollevò il morale come era successo altre volte.

A mezzogiorno, dopo avere insistito parecchio con il cameriere del bar di fronte perché mi desse un panino con calamari e cipolla a credito, andai a dare un'occhiata ai giornali (senza aver mangiato) dell'edicola del signor Mariano. Una concisa notizia di cronaca informava dell'incendio che durante la notte aveva completamente distrutto una vecchia villetta disabitata nella zona residenziale di Castelldefels. Come nota curiosa, continuava la notizia, i pompieri avevano trovato in mezzo alle macerie della villetta i cadaveri carbonizzati di sei persone, la cui identificazione era impossibile. Probabilmente, concludeva la notizia di cronaca, si trattava di altrettanti extracomunitari di razza nera e senza documenti: un residente in quella zona li aveva visti gironzolare intorno alla villetta poco prima dell'incendio, brandendo torce e armi pericolose come dei veri selvaggi.

Nel pomeriggio mi occupai di due vecchietti che da più di trent'anni condividevano un parrucchino e all'improvviso, senza nessun motivo apparente, avevano deciso di dividerlo in due parti uguali e di non parlarsi mai più. Questo lavoro, che in circostanze normali sarebbe stato stimolante, mi fece sprofondare in un'inspiegabile malinconia.

Poco prima dell'orario di chiusura, davanti al negozio si fermò un furgoncino per le consegne a domicilio: ne scese un tizio, tirò fuori dalla parte posteriore del veicolo un enorme scatolone e lo trascinò dentro il mio locale. Senza badare al cortese saluto e alle educate domande che gli rivolgevo, iniziò ad aprire lo scatolone da cui emerse un magnifico asciugacapelli elettrico da pavimento, con casco adattabile, di un bellissimo colore rosso metallizzato. Si accingeva a collegarlo alla corrente e a spiegarmi il suo funzionamento, ma io lo interruppi per ringraziarlo della sua presenza e delle sue intenzioni: non volevo illuderlo perché, pur avendo un disperato bisogno di un asciugacapelli nuovo, non ero nelle condizioni di pagare quella splendida attrezzatura e, a essere sinceri, anche con le previsioni più ottimistiche non potevo pensare di acquistarlo a rate. Ma il tizio mi bloccò dicendo che lui non era venuto lì per offrirmi di comprare quell'asciugacapelli ma per installarlo: l'asciugacapelli era stato acquistato e pagato integralmente, comprese le spese di trasporto, installazione, assicurazione obbligatoria, manutenzione e IVA. Notando la mia perplessità – e su mia richiesta – acconsentì a raccontarmi che la sera prima si era presentato nel suo negozio un signore di alta statura e scuro di carnagione, il quale dopo aver chiesto mille consigli aveva scelto quel modello, aveva lasciato l'indirizzo del salone da parrucchiere dove doveva effettuarsi la consegna e aveva saldato la fattura in contanti e senza tirare sul prezzo. Il venditore, continuò a dire il tizio (che guarda caso era anche il venditore), aveva indagato con discrezione sulle ragioni e gli scopi di tale compravendita, non perché diffidasse di un negro vestito da autista, ma perché diffidava della gente in generale e degli esemplari di altre razze in particolare, e allora, continuò a dire il venditore, l'acquirente gli aveva detto che, dopo aver fatto lo scemo per tanti anni, aveva deciso di mettere la testa a posto, sposare una ragazza che aveva conosciuto da poco e iniziare a lavorare in qualità di socio presso un parrucchiere anche lui conosciuto da poco. A quanto pare, disse il venditore, gli antenati dell'acquirente, laggiù nell'Africa equatoriale, oltre a essere stati valorosi guerrieri erano stati tutti parrucchieri e, quando l'acquirente mi aveva conosciuto, aveva sentito nel profondo dell'animo il richiamo ancestrale di quel nobile mestiere. E per venire accettato come socio della ditta – aveva continuato a spiegare l'acquirente al venditore – intendeva apportare un capitale fisso alla medesima. Tale apporto, aveva aggiunto l'acquirente, non sarebbe stato fattibile se il caso non gli avesse fornito l'occasione di guadagnarsi una bella somma di denaro in un colpo solo, anche se per ottenerla aveva dovuto partecipare al sequestro di un invalido ricoverato in un residence di Vilassar.

Il tizio del furgoncino, dopo avermi fornito tali spiegazioni e avermi fatto firmare la bolla di consegna, se ne andò lasciando in negozio l'asciugacapelli installato alla perfezione e me confuso e meravigliato.

Il giorno dopo, verso metà mattina, si fermò davanti al Tempio delle signore un'auto blu e ne scese il signor sindaco, il quale mi salutò con la sua solita cordialità.

"Ho approfittato di questo giorno di libertà," disse, "per farle una visita di cortesia. Sarei venuto anche ieri, ma ho dovuto partecipare al meeting di chiusura della campagna elettorale. Sono stato fantastico, amico mio, davvero fantastico. Peccato che lei non sia venuto a sentirmi. Peccato che nessuno sia venuto a sentirmi. Bah, non importa. Domani ci sono le elezioni; e oggi, la giornata di riflessione. Dato che non rifletto mai, per me è un giorno di vacanza. Questo pomeriggio mi portano al circo. Ma prima volevo venirla a trovare. Lei si domanderà perché. Adesso glielo dico. Non so se si ricorda che ieri sera, in una villetta di Castelldefels, c'è stata una piccola baruffa. Niente d'insolito: una sparatoria è uno scambio d'idee con altri mezzi, come diceva Platone. Sta di fatto che per un malinteso anch'io ero presente. Non nei dialoghi di Platone, ma nella villetta di Castelldefels. Ma ho già dimenticato quello che è successo. E lei?"

"Anch'io, signor sindaco" risposi senza indugi.

"La prego, non mi chiami così. Tutto dipende dai risultati di domani. La parola al popolo. Fino ad allora, sono soltanto un umile candidato, un semplice, modesto, ridicolo e abietto cittadino come tutti gli altri. Quanto a lei, se la memoria non mi tradisce, non l'avevo mai vista prima d'ora. E lei non ha mai visto me. Ha un bellissimo negozio. Bellissimo, *indeed*. Certo che si può sempre migliorare. Forse ci starebbe bene un asciugacapelli elettrico. Questo qui mi sembra un po' vecchiotto."

"È nuovo di zecca, signor sindaco. E non mi serve nient'altro."

"Bene, bene," esclamò il signor sindaco, "così mi piace. I

catalani cavano dalle pietre pani duri come pietre, eh? Bene, bene. Immagino che sia a posto con le tasse e i contributi. Ma se venissero a disturbarla per qualche riscossione, mi faccia una telefonata. Il municipio si trova in plaza Sant Jaume ventiquattr'ore su ventiquattro."

*

La sera, una coppia che conoscevo bene mi stava aspettando davanti al portone di casa. Li invitai a salire nel mio appartamento e mi dissero che non avevano nessun mandato di perquisizione, ma se io, avvalendomi dei miei diritti costituzionali, decidevo di autoaccusarmi come un imbecille, erano cavoli miei. Una volta entrati nell'appartamento, uno di loro mi disse che il motivo della loro presenza in quel luogo era farmi un interrogatorio.

"Uè, Baldiri, non esageriamo," lo corresse l'altro, "siamo venuti qui solo per un faccia a faccia col nostro amico."

"Vabbè," ammise Baldiri, "ma se il pollo parla, lo becchiamo."

Avendo accettato le loro condizioni, mi mostrarono una fotografia di Ivet in mutandine e reggiseno. In realtà si trattava di una pagina pubblicitaria strappata da una rivista femminile. Poiché il testo che accompagnava la fotografia era in inglese, dedussi che risaliva al periodo in cui Ivet aveva lavorato come modella a New York. Mi domandarono se conoscevo la ragazza della foto e risposi di sì. Mi domandarono se conoscevo il suo attuale domicilio. Chiesi loro a mia volta perché volevano conoscere il domicilio di Ivet e mi raccontarono che la sera prima, approfittando dell'assenza dei signori Arderiu, i quali erano partiti per un lungo viaggio, qualcuno era entrato nel palazzo dei suddetti signori (signor Arderiu e signora Arderiu) e aveva portato via i gioielli della signora Arderiu, meglio nota nei circoli dell'alta società con il soprannome di Reinona.

"Non riesco a capire," dissi, "quale relazione possa esserci tra il furto di cui mi avete appena parlato e la ragazza della fotografia."

"Questo lo deciderà il signor giudice quando gli consegneremo la ragazza" rispose Baldiri.

"Con manette, bavaglio e passata per le armi" aggiunse il suo compagno.

"Temo, signori miei, che questo non sarà possibile" dissi.

"Siete davvero fuori strada. La signorina in questione è deceduta due sere fa durante un incendio esploso a Castelldefels. Sono stato testimone oculare della disgrazia e non solo sono disposto a presentarmi davanti al signor giudice, ma posso chiamare in causa il signor sindaco, in quanto la notte del fatto si trovava anche lui..."

I due agenti mi dissero all'unisono che la mia collaborazione era stata utilissima, credevano alle mie parole e non volevano darmi altro disturbo. E poi, aggiunsero, avevano una gran fretta. Chiesi loro la fotografia, me la diedero dicendo che intanto ne avevano altre copie, e se ne andarono senza aggiungere altro.

*

Dopo questo incontro passarono diversi giorni senza che nessun incidente modificasse la dinamica monotonia del mio rilassante lavoro. Poi, un giovedì pomeriggio, mentre ero assorto nello studio del manuale d'istruzioni dell'asciugacapelli elettrico, entrò in negozio una ragazza: la scarsa luce mi consentiva di vedere a malapena la sua graziosa figura. Chiusi il manuale d'istruzioni, lo misi in un cassetto e iniziai a togliere la fodera di plastica che proteggeva l'asciugacapelli dalla polvere, dall'umidità, dagli acari e da qualunque altro elemento che potesse rovinarlo prima dell'inaugurazione, ma lei mi bloccò dicendo:

"Sono venuta qui soltanto per parlare con lei. Sono Raimundita, si ricorda di me?".

"Oh, Raimundita, scusami," dissi, "non ti avevo riconosciuta. Come mai sei qui?"

La mia domanda era superflua: sapevo benissimo che cosa era venuta a chiedere. Comunque lasciai che formulasse la sua (di domanda) e risposi che nemmeno io avevo visto Magnolio di recente né mi aspettavo di vederlo, perché amici comuni mi avevano fatto sapere che era ritornato al suo paese grazie ai soldi avuti dal signor avvocato Miscosillas. Con quei soldi, mi avevano detto, pensava di stabilirsi nel suo villaggio e sposare una fidanzatina d'infanzia. All'udire queste parole, il grazioso volto di Raimundita si rabbuiò e gli occhi le si velarono di lacrime. Prevedendo una scena tragica, mi affrettai ad aggiungere:

"Non stupirti che se la sia filata all'inglese, come si suol dire. Quelli come lui, si sa, sono fatti così. Vengono qui per guadagnare quattro soldi e divertirsi, ma non si integrano, non si adattano, non leggono Josep Pla, niente di niente. Ingratitudine, ignoranza, e poi chi s'è visto s'è visto".

Raimundita si asciugò gli occhi con il dorso della mano, si strinse nelle spalle e disse che, in fondo, era contenta che fosse andata a finire così; aveva iniziato quella storia senza nessun interesse, soltanto per ingannare il tempo e in realtà per ingelosire il maggiordomo: era lui che le piaceva davvero e con lui presto o tardi avrebbe finito per sposarsi. Mi congratulai per la sua decisione e ci salutammo con grande allegria e la promessa di risentirci per andare a bere un bicchierino alla faccia di tutti e di tutto.

Naturalmente non rividi Raimundita così come non rividi nessun'altra persona collegata a questo interessante e strano caso, al finale del quale siamo ormai giunti. Soltanto una volta, verso metà dicembre, una sera mentre ritornavo nel mio appartamento dopo aver chiuso il Tempio delle signore, trovai una busta agganciata alla porta Dio solo sa come. Era una lettera indirizzata a me che il postino non aveva avuto il coraggio di buttare via, come fa di solito con tutta la mia corrispondenza (con arbitraria cattiveria), senza dubbio per l'approssimarsi delle vacanze natalizie e nell'attesa (vana) di una mancia. Entrai in casa, accesi la luce ed esaminai busta e francobollo. Non c'era il mittente, ma il timbro sul francobollo indicava che era stata spedita da New York, chiamata anche la città dei grattacieli per l'altezza dei suoi edifici. Aprii la busta con dita tremanti e lessi:

È da tanto tempo che avrei dovuto scriverti: volevo ringraziarti per la tua gentilezza e soprattutto per avere detto alla polizia che sono morta quella notte nella villetta di Castelldefels, mentre sapevi che non era vero perché mi avevi vista gattonare fuori dal salotto non appena era iniziata la sparatoria. Spero che questo fatto non ti abbia creato problemi con la polizia né con altri.

Ma non ti scrivo soltanto per ringraziarti. Volevo dirti anche un'altra cosa. Quella notte, nella villetta, ho fatto finta di accettare le accuse che la mia ex compagna di classe Ivet Pardalot ha avuto la sfacciataggine di rovesciare o riversare sulla mia persona, sulla mia condotta e sul mio passato. Non le ho risposto come si meritava un po' perché così, di punto in bianco, non ero sicura di non avere fatto le brutte cose di cui venivo accusata, e un po' perché non era il caso di contraddire quella strega quando erano in gioco la vita di mio padre, di mia madre, la mia e quella di altre persone. Ma voglio che tu sappia che quello che ha detto di me non è vero. O non è del tutto vero, se ci atteniamo ai soli fatti. A

New York le cose non mi erano andate poi così male. Neanche bene. Come modella di biancheria intima potevo sopravvivere, con un po' di alti e bassi, ma me la cavavo: ogni tanto mi avanzava qualche dollaro per togliermi i capricci, come vestiti costosi, un viaggio ai Caraibi o stupefacenti. Non ho mai esercitato la prostituzione, nel senso che non mi sono mai fatta pagare per elargire i miei favori a nessuna persona fisica o giuridica, anche se ho sempre fatto in modo che tale godimento non fosse gratuito. E se sia una tossica oppure no, sono fatti miei, dei miei parenti, e al massimo della società in genere, ma non riguarda affatto una strega come Ivet Pardalot, che non sa niente di me e che pretendeva soltanto di giustificare la sua stupida esistenza da strega dipingendo la mia a suo piacere e convenienza. Mi dispiace, Ivet: forse non ho avuto il successo di altre belle ragazze, ma se non altro non sono una metafora, e ognuno si gratti i suoi problemi. Ti dico questo perché non voglio che ti faccia un'idea sbagliata di me, né nel bene né nel male. Naturalmente sei liberissimo di farti tutte le idee che vuoi. Ma per me era importante spiegarti quello che ti ho appena spiegato. Lo so che hai sempre diffidato di me, e avevi buoni motivi per farlo. È vero che ti ho coinvolto nel pasticcio del furto consapevolmente e per soldi. Ma dopo ho cambiato atteggiamento. Tu non hai saputo vederlo. La notte in cui sono venuta nel tuo appartamento con la scusa che un uomo mi seguiva, ti ho detto una bugia: non mi aveva seguito nessuno. In realtà ero venuta a passare la notte con te. Forse sarebbe potuto sbocciare qualcosa fra noi due, se tu non ti fossi ostinato a risolvere il caso. Sicuramente hai fatto bene. Tu hai la tua vita organizzata e io ti sarei d'impaccio.

Come vedi sono ritornata a New York, da dove non sarei mai dovuta partire, e spero di trovare un lavoro stabile fra breve, o almeno prima che finiscano i gioielli della mia defunta madre, grazie ai quali ho potuto vivere fino ad adesso senza problemi. Conduco una vita ordinata e tranquilla. Tempo fa ero finita nella droga perché ero molto sola. Adesso sono sempre sola, ma è diverso. Ritrovarmi orfana di padre e di madre in una sola notte è stato un grande sollievo per me. Per la prima volta sono responsabile delle mie azioni e non soltanto delle loro conseguenze. Spero che anche tu abbia ricavato qualcosa dalle vicissitudini che abbiamo passato insieme, e spero che gli affari del Tempio delle signore vadano a gonfie vele. New York è più bella che mai, soprattutto in questi giorni. Ti piacerebbero un mondo le vetrine di Sacks.

Cordialmente, Ivet.

Udii un rumore alle mie spalle e per poco non mi si fermò il cuore. Non so chi credevo potesse essere. In realtà era la mia vicina Purines. Nella concitazione di leggere la lettera avevo lasciato la porta spalancata e Purines mi aveva sorpreso assorto nella lettura mentre ritornava dal supermercato vestita da Babbo Natale. Il Natale era alle porte, e i suoi clienti non sfuggivano all'influenza delle feste di precetto. Lei, personalmente, avrebbe preferito travestirsi da pastorello o da pecora e interpretare la scena dell'annuncio ai pastori o qualunque altro episodio del nostro tradizionale presepe, ma chi paga comanda, qui, a Betlemme e dappertutto e, se ai suoi clienti piaceva travestirsi da renna e trainare una slitta carica di giocattoli, erano cavoli loro e della loro schiena. Quindi posò per terra i sacchetti della spesa, si tolse il cappuccio e disse:

"Mentre uscivo ho visto la busta sulla tua porta. Una lettera dagli Usa. Buone notizie?".

"Oh, sì, ottime" risposi ripiegando la lettera e infilandomela in tasca.

Purines rimase a guardarmi, tirò su da terra i sacchetti di plastica e disse:

"Senti, 'ste feste sono una rottura di palle: la mia clientela non è in vena e le strade sono diventate impraticabili. Così ho pensato di trascorrere qualche giorno in un alberghetto che mi è stato consigliato, pulito, economico, eccetera. Volevo dirti che, se ti va, potremmo andarci insieme. Se non conosci Benidorm, ti piacerà. Ti farebbe così bene cambiare aria... e io so stare zitta e mi accontento di poco".

Senza darmi il tempo di trovare una risposta accettabile al suo invito, aggiunse:

"Lei non tornerà. E se tornasse non te lo direbbe".

"Lo so, Purines" dissi io, "eppure..."

"Allora," sospirò Purines, "non fare lo scemo e va' a cercarla."

"A New York? Non dire sciocchezze. Non so neanche dov'è. E se anche ci andassi, che cosa farei laggù?"

"Potresti lavorare. Una mia amica ci è andata per una settimana tutto compreso e mi ha raccontato che in America viene molto apprezzata l'iniziativa privata, non come qui. Credimi, se non lo fai, ti rincretinisci. E se accetti il mio invito, diventerai un grosso cretino."

Purines aveva ragione: anche se il negozio andava meglio (facendo i debiti paragoni) grazie al nuovo asciugacapelli elettrico, e le feste lasciavano presagire un forte – o almeno debole – incremento (stagionale) del lavoro, l'entusiasmo di un tempo sembrava avermi abbandonato. Decisi di concedermi qualche giorno per riflettere: non avrei preso nessuna decisione prima della fine dell'anno.

*

Un pomeriggio, poco dopo la scena descritta nei paragrafi precedenti, entrò in negozio uno strano tizio. I capelli aggrovigliati e la barba foltissima ne avrebbero fatto un ottimo cliente se quel suo andare in giro ricoperto di stracci – e scalzo – a chiedere l'elemosina non fosse stato segno di uno scarso potere d'acquisto da parte sua. Era il giorno degli Innocenti Martiri*e si trascinava dietro una fila di *llufas*. Gli dissi che non potevo dargli niente, e se anche avessi potuto non lo avrei fatto perché non volevo favorire l'accattonaggio, ma lui rispose dignitosamente:

"Signore, io non sono un mendicante. Chiedo l'elemosina soltanto per necessità. Il mio vero mestiere è star del cinema. Sono Robert Taylor. Purtroppo c'è un pazzo di nome Cañuto che si fa passare per me e ha fregato tutte le grandi case di produzione di Hollywood".

Mentre diceva così, una corrente d'aria gli allontanò le ciocche dal viso e lo riconobbi subito.

"Cañuto! Da quanto tempo non avevo tue notizie!" esclamai buttandogli le braccia al collo e ritraendomi subito. "L'ultima volta che ci siamo visti era sull'autostrada, proprio il giorno in cui ci hanno sbattuti fuori dal manicomio, ti ricordi? Credevo ti fossi spiaccicato sull'asfalto. Che cosa hai fatto nel frattempo?"

"Bah" rispose Cañuto stringendosi nelle spalle. "Come Robert Taylor non mi posso lamentare. Ma come Cañuto è davvero dura. E tu?"

"Sono qui, a fare il parrucchiere" dissi. "Il negozio è di mio cognato, ma lo faccio andare avanti io."

"Cavolo," disse Cañuto, "questo per me significa prosperare."

"Puoi dirlo forte. Non ti sei più rimesso a rapinare banche?"

---

* È il 28 dicembre, giorno in cui si ricorda la strage degli innocenti; in Spagna è usanza fare scherzi, un po' come da noi il primo aprile o durante il carnevale; in particolare i bambini catalani attaccano le *llufas*, cioè figurine di carta, ai vestiti della gente. [*N.d.T.*]

"No, amico," sospirò Cañuto, "con i progressi della tecnologia è diventato complicatissimo. E i metaldetector, e gli antifurti, e i vetri blindati, e i sistemi a circuito chiuso... È la fine del mio mestiere."

"Bah, non farci caso" risposi. "Tutta 'sta tecnologia è una roba da niente, te lo dico io. Più la tecnologia è perfezionata e più è facile fare il colpo. Tutto sta nel trovare la via giusta. Hai fretta?"

"Non tanta."

"Allora siediti qui," gli dissi, "e lascia fare a me."

Gli lavai i capelli, glieli tagliai, lo rasai, gli feci la permanente (usando l'asciugacapelli nuovo) e quando lo ebbi trasformato in un figurino mi misi la sciarpa e, anche se mancavano un paio d'ore alla chiusura del negozio, ci dirigemmo tutti e due sottobraccio verso la pizzeria, in mezzo alle luci sfolgoranti degli addobbi natalizi: intendevo offrirgli una cena degna di un pascià e intanto ne avrei approfittato per parlargli di certi progetti che da qualche giorno mi ronzavano in testa o per la testa. Infatti ormai avevo investito nel Tempio delle signore illusioni, tempo e sforzi più del dovuto: se finalmente mi fossi deciso a dare un corso nuovo alla mia vita, chissà, magari anche cambiando domicilio, le competenze di Cañuto potevano essermi di grande utilità.

Stampa Grafica Sipiel
Milano, maggio 2004